Diogenes Taschenbuch 20605

Werkausgabe

Band 3

Eric Ambler

Nachruf auf einen Spion

Roman

Aus dem Englischen von Peter Fischer

Diogenes

Titel der englischen Originalausgabe
›Epitaph for a Spy‹

Die deutsche Erstausgabe erschien 1963
unter dem Titel
›Die Stunde des Spions‹
Umschlagzeichnung
von Tomi Ungerer

Veröffentlicht als Diogenes Taschenbuch, 1979

60/91/29/7
ISBN 3 257 20605 4

Inhalt

I

Festnahme

Am Dienstag, dem 14. August 193 . . . kam ich aus Nizza in St. Gatien an. Am Donnerstag, dem 16. August, um 11.45 Uhr wurde ich von einem *agent de police* und einem Inspektor in Zivil festgenommen und zum *commissariat* gebracht.

Diese beiden Sätze haben sich ganz leicht niederschreiben lassen. Als ich mich hier an den Tisch setzte und auf den Bogen vor mir blickte, fragte ich mich, wie die Worte wohl wirken würden. Es ist noch gar nicht lange her, da hätte bei ihrem Anblick mein Herz schneller geschlagen, und ich wäre auf die Straße hinausgelaufen, um unter anderen Menschen zu sein, den Pflasterstaub zu atmen, mich zu überzeugen, daß ich nicht mehr allein sei. Jetzt aber kann ich sie hinschreiben, und sie berühren mich nicht. Die Seele heilt schnell – oder liegt es daran, daß alles, was man erlebt, bruchstückhaft und unvollständig ist, daß etwas heute als kurzer Strich erscheint und morgen nur noch ein Stück eines völlig geschlossenen Kreises ist?

Schimler würde darauf ja sagen. Aber der ist zurück nach Deutschland gegangen, und ich glaube nicht, daß ich ihn noch einmal wiedersehe. Auch daß ich einen von den anderen wiedersehe, ist nicht anzunehmen. Vor ein paar Wochen habe ich von einem von ihnen einen Brief bekommen. Er wurde mir von dem neuen Geschäftsführer des *Hôtel de la Réserve* nachgeschickt und erinnert an »nette Stunden« in meiner Gesellschaft. Am Schluß kommt die Bitte um eine Anleihe von hundert Francs. Er steckt immer noch unbeantwortet in meiner Tasche. Sollte ich wirklich nette Stunden in der Gesellschaft des Briefschreibers verbracht haben, so kann ich mich nicht daran erinnern. Außerdem habe ich kein Geld zum Verborgen. Das ist einer der Gründe, weshalb ich diese Geschichte schreibe. Der andere Grund ... doch darüber mögen Sie selber urteilen.

Die Bahnstrecke von Toulon nach La Ciotat verläuft mehrere Kilometer lang ganz nahe der Küste. Wenn der Zug von einem der zahllosen kurzen Tunnel dieses Streckenabschnitts zum nächsten braust, sieht man unten ganz kurz die strahlend blaue See, rote Felsen und weiße Häuser zwischen Pinienhainen aufleuchten. Es ist wie bei einer Laternamagica-Vorführung mit knallig bunten Diapositiven, wenn der Vorführer in Eile ist. Dem Auge bleibt keine Zeit, Einzelheiten wahrzunehmen. Selbst wenn man weiß, daß bald St. Gatien kommen muß, und aufpaßt, kann man nichts weiter davon sehen als das knallrote Dach und die blaßgelben Stuckmauern des *Réserve*.

Ein Bekannter in Paris hat mir von St. Gatien und dem *Hôtel de la Réserve* erzählt. Das Essen in dieser Pension sei *épatant*, hatte ich gehört, die Zimmer seien nett, die Lage hübsch und St. Gatien sei noch nicht »entdeckt«. Für einen Pensionspreis von vierzig Francs am Tage könne man im Hotel gut leben.

Vierzig Francs am Tage waren für mich eine ganze Menge Geld, doch nach zwei Tagen im Hotel hatte ich längst aufgehört, mir wegen meiner Üppigkeit Kopfschmerzen zu machen; ja, ich wünschte schon, ich hätte meinen ganzen dreiwöchigen Urlaub dort verbracht, statt dort nur auf der Rückreise nach Paris Station zu machen. Das *Réserve* gehörte zu den kleinen Hotels, in denen es einem gut geht.

Das Dorf St. Gatien liegt dekorativ im Windschatten des kleinen Vorgebirges. Die Mauern der Häuser sind, wie in den meisten anderen Fischerdörfern am Mittelmeer, weiß, blaßblau oder rosa getüncht. Felsige Anhöhen, deren pinienbestandene Hänge auf der anderen Seite der Bucht an die Küste stoßen, schützen den Miniaturhafen vor dem Mistral, der manchmal kräftig aus Nordwest bläst. Der Ort hat 743 Einwohner. Die meisten leben von der Fischerei. Es gibt im Dorf zwei Cafés, drei Bistros, sieben Läden und – ein Stück weiter an der Bucht entlang – eine Polizeidienststelle.

Doch von der Stelle am Ende der Terrasse, wo ich an diesem Morgen saß, waren das Dorf und die Polizeidienststelle nicht zu sehen. Das Hotel steht auf dem höchsten Punkt des Vorgebirges, und die Terrasse zieht sich an der Südseite des Gebäudes entlang. Von der Terrasse aus geht es etwa fünfzehn Meter steil abwärts. Die Zweige der darunterstehenden Pinien streifen die Pfosten der Balustrade. Aber weiter auf die Spitze der Landzunge zu steigt der Boden noch einmal an. In dem trockenen grünen Buschwerk klaffen Lücken, in denen rotes Gestein hervortritt. Ein paar windzerzauste Tamarisken mit ihren verwachsenen Ästen heben sich als Silhouetten von dem kräftigen Ultramarinblau der See ab. Manchmal spritzt an den Felsen unten weißer Gischt auf. Es ist schön und friedlich.

Es war schon sehr heiß, und in den Terrassengärten seitlich vom Hotel zirpten die Zikaden. Wenn ich den Kopf ein wenig vorstreckte, konnte ich durch die Balustrade den kleinen Badestrand des Hotels sehen. Zwei große bunte Sonnenschirme waren im Sande aufgepflanzt. Unter dem einen ragten zwei Beinpaare hervor, ein weibliches und ein männliches. Sie sahen jung und sehr braun aus. Ein leises Stimmengesumm verriet mir, daß auf dem schattigen Teil des Strandes, der nicht in meinem Blickfeld lag, noch andere Gäste waren. Der Gärtner, dessen Kopf und Schultern ein mächtiger Strohhut vor der Sonne schützte, pinselte einen blauen Streifen rund um den oberen Rand eines umgestülpten Kahnes, der auf einem Holzgestell ruhte.

Ein Motorboot kam um den Landvorsprung am anderen Ende der Bucht herum und steuerte auf den Strand zu. Als es näher kam, konnte ich die schmale, schlaksige Gestalt von Köche erkennen, dem Geschäftsführer des Hotels, der über die Steuerstange gebeugt stand. Der andere Mann in dem Boot hatte rotbraune Segeltuchhosen an und war, so vermutete ich, einer der Fischer aus dem Dorf. Wahrscheinlich waren sie seit dem Morgengrauen draußen gewesen. Vielleicht bekamen wir Rotäschen zu Mittag. Draußen fuhr ein Passagierdampfer des Nedlloyd auf seiner Route von Marseille nach Villefranche vorbei.

Ich dachte daran, daß ich morgen abend meinen Koffer packen und am Samstagmorgen frühzeitig mit dem Autobus nach Toulon hineinfahren und in den Zug nach Paris steigen müsse. Ich war sicherlich froh, wenn ich endlich da war. Doch nicht lange. Dann kam der weite Weg vom Bahnsteig der *Gare de Lyon* zum Bahnsteig der Métro. Mein Koffer war mir inzwischen schwer geworden. Richtung *Neuilly – Concorde.* Umsteigen. Richtung *Mairie d'Issy – Gare Montparnasse.* Umsteigen. Richtung *Porte d'Orléans – Alésia.* Ausgang. *Montrouge. Avenue de Châtillon. Hôtel de Bordeaux.*

Und dann, am Montagmorgen, Frühstück im Stehen an der Theke des *Café de l'Orient* und wieder eine Métro-Fahrt, *Denfert-Rochereau – Etoile*, und zu Fuß durch die *Avenue Marceau.*

Monsieur Mathis war bestimmt schon da. »Guten Morgen, Monsieur Vadassy! Sie sehen sehr gut aus. Dieses Jahr übernehmen Sie Englisch für Anfänger, Deutsch für Fortgeschrittene und Italienisch für Anfänger. Ich selber übernehme Englisch für Fortgeschrittene. Wir haben zwölf neue Teilnehmer. Drei sind Kaufleute und neun aus dem Hotelfach (er bezeichnet sie nie als Kellner). Alle nehmen Englisch. Ungarisch wünscht keiner.« Wieder ein Jahr ...

Aber einstweilen waren da die Pinien und das Meer, der rote Fels und der Sand. Ich streckte mich wohlig, und eine Eidechse huschte über den Fliesenestrich der Terrasse. Als sie über den Schatten meines Liegestuhls hinaus war, machte sie plötzlich halt, um sich zu sonnen. Ich konnte den Pulsschlag an ihrem Hals beobachten. Ihr Schwanz lag in einem schöngeschwungenen Halbkreis auf dem Boden, so daß die diagonale Trennungslinie zwischen den Fliesen seine Tangente bildete. Eidechsen haben einen unheimlichen Formsinn.

Diese Eidechse war es, die mich an meine Photos erinnerte.

Ich besitze nur zwei Wertobjekte auf der Welt. Das eine ist ein Photoapparat, das andere ein Brief von Deák an von Beust mit dem Datum des 10. Februars 1867. Wenn mir jemand für den Brief Geld böte, würde ich es dankbar annehmen; aber an meinem Photoapparat hänge ich sehr, und nur nagender Hunger könnte mich dazu bringen, mich von ihm zu trennen. Nicht, daß ich ein besonders guter Photograph wäre. Einmal ist zwar eines meiner Bilder in Paris in die Ausstellung »Photos des Jahres« aufgenommen worden; aber alle Photographen wissen, daß jeder Amateur mit einer guten Kleinbildkamera, vielen Filmen und etwas Sachkenntnis früher oder später ein gutes Bild zustande bringt. Wie bei jenen Geschicklichkeitsspielen, die es auf Rummelplätzen gibt, ist es zum großen Teil Zufallssache.

Ich hatte im Hotel photographiert und hatte am Tage zuvor einen belichteten Film zum Entwickeln in die Dorfdrogerie gebracht. Normalerweise kommt es bei mir natürlich nicht in Frage, daß ich meine Filme von jemand anderem entwickeln lasse. Der halbe Spaß bei der Amateurphotographie liegt ja darin, daß man seine Bilder selber entwickelt. Aber ich hatte ein paar Experimente gemacht, und wenn ich das Resultat der Experimente nicht vor meiner Abreise aus St. Gatien zu sehen bekam, so konnte ich daraus keinen Nutzen mehr ziehen. Daher hatte ich den Film wohl oder übel dem Drogisten anvertraut. Er hatte sich offenbar ausgekannt und hatte meine Anweisungen sorgfältig notiert. Das Negativ sollte um elf Uhr entwickelt und trocken sein.

Ich sah auf meine Uhr. Es war halb zwölf. Wenn ich jetzt zu dem Drogisten ging, so konnte ich noch vor dem Mittagessen zurück sein, baden und einen Apéritif trinken.

In der Drogerie war es kühl, und es roch nach Parfüm und Desinfektionsmitteln. Die Türglocke war kaum verklungen, da stand mir der Drogist hinter dem Ladentisch gegenüber. Er sah mir in die Augen, doch er schien mich nicht zu erkennen.

»*Monsieur désire?*«

»Ich habe gestern einen Film zum Entwickeln gebracht.«

Er schüttelte langsam den Kopf. »Der ist noch nicht fertig.«

»Sie haben versprochen, er sollte um elf fertig sein.«

»Er ist noch nicht fertig«, wiederholte er ruhig.

Ich schwieg einen Augenblick. Das Verhalten des Drogisten war etwas merkwürdig. Seine Augen, von dicken Kristallbrillengläsern vergrößert, blieben fest auf die meinen gerichtet. Ein sonderbarer Blick lag darin. Dann erkannte ich, was dieser Blick bedeutete. Der Mann hatte Angst.

Ich weiß noch, daß diese Erkenntnis bestürzend für mich war. Er hatte Angst vor mir – ich, der ich mein Leben lang Angst gehabt hatte vor anderen, hatte jemandem Angst eingejagt, wenigstens einmal! Ich wollte auflachen. Außerdem ärgerte ich mich, denn ich glaubte zu wissen, was geschehen sei: nämlich, daß er meinen panchromatischen Film in einen gewöhnlichen Entwickler gelegt und verpfuscht habe.

»Ist das Negativ in Ordnung?«

Er nickte eifrig. »Vollkommen, Monsieur. Es handelt sich nur ums Trocknen. Wenn Sie so gut sind, mir Ihren Namen und Ihre Adresse zu geben, Monsieur, schicke ich Ihnen das Negativ durch meinen Sohn, sobald es fertig ist.«

»Schon gut, ich komme noch mal her.«

»Es macht aber gar keine Mühe, Monsieur.«

Seine Stimme hatte einen seltsam bedrängten Ton. Ich zuckte innerlich die Achseln. Wenn der Mann den Film verpfuscht hatte und so eine kindische Angst hatte, mir etwas Unangenehmes mitzuteilen, so kümmerte mich das nicht. Ich hatte mich schon mit dem Verlust meiner Aufnahmen abgefunden.

»Na schön«, sagte ich und nannte ihm meinen Namen und meine Adresse.

Er sprach sie sehr laut nach, während er sie aufschrieb: »*Monsieur Vadassy, Hôtel de la Réserve.*« Er ließ die Stimme ein wenig sinken und fuhr sich mit der Zunge rund um die

Lippen, ehe er fortfuhr: »Es wird Ihnen ins Hotel nachgeschickt, sobald es fertig ist.«

Ich bedankte mich und ging zur Ladentür. Ein Mann mit Panamahut und schlechtsitzendem Sonntagsanzug stand mir gegenüber. Der Bürgersteig war schmal, und da er keine Anstalten machte, mir aus dem Wege zu gehen, murmelte ich eine Entschuldigung und wollte mich an ihm vorbeidrücken.

Als ich das tat, legte er mir die Hand auf den Arm. »Monsieur Vadassy?«

»Ja?«

»Ich muß Sie bitten, mit mir zum *commissariat* zu kommen.«

»Ja, aber wozu denn?«

»Nur eine kleine Paßformalität, Monsieur.« Er war von zurückhaltender Höflichkeit.

»Soll ich dann nicht lieber erst mal meinen Paß aus dem Hotel holen?«

Er gab keine Antwort, sondern blickte an mir vorbei und nickte fast unmerklich. Eine Hand packte fest meinen anderen Arm. Ich blickte über meine Schulter und sah, daß ein uniformierter *agent* in der Ladentür hinter mir stand. Der Drogist war verschwunden.

Die Hände stießen mich vorwärts, nicht sehr sanft.

»Das verstehe ich nicht«, sagte ich.

»Sie werden schon«, sagte der Beamte in Zivil kurz. »*Allez, file!*«

Er war nicht mehr höflich.

2

Verhör

Der Weg zur Polizeidienststelle wurde schweigend zurückgelegt. Nach dem groben Anfang blieb der *agent* ein paar Schritte zurück und ließ mich mit dem Beamten in Zivil vorangehen. Ich war froh darüber, denn ich hatte keine Lust, mich wie einen Taschendieb durch das Dorf abführen zu lassen. Unsere Prozession zog ohnehin einige neugierige Blicke auf sich, und ich hörte, wie zwei Passanten scherzhaft von *violon* redeten.

Die französische Umgangssprache ist nicht leicht zu durchschauen. Man kann sich wohl schwer etwas vorstellen, das weniger mit einer Violine gemein hat als das *commissariat de police.* Es ist der einzige wirklich häßliche Bau in St. Gatien, ein abstoßender Würfel aus schmutzigem Beton mit kleinen Fenstern wie Augen. Er liegt ein paar hundert Meter außerhalb des Dorfes an der Bucht, und seine Größe verdankt er der Tatsache, daß er die Polizeiverwaltung eines Gebietes beherbergt, dessen geographischer Mittelpunkt zufällig St. Gatien ist. Die Tatsache, daß St. Gatien auch eines der kleinsten, bravsten und am wenigsten zugänglichen Dörfer des Gebietes ist, hatten die zuständigen Behörden offensichtlich außer acht gelassen. St. Gatien ist stolz auf seine Polizeidienststelle.

Der Raum, in den ich geführt wurde, war kahl; nur ein Tisch und ein paar Holzbänke standen drin. Der Beamte in Zivil zog sich gewichtig zurück und ließ mich mit dem *agent* allein, der sich neben mich auf die Bank setzte.

»Wird diese Geschichte lange dauern?«

»Sprechen ist nicht gestattet.«

Ich blickte aus dem Fenster. Über die Bucht hinweg konnte

ich die bunten Sonnenschirme auf dem Strand des Hotels sehen. Ich überlegte, daß mir nun zum Baden keine Zeit mehr blieb. Vielleicht konnte ich auf dem Rückweg in einem der Cafés einen Apéritif nehmen. Die Sache war doch sehr ärgerlich.

»*Attention!*« sagte mein Begleiter plötzlich.

Die Tür ging auf, und ein ältlicher Mann mit einem Federhalter hinterm Ohr, ohne Mütze und in einem aufgeknöpften Uniformrock winkte uns hinaus. Der Polizist machte seinen Kragen zu, strich sich den Uniformrock glatt, rückte seine Mütze zurecht, packte mich mit unnötiger Gewalt am Arm und führte mich vor eine Tür am Ende eines Ganges. Er klopfte kräftig an und machte sie auf. Dann stieß er mich hinein.

Ich fühlte einen fadenscheinigen Teppich unter den Füßen. Vor mir hockte an einem mit Papieren besäten Tisch ein nüchtern wirkendes Männchen mit Brille, der *commissaire*. Neben dem Tisch saß, in einen kleinen Sessel mit geschwungenen Armlehnen gezwängt, ein sehr dicker Mann in seidenem Anzug. Bis auf die mausgrauen Stachelhaare an den Fettwülsten um seinen Hals war er kahl. Seine Gesichtshaut war schlaff und bildete dicke, hängende Falten, die seine Mundwinkel mit herabzogen. Sie gaben dem Gesicht einen leicht kritischen Ausdruck. Die Augen waren außergewöhnlich klein und lagen unter dicken Lidern. Schweiß tropfte ihm vom Gesicht, und er fuhr immer wieder mit einem zusammengeknüllten Taschentuch unter dem Kragen herum. Er sah mich nicht an.

»Josef Vadassy?« Der Kommissar hatte die Frage gestellt.

»Ja.«

Der Kommissar nickte dem Polizisten, der hinter mir stand, zu, und der Mann ging hinaus und machte die Tür leise hinter sich zu.

»Ihren Ausweis?«

Ich holte den Ausweis aus der Brieftasche und reichte ihn hin. Er zog ein Blatt Papier zu sich heran und begann, Notizen zu machen.

»Alter?«

»Zweiunddreißig.«

»Sie sind Sprachlehrer, wie ich sehe.«

»Ja.«

»Wo arbeiten Sie?«

»In der Sprachschule Bertrand Mathis, 114 *bis,* Avenue Marceau, Paris VI.«

Während er das aufschrieb, warf ich einen Blick auf den Dicken. Er hatte die Augen geschlossen und befächelte sich mit dem Taschentuch sacht das Gesicht.

»*Attention!*« sagte der Kommissar scharf. »Sie haben eine Arbeitsgenehmigung?«

»Ja.«

»Zeigen Sie mir die mal!«

»Die ist in Paris. Ich bin hier auf Urlaub.«

»Sie sind jugoslawischer Staatsangehöriger?«

»Nein – ungarischer.«

Der *commissaire* machte ein erstauntes Gesicht und sah mich scharf an. Mein Herz sank. Wieder einmal stand die lange, umständliche Darlegung meiner Staatsangehörigkeit bevor – oder vielmehr der Tatsache, daß ich eigentlich keine besaß. Sie rief bei den Behörden jedesmal die schlimmsten Instinkte wach.

Der Kommissar durchstöberte ärgerlich die Papiere auf seinem Tisch. Plötzlich gab er einen Ausruf der Genugtung von sich und schwenkte mir etwas vor dem Gesicht herum. »Was für eine Erklärung haben Sie dann für das hier, Monsieur?«

Ich erschrak, als ich sah, daß »das hier« mein eigener Paß war – der Paß, von dem ich mir eingebildet hatte, er liege in meinem Koffer im Hotel. Das bedeutete, daß die Polizei in meinem Zimmer gewesen war. Ich wurde unruhig.

»Ich warte auf Ihre Erklärung, Monsieur. Wie kommt es, daß Sie als Ungar mit einem jugoslawischen Paß reisen? Noch dazu mit einem Paß, der seit zehn Jahren nicht mehr gültig ist?«

Aus einem Augenwinkel sah ich, daß der Dicke aufgehört hatte, sich das Gesicht zu befächeln. Ich begann mit der Erklärung, die ich auswendig konnte:

»Ich bin in Szabadka in Ungarn geboren, Monsieur. Durch den Vertrag von Trianon im Jahre 1919 ist Szabadka zu Jugoslawien gekommen. 1921 ging ich als Student an die Budapester Universität. Dazu ließ ich mir einen jugoslawischen Paß ausstellen. Als ich noch auf der Universität war, wurden mein Vater und mein älterer Bruder wegen einer politischen Verfehlung von der jugoslawischen Polizei erschossen. Meine Mutter war während des Krieges gestorben, und ich hatte sonst keine Verwandten oder Freunde. Man gab mir den Rat, lieber nicht nach Jugoslawien zurückzugehen. Die Verhältnisse in Ungarn waren entsetzlich. 1922 ging ich nach England, und blieb dort als Deutschlehrer an einer Schule in der Nähe von London, bis mir 1931 meine Arbeitsgenehmigung entzogen wurde. Gleichzeitig mit mir wurden auch vielen anderen Ausländern die Arbeitsgenehmigungen entzogen. Als mein Paß abgelaufen war, hatte ich bei der jugoslawischen Gesandtschaft eine Verlängerung beantragt, aber das war mit der Begründung abgelehnt worden, ich wäre nicht mehr jugoslawischer Staatsangehöriger. Später hatte ich die Einbürgerung in England beantragt, aber als ich meine Arbeitsgenehmigung verlor, war ich gezwungen, mir anderswo Arbeit zu suchen. Ich ging nach Paris. Ich bekam von der Polizei Aufenthaltsgenehmigung und Papiere, aber es hieß dabei, wenn ich aus Frankreich wegginge, dürfte ich nicht wieder zurückkommen. Ich habe inzwischen die französische Staatsangehörigkeit beantragt. Nächstes Jahr um diese Zeit«, schloß ich mit einem Versuch, gewinnend zu lächeln, »nächstes Jahr um diese Zeit hoffe ich meinen Militärdienst zu leisten.«

Ich blickte von dem einen zum andern. Der Dicke war dabei, sich eine Zigarette anzuzünden. Der *commissaire* tippte verächtlich auf meinen wertlosen Paß und sah seinen Kollegen an. Ich sah gerade zu dem Kommissar hin, als der Dicke sprach. Seine Stimme verschlug mir den Atem; denn von diesen dicken Lippen, dieser massiven Kinnlade, aus diesem mächtigen Körper kam eine ganz dünne, heisere Tenorstimme.

»Wegen was für einer politischen Tat sind Ihr Vater und Ihr Bruder erschossen worden?« fragte er.

Er sprach langsam und sorgfältig, als fürchtete er, seine Stimme könne zerbrechen. Als ich mich ihm zuwandte, zündete er sich eine Zigarette wie eine Zigarre an und blies einen Rauchstrahl auf das brennende Ende.

»Sie waren aktive Sozialisten geworden«, sagte ich.

»Ah!« sagte der Kommissar, als wäre nun alles bedenklich klar. »Das erklärt vielleicht . . .« begann er in unangenehmem Tone.

Doch der Dicke hob Einhalt gebietend die Hand. Die Hand war klein und schwabbelig, und am Gelenk war ein Fettwulst wie bei einem Baby. »Welche Sprachen unterrichten Sie, Monsieur Vadassy?« fragte er ruhig.

»Deutsch, Englisch und Italienisch, manchmal auch Ungarisch. Aber ich muß sagen, ich verstehe nicht, was diese Fragen mit meinem Paß zu tun haben!«

Er überging diese Bemerkung. »Sind Sie schon mal in Italien gewesen?«

»Ja.«

»Wann?«

»Als Kind. Wir sind immer in den Ferien hingefahren.«

»Sie sind nicht mehr dort gewesen, seit die Faschisten an der Macht sind?«

»Aus naheliegenden Gründen, nein.«

»Haben Sie in Frankreich italienische Bekannte?«

»Wo ich arbeite, ist einer. Ein Lehrer, so wie ich.«

»Wie heißt der?«

»Filippino Rossi.«

Ich sah, wie der *commissaire* den Namen aufschrieb.

»Sonst keine?«

»Nein.«

Ich war verdutzt. Worauf wollten sie hinaus? Was hatten Italiener mit meinem Paß zu tun? Ich wußte nicht, daß es lange dauern sollte, bis ich eine Antwort auf diese Frage bekam.

»Sie sind Photograph, Monsieur Vadassy?« Jetzt sprach wieder der Kommissar.

»Amateur, ja.«

»Wie viele Photoapparate besitzen Sie?«

Das ging doch ein bißchen weit. »Einen. Aber wollen Sie vielleicht so gut sein, mir zu sagen . . .«, begann ich.

Der Kommissar beugte sich erbost vor und schlug auf den Tisch. »Sie sind hier, um Antworten zu geben, nicht um Fragen zu stellen«, schrie er. Er machte eine Pause. »Also Sie sagen, Sie haben nur eine Kamera?«

»Ja.«

»Was für eine Marke?«

»Eine Contax.«

Er machte eine Schublade seines Schreibtisches auf. »Ist sie das hier?«

Ich erkannte meine geliebte Kamera.

»Allerdings«, sagte ich empört, »und ich möchte mal wissen, mit welchem Recht Sie mein Eigentum aus meinem Zimmer wegholen. Wollen Sie sie mir gefälligst wiedergeben!« Ich streckte die Hand danach aus.

Der Kommissar legte die Kamera in die Schublade zurück. »*Attention*, bitte! Einen anderen Apparat haben Sie nicht?«

»Nein. Das habe ich doch schon gesagt.«

Ein triumphierendes Grinsen breitete sich auf dem Gesicht des Kommissars aus. Er zog von neuem die Schublade auf. »Womit erklären Sie es dann, mein lieber Monsieur Vadassy, daß der Drogist im Dorf von Ihnen dieses Stück Kinofilm zum Entwickeln bekommen hat?«

Ich sah ihn staunend an. Zwischen seinen ausgestreckten Händen hielt er das entwickelte Negativ des Rollfilms, den ich dem Drogisten gegeben hatte. Von meinem Stuhl aus konnte ich gegen das Licht vom Fenster meine Experimentalaufnahmen erkennen: zwei Dutzend Bilder mit einem einzigen Motiv – Eidechsen. Dann sah ich den Kommissar wieder grinsen.

Ich lachte so aufreizend, wie ich konnte. »Offensichtlich sind

Sie kein Photograph, Monsieur«, sagte ich überlegen. »Das ist doch kein Kinofilm.«

»Nicht?« Er machte ein skeptisches Gesicht.

»Allerdings nicht. Ich gebe zu, daß er ein bißchen so aussieht. Aber Sie werden feststellen, daß Kinofilm einen Millimeter schmaler ist. Das ist ein normaler Rollfilm mit sechsunddreißig 24-mal-36-Millimeter-Aufnahmen für die Contax.«

»Dann sind diese Aufnahmen mit diesem Apparat hier gemacht, mit dem Apparat, der in Ihrem Zimmer gewesen ist?«

»Gewiß.«

Eine inhaltvolle Pause trat ein. Ich sah, daß die beiden Beamten Blicke tauschten. »Wann sind Sie in St. Gatien angekommen?« Diesmal fragte wieder der Dicke.

»Am Dienstag.«

»Von wo sind Sie gekommen?«

»Aus Nizza.«

»Um welche Zeit sind Sie in Nizza abgefahren?«

»Mit dem Zug um 9.20 Uhr.«

»Um welche Zeit sind Sie im *Réserve* angekommen?«

»Kurz vor dem Abendessen, ungefähr um 7 Uhr.«

»Aber der Zug aus Nizza kommt um 3.30 Uhr in Toulon an. Um 4 geht ein Autobus nach St. Gatien. Sie hätten um 5 hier sein müssen. Wieso sind Sie so spät angekommen?«

»Das ist doch lächerlich!«

Er blickte rasch auf. Die kleinen Augen waren kalt und drohend. »Antworten Sie auf meine Frage! Wieso sind Sie so spät angekommen?«

»Meinetwegen. Ich habe meinen Koffer in Toulon auf dem Bahnhof gelassen und bin am Hafen spazierengegangen. Ich war noch nie in Toulon gewesen, und um 6 ging ja noch ein Autobus.«

Er wischte sich bedächtig den Hals unter dem Kragen.

»Was haben Sie für ein Gehalt, Monsieur Vadassy –«

»1600 Francs im Monat.«

»Das ist nicht gerade viel, was?«

»Nein, leider nicht.«

»Ist die Contax nicht eine teure Kamera?«

»Es ist ein guter Apparat.«

»Sicherlich; aber ich möchte von Ihnen wissen, wieviel Sie dafür bezahlt haben.«

»4500 Francs.«

Er pfiff durch die Zähne. »Donnerwetter, das ist eine ganze Menge, nicht? Beinahe drei Monatsgehälter, wie?«

»Ja. Photographieren ist eben mein Steckenpferd.«

»Ein sehr teures Steckenpferd. Sie scheinen mit ihren 1600 Francs sehr geschickt umzugehen, Monsieur Vadassy. Urlaub in Nizza und auch noch im *Hôtel de la Réserve*! Wir armen Polizeibeamten können uns das nicht leisten, was, Herr Kommissar?«

Seine Stimme hatte einen humorvollen Tonfall. Der Kommissar lachte sarkastisch. Ich spürte, daß ich sehr rot im Gesicht wurde.

»Ich habe mir das Geld zusammengespart, um mir die Kamera zu kaufen«, sagte ich hitzig. »Und was diesen Urlaub betrifft, das ist seit fünf Jahren mein erster. Auch dazu habe ich mir das Geld zusammengespart.«

»Selbstverständlich!« Der Kommissar grinste höhnisch.

»Also, Monsieur«, stieß ich empört hervor, »jetzt reicht's mir! Jetzt bin ich dran, Erklärungen zu verlangen. Was wollen Sie eigentlich von mir? Ich bin bereit, wegen meines Passes Rede und Antwort zu stehen. Sie haben das Recht, danach zu fragen. Aber Sie haben nicht das Recht, mir mein Privateigentum zu stehlen. Ebensowenig haben Sie das Recht, mich in dieser Weise nach meinen Privatangelegenheiten auszufragen. Was meine Negative da angeht – und ich muß Sie darauf aufmerksam machen, daß auch sie Privateigentum sind, dem Sie anscheinend irgendeine geheimnisvolle Bedeutung beimessen –, so habe ich noch nicht davon gehört, daß es verboten ist, Eidechsen zu photographieren. Also, meine Herren, ein Verbrechen habe ich nicht begangen, aber ich habe Hunger, und im

Hotel gibt's jetzt Mittagessen. Wollen Sie mir jetzt bitte sofort meine Kamera, meine Aufnahmen und meinen Paß zurückgeben! Andernfalls gehe ich ohne die Sachen los – und geradenwegs zu einem Rechtsanwalt.«

Bei den letzten Worten schlug ich mit der Faust auf den Tisch des Kommissars. Ein Federhalter rollte zu Boden. Ein paar Sekunden lang herrschte tiefes Schweigen. Ich blickte von einem zum andern. Keiner von beiden rührte sich.

»Wie Sie wollen«, sagte ich endlich und wandte mich zur Tür.

»Einen Augenblick, Monsieur!« sagte der Dicke.

Ich blieb stehen. »Ja?«

»Bitte machen Sie sich selbst und uns keine Scherereien! Der *agent* draußen vor der Tür läßt Sie nicht durch. Wir haben Sie noch einiges zu fragen.«

»Es kann schon sein, daß Sie mich mit Gewalt hier festhalten können«, sagte ich verbissen, »aber Sie können mich nicht mit Gewalt dazu bringen, Ihnen Ihre Fragen zu beantworten.«

»Gewiß«, sagte der Dicke langsam, »juristisch stimmt das. Aber empfehlen möchten wir's Ihnen trotzdem – in Ihrem Interesse.«

Ich schwieg.

Der Dicke nahm das Negativ vom Schreibtisch des Kommissars, hielt den Streifen gegen das Licht und ließ ihn durch die Finger gleiten. »Mehr als zwei Dutzend Photos«, bemerkte er, »und alle so gut wie gleich. Na, das finde ich doch eigenartig. Sie nicht auch, Vadassy?«

»Durchaus nicht«, erwiderte ich schroff. »Wenn Sie auch nur ein kleines bißchen vom Photographieren verstünden oder wenn Sie wenigstens eine normale Beobachtungsgabe hätten, würden Sie bemerken, daß die Beleuchtung bei jeder Aufnahme anders ist, daß die Schatten auf jeder anders verteilt sind. Daß es sich bei dem photographierten Gegenstand durchweg um eine Eidechse handelt, ist unwesentlich. Die Unterschiede liegen in der Art, wie die einzelnen Aufnahmen ausgeleuchtet und komponiert sind. Jedenfalls, wenn es mir Spaß macht, hundert Aufnahmen von Eidechsen in der Sonne zu machen, so geht Sie das meiner Meinung nach nicht das mindeste an.«

»Eine sehr geschickte Erklärung, Vadassy. Sehr geschickt! Aber nun will ich Ihnen mal meine Meinung sagen. Ich glaube, es ist Ihnen überhaupt nicht darauf angekommen, was Sie bei diesen sechsundzwanzig Aufnahmen vor der Kamera hatten, und Sie haben den Film nur möglichst schnell abgeknipst, damit Sie die andern zehn Aufnahmen entwickeln lassen konnten.«

»Die andern zehn? Wovon reden Sie eigentlich?«

»Hat es denn einen Zweck, sich immer noch dumm zu stellen, Vadassy?«

»Ich weiß wirklich nicht, was Sie meinen.«

Er rappelte sich aus dem Sessel empor und trat dicht vor mich. »So? Wie ist das mit den ersten zehn Aufnahmen, Vadassy? Möchten Sie dem Kommissar und mir vielleicht erklären, weshalb Sie die gemacht haben? Ich glaube sicher, das würde uns interessieren!« Er tippte mir mit dem Finger auf die Brust. »Was hat Sie denn so interessiert, Vadassy – die Beleuchtung oder die Schattenverteilung bei den neuen Befestigungsanlagen vor dem Kriegsmarinehafen in Toulon?«

Ich starrte ihn mit offenem Munde an. Ich stieß hervor: »Soll das ein Witz sein? Die einzigen anderen Aufnahmen auf diesem Film sind Bilder, die ich bei einem Volksfest in Nizza am Tage vor meiner Abreise gemacht habe.«

»Sie geben zu, daß Sie die Aufnahmen auf diesem Film gemacht haben?« sagte er betont.

»Das hab' ich doch schon gesagt.«

»Gut. Bitte sehen Sie sich die Bilder an!«

Ich nahm das Negativ, hielt es gegen das Licht und ließ es langsam durch die Finger gleiten. Eidechsen, Eidechsen, Eidechsen. Einige der Aufnahmen schienen nicht übel gelungen zu sein. Eidechsen. Noch mehr Eidechsen. Plötzlich hielt ich inne. Was in aller Welt war das? Ich blickte rasch auf. Beide beobachteten mich aufmerksam.

»Nur weiter, Vadassy!« sagte der Kommissar ironisch. »Strengen Sie sich nicht an, ein erstauntes Gesicht zu machen!«

Ich wollte meinen Augen nicht trauen und sah mir das Negativ noch einmal an.

Da war eine Aufnahme von einem Küstenabschnitt, aus einiger Entfernung photographiert und teilweise von etwas verdeckt, das aussah wie ein Zweig dicht vor dem Objektiv. An der Küste war irgend etwas – ein kurzer grauer Streifen. Noch ein Bild desselben grauen Streifens, diesmal aus geringerer Entfernung und aus einem anderen Blickwinkel aufgenommen. An einer Seite des Streifens waren Dinger, die aussahen wie Lukenklappen. Weitere Ansichten, zwei davon aus demselben Blickwinkel, eine andere von oben und aus noch größerer Nähe aufgenommen. Dann kamen drei, bei denen eine dunkle Masse vor der Kamera fast die ganze Bildfläche einnahm. Der Rand der Masse war unscharf und wirkte im Profil andeutungsweise wie ein Stück Stoff. Dann kam etwas, das wie eine Betonfläche aussah, ganz nahe der Kamera und daher unscharf. Das letzte Bild war überbelichtet, aber nur die eine Ecke war verdeckt. Es war, wie es schien, von einem Ende einer breiten Betonplattform aufgenommen. Einige merkwürdige Glanzlichter waren darauf.

Einen Augenblick betrachtete ich sie verständnislos. Dann endlich begriff ich: Ich hatte die langen, schlanken Rohre von Festungsgeschützen vor mir.

3

Auftrag

Die Formalitäten meiner Verhaftung besorgte der Untersuchungsrichter, ein nervöses Männchen, das mich, von einem dicken Kriminalbeamten angestachelt, einem flüchtigen Verhör unterzog, ehe es dem Kommissar Anweisungen gab, mich unter Anklage zu stellen. Die Anklage lautete, wie ich erfuhr, auf Spionage, unbefugtes Betreten militärischen Geländes, Photographieren zwecks Gefährdung der Sicherheit der Französischen Republik und Besitz von entsprechenden Photographien. Nachdem mir die Anklagepunkte vorgelesen worden waren und ich zu erkennen gegeben hatte, daß ich sie verstanden hätte, wurden mir der Inhalt meiner Taschen und mein Gürtel abgenommen (vermutlich damit ich mich nicht aufhängen konnte). Dann wurde ich, indem ich mir den Hosenbund festhielt, in eine Zelle im hinteren Teil des Baues geführt. Dort ließ man mich allein.

Das Wort »verdutzt« würde meinen Gemütszustand während dieser Szene bagatellisieren. Ich war derart verwirrt, daß ich jede Art Protest erst mal verworfen hatte. Deshalb hatte ich überhaupt nichts gesagt und die Polizei aus meinem Schweigen sicherlich ihre eigenen Schlüsse gezogen. Nun aber, da ich mir selbst überlassen war, begann ich, ruhiger nachzudenken.

Es war lächerlich! Es war skandalös! Es war unmöglich! Es war aber geschehen. Ich saß in einer Polizeizelle, verhaftet wegen Spionage. Die Strafe, falls es zu einem Schuldspruch kam, mochte vielleicht vier Jahre Gefängnis sein – vier Jahre in einem französischen Gefängnis – und dann Deportation. Ein Gefängnis konnte ich wohl über mich ergehen lassen, sogar ein französisches – aber Deportation!

Ein Gefühl der Schwäche und der verzweifelten Angst kam über mich. Wenn Frankreich mich auswies, gab es kein Land mehr, in das ich gehen konnte. In Jugoslawien erwartete mich Verhaftung. Ungarn nahm mich sicherlich nicht auf. Ebensowenig Deutschland und Italien. Selbst wenn es einem Mann, der wegen Spionage verurteilt worden war, gelang, ohne Paß nach England zu kommen, so gab man ihm dort keine Arbeitsgenehmigung. Für Amerika war ich nur ein weiterer unerwünschter Ausländer. Die südamerikanischen Republiken verlangten wahrscheinlich als Garantie für meine gute Führung große Summen, die ich nicht besaß. Sowjetrußland hatte für jemanden wie mich vermutlich ebensowenig übrig wie England. Selbst die Chinesen verlangten einen Paß. Dann gab es also kein Land mehr, in das ich gehen konnte, keines. Was spielte das schließlich für eine Rolle? Niemand fragte danach, was aus einem unbedeutenden Sprachlehrer ohne Staatsangehörigkeit wurde. Es gab keine Regierung, die »jedermann aufforderte und ersuchte, den Genannten frei und ungehindert passieren zu lassen«. Kein Konsul setzte sich für ihn ein; kein Parlament, kein Kongreß, keine Kammer nahm sich seines Schicksals an. Amtlich existierte er gar nicht; er war ein abstrakter Begriff, ein Gespenst. Anständiger- und logischerweise konnte er nichts weiter tun als sich umzubringen, und zwar so, daß keine Leiche übrigblieb. Vielleicht erfüllte da Feuer den Zweck. Asche zu Asche, Staub zu Staub.

Ich riß mich zusammen. Ich war ja noch gar nicht wegen Spionage verurteilt. Ich saß noch nicht im Gefängnis. Ich war immer noch in Frankreich. Ich mußte meinen Kopf anstrengen, scharf überlegen, die gewiß vorhandene ganz einfache Erklärung für diese Photographien in meinem Apparat finden. Ich mußte alles ganz genau überdenken, ohne auch nur eine Kleinigkeit auszulassen. Ich mußte mich zunächst noch einmal nach Nizza zurückversetzen.

Am Montag, so erinnerte ich mich, hatte ich den neuen Film in den Apparat eingelegt und die Aufnahmen bei dem Volksfest gemacht. Dann war ich ins Hotel zurückgegangen und hatte die Kamera in meinen Koffer gesteckt. Dort war sie auch noch gewesen, als ich am Abend des gleichen Tages packte. So weit, so gut. Sie war in meinem Koffer geblieben, bis ich ihn am Dienstagabend im Hotel Réserve auspackte. Während meines Aufenthaltes in Toulon war der Koffer in der Gepäckaufbewahrung auf dem Bahnhof gewesen. Konnte während der zwei Stunden, die ich in Toulon spazierengegangen war, jemand den Apparat benutzt haben? Nein. Unmöglich. Der Koffer war abgeschlossen gewesen, und innerhalb von zwei Stunden konnte ihn niemand in der Gepäckaufbewahrung aufgebrochen, den Apparat gestohlen, diese gefährlich aussehenden Aufnahmen gemacht und den Apparat wieder in den Koffer praktiziert haben. Außerdem – wozu hätte er ihn wieder hineinlegen wollen? Nein, so ging es nicht.

Dann überfiel mich ein anderer Gedanke. Daß ich darauf nicht schon längst gekommen war! Was war ich doch für ein Trottel! Die Aufnahmen, die ich angeblich gemacht hatte, waren die ersten zehn auf dem Film. Das mußten sie gewesen sein, denn meine letzte Eidechsenaufnahme war Nummer 36 gewesen. Man kann einen Rollfilm nicht zurückdrehen, und Doppelbelichtungen waren nicht darauf. Da ich bei dem Volksfest in Nizza einen Film angefangen hatte, mußte folglich ein neuer Film eingelegt worden sein, bevor die Aufnahmen in Toulon gemacht worden waren.

In meiner Aufregung sprang ich vom Bett empor, auf dem ich gesessen hatte, und meine Hosen rutschten herunter. Ich zog sie hoch, steckte die Hände in die Taschen und schritt so in der Zelle auf und ab.

Natürlich! Jetzt erinnerte ich mich wieder. Als ich mit den Eidechsenaufnahmen anfing, hatte ich mich ein bißchen darüber gewundert, daß die Bildzählscheibe an der Kamera die Nummer 11 anzeigte. Ich war der Meinung gewesen, ich hätte in Nizza nur acht Bilder gemacht. Aber man vergißt ja leicht die eine oder andere Aufnahme, besonders wenn man 36 Bilder auf dem

Film hat, und ich hatte nicht weiter darüber nachgedacht. Ja, bestimmt war der Film ausgewechselt worden. Aber wann? Vor meiner Ankunft im Hotel Réserve konnte es nicht geschehen sein, und am nächsten Morgen nach dem Frühstück hatte ich mit den Eidechsen angefangen. Daraus ergab sich also, daß jemand zwischen 7 Uhr am Dienstagabend und halb 9 am Mittwochmorgen – der Zeit des Frühstücks – meine Kamera aus meinem Zimmer geholt, einen neuen Rollfilm eingelegt hatte, nach Toulon gefahren, in das sorgfältig bewachte Militärgelände eingedrungen war, die Aufnahmen gemacht, sich ins *Hôtel de la Réserve* zurückbegeben und die Kamera wieder in mein Zimmer gebracht haben mußte.

Es macht fast den Eindruck, als sei es jemandem darauf angekommen, mich zu belasten. Wie war die Polizei auf die Sache gekommen? Hatte der Mann, der die Aufnahmen gemacht hatte, sie anonym benachrichtigt? Da war freilich der Drogist. Offensichtlich hatte die Polizei dem Eigentümer des Negativs aufgelauert. Vielleicht waren die Aufnahmen bei dem Drogisten gefunden worden, und er hatte geschworen, sie gehörten mir. Aber andererseits erklärte das nicht, wieso sie mit meinen eigenen Aufnahmen zusammen auf einen Film geraten waren. Von einer Klebestelle war auf dem Negativ nichts zu sehen gewesen. Es war rätselhaft.

Ich war noch fieberhaft dabei, die Geschichte zum drittenmal zu überdenken, als draußen auf dem Gang Schritte zu hören waren und die Tür meiner Zelle aufging. Der Dicke mit dem seidenen Anzug kam herein. Die Tür schloß sich hinter ihm.

Einen Augenblick lang stand er da und wischte sich mit dem Taschentuch unter dem Kragen herum. Dann nickte er mir zu und setzte sich auf das Bett.

»Setzen Sie sich, Vadassy!«

Während ich mich auf das einzige andere Möbelstück in dem Raum setzte, ein emailliertes eisernes Bidet mit Holzdeckel, fragte ich mich, was für ein neuer Schlag mir nun wohl bevorstehen möge. Die kleinen, gefährlichen Augen musterten mich nachdenklich.

»Möchten Sie einen Teller Suppe und ein Stück Brot?«

Das hatte ich nicht erwartet. »Nein, danke. Ich habe keinen Hunger.«

»Dann vielleicht eine Zigarette?« Er hielt mir ein zerknittertes Päckchen Gauloises hin.

Diese Sorge um mein Wohlergehen kam mir höchst verdächtig vor. Aber ich nahm eine. »Danke, Monsieur.«

Er gab mir mit seiner eigenen Zigarette Feuer. Dann wischte er sich sorgfältig den Schweiß auf der Oberlippe und hinter den Ohren ab.

»Weshalb haben Sie zugegeben«, sagte er endlich, »daß Sie diese Photos gemacht haben?«

»Ist das noch ein offizielles Verhör?«

Er fegte mit dem schon schweißfeuchten Taschentuch Zigarettenasche von seinem Bauch ab. »Nein. Sie werden vom zuständigen *juge d'instruction* offiziell verhört. Damit habe ich nichts zu tun. Ich bin von der *Sûreté Générale*. Ich bin dem Nachrichtendienst der Kriegsmarine zugeteilt. Sie können ganz offen mit mir sprechen.«

Mir war nicht ganz klar, wie er erwarten konnte, daß ein Spion mit einem Beamten des Geheimdienstes der Kriegsmarine offen spräche, aber ich warf diese Frage nicht auf. Jedenfalls hatte ich durchaus die Absicht, so offen zu sprechen, wie man es mir nur gestattete.

»Gut. Ich habe zugegeben, daß ich die Photos gemacht habe, weil ich sie tatsächlich gemacht habe. Das heißt – alle Aufnahmen auf dem Film, bis auf die ersten zehn.«

»Schön. Aber was für eine Erklärung haben Sie dann für diese ersten zehn Aufnahmen?«

»Ich glaube, der Film in meinem Apparat ist ausgewechselt worden.«

Er zog die Augenbrauen hoch. Ich begann eine lange Darstellung aller meiner Unternehmungen seit meiner Abfahrt aus Nizza und meiner Überlegungen hinsichtlich der Herkunft der belastenden Photos.

Er ließ mich ausreden; aber was ich sagte, machte ihm offenbar keinen großen Eindruck. »Das sind natürlich keine Beweise«, sagte er, als ich fertig war.

»Ich bringe es auch nicht als Beweis vor. Ich bemühe mich nur, eine vernünftige Erklärung für diese unglaubliche Angelegenheit zu finden.«

»Der Kommissar ist der Meinung, er habe die Erklärung schon gefunden. Ich kann's ihm nicht verdenken. Die Umstände sprechen klar gegen Sie. Die Aufnahmen sind auf einem Negativ, das von Ihnen stammt, wie Sie selber zugegeben haben. Außerdem machen Ihre Personalien einen verdächtigen Eindruck. Sehr einfach!«

Ich sah ihm in die Augen. »Aber wenn ich Sie recht verstehe, Monsieur, sind Sie nicht überzeugt davon?«

»Das habe ich nicht gesagt.«

»Nein, aber Sie würden wohl kaum hier sein und in dieser Weise mit mir sprechen, wenn Sie überzeugt wären.«

Sein Unterkiefer verzog sich und setzte zu einem Lächeln an. »Sie überschätzen Ihre eigene Wichtigkeit. Mir geht es nicht um Spione, sondern um ihre Auftraggeber.«

»Dann bemühen Sie sich bei mir umsonst«, sagte ich ärgerlich. »Ich bin nicht der, der die Photos gemacht hat, und mein einziger Auftraggeber ist Monsieur Mathis, der mir mein Gehalt als Sprachlehrer zahlt.«

Doch er schien nicht zuzuhören. Eine Pause trat ein.

»Der Kommissar und ich sind uns darüber einig«, sagte er endlich, »daß Sie dreierlei sein können: ein gerissener Spion, ein sehr dummer Spion oder ein Unschuldiger. Ich kann wohl sagen, daß der Kommissar den Eindruck gewonnen hat, Sie sind wahrscheinlich das zweite. Ich habe von Anfang an dazu geneigt, Sie für unschuldig zu halten. Sie haben sich viel zu dumm benommen. Ein Schuldiger dürfte sich wohl kaum so irrsinnig benehmen.«

»Danke.«

»Auf Ihren Dank lege ich nicht den geringsten Wert, Vadassy. Es war eine Schlußfolgerung, die mir höchst unwillkommen war. Auf alle Fälle kann ich jetzt nichts für Sie tun. Bitte seien Sie sich darüber im klaren: Sie sind von dem Kommissar verhaftet worden. Es mag sein, daß Sie unschuldig sind, aber meine Nachtruhe wird es gewiß nicht stören, wenn man Sie ins Gefängnis steckt.«

»Das glaube ich ohne weiteres.«

»Andererseits«, fuhr er nachdenklich fort, »ist es sehr wichtig, daß ich herausbekomme, wer die Aufnahmen tatsächlich gemacht hat.«

Wieder trat Schweigen ein. Ich spürte, daß er mit einer Äußerung von mir rechnete. Doch ich wartete, daß er weiterspräche.

Nach einigen Augenblicken tat er es. »Wenn der wirkliche Täter aufgespürt wird, können wir vielleicht etwas für Sie tun, Vadassy.«

»Etwas für mich tun?«

Er räusperte sich geräuschvoll. »Na, es gibt ja keinen Konsul, der sich für Sie einsetzen könnte. Es liegt an uns, dafür zu sorgen, daß Sie anständig behandelt werden. Unter der Voraussetzung natürlich, daß Sie sich gebührend hilfsbereit zeigen, brauchen Sie nichts zu fürchten.«

Allmählich wurde mir klar, worauf diese dunklen Andeutungen hinzielten. Ich umklammerte fest meine Knie, um dem Mann nicht an die Kehle zu springen.

»Ich habe Ihnen schon alles gesagt, was ich weiß, Monsieur ...« Ich hielt inne. Ich hatte einen Klumpen im Hals, und die Worte kamen einfach nicht mehr. Aber der Dicke glaubte offenbar, ich wartete, daß er mir seinen Namen nenne.

»Beghin«, sagte er, »Michel Beghin.« Er machte eine Pause und blickte wieder auf seinen Bauch. Es war unerträglich heiß in der Zelle, und ich sah, wie der Schweiß von seiner Brust auf seinem gestreiften Hemd feuchte Flecken bildete. »Trotzdem«, setzte er hinzu, »ich glaube, Sie könnten uns vielleicht behilflich sein.«

Er stand von dem Bett auf, ging an die Zellentür und schlug einmal mit der Faust daran. Der Schlüssel klirrte im Schloß, und ich sah die Uniform eines Polizeibeamten draußen. Der Dicke murmelte etwas, das ich nicht verstehen konnte, und die Tür schloß sich wieder. Er blieb davor stehen und zündete sich eine neue Zigarette an. Nach einer Minute ging die Tür wieder auf, und er nahm dem Beamten etwas aus der Hand. Als die Tür sich wieder schloß, drehte er sich um. In der Hand hatte er den Photoapparat.

»Erkennen Sie den?«

»Natürlich.«

»Da – sehen Sie ihn sich mal ganz gründlich an! Ich möchte wissen, ob Ihnen etwas daran auffällt.«

Ich nahm ihn und tat es. Ich prüfte den Verschluß, den Sucher und den Entfernungsmesser; ich nahm das Objektiv heraus und machte den Apparat auf. Ich untersuchte den Apparat von hinten und von vorne, von innen und von außen. Schließlich steckte ich ihn wieder in die Ledertasche.

»Mir fällt nichts daran auf. Er ist genauso, wie ich ihn aus der Hand gelegt habe.«

Er griff in seine Tasche und zog ein zusammengefaltetes Blatt Papier heraus. Er hob es hoch. »Das haben wir in Ihrer Brieftasche gefunden, Vadassy. Sehn Sie sich das mal an!«

Ich nahm das Blatt und faltete es auseinander. Dann sah ich ihn an. »Na, und was ist damit?« sagte ich abwehrend. »Das ist nichts weiter als der Versicherungsschein für die Kamera. Sie haben doch selber darauf aufmerksam gemacht, daß es ein teurer Apparat ist. Ich habe ein paar Francs bezahlt, um ihn gegen Verlust oder«, fügte ich beziehungsvoll hinzu, »gegen Diebstahl zu versichern.«

Er nahm mir das Blatt mit einem ungeduldigen Seufzer aus der Hand. »Es ist Ihr Glück«, sagte er, »daß die französischen Rechtsorgane sich um Irre genauso kümmern wie um Verbrecher. Durch diesen Schein ist Josef Vadassy gegen den Verlust der Contax Nummer f/64523/2 versichert. Bitte sehen Sie sich die Nummer an dieser Kamera hier an!«

Ich sah sie mir an. Mein Herz setzte aus. Es war eine andere Nummer.

»Dann ist das ja gar nicht mein Apparat!« rief ich aufgeregt. »Aber wieso waren meine Aufnahmen auf dem Negativ?«

Im Rückblick muß ich zugeben, daß die ärgerliche Ungeduld in dem Gesicht des Mannes mehr als berechtigt war. Ich war sehr schwer von Begriff. Seine Stimme schraubte sich zu einem noch höheren Piepston empor, als er erwiderte: »Weil nicht der Film vertauscht worden ist, Sie armer Irrer, sondern der Apparat. Dieses Modell ist ein Serienartikel, der weit verbreitet ist. Sie haben mit diesem Apparat Ihre blödsinnigen Eidechsen photographiert, als die Aufnahmen aus Toulon schon auf dem Film waren. Sie haben sogar bemerkt, daß die Nummer auf dem Bildzähler eine andere war als bei Ihrem eigenen Apparat. Dann haben Sie den Film rausgenommen und ihn zu dem Drogisten gebracht. Der hat diese zehn Aufnahmen gesehen, und wie auch der Dümmste merken muß, hat er erkannt, was sie darstellen, und hat sie zur Polizei gebracht. Na, begreifen Sie jetzt, Sie Irrer?«

Ich begriff. »Also«, sagte ich, »als Sie so großmütige Töne von Ihrem Glauben an meine Unschuld geredet haben, sind Sie sich darüber schon völlig im klaren gewesen. Unter diesen Umständen möchte ich gern wissen, mit welchem Recht Sie mich eigentlich hier in Haft halten.«

Er wischte sich mit dem Taschentuch seine Glatze ab und betrachtete mich unter gesenkten Lidern hervor. »Nein, den Eindruck, daß Sie unschuldig sind, habe ich durch Ihr Benehmen während des Verhörs bekommen. Sie sind offensichtlich dumm. Die Anklage gegen Sie war schon erhoben, als wir diesen Versicherungsschein entdeckt haben. Aber ich habe Ihnen ja schon gesagt, daß ich mit Ihrer Verhaftung nichts zu schaffen habe. Ich kann da nichts tun. Der Kommissar ist böse auf Sie, weil dieses Beweisstück ihm seine Anklageunterlagen verpfuscht hat; aber im Interesse der Gerechtigkeit hat er sich bereit erklärt, drei von den Anklagepunkten zu streichen. Aber einer bleibt stehen.«

»Nämlich welcher?«

»Sie sind im Besitz von Photographien gewesen, die eine Gefährdung der Sicherheit der Republik darstellen. Das ist ein schwerer Verstoß. Dieser Punkt bleibt bestehen, falls nicht«, fügte er bedeutungsvoll hinzu, »falls nicht Mittel und Wege gefunden werden können, um ihn ebenfalls zu streichen. Ich werde mich selbstverständlich beim Kommissar für Sie einsetzen; aber ich fürchte, wenn ich nicht einen triftigen Grund zu diesem eigentlich unzulässigen Schritt vorbringen kann, nimmt das Verfahren seinen Lauf. Und das bedeutet jedenfalls Deportation.«

Mein Gehirn wurde eiskalt. »Sie meinen«, sagte ich ruhig, »wenn ich mich nicht hilfsbereit zeige, wie Sie das nennen, wird man auf dieser lächerlichen Anklage bestehen?«

Er gab keine Antwort. Er zündete sich seine vierte Zigarette an. Als er damit fertig war, ließ er sie leicht zwischen seinen schlaffen Lippen hängen. Er blies Rauch aus und starrte versonnen auf die kahle Wand, als wäre da ein Gemälde und er ein Kunsthändler, der sich überlegte, ob er bieten sollte.

»Die Photoapparate«, sagte er nachdenklich, »können aus dreierlei Gründen vertauscht worden sein. Es kann sein, daß Ihnen jemand etwas antun wollte. Es kann sein, daß jemand die Photos schnell loswerden wollte. Oder es kann versehentlich passiert sein. Die erste Hypothese können wir, glaub' ich, ausscheiden. Sie ist zu umständlich. Es hätte keine Garantie dafür gegeben, daß Sie – erstens – den Film zum Entwickeln bringen würden und daß – zweitens – der Drogist damit zur Polizei gehen würde. Die zweite Hypothese sieht unrealistisch aus. Die Photos waren wertvoll, und der Betreffende hätte nicht ohne weiteres damit rechnen können, sie wiederzukriegen. Außerdem wären sie in dem Apparat durchaus sicher gewesen.

Nein, ich glaube, es handelt sich um ein Versehen. Die Apparate haben beide genau die gleiche Form und die gleiche Ledertasche. Sie selber haben den Beweis dafür geliefert, indem Sie keinen Unterschied merkten. Aber wo und wann sind sie vertauscht worden? In Nizza nicht, denn Sie haben mir gesagt, Sie hätten Ihren Apparat ins Hotel zurückgebracht und eingepackt. Auf der Reise nicht, denn er hat die ganze Zeit in Ihrem abgeschlossenen Koffer gesteckt. Die Vertauschung ist im *Hôtel Réserve* passiert. Wenn die Vertauschung ein Versehen war, dann kann es nur in einem der Aufenthaltsräume dazu gekommen sein. Um welche Zeit? Sie haben Ihren Apparat gestern zum Frühstück mit runtergebracht, haben Sie mir erzählt. Wo haben Sie gefrühstückt?«

»Auf der Terrasse.«

»Haben Sie da den Apparat mitgenommen?«

»Nein. Ich habe ihn in der Ledertasche auf einem der Stühle in der Diele gelassen und wollte ihn hinterher auf dem Wege in den Garten wieder mitnehmen.«

»Um welche Zeit sind Sie zum Frühstück gegangen?«

»Um halb neun ungefähr.«

»Und in den Garten?«

»Ungefähr eine Stunde später.«

»Und dann haben Sie die Aufnahmen gemacht?«

»Ja.«

»Um welche Zeit sind Sie zurückgekommen?«

»Es war fast zwölf.«

»Was haben Sie dann gemacht?«

»Ich bin sofort in mein Zimmer gegangen und habe den belichteten Film herausgenommen.«

»Ehe Sie angefangen haben, Ihre Eidechsen zu photographieren, haben Sie also Ihren Apparat nur eine Stunde allein gelassen, von halb neun bis halb zehn?«

»Richtig.«

»Und in dieser Zeit hat er auf einem Stuhl neben der Tür zum Garten gelegen?«

»Ja.«

»Jetzt denken Sie mal genau nach! Lag der Apparat, als Sie ihn wieder holten, genauso da, wie Sie ihn hingelegt hatten?«

Ich dachte sorgfältig nach. »Nein!« sagte ich endlich. »Ich hatte ihn mit dem Riemen der Ledertasche an einer Stuhllehne aufgehängt. Als ich ihn wieder holte, lag er auf dem Sitzplatz eines anderen Stuhles. Mir ist so, als hätte ich gedacht, jemand aus dem Hotelbüro hätte ihn liegen sehen und gemeint, so läge er sicherer.«

»Sie haben nicht nachgesehen, ob er noch da hing, wo Sie ihn hingehängt hatten?«

»Nein, das nicht. Ich habe ihn auf dem Stuhlsitz liegen sehen und ihn genommen. Wozu hätte ich nachsehen sollen?«

»Sie könnten ja bemerkt haben, ob an der Stuhllehne noch ein Photoapparat hing.«

»Das kann ich leicht übersehen haben. Der Riemen ist so lang, daß die Kameratasche selbst unter der Sitzhöhe des Stuhles gehangen haben muß.«

»Na schön. Also demnach ist es so gewesen: Sie hängen den Apparat an eine Stuhllehne. Als Sie zurückkommen, sehen Sie einen Apparat von genau dem gleichen Typ auf dem Sitz eines anderen Stuhles. Sie halten ihn für Ihr Eigentum, nehmen ihn und lassen Ihren Apparat an der Lehne des ersten Stuhles hängen, wo Sie ihn hingehängt haben. Dann kommt vermutlich der Besitzer des zweiten Apparates, sieht, daß sein Apparat nicht mehr auf dem Stuhl liegt, sieht sich um und entdeckt Ihren.«

»So wird's wohl gewesen sein.«

»Sind sämtliche Gäste beim Frühstück gewesen?«

»Das weiß ich nicht. Das Hotel hat nur achtzehn Zimmer, und nicht alle sind besetzt, aber ich war ja erst am Abend vorher angekommen. Ich kann das einfach nicht wissen. Aber an den Stühlen muß jeder vorbei, wenn er 'runterkommt und durch die Diele geht.«

»Dann, mein lieber Vadassy, können wir mit einiger Sicherheit sagen, daß einer von den Gästen, die jetzt im Hotel Réserve sind, derjenige ist, dem dieser Apparat gehört und der diese Aufnahmen gemacht hat. Aber welcher? Ich glaube, die Kellner und das übrige Hotelpersonal können wir übergehen, denn die sind alle hier aus dem Dorf oder aus der Umgegend. Selbstverständlich werden wir Erkundigungen einziehen, aber ich glaube, davon werden wir nichts haben. Dann sind da noch zehn Gäste und der Hotelgeschäftsführer Köche und seine Frau. Also, Vadassy, der Schuldige hat Ihren Apparat gehabt, eine Contax, die genauso aussieht wie diese hier. Wie Sie gewiß einsehen, kommt es natürlich nicht in Frage, daß wir die ganze Pension verhaften und das Gepäck von jedem einzelnen durchsuchen. Es sind mehrere Ausländer darunter, und ihre Konsuln würden uns Scherereien machen. Aber davon ganz abgesehen – es könnte auch sein, daß wir den Apparat nicht finden. In diesem Falle wäre der Schuldige gewarnt, und wir könnten nichts machen. Die Erkundigungen«, fuhr er beziehungsvoll fort, »müßten von jemandem eingezogen werden, dessen Anwesenheit keinen Verdacht erregen würde und der direkt feststellen könnte, bei wem eine Contax gesehen worden ist.«

»Denken Sie etwa an mich?«

»Ja. Sie könnten zunächst ganz einfach feststellen, wer von diesen Leuten einen Photoapparat hat. Auf die, die einen Apparat haben, aber keine Contax, fällt der Verdacht vielleicht weniger als auf die, die keinen Apparat haben. Sie verstehen, Vadassy – derjenige, der Ihren Apparat hat, hat vielleicht mittlerweile die Verwechslung bemerkt. In diesem Falle würde er Ihren Apparat verstecken, damit nicht herauskommt, daß der Apparat mit den Aufnahmen aus Toulon ihm gehört. Es besteht auch die Möglichkeit«, fügte er gedankenverloren hinzu, »daß er den Versuch macht, seinen eigenen Apparat wieder zurückzubekommen. Darauf müßten Sie aufpassen.«

»Sie machen diesen Vorschlag doch nicht etwa im Ernst?«

Er sah mich kalt an. »Glauben Sie mir, mein Freund, ich wäre froh, wenn ich noch eine andere Möglichkeit sähe. Sie machen mir keinen sehr intelligenten Eindruck.«

»Ich bin doch in Haft. Ich nehme kaum an«, sagte ich bissig, »daß Sie den Kommissar dazu bewegen können, mich freizulassen.«

»Der Haftbefehl gegen Sie bleibt bestehen, aber Sie werden auf Ehrenwort freigelassen. Nur Köche weiß von Ihrer Verhaftung. Wir sind in Ihrem Zimmer gewesen. Er war nicht erbaut davon, aber wir haben ihm erklärt, es handelt sich um eine Paßangelegenheit und Sie hätten Ihr Einverständnis gegeben. Sie geben jetzt einfach an, es wäre uns ein Mißverständnis unterlaufen und Sie wären versehentlich festgehalten worden. Sie melden sich jeden Morgen telephonisch hier bei mir. Telephonieren Sie auf dem Postamt im Dorf! Wenn Sie mich zu einer anderen Tageszeit erreichen wollen, rufen Sie den Kommissar an.«

»Aber ich muß Samstag früh abfahren, zurück nach Paris. Am Montag fängt der Schulbetrieb wieder an.«

»Sie bleiben hier, bis Sie Erlaubnis zum Wegfahren bekommen. Sie dürfen auch keinen Versuch machen, sich mit irgend jemandem außerhalb des Hotels in Verbindung zu setzen – abgesehen von der Polizei.«

Ein scheußliches Gefühl der Hilflosigkeit beschlich mich. Ich sprang auf. »Das ist ja Erpressung!« rief ich außer mir. »Ich werde meine Stelle verlieren.«

Beghin stand auf und stellte sich vor mich hin. Sein dickes Gesicht rief den Eindruck hervor, er wäre nicht mehr als mittelgroß, aber ich mußte den Blick heben, um in seine kleinen Augen zu sehen.

»Hören Sie zu, Vadassy!« sagte er, und in seiner lächerlichen Stimme lag ein unangenehmer Ton, der weit drohender klang als das bramarbasierende Gepolter des Kommissars. »Sie bleiben im Hotel Réserve, bis man Ihnen sagt, Sie können gehen. Wenn Sie den Versuch machen, sich früher aus dem Staube zu machen, werden Sie wieder in Haft genommen, und ich werde persönlich dafür sorgen, daß Sie mit dem Dampfer nach Dubrownik deportiert werden und daß Ihre Akte der jugoslawischen Polizei übergeben wird. Merken Sie sich das! Je schneller wir dahinterkommen, wer diese Aufnahmen gemacht hat, desto eher können Sie fahren. Aber machen Sie keine Mätzchen und schreiben Sie keine Briefe! Tun Sie, was ich Ihnen sage, oder Sie werden deportiert. Sie können überhaupt von Glück reden, wenn Sie um die Deportation herumkommen. Also nehmen Sie sich in acht! Verstanden?«

Ich verstand. Sehr genau.

Eine Stunde darauf wanderte ich die Straße vom *commissariat* zum Dorf zurück. Die Contax hing über meiner Schulter. Wenn ich mit der Hand in die Tasche fuhr, fühlte ich einen Zettel, auf dem mit Schreibmaschine die Gäste des Hotels verzeichnet waren.

Es war etwa halb sechs, und auf den Booten an der Kaimauer im Hafen lag schon der Schatten. Ich warf auf die Drogerie keinen Blick, als ich daran vorbeikam. In der schmalen Straße spielten Kinder. Ich paßte nicht auf, wohin ich ging, und lief in eines der Kinder hinein, ein kleines Mädchen. Es fiel hin und schlug sich das Knie auf. Die Kamera rutschte mir von der Schulter, als ich das Mädchen aufheben wollte, und ehe ich sie wieder zurechtgerückt hatte und dem Kind helfen konnte, war es schreiend davongelaufen. Ich ging weiter bergan, verfolgt von sechs oder sieben Kindern, die mir Schmährufe nachkreischten. Sie begannen im Chor zu rufen:

»Bonjour Tonton, bonjour Tintin,
Pige ce vieux radin!
Bonjour Tonton, bonjour Tintin
Pige ce vieux radin!«

Köche war in seinem Büro, als ich endlich im Hotel ankam. Ich wollte daran vorbei in mein Zimmer gehen. Da kam er heraus. Er hatte Blue Jeans, Sandalen und einen *maillot* an, und sein nasses Haar verriet, daß er gerade gebadet hatte. Mit seiner großen, dürren, schlaksigen Gestalt und seinem verschlafenen

Wesen machte er sehr wenig den Eindruck eines Geschäftsführers.

»Ah, Monsieur«, sagte er mit leisem Lächeln, »Sie sind wieder da. War hoffentlich nichts Schlimmes? Die Polizei ist heute morgen hier gewesen. Die Beamten haben gesagt, sie hätten von Ihnen die Genehmigung, Ihren Paß mitzunehmen.«

Ich machte ein möglichst verdrossenes Gesicht. »Nein, nichts Schlimmes. Es war eine Personenverwechslung, und sie haben unglaublich lange gebraucht, um das Versehen festzustellen. Ich habe einen Protest und eine offizielle Beschwerde eingereicht. Mittagessen habe ich dort bekommen. Die Beamten haben sich entschuldigt. Was kann man schon tun? Die französische Polizei ist einfach lächerlich.«

Er machte ein ernstes Gesicht, tat erstaunt und empört und bewunderte meine Langmut. Er glaubte mir offensichtlich nicht ganz. Ich konnte es ihm kaum verdenken. Ich fühlte mich zu schwach, um glaubhaft den beleidigten Bürger spielen zu können.

»Übrigens, Monsieur«, sagte er beiläufig, als ich auf die Treppe zuging, »Sie fahren am Samstagmorgen, so war's doch?«

Er wollte mich also loswerden. Ich tat so, als dächte ich über die Frage nach. »Ja, ich habe die Absicht«, sagte ich, »aber vielleicht entschließe ich mich auch, noch ein paar Tage länger zu bleiben. Das heißt«, fügte ich mit frostigem Lächeln hinzu, »wenn die Polizei nichts dagegen hat.«

Er zögerte kaum eine Sekunde lang. »Das sollte mich sehr freuen«, sagte er. Er war nicht gerade begeistert.

Ich wandte mich wieder zum Gehen. Vielleicht bildete ich's mir nur ein, aber mir war so, als wären seine Augen auf die Kamera gerichtet.

4

Personenverzeichnis

Es fällt mir heute schwer, mich genau an die nächsten zwei Stunden zu erinnern. Ich weiß aber noch, daß es für mich, als ich wieder in meinem Zimmer war, nur eine einzige Frage auf der Welt gab: Ging am Sonntagnachmittag ein Zug von Toulon nach Paris? Ich weiß noch, daß ich schleunigst zu meinem Koffer lief und fieberhaft nach dem Fahrplan suchte.

Man mag es seltsam finden, daß ich mich, während mir das äußerste Unheil drohte, um solch eine Belanglosigkeit wie den Zugverkehr nach Paris kümmern konnte. Aber zu Zeiten höchster Bedrängnis verhalten sich die Menschen eben oft seltsam. In einem sinkenden Schiff können Passagiere in ihre Kabinen zurücklaufen, um ganz unwesentliche persönliche Besitztümer zu retten, während das letzte Boot von der Schiffswand ablegt. Und Menschen, die dem Tode nahe sind, können sich im Angesicht der Ewigkeit wegen unbezahlter kleiner Rechnungen Sorgen machen.

Was mir Sorgen machte, war der Gedanke, am Montagmorgen zu spät zu kommen. Monsieur Mathis nahm es mit der Pünktlichkeit sehr genau. Wer zu spät kam, ob Schüler oder Lehrer, zog sich sein strenges Mißfallen zu. Er gab es in beißenden Ausdrücken und mit sehr lauter Stimme kund, und zwar in einem Augenblick, in dem man noch obendrein die peinliche Anwesenheit von Zuhörern ertragen mußte. Außerdem folgte die Abkanzelung meist erst einige Stunden nach der Tat. Die ängstliche Spannung konnte einen schon aufreiben.

Wenn ich, so überlegte ich mir, am Sonntagnachmittag in Toulon einen Zug erwischte und über Nacht nach Paris fuhr, konnte ich rechtzeitig in der Schule sein. Ich erinnere mich noch an das Gefühl der Erleichterung, das ich verspürte, als ich einen Zug fand, der Montag früh um sechs Uhr in Paris ankam. Meine Gedanken bewegten sich in einem Nebel. Beghin hatte gesagt, am Samstag würde ich nicht abfahren können. Entsetzlich! Gewiß wurde Monsieur Mathis böse. Ob ich noch rechtzeitig in Paris ankam, wenn ich am Sonntag abfuhr? Ja, Gott sei Dank, das ging! Alles war gut.

Ich glaube, wenn mir in diesem Augenblick jemand gesagt hätte, womöglich könnte ich auch am Sonntag nicht abfahren, so hätte ich ungläubig gelacht. Doch es wäre ein etwas hysterisches Lachen gewesen; denn während ich da neben meinem offenen Koffer auf dem Fußboden saß, packte mich die Angst, mein Herz klopfte und mein Atem wurde kurz und heftig. Ich schluckte ruckartig Speichel, und aus irgendeinem Grunde hatte ich das Gefühl, ich könnte damit mein Herz beruhigen. Ich bekam furchtbaren Durst, und nach einer Weile stand ich auf, ging zum Waschbecken und trank Wasser aus dem Zahnputzglas. Dann ging ich zurück und drückte mit dem Fuß den Deckel meines Koffers nieder. Während ich das tat, fühlte ich den Zettel, den Beghin mir gegeben hatte, in meiner Tasche knistern. Ich setzte mich aufs Bett.

Über eine Stunde lang muß ich so gesessen und verständnislos auf Beghins Liste gestarrt haben. Ich las sie ein über das andere Mal. Die Namen wurden zu Hieroglyphen, zu sinnlosen Figurenformationen. Ich schloß die Augen, machte sie wieder auf und las von neuem. Ich kannte diese Leute nicht. Ich hatte ja erst einen ganzen Tag in dem Hotel verbracht. Das Hotel besaß ein ausgedehntes Grundstück. Wir hatten bei den Mahlzeiten einander zugenickt. Nichts weiter. Bei meinem schlechten Gedächtnis für Gesichter hätte ich wahrscheinlich an ihnen allen auf der Straße vorbeigehen können, ohne auch nur einen zu erkennen. Und doch – einer von denen, die hinter diesen Namen steckten, hatte meine Kamera. Einer von denen, die mir zugenickt hatten, war ein

Spion! Einer von ihnen hatte sich dafür bezahlen lassen, daß er oder sie heimlich in Militärgelände eindrang, Betonanlagen und Geschütze photographierte, so daß eines Tages Kriegsschiffe draußen auf See zielsicher ihre Geschosse abfeuern könnten, um Betonanlagen und Geschütze und Männer zu zerschmettern. Und ich hatte zwei Tage Zeit, um festzustellen, wer das war.

Ihre Namen, so dachte ich stumpfsinnig, sehen ganz harmlos aus:

Monsieur Robert Duclos	Franzose	Nantes
Monsieur André Roux	Franzose	Paris
Mademoiselle Odette Martin	Französin	Paris
Mr. Warren Skelton	Amerikaner	Washington, D. C.
Miss Mary Skelton	Amerikanerin	Washington, D. C.
Herr Walter Vogel	Schweizer	Basel
Frau Hulda Vogel	Schweizerin	Basel
Major Herbert Clandon-Hartley	Engländer	Buxton
Mrs. Maria Clandon-Hartley	Engländerin	Buxton
Herr Emil Schimler	Deutscher	Berlin
Albert Köche (Geschäftsführer)	Schweizer	Schaffhausen
Suzanne Köche (Ehefrau)	Schweizerin	Schaffhausen

Ein ähnliches Gästeverzeichnis hätte sich wohl für beinahe jede andere kleine Pension in Südfrankreich aufstellen lassen. Da war der unvermeidliche englische Armeeoffizier mit seiner Frau. Da waren die Amerikaner, nicht ganz so unvermeidlich, aber keineswegs ungewöhnlich. Da waren die Schweizer und dazwischen auch ein paar Franzosen. Der einzelne Deutsche fiel auf, doch nicht allzusehr. Und schweizerische Hotelgeschäftsführer und ihre Frauen gab es häufig genug.

Was sollte ich machen? Wann sollte ich anfangen? Da fiel mir Beghins Auftrag wegen der Kamera ein: Ich sollte feststellen, wer eine Kamera habe, und dann Bericht erstatten. Diesen Gedanken griff ich auf.

Am nächsten lag wohl die Methode, jeden einzelnen oder jedes Paar in ein Gespräch zu verwickeln und die Unterhaltung auf das Photographieren zu bringen. »Übrigens«, konnte ich sagen, »sind Sie das gewesen, den ich da neulich hab' knipsen sehen?«

»Nein«, mochte die Antwort lauten, »ich habe keinen Apparat.« Oder aber: »Ja, aber ich glaube, es ist nichts draus geworden. Aus meinen Bildern wird nie was.« – »Das kommt ganz auf den Apparat an«, konnte ich darauf geschickt, aber wahrheitswidrig entgegnen. – »Kann schon sein«, sagte dann wohl der andere, »ich habe bloß eine billige Box.«

Doch nein, das ging nicht. Zunächst einmal verliefen meine Gespräche niemals so, wie ich erwartete. Wenn jemand mit mir sprach, verfiel ich meistens in die Rolle des Zuhörers. Und es gab noch ein zweites Hindernis. Wenn nun der Spion bereits festgestellt hatte, daß seine Aufnahmen nicht mehr da waren, daß er statt seiner Bilder von Betonanlagen und Geschützen ein paar lebendige Photos von einem Volksfest in Nizza aus verschiedenen Perspektiven hatte? Selbst wenn er nicht sofort gemerkt hatte, daß er die Kamera eines anderen hatte, so mußte er wissen, daß irgend etwas schiefgegangen war, und sich daher in acht nehmen. Wer ihn in ein Gespräch über das Photographieren zu ziehen versuchte, erregte gewiß seinen Verdacht. Ich mußte mit weniger direkten Mitteln vorgehen. Ich brannte darauf, etwas zu tun.

Ich sah auf meine Uhr. Es war Viertel vor sieben. Vom Fenster konnte ich sehen, daß am Strand noch Betrieb war. Auf dem Sandstreifen, der von meinem Zimmer aus zu sehen war, lagen ein kleiner Sonnenschirm und ein Paar Schuhe. Ich kämmte mich und ging hinaus.

Manche Menschen machen mit Leichtigkeit Zufallsbekanntschaften. Sie besitzen eine mysteriöse innere Geschmeidigkeit, mit deren Hilfe sie ihre geistigen Vorgänge rasch denen der Fremden anpassen können, mit denen sie es zu tun haben. Im Handumdrehen haben sie sich auf die Interessen der Fremden eingestellt, als wären es ihre eigenen. Sie lächeln. Die Fremden erwidern das Lächeln. Es kommt zu einer Frage und zu einer

Antwort. Eine Minute später sind sie schon gute Bekannte, die freundschaftlich über belanglose Dinge plaudern.

Diese gewinnende Eigenschaft besitze ich nicht. Ich spreche überhaupt nicht, wenn ich nicht angesprochen werde, und selbst dann macht meine Nervosität, verbunden mit dem dringenden Bestreben, freundlich zu sein, mich entweder steif und förmlich oder aber überschwenglich. Die Folge ist, daß Fremde mich entweder für mürrisch und aufgeblasen halten oder den Verdacht haben, ich sei auf Bauernfang aus.

Als ich die Steintreppe zum Strand hinunterging, nahm ich mir jedoch vor, wenigstens diesmal meine Hemmungen wohl oder übel zu überwinden. Ich mußte selbstsicher und freundlich sein, ich mußte mir Scherzworte einfallen lassen, ich mußte das Gespräch beherrschen, mußte es geschickt anstellen. Ich hatte ein Stück Arbeit vor mir.

Der kleine Strand lag jetzt vollständig im Schatten, und eine schwache Brise von See her begann die Baumkronen zu wiegen, doch es war noch immer sehr warm. Ich sah die Köpfe von zwei Männern und zwei Frauen über die Lehnen der Liegestühle hinausragen, in denen sie saßen, und als ich auf den untersten paar Stufen war, konnte ich hören, daß sie eine Unterhaltung auf französisch zu führen versuchten.

Ich ging durch den Sand, setzte mich ein paar Meter von ihnen auf eine Ecke des Gestells, auf dem der Kahn gestrichen wurde, und sah über die Bucht hinaus.

Mit dem kurzen Blick, den ich beim Hinsetzen erhaschte, hatte ich bemerkt, daß auf den beiden Stühlen, die mir am nächsten standen, ein junger Mann von etwa dreiundzwanzig und ein Mädchen von etwa zwanzig Jahren saßen. Sie hatten Badezeug an, und ihnen hatten offenbar jene braunen Beine gehört, die ich am Morgen von der Terrasse aus gesehen hatte. Aus ihrem Französisch schloß ich, daß es die beiden Amerikaner seien – Warren und Mary Skelton.

Das zweite Paar war ganz anders. Beide waren in den mittleren Jahren und sehr dick. Ich erinnerte mich, sie schon vorher bemerkt zu haben. Der Mann hatte ein strahlendes Mondgesicht und einen Leib, der von weitem beinahe kugelrund wirkte. Dieser Eindruck war zum Teil auf die Hosen zurückzuführen, die er anhatte. Sie waren aus dunklem Stoff und hatten sehr kurze, enge Beine. Den Bund, der ohnehin sehr hoch gearbeitet war, zog ein sehr kräftiger Hosenträger über seinen runden Bauch fast bis zu den Achselhöhlen hinauf. Er hatte ein Tennishemd mit offenem Kragen und keine Jacke an. Er hätte aus einer Zeichnung im »Simplicissimus« herausspaziert sein können. Seine Frau – denn es handelte sich um das schweizerische Ehepaar – war etwas größer als er und sehr unordentlich gekleidet. Sie lachte viel, und auch wenn sie gerade nicht lachte, sah sie aus, als wolle sie jeden Augenblick wieder anfangen. Ihr Mann strahlte in seelischem Gleichklang mit ihr. Beide wirkten so unkompliziert und ungeniert wie kleine Kinder.

Anscheinend wollte Skelton gerade dem Schweizer das politische System Amerikas erklären. »*Il y a deux parties seulement*», sagte er mühsam, »*les Républicains et les Démocrates.*«

»*Oui, je sais bien*«, warf Vogel vergnügt ein, »*mais quelle est la différence entre les deux? Est-ce-que les Républicains sont des socialistes?*«

Die beiden jungen Amerikaner brüllten entsetzt auf. Die Schweizer lachten schallend.

Mary Skelton setzte die Erklärung fort. Doch ihr Französisch war auch nicht viel besser als das ihres Bruders.

»*Mais non, Monsieur. Ces sont du droit – tous les deux. Mais les Républicains sont plus au droit que les Démocrates. Ça c'est la différence.*«

»*Il n'y a pas de socialistes aux Etats-Unis?*«

»*Oui, il y a quelques-uns, mais on s'appelle . . .*« Sie zögerte und wandte sich in ihrer Muttersprache hilflos an ihren Bruder: »Du, wie nennt man die Radikalen auf französisch?«

»Versuch's mal mit *radicals*! Das stimmt wahrscheinlich.«

»*On s'appelle radicals*«, sagte das Mädchen unsicher.

»*Ah oui, je comprends*«, sagte Vogel. Er übersetzte den Sinn schnell ins Deutsche.

Frau Vogel lächelte breit.

»Man hört«, sagte ihr Mann mit gespitzten Lippen in seinem breiten Französisch, »daß die Gangster (er sprach es ›Gaankster‹ aus) bei den Wahlen den Ausschlag geben. Wie eine Partei in der Mitte vielleicht?« Er setzte die Miene eines Mannes auf, der leichtfertiges Geplauder beiseite schiebt, um von ernsteren Dingen zu reden.

Das Mädchen kicherte hilflos. Ihr Bruder holte tief Luft und begann, mit großer Sorgfalt und zu Vogels offensichtlichem Erstaunen zu erklären, 99,9 Prozent der amerikanischen Bevölkerung hätten noch nie einen Gangster gesehen und der selige John Dillinger sei kein typischer Bürger der Vereinigten Staaten gewesen. Aber bald ließ ihn sein Französisch im Stich.

»*Il y a, sans doute*«, gab er zu, »*une quantité de ... quelque* ...« Weiter kam er nicht. »Mary«, sagte er verzweifelt, »verdammt nochmal, was heißt denn ›Schiebung‹?«

In diesem Augenblick war das Glück mir günstig. Es kann sein, daß Lehrtätigkeit zur Angewohnheit wird, daß der Belehrungsdrang, ebenso wie Hunger oder Angst, gesellschaftliche Hemmungen überwindet. Ich weiß nur, daß ich aus dem Augenwinkel sah, wie das Mädchen hilflos die Achseln zuckte, und daß einen Sekundenbruchteil später das Wort auf meinen Lippen war: »*Chantage.*«

Alle sahen mich an.

»Danke schön«, sagte das Mädchen.

Ein eifriges Leuchten kam in die Augen ihres Bruders. »Sagen Sie mal, sprechen Sie Französisch ebensogut wie Englisch?«

»Ja.«

»Dann«, sagte er mit einer gewissen Bissigkeit, »sagen Sie doch bitte mal dem ollen Idioten hier links von uns, daß Gangster in Amerika gar keine große Rolle spielen und daß sie im Kongreß nicht vertreten sind. Jedenfalls nicht offen. Und wenn Sie gerade dabei sind, können Sie eigentlich gleich noch dazusagen, daß wir in Amerika nicht dauernd Angst schwitzen, die Japse könnten bei uns landen, daß wir in Amerika nicht ausschließlich aus Büchsen leben und daß wir nicht alle im Empire State Building wohnen.«

»Gern.«

Das Mädchen lächelte. »Mein Bruder meint das natürlich nicht ernst.«

»Donnerwetter, und ob! Der olle Knabe hier ist nicht ganz bei Troste. Jemand muß ihn mal zurechtstoßen.«

Vogels hatten diesem Gespräch mit verdutztem Lächeln gelauscht. Ich übersetzte möglichst taktvoll ins Deutsche. Sie schüttelten sich vor Lachen. Zwischen seinen Lachkrämpfen erklärte Vogel, es sei unmöglich, Amerikaner nicht zu necken. Eine Gaanksteer-Partei! Das Empire State Building! Es gab neue Lachsalven. Die Schweizer waren offenbar nicht ganz so naiv, wie sie aussahen.

»Was ist denn jetzt mit ihm los?« wollte Skelton wissen.

Ich erklärte es.

Er grinste. »Denen sollte man doch Hinterhältigkeit gar nicht zutrauen«, sagte er und beugte sich vor, um das Ehepaar besser sehen zu können. »Das kann einem den Glauben an die Menschen erschüttern. Was sind die eigentlich – Deutsche?«

»Nein, Schweizer.«

»Der Mann sieht genau aus wie ein Posaunenengel«, meinte das Mädchen. »Warum trägt er denn solche komischen Hosen?«

»Werden wohl Schweizerhosen sein«, sagte ihr Bruder.

Der Gegenstand dieser kritischen Bemerkungen betrachtete uns besorgt. Er wandte sich in deutscher Sprache an mich: »Die jungen Leute haben doch unsern kleinen Spaß nicht übelgenommen?«

Als ich die Frage den beiden Amerikanern übersetzt hatte, machte der junge Skelton ein erschrockenes Gesicht. »Lieber Himmel, nein! Hören Sie mal . . .« Er wandte sich an das Ehepaar. »*Nous sommes très amusés*«, sagte er herzlich und versuchte dann sogar einen deutschen Satz: »Sie sind sehr liebewürdig.« Aber schließlich kehrte er resigniert zum Englischen zurück. »*Hell, tell him it's okay, will you?*«

Ich tat es. Ein allgemeines Nicken und Lächeln brach aus. Dann begannen Vogels, sich miteinander zu unterhalten.

»Wieviel Sprachen sprechen Sie eigentlich?« fragte Skelton mich.

»Fünf.«

Er brummte mißmutig.

»Dann erklären Sie uns doch bitte mal ganz genau«, mischte sich das Mädchen ein, »wie man das anfängt, eine Fremdsprache zu lernen! Auf fünf bin ich gar nicht aus, aber wenn Sie vielleicht mal ganz schlicht und einfach von einer einzigen sprechen könnten, würde das meinen Bruder und mich ungemein interessieren.«

Das brachte mich in eine gewisse Verlegenheit. Ich stammelte etwas davon, daß man in dem Lande leben und ein »Sprachohr« entwickeln müsse, und fragte sie dann, ob sie schon lange im Hotel Réserve seien. Ich hätte sie bei Essen noch nicht gesehen, fügte ich hinzu.

»Ach, wir sind ungefähr seit einer Woche hier«, erwiderte er. »Unsere Eltern kommen nächste Woche mit der ›*Conte di Savoia*‹ von drüben an. Wir treffen uns mit ihnen in Marseille. Aber Sie sind erst Dienstag abend angekommen, nicht wahr?«

»Ja.«

»Na, das ist die Erklärung dafür, daß Sie uns noch nicht gesehen haben. Wir frühstücken meistens auf unsern Zimmern, und gestern haben wir von Köche einen Wagen gemietet und sind den ganzen Tag rumgefahren. Wissen Sie, ich bin froh, daß wir uns mit jemandem englisch unterhalten können. Köche kommt ja mit seinem Englisch ganz gut zurecht, aber er hat keine Ausdauer. Wir haben bis jetzt bloß den englischen Major und seine Frau gehabt. Er ist hochnäsig, und sie sagt überhaupt keinen Ton.«

»Wissen Sie«, sagte seine Schwester, »wenn man mit Warren redet, muß man unbedingt Ausdauer haben.«

Sie war zwar nicht gerade hübsch, aber – wie mir jetzt auffiel – äußerst attraktiv. Ihr Mund war zu breit, ihre Nase war nicht ganz symmetrisch und ihr Gesicht, aus dem die Wangenbeine zu stark hervorsprangen, war im übrigen flach. Aber aus den Bewegungen der Lippen sprachen Humor und Intelligenz, und Nase und Wangenbeine hätten das Interesse eines Malers erweckt. Die Haut an ihrem Körper war straff und rein und braun, und der dichte hellbraune Haarschopf, den die Lehne des Liegestuhles nach vorn drückte, schimmerte höchst interessant. Allmählich erschien sie mir beinahe schön.

»Die Franzosen haben den Fehler«, sagte ihr Bruder, »daß sie's so schrecklich übelnehmen, wenn man ihre Sprache nicht richtig sprechen kann. Ich nehm's nicht übel, wenn ein Franzose kein gutes Amerikanisch spricht.«

»Richtig. Aber das liegt daran, daß die meisten gewöhnlichen Franzosen den Klang ihrer Sprache so lieben. Wenn jemand Französisch mit schlechtem Akzent spricht, stört das ihr Ohr ebensosehr, wie's Ihr Ohr stört, wenn ein Anfänger auf der Geige übt.«

»Mit seinem musikalischen Gehör können Sie ihm nicht kommen«, erläuterte das Mädchen. »Er spielt Harmonika, wenn man ihn läßt.« Sie stand auf und strich sich den Badeanzug glatt. »Na«, sagte sie, »ich glaube, wir müssen uns wohl ein bißchen mehr anziehen.«

Vogel rappelte sich aus seinem Liegestuhl empor, warf einen Blick auf eine gewaltige Taschenuhr und verkündete auf französisch, es sei 7.15 Uhr. Dann zog er seine Hosenträger noch höher hinauf und begann, seine Sachen und die seiner Frau zusammenzusuchen. Wir gingen alle miteinander in einem kleinen Zuge auf die Treppe zu. Ich fand mich hinter dem jungen Amerikaner.

»Übrigens«, sagte er, als wir auf den ersten Stufen waren, »ich habe Ihren Namen nicht mitbekommen.«

»Josef Vadassy.«

»Ich heiße Skelton. Das ist meine Schwester Mary.«

Aber ich hörte kaum, was er sagte. Auf Vogels rundlichem Rücken hing eine Kamera, und ich versuchte mich zu erinnern, wo ich schon einmal eine vom gleichen Typ gesehen hätte. Dann fiel es mir ein. Es war eine Box.

An sehr warmen Abenden wurde im *Hôtel de la Réserve* auf der Terrasse serviert. Eine gestreifte Markise wurde dazu ausgezogen, und Tischlampen sorgten für die Beleuchtung. Wenn sie alle brannten, sah es sehr hübsch und munter aus.

Ich hatte mir vorgenommen, an diesem Abend als erster auf der Terrasse zu sein. Zunächst einmal hatte ich großen Hunger. Zum andern wollte ich meine Mitgäste einzeln in Augenschein nehmen. Drei saßen jedoch schon an ihren Plätzen, als ich ankam.

Der eine, ein Mann an einem Einzeltisch, saß hinter mir, so daß ich ihn nicht sehen konnte, wenn ich mich nicht auf meinem Stuhl ganz herumdrehte. Während ich auf meinen Tisch zuging, sah ich ihn mir so gut wie möglich an.

Die Lampe auf seinem Tisch und der Umstand, daß er sich über den Teller beugte, behinderte mir die Sicht, so daß ich nichts weiter von ihm sah als einen Kopf mit kurzem, hellem, aber angegrautem Haar, das ohne Scheitel zur Seite gebürstet war. Er hatte ein weißes Hemd mit kurzen Ärmeln und eine grobe Leinenhose offensichtlich französischen Ursprungs an. Das mußte entweder André Roux oder Robert Duclos sein.

Ich setzte mich hin und wandte meine Aufmerksamkeit den beiden anderen zu.

Sie saßen an ihrem Tisch sehr steif einander gegenüber: er ein Mann mit schmalem Kopf, graubraun meliertem Haar und kurzgeschnittenem Schnurrbart, sie eine teilnahmslose Frau mittleren Alters mit kräftigem Knochenbau, blassem Teint und sauber frisiertem weißem Haar. Beide hatten sich zum Essen umgezogen. Sie hatte eine weiße Bluse und einen schwarzen Rock an, er eine graue Flanellhose, ein braungestreiftes Hemd mit einem Schlips in den Regimentsfarben und einen großkarierten Reitrock. Während ich ihn beobachtete, legte er seinen Suppenlöffel hin, nahm eine Flasche billigen Rotwein vom Tisch und hielt sie gegen das Licht.

»Ich glaube wirklich, meine Liebe, der neue Kellner trinkt unsern Wein«, hörte ich ihn sagen. »Beim Mittagessen habe ich diese Flasche ganz sorgfältig gekennzeichnet.«

Er hatte eine durchdringende Stimme und sprach im Tonfall des englischen gehobenen Mittelstandes. Die Frau zuckte ganz leicht die Achseln. Sie fand das offenbar nicht richtig.

»Meine Liebe«, erwiderte er, »es geht mir dabei um das Prinzip. Der Kerl müßte deswegen zusammengestaucht werden. Ich werde Köche davon informieren.«

Ich sah, daß sie von neuem die Achseln zuckte und sich mit der Serviette den Mund abtupfte. Sie setzten das Essen schweigend fort. Offensichtlich handelte es sich um Major Clandon-Hartley mit Frau.

Mittlerweile kamen die anderen Gäste an. Das Ehepaar Vogel saß an einem Tisch auf der anderen Seite der beiden Engländer, an der Balustrade. Ein weiteres Paar steuerte auf den Tisch an der Wand zu.

Es waren unverkennbar Franzosen. Der Mann, sehr dunkel, froschäugig und unrasiert, war vielleicht fünfunddreißig. Das weibliche Wesen, eine ätherische Blondine in einem Satin-Strandanzug und Ohrringen aus falschen Perlen in Weinbeerengröße, mochte älter sein als er. Die beiden interessierten sich lebhaft füreinander. Als er ihr den Stuhl hinrückte, streichelte er ihren Arm. Sie erwiderte die Liebkosung, indem sie verstohlen seine Finger drückte, und sah sich dann schnell um, ob die anderen Gäste es gemerkt hätten. Ich sah, daß die beiden Schweizer sich vor unhörbarem Lachen über den Vorfall kaum zu halten wußten. Vogel zwinkerte mir über die Tische hinweg zu.

Die Blondine, so sagte ich mir, war vermutlich Odette Martin. Ihr Begleiter mußte wohl entweder Duclos oder Roux sein.

Als nächste kamen Mary Skelton und ihr Bruder. Sie nickten freundlich und gingen an einen Tisch rechts hinter mir.

Nun fehlte nur noch einer. Er erwies sich als ein älterer Mann mit weißem Bart und einem Kneifer, der an einem breiten schwarzen Band befestigt war.

Als der Kellner meinen Suppenteller fortnahm, hielt ich ihn auf. »Monsieur?«

»Wer ist der Herr mit dem weißen Bart?«

»Das ist Monsieur Duclos.«

»Und der Herr mit der blonden Dame?«

Der Kellner lächelte diskret. »Das ist Monsieur Roux mit Mademoiselle Martin.« Er legte einen leichten Nachdruck auf das Wort ›Mademoiselle‹.

»Aha. Wer ist denn dann Herr Schimler?«

Er zog die Augenbrauen hoch. »Herr Schimler, Monsieur? Wir haben niemanden im Hotel, der so heißt.«

»Wissen Sie das genau?«

»Vollkommen, Monsieur.« Er sagte es ein wenig steif.

Ich blickte über meine Schulter. »Wer ist der Herr am letzten Tisch?«

»Das ist Monsieur Paul Heinberger, ein Schweizer Schriftsteller – ein Freund von Monsieur Köche. Monsieur wünschen Fisch?«

Ich nickte, und er eilte davon.

Ein paar Sekunden lang saß ich still da. Dann griff ich ruhig, aber mit zitternder Hand in die Tasche nach Beghins Liste, schob sie in meine Serviette, blickte nach unten und las sie sorgfältig durch.

Aber ich wußte sie schon auswendig. Der Name Heinberger stand darauf nicht.

5

Entdeckung

Ein wenig verlor ich den Kopf. Während ich meinen Fisch aß, ging meine Phantasie mit mir durch. Ich stellte mir mit diebischer Freude die Szene zwischen Beghin und mir vor, die auf meine Enthüllung folgen mußte. Ich kostete sie mit allen Einzelheiten aus. Ich verweilte behaglich bei jedem Wort.

Ich wollte kühl und von oben herab auftreten. »Also, Monsieur Beghin«, wollte ich sagen – oder noch besser: »Also, Beghin! Als Sie mir diese Liste gegeben haben, da habe ich natürlicherweise angenommen, sie enthielte die Namen sämtlicher Gäste im Réserve, abgesehen vom Personal. Gleich auf den ersten Anhieb stelle ich fest, daß dieser Paul Heinberger darauf fehlt. Was wissen Sie von dem? Warum ist er nicht gemeldet? Das sind Fragen, die unverzüglich beantwortet werden müßten. Und ich rate Ihnen, mein Lieber, sich seine Sachen mal anzusehen. Es würde mich sehr wundern, wenn Sie dabei nicht eine Contax und einen Film mit Aufnahmen von einem Volksfest in Nizza fänden.«

Der Kellner nahm meinen Teller weg.

»Noch etwas, Beghin. Überprüfen Sie mal den Köche! Der Kellner sagt, Heinberger ist ein Freund von Köche. Das heißt, daß der Geschäftsführer was damit zu tun hat. Das wundert mich nicht. Ich hatte schon bemerkt, daß er sich in verdächtiger Weise für meine Kamera interessierte. Der ist bestimmt eine Untersuchung wert. Sie sind der Meinung gewesen, Sie wären über ihn vollkommen im Bilde, so? Na, an Ihrer Stelle würde ich ihn etwas sorgfältiger überprüfen. Voreilige Schlüsse sind gefährlich, mein Lieber.«

Der Kellner brachte mir eine große Portion *coq au vin à la Réserve.*

»Sie können wirklich von großem Glück sagen, mein lieber Beghin, daß Sie mich als Helfer gehabt haben.«

Nein, das klang wohl zu hochtrabend und unbestimmt. Also lieber etwas schärfer.

»Wenn einer so einen Namen wie Heinberger hat, muß man sich immer mit ihm befassen, mein lieber Beghin.«

Nein, zu plump. Vielleicht war ein spöttisches Lächeln am besten. Ich probierte, spöttisch zu lächeln, und war gerade beim vierten Versuch, als der Kellner auf mich aufmerksam wurde.

Er riß den Mund auf und kam diensteifrig herangefegt. »Stimmt mit dem *Coq au vin* etwas nicht, Monsieur?«

»Nein, nein, keineswegs. Er ist ausgezeichnet.«

»Pardon, Monsieur. Ich dachte . . .«

»Aber nicht doch.« Ich wurde rot und aß weiter.

Doch die Unterbrechung hatte mich wieder auf die Erde zurückgeholt. Hatte ich denn wirklich eine so bedeutsame Entdeckung gemacht? Dieser Paul Heinberger konnte ja gerade erst am Nachmittag angekommen sein. In diesem Falle hätte das Hotel die Personalien aus seinem Paß der Polizei noch nicht mitgeteilt haben können. Aber wo war dann Emil Schimler? Der Kellner hatte mit aller Bestimmtheit behauptet, im Hotel wohne niemand dieses Namens. Vielleicht hatte er sich geirrt. Vielleicht hatte die Polizei sich geirrt. In jedem Falle konnte ich nichts weiter tun, als Beghin am nächsten Morgen Bericht erstatten. Ich mußte warten.

Und inzwischen ging die Zeit hin. Ich konnte frühestens um 9 Uhr morgens telephonieren. Über zwölf Stunden also vertan. Zwölf von etwa sechzig. Der Gedanke, ich könnte am Sonntag loskommen, war Wahnsinn gewesen. Hätte ich nur an Monsieur Mathis schreiben können, um ihm eine Erklärung zu liefern oder eine Notlüge, um Krankheit vorzuschützen! Doch es war aussichtslos. Was konnte ich tun? Dieser Mann, der meinen Photoapparat hatte – dumm war der sicherlich nicht.

Spione waren doch schlaue, gerissene Menschen. Was hoffte ich denn festzustellen? Sechzig Stunden! Ebensogut hätten es sechzig Sekunden sein können.

Der Kellner nahm meinen Teller weg. Dabei warf er einen mißbilligenden Blick auf meine Hände. Ich sah hin und bemerkte, daß meine Finger mit einem Teelöffel gespielt und ihn dabei zusammengebogen hatten. Ich bog ihn schleunigst wieder gerade, stand auf und verließ die Terrasse. Ich hatte keinen Hunger mehr.

Ich ging durch das Haus in den Garten. Auf einer der unteren Terrassen oberhalb des Strandes war eine kleine Laube, in der gewöhnlich niemand war. Dorthin ging ich.

Die Sonne war untergegangen, und es war dunkel. Über den Anhöhen jenseits der Bucht leuchteten schon Sterne. Die Brise war ein wenig stärker geworden und brachte einen leisen Tanggeruch mit. Ich legte meine heißen Hände auf das kalte Mauerwerk der Brüstung und ließ mir die Brise ins Gesicht blasen. Im Garten hinter mir quakte irgendwo ein Frosch. Die See, die sanft an den Strand spülte, war kaum zu hören.

Die Scheinwerfer eines Wagens strichen über die Straße an der Bucht, glitzerten einen Augenblick lang auf dem Wasser und waren dann in Richtung Toulon zwischen den Bäumen verschwunden. Wenn ich doch nur . . .

Auf dem abfallenden Kiesweg hinter mir knirschte ein Schuh, und jemand setzte den Fuß auf die Treppe, die zur Terrasse herunterführte. Die Schritte kamen unten an. Ich hoffte inständig, daß der Mensch, von dem sie kamen, sich nach rechts wende, von mir weg. Zögernde Stille. Dann hörte ich etwas rascheln, ein Zweig der Kletterpflanze, der in den Weg zu der Laube hineinhing, wurde beiseite geschoben, und ich sah vor dem blauschwarzen Hintergrund des Himmels in schwachen Umrissen den Kopf und die Schultern eines Mannes. Es war der Major.

Ich sah, daß er unsicher zu mir herüberblickte. Dann lehnte er sich auf die Brüstung und schaute über die Bucht hinaus.

Zunächst hatte ich den Impuls, mich zurückzuziehen. Ich hatte nicht die geringste Lust, mich mit Major Herbert Clandon-Hartley aus Buxton zu unterhalten. Dann fiel mir ein, was der junge Skelton über den Major gesagt hatte: der Mann sei »hochnäsig«. Es war unwahrscheinlich, daß er sich herabließ, mit mir zu sprechen. Doch ich irrte mich.

Wir müssen wohl zehn Minuten da an der Brüstung gestanden haben, ehe er sprach. Ich hatte seine Existenz schon fast vergessen, als er sich plötzlich räusperte und bemerkte, es sei ein schöner Abend.

Ich stimmte zu.

Wieder trat ein langes Schweigen ein.

»Für August kühl«, sagte er endlich.

»Ja, das stimmt wohl.« Ich fragte mich, ob er darüber nachgedacht habe und es wirklich kühl finde oder ob es nur eine rein förmliche Bemerkung sei. Fand er es wirklich kühl, so mußte ich wohl höflicherweise auf die Brise hinweisen. Ich hatte nicht umsonst in England gelebt, wo das Wetter unerschöpflicher Gesprächsstoff ist.

»Längerer Aufenthalt?«

»Ein paar Tage.«

»Dann sehen wir uns vielleicht noch öfter.«

»Das wäre nett.«

Das konnte man wohl kaum »hochnäsig« nennen.

»Hätte Sie nicht für einen Engländer gehalten. Aber ich habe gehört, wie Sie kurz vor dem Essen mit diesem jungen Amerikaner gesprochen haben. Sie sehen nicht englisch aus – wenn Sie mir das nicht übelnehmen.«

»Ich habe keinen Grund, Ihnen das übelzunehmen. Ich bin Ungar.«

»Tatsache? Ich dachte, Sie sind Engländer. Meine Frau hat das gesagt, aber sie hatte Sie noch nicht sprechen hören.«

»Ich bin zehn Jahre in England gewesen.«

»Ach so, also darum. Im Kriege?«

»Nein, da war ich noch zu jung.«

»Ach ja, freilich. Wir alten Knacker können uns schwer auf den Gedanken einstellen, daß der Krieg heute schon graue Vorzeit ist. Bin selber von 14 bis 18 dauernd dabeigewesen. Im letzten Jahr noch meine Brigade gekriegt. Woche darauf erwischt. Pech. Wieder eins runtergerutscht – Kommandeur-Stellvertreter – und als untauglich entlassen. Mit euch drüben nie was zu tun gehabt. Österreicher sollen verdammt gute Soldaten sein.«

Das erforderte wohl keine Antwort von mir, und von neuem trat Schweigen ein. Er beendete es mit einer merkwürdigen Frage:

»Was halten Sie von unserm verehrten Geschäftsführer?«

»Von wem? Köche?«

»Ach, so wird das ausgesprochen? Ja, Köche.«

»Na, ich weiß nicht. Er scheint ja ein sehr tüchtiger Geschäftsführer zu sein, aber ...«

»Sehr richtig – ›aber‹! Schlampig, undiszipliniert, läßt diese Burschen von Kellnern machen, was ihnen paßt. Die klauen einem den Wein, wissen Sie. Hab' sie dabei erwischt. Köche müßte mal Zug in die reinbringen.«

»Das Essen ist sehr gut.«

»Hm, ja, das Essen ist in Ordnung, aber man braucht mehr als gutes Essen, damit man sich wohl fühlt. Wenn der Laden hier mir gehörte, würde ich schon Zug reinbringen. Haben Sie sich schon länger mit Köche unterhalten?«

»Nein.«

»Will Ihnen mal was Komisches von dem erzählen. Neulich sind meine Frau und ich in Toulon einkaufen gewesen. Wir hatten alles erledigt, was wir wollten, und gingen zu einem *aperitivo* in ein Café. Na, wir hatten gerade bestellt, da kommt Köche an, so schnell wie ich's noch nie bei ihm erlebt hab. Er sieht uns nicht, und ich will ihn gerade zu einem Glase ranrufen, da geht er über die Straße und schlägt sich in die Seitenstraße uns gegenüber. Geht dort zwei oder drei Häuser weit, guckt sich kurz um, ob ihn jemand sieht, und verschwindet in einer

Tür. Na, wir haben unser Zeug getrunken, und ich hab' die Tür da im Auge behalten, aber er ist nicht wieder rausgekommen. Und was meinen Sie – wie wir zur Bus-Haltestelle kommen, da sitzt er quietschvergnügt im Bus nach St. Gatien.«

»Eigenartig«, murmelte ich.

»Fanden wir auch. Und ich muß sagen, wir waren ein bißchen vor den Kopf geschlagen.«

»Das läßt sich denken.«

»Moment! Das Beste kommt noch. Kennen Sie seine Frau?«

»Nein.«

»Ein richtiger Drachen. Die ist Französin und älter als er, und ich glaube, sie hat ein bißchen Geld. Jedenfalls, sie hat unsern Albert ganz schön unter der Fuchtel. Er macht es gern, daß er mit den Gästen runter an den Strand geht und badet. Na, sie kümmert sich um die Bestellungen und die Zimmermädchen, und da hat sie's am liebsten, wenn sie ihn im Auge behalten kann. Wenn er nun zehn Minuten am Strande ist, hängt sie sich meistens oben übers Terrassengeländer und ruft ihm zu, er soll raufkommen. Noch dazu vor allen Gästen. So ist die. Kann einem ja nicht entgehen, und man sollte denken, Köche findet das peinlich. Aber der nicht. Er lächelt bloß – Sie wissen ja, daß er immer so verschlafen lächelt – brabbelt was auf französisch, anscheinend was ziemlich Starkes, denn die Franzosen fangen immer an zu lachen, und dann macht er, was sie ihm gesagt hat.

Jedenfalls, wir stiegen in den Bus ein und begrüßten ihn. Na, wir konnten's uns natürlich nicht verkneifen, ihm zu erzählen, daß wir glaubten, wir hätten ihn in der Stadt gesehen. Ich gestehe Ihnen ganz offen, ich habe ihn ziemlich genau beobachtet, aber – ob Sie's glauben oder nicht – der Kerl hat nicht mit der Wimper gezuckt.«

Ich tat erstaunt.

»Tatsache. Nicht mit der Wimper gezuckt! Ich hab natürlich gedacht, er würde es glatt abstreiten und sagen, wir hätten uns getäuscht. Wissen Sie, meine Frau und ich hatten uns nämlich gleich gedacht, die Bude, in die er gegangen war, wär so ein Seemannshaus gewesen, mit zwei Eingängen, und er hätt einen Schatz da drin. Es war verdammt peinlich.«

»Wie meinen Sie das?«

»Na, sehen Sie, der Kerl hat's gar nicht abgestritten. Ganz kalt. Er hat gesagt, er hätte für seine Frau nicht viel übrig und da drin hätte er eine Brünette, die wäre ihm lieber. Na, das war ein bißchen stark. Aber als er uns dann noch mit seinem verschlafenen Lächeln in aller Ausführlichkeit von ihren Reizen erzählte, da hab ich mir gedacht, es ist Zeit, einen Punkt zu machen. Meine Gattin hat's ein bißchen mit der Religion, also mußte ich ihm einen ziemlich deutlichen Wink mit dem Zaunpfahl geben, daß wir das lieber nicht hören wollten.« Der Major blickte zu den Sternen empor. »Frauen sind in manchen Dingen ein bißchen empfindlich«, fügte er hinzu.

»Ja, das stimmt wohl«, sagte ich, weil mir nichts anderes einfiel.

»Komische Wesen, die Frauen«, sagte er versonnen und stieß dann ein kurzes, verlegenes Lachen aus. »Immerhin«, fuhr er witzelnd fort, »Sie als Ungar wissen wahrscheinlich mehr von Frauen als so ein alter Soldat wie ich. Übrigens, mein Name ist Clandon-Hartley.«

»Ich heiße Vadassy.«

»Na, Mr. Vadassy, ich muß jetzt allmählich reingehen. Nachtluft ist angeblich nicht gut für mich. Spiele abends sonst immer russisches Billard mit diesem alten Franzosen, dem Duclos. Soviel ich verstanden habe, hat er eine Obstkonservenfabrik in Nantes. Aber mit meinem Französisch ist es nicht weit her. Vielleicht ist er nur der Geschäftsführer. Ganz netter alter Knabe, aber er gibt sich immer ein paar Punkte extra, wenn er denkt, man sieht nicht hin. Fällt nach einer Weile auf die Nerven.«

»Ja, das ist begreiflich.«

»Na, Schlafenszeit für mich. Diese jungen Amerikaner haben heute abend den Tisch. Hübsches Mädchen und auch netter

Junge. Redet aber zuviel. Würde diesen jungen Kerls ganz gut bekommen, wenn sie meinen alten Oberst als Vorgesetzten hätten. Nur sprechen, wenn man angesprochen wird – das war die Regel für untere Offiziersgrade. Na denn, gute Nacht!«

»Gute Nacht!«

Er ging. Als er ans obere Ende der Treppe kam, begann er zu husten. Er japste und keuchte immer noch, als seine Schritte sich den Weg hinauf entfernten. Ich hatte schon einmal ein solches Husten gehört – von einem Mann, der bei Verdun Gas abgekriegt hatte.

Lange blieb alles ruhig. Ich rauchte mehrere Zigaretten. Überprüfen Sie den Köche! Ja, Beghin hatte zweifellos etwas zu überprüfen.

Der Mond war aufgegangen, und ich konnte die Umrisse der Bambusbüschel unten sehen. Ein wenig rechts davon war ein Stück Strand. Während ich dorthin blickte, bewegten sich die dunklen Flecke, und ich hörte ein Frauenlachen. Es klang sanft und angenehm, halb heiter, halb zärtlich. Ein Pärchen trat auf das erhellte Stück des Strandes. Ich sah, wie der Mann stehenblieb und die Frau an sich zog. Dann nahm er ihren Kopf in die Hände und küßte sie auf Augen und Mund. Es war der unrasierte Franzose mit seiner Blondine.

Eine Zeitlang beobachtete ich sie. Sie unterhielten sich. Dann setzten sie sich in den Sand, und er zündete ihr eine Zigarette an. Ich sah auf meine Uhr. Es war halb elf. Ich drückte meine Zigarette aus und ging die Terrasse entlang und die Treppe hinauf.

Der Weg war steil und gewunden. Ich ging langsam hinauf, die Hand vor dem Gesicht, um die Zweige abzuwehren. Zwischen dem oberen Ende des Weges und dem Eingang des Hauses war ein kleiner gepflasterter Vorhof. Meine Ledersandalen waren vom Tragen weich, und meine Schritte waren nicht zu hören. Ich war auf halbem Wege zur Tür, als ich vollkommen still verhielt. Die Diele lag im Dunkeln, nur durch die gläserne Zwischenwand von Köches Büro fiel ein Lichtschein. Die Tür des Büros stand offen. Stimmen drangen heraus – Köches Stimme und die eines anderen Mannes. Sie sprachen deutsch.

»Ich will's morgen noch mal versuchen«, hörte ich Köche sagen, »aber ich fürchte, es ist zwecklos.«

Es gab eine Pause. Dann sprach der andere Mann. Er hatte eine tiefere Stimme, sprach so leise, daß ich ihn kaum verstehen konnte.

»Du mußt es mir zuliebe weiter versuchen«, sagte er langsam. »Ich muß wissen, was passiert ist. Ich muß wissen, was ich zu tun habe.«

Wieder eine Pause.

Als Köche sprach, lag etwas merkwürdig Weiches in seiner Stimme, das ich noch nicht bemerkt hatte. »Du kannst gar nichts tun, Emil. Du kannst nur warten.«

Emil! Ich konnte meine Erregung kaum unterdrücken.

Doch der andere sprach von neuem. »Ich habe schon zu lange gewartet.«

Wieder eine Pause. Diese Pausen waren seltsam, fast körperlich spürbar.

»Also gut, Emil, ich versuche es noch mal. Gute Nacht. Schlaf gut!«

Doch der andere gab keine Antwort. Auf der Diele war ein Schritt zu hören. Mein Herz klopfte heftig. Ich drückte mich schnell in den Schatten der Wand. Ein Mann kam heraus und blieb einen Augenblick unter der Tür stehen. Ich erkannte seine Kleidung wieder, sein Gesicht aber hatte ich nicht gesehen. Es war der Mann, den der Kellner als Heinberger bezeichnet hatte.

Er ging schnell den Weg zur Terrasse hinunter. Aber in dem kurzen Augenblick, in dem das Licht auf sein Gesicht fiel, hatte ich einen schmalen, festen Mund, ein kräftiges Kinn, hohle Wangen, eine klare, breite Stirn gesehen. Doch diese Dinge waren nebensächlich. Ich hatte kaum darauf geachtet. Denn ich hatte etwas anderes gesehen – etwas, das ich nicht gesehen hatte, seit ich Ungarn verließ: die Augen eines Menschen, dem keine andere Hoffnung geblieben war als der Tod.

Ich machte die Fensterläden auf, zog die Vorhänge vor und ging mit einem Seufzen der Erleichterung ins Bett. Ich war sehr, sehr müde.

Eine Zeitlang lag ich mit geschlossenen Augen da und wartete, daß mein Körper in Schlaf sinke. Mein Gehirn war zu beschäftigt, um auszusetzen. Mein Kopf war heiß, und das Kissen wurde warm und feucht. Ich wälzte mich von einer Seite auf die andere. Ich machte die Augen auf, machte sie wieder zu.

Paul Heinberger war Emil Schimler. Emil Schimler war Paul Heinberger. Köche sollte es weiter versuchen. Schimler wollte wissen, was passiert sei. Schimler und Köche. Spione alle beide. Ich hatte die Wahrheit endlich entdeckt.

Wann? Morgen früh. Eine lange Wartezeit. Möglichst früh. 6 Uhr. Nein, da war das Postamt noch nicht offen und Beghin noch im Bett. Beghin im Schlafanzug. Widerliches, fettes Faultier. Eigentlich mußte er es sofort wissen. Unsinn. Ach Gott, ich war doch müde. Einschlafen. Heinberger war Schimler. Spione.

Ich stand auf, zog mir einen Bademantel über und setzte mich ans Fenster.

Heinberger war Schimler. Er mußte unverzüglich verhaftet werden. Aber mit was für einer Begründung? Daß er der Polizei einen falschen Namen angegeben habe? Die Polizei wußte ja seinen richtigen Namen. Emil Schimler; Staatsangehörigkeit: Deutscher; Berlin. Ein Kellner hatte mir gesagt, er heiße Heinberger. War es strafbar, jemandem zu sagen, man heiße Heinberger, wenn man in Wirklichkeit Schimler hieß? Konnte ich, Vadassy, sagen, ich hieße Karl Marx oder George Higgins, wenn ich Lust hatte? Was spielte das für eine Rolle? Schimler und Köche waren Spione. Sie mußten Spione sein. Sie hatten meine Kamera. Und jetzt überlegten sie sich, was wohl aus ihren Aufnahmen geworden sei.

Und doch konnte ich den Gedanken nicht ganz loswerden, daß Schimlers Gesichtsausdruck nichts mit Kameras oder Aufnahmen zu tun habe. An dem Mann, an seiner Stimme, seinem ganzen Aussehen war auch etwas, das . . . Aber schließlich konnte man ja nicht erwarten, daß ein Spion wie ein Spion aussah.

Wie sah ein Spion eigentlich aus? Er trug seine Tätigkeit nicht auffällig zur Schau. In ganz Europa, in der ganzen Welt gab es Männer, die Spitzeldienste taten, und in Amtsstuben stellten andere Männer die Ergebnisse der Mühen ihrer Spione zusammen: die Dicke der Panzerung, die Visiereinrichtung von Geschützen, Mündungsgeschwindigkeiten, Einzelheiten über Feuerleitsysteme und Entfernungsmesser, Zünderleistungen, Einzelheiten über Befestigungen, die Lage von Munitionsdepots, die Verteilung von kriegswichtigen Fabriken, Zielrichtpunkte für Bombenflugzeuge. Die Welt bereitete sich auf einen Krieg vor. Bei den Geschützfabrikanten und bei den Spionen blühte das Geschäft. Es lohnte sich wahrscheinlich, ein Spionagebüro aufzumachen, eine Art zentrale Auskunftsstelle für all diese hochwichtigen Informationen.

Ich sah Köche vor mir, wie er schnell eine Seitenstraße entlangging, in eine Tür einbog und durch einen anderen Ausgang verschwand. Hätte er wohl ganz so bereitwillig zugegeben, daß er eine Freundin besitze, wenn sie wirklich existierte? Das mußte doch jedem auffallen – außer so einem Narren wie diesem englischen Major. Ich wußte es besser. Verbindungsstelle in Toulon. Köche und Schimler. Schimler und Köche. Spione.

Ich fröstelte. Die Nachtluft wurde kalt. Ich ging wieder ins Bett.

Als ich meine Augen schloß, kam mir ein neuer fürchterlicher Gedanke: wenn nun einer der Gäste das Hotel verließ?

Das war immerhin leicht möglich. Morgen schon konnten Vogel oder Duclos oder Roux und seine Blondine . . . jeder konnte sagen: »Ich habe mich entschlossen, sofort abzureisen.«

Wußte ich denn, ob nicht einer von ihnen die Koffer schon gepackt hatte, um am nächsten Morgen abzureisen? Was konnte ich tun, um ihn aufzuhalten? Wenn ich mich nun in Köche und Schimler täuschte? Wenn nun Roux und seine Blondine Agenten fremder Mächte mit falschen französischen Pässen waren? Oder wenn die Amerikaner oder die Schweizer oder die Engländer Spione waren? Sie mußten mir durch die Finger gleiten. Es hatte keinen Sinn, wenn ich mir sagte, mit dieser Frage würde ich mich befassen, wenn sie sich ergäbe. Dann war es vielleicht schon zu spät.

Was sollte ich denn bloß tun? Nun aber schnell! Wenn ich mir vorstellte, daß sie alle abreisten, und ich am nächsten Morgen als einziger im Hotel übrig war! Was war bloß zu tun? Sich von Beghin eine Pistole geben lassen? Ja, das war's – sich von Beghin eine Pistole geben lassen! Sich nichts gefallen lassen. »Bleiben Sie stehen oder Sie kriegen eine Kugel in den Bauch!« Zehn Schuß im Magazin. »Für jeden von euch eine.« Nein, acht Schuß im Magazin. Das kam auf die Art der Pistole an. Ich brauchte zwei. Ich schlug das Bettzeug zurück und setzte mich auf. Wenn ich so weitermachte, war ich am Morgen reif fürs Irrenhaus. Ich trat ans Waschbecken und spritzte mir kaltes Wasser ins Gesicht. Ich sagte mir, ich müsse geträumt haben. Doch ich wußte genau, daß ich gar nicht geschlafen hatte.

Ich zog die Vorhänge auf und blickte hinaus auf die Pinien im Mondschein. Ich mußte mir die Tatsachen noch einmal ruhig überlegen – kühl und ruhig. Was hatte Beghin eigentlich gesagt?

Ich muß sehr lange so dagestanden haben. Als ich endlich wieder ins Bett ging, begann sich der Himmel jenseits der Bucht schon aufzuhellen. Ich war steif vor Kälte, aber in meinen Gedanken war Ruhe; ich hatte jetzt einen Plan, der meinem müden Gehirn todsicher erschien.

Als ich von neuem die Augen schloß, ging mir etwas durch den Kopf. Dieser englische Major hatte etwas gesagt, das ich doch merkwürdig gefunden hatte, nur eine Kleinigkeit.

Doch das kümmerte mich nicht mehr. Ich schlief ein.

6

Falle

Mit Kopfschmerzen wachte ich auf.

Ich hatte viel zu tun. So bald wie möglich mußte ich mit Beghin telephonieren. Dann mußte ich an die Ausführung meines Planes gehen. Ich freute mich, als ich feststellte, daß er auch jetzt noch so todsicher erschien wie in den dunklen Stunden der Nacht. Mir war schon besser zumute.

Ich war beizeiten unten auf der Terrasse, und während ich meine *croissants* aß und meinen Kaffee trank, beglückwünschte ich mich selbst. Also ich, ein Sprachlehrer mit nervöser Veranlagung und Abscheu vor Gewalt, hatte innerhalb weniger Stunden einen klaren, listigen Plan zur Ergreifung eines gefährlichen Spions ersonnen. Und da hatte ich mir so viel Angst und Sorgen gemacht, daß ich Montag früh nicht in Paris sein könnte! Was für Streiche einem doch die Nerven manchmal spielen! Nach der zweiten Tasse Kaffee begannen sogar meine Kopfschmerzen zu schwinden.

Vogels ließen sich gerade an ihrem Tisch nieder, als ich im Hinausgehen vorbeikam. Ich blieb stehen und sagte guten Morgen. Dann bemerkte ich, daß alle beide ungewöhnlich ernste Gesichter machten. Das Lächeln, mit dem sie für meinen Gruß dankten, war mechanisch und recht wässerig.

Vogel mußte meinen neugierigen Blick bemerkt haben. »Wir sind heute morgen in keiner sehr fröhlichen Stimmung«, sagte er.

»Ach, das tut mir sehr leid.«

»Wir haben schlechte Nachricht aus der Schweiz.« Er klopfte mit der Hand auf einen Brief, der auf dem Tisch lag. »Ein guter Freund von uns ist gestorben. Sie dürfen es uns nicht übelnehmen, bitte, wenn wir einen etwas zerstreuten Eindruck machen.«

»Aber nicht doch! Es tut mir wirklich leid.«

Sie brannten offensichtlich darauf, mich loszuwerden. Ich ging weiter. Dann verdrängten andere Dinge sie aus meinen Gedanken. Es folgte mir jemand.

Das Postamt war in dem Kaufmannsladen am unteren Ende des Dorfes untergebracht. Während ich bergab ging, nahm ich wahr, daß ein Mann wenige Schritte hinter mir herschlenderte. Vor dem ersten Café blieb ich stehen und sah mich um. Auch er war stehengeblieben. Es war der Kriminalbeamte, der mich am Tage zuvor verhaftet hatte. Er nickte mir jovial zu.

Ich setzte mich an einen der Tische, und er kam näher und ließ sich zwei Tische von mir entfernt nieder. Ich winkte ihm zu. Er rückte zu mir heran. Sein Benehmen war freundlich.

»Guten Morgen«, sagte ich eisig. »Sie haben wohl den Auftrag, hinter mir herzulaufen?«

Er nickte. »Ja, leider. Ich finde es sehr ermüdend.« Er blickte auf seinen schwarzen Sonntagsanzug hinab. »Dieser Anzug ist furchtbar heiß.«

»Warum ziehen Sie ihn denn dann an?«

Sein langes, listiges Bauerngesicht wurde plötzlich feierlich. »Ich bin in Trauer um meine Mutter. Es ist erst vier Monate her, daß sie gestorben ist. Sie hat Steine gehabt.«

Der Kellner kam heran.

»Was möchten Sie trinken?« fragte ich mein Gegenüber.

Er überlegte einen Augenblick und bat dann um eine *limonade gazeuse*. Ich bestellte sie beim Kellner und stand auf.

»Also«, sagte ich, »ich gehe jetzt dort runter zur Post und rufe Monsieur Beghin an. Ich werde keine fünf Minuten aus Ihrem Blickfeld verschwunden sein. Bleiben Sie nur hier sitzen und trinken Sie Ihre Limonade! Wenn ich wiederkomme, setze ich mich zu Ihnen.«

Er schüttelte den Kopf. »Es ist meine Pflicht, hinter Ihnen herzugehen.«

»Ich weiß, aber ich mag's nicht, wenn Sie hinter mir herlaufen. Es ist mir einfach unangenehm. Außerdem wird das ganze Dorf merken, daß Sie hinter mir herlaufen. Das mag ich nicht.«

Sein Gesicht nahm einen sturen Ausdruck an. »Ich habe den Befehl, hinter Ihnen herzugehen. Ich lasse mich nicht bestechen.«

»Ich will Sie ja gar nicht bestechen. Ich bitte Sie nur, es sich selbst und mir nicht so schwer zu machen.«

Er schüttelte von neuem den Kopf. »Ich weiß, was meine Pflicht ist.«

»Gut, wie Sie wollen.« Ich verließ das Café und ging weiter die Straße hinunter. Im Gehen hörte ich, wie er sich mit dem Kellner darüber auseinandersetzte, wer die *limonade gazeuse* zu bezahlen habe.

Das Telephon auf der Post war in jedem Sinne des Wortes öffentlich. Es war eingefaßt von einem Stapel leerer Mehlsäcke auf der einen Seite und einer Kaskade von Knoblauchwürsten, die auf der anderen Seite von der Decke herunterhingen. Eine Zelle war nicht vorhanden. Als ich die Hand um die Sprechmuschel legte und murmelte: »Polizeiwache«, kam es mir vor, als halte ganz St. Gatien den Atem an und höre zu.

»*Poste administratif*«, sagte eine schroffe Stimme.

»*Monsieur Beghin?*«

»*Pas ici.*«

»*Monsieur le commissaire?*«

»*De la part de qui?*«

»*Monsieur Vadassy.*«

»*Attendez!*«

Ich wartete. Dann kam die Stimme des Kommissars. »Hallo! Vadassy?«

»Ja.«

»Haben Sie was zu berichten?«

»Ja.«

»Rufen Sie Toulon-Ville 8355 an und verlangen Sie Monsieur Beghin!«

»In Ordnung.«

Er legte auf. Offensichtlich war der Kommissar lediglich dafür verantwortlich, daß ich in St. Gatien blieb. Ich verlangte Toulon-Ville 8355. Die Nennung der Nummer hatte eine sonderbare Wirkung. Die Stimme des Fräuleins vom Amt ging von einem schleppenden südlichen Tonfall zu einem dienstlichen Stakkato über. Innerhalb von fünf Sekunden war ich verbunden. Zwei weitere Sekunden, und ich sprach mit Beghin.

Seine Stimme piepste gereizt durch den Draht. »Wer hat Ihnen diese Nummer gegeben?«

»Der Kommissar.«

»Haben Sie die Informationen über die Photoapparate bekommen?«

»Noch nicht.«

»Warum belästigen Sie mich dann?«

»Ich habe etwas endeckt.«

»Ja?«

»Emil Schimler, der Deutsche, führt den Namen Paul Heinberger. Ich habe ein Gespräch zwischen ihm und Köche mitangehört, und das klang verdächtig. Es ist kein Zweifel, daß Schimler der Spion ist und Köche sein Helfershelfer. Köche macht auch Besuche in einem Haus in Toulon. Er gibt an, er hätte dort ein Mädchen; aber das ist möglicherweise nicht wahr.«

Schon als ich es sagte, spürte ich, wie mein Selbstvertrauen versickerte wie Wasser aus einem Sieb. Wie sich das alles anhörte! Durch den Draht kam ein Laut, der, ich hätte schwören mögen, wie ein hastig unterdrücktes Lachen klang. Was dann aber folgte, zeigte mir, daß ich mich getäuscht hatte.

»Hören Sie mal, Vadassy«, piepste Beghins Stimme ärgerlich, »Sie haben sehr bestimmte Anweisungen bekommen. Sie haben den Auftrag bekommen, festzustellen, welche von den Gästen Photoapparate haben. Niemand hat Sie darum gebeten, sich etwas zu denken oder Detektiv zu spielen. Sie hatten Ihre Anweisungen. Die waren klar und deutlich. Weshalb haben Sie die nicht ausgeführt? Wollen Sie wieder in Ihre Zelle zurück? Kommen Sie mir nicht mehr mit diesem Unsinn! Gehen Sie sofort ins Hotel zurück, fragen Sie die Gäste aus und geben Sie mir die Informationen, die ich verlangt habe, sobald Sie sie haben! Alles andere ist nicht Ihre Sache.« Er legte schroff auf.

Der Mann hinter dem Ladentisch sah mich neugierig an. In meinem Eifer, Beghin die Bedeutsamkeit meiner Entdeckung nahezubringen, mußte ich meine Stimme erhoben haben. Ich streifte ihn mit einem mürrischen Blick und verließ den Laden.

Draußen stand mein Kriminalbeamter, rot im Gesicht vor Hitze und Verärgerung. Während ich wutentbrannt die Straße hinaufschritt, trabte er neben mir her und zischelte mir ins Ohr, ich sei ihm 85 Centimes plus *pourboire* schuldig, im ganzen 1,25 Francs. Ich hätte die *limonade gazeuse* bestellt, wiederholte er immer wieder, ich sei verpflichtet, sie zu bezahlen. Er selber hätte keine *limonade gazeuse* bestellt, wenn ich ihn nicht dazu aufgefordert hätte. Ihm stünden von seiner Dienststelle keine Spesen zu. Ich müsse die 1,25 Francs bezahlen. Es seien 85 Centimes für die *limonade gazeuse* und dazu ein *pourboire* von 8 Sous. Er sei ein armer Mann. Er wisse, was seine Pflicht sei. Er lasse sich nicht bestechen.

Ich hörte ihn kaum. Also ich sollte die Gäste ausfragen und feststellen, welche von ihnen Photoapparate hätten! Wahnsinn! Es war doch klar, daß der Spion es mit der Angst bekommen und sich aus dem Staube machen würde. Beghin war ein Narr, und er hatte mich in der Hand. Meine ganze Existenz hing von ihm ab. Alles andere sollte nicht meine Sache sein! Ich hätte doch wirklich gern gewußt, was meine Sache sei, wenn nicht die Ergreifung eines Spions. Ich hatte alles zu verlieren, wenn er entkam. Man hörte so oft, daß Nachrichtendienste sich durch Dummheit auszeichneten. Hier war ein Beispiel für diese Dummheit. Wenn ich auf Beghin und den Nachrichtendienst der Kriegsmarine in Toulon vertraute, war meine Aussicht, am Montag in Paris zu sein, gelinde gesagt, schwach. Nein, danke vielmals, da verließ ich mich lieber auf mein eigenes Denken. Das war sicherer.

Schimler und Köche mußten entlarvt werden. Und ich mußte die Entlarvung besorgen. Ich wollte meinen Plan ausführen, wie ich ihn mir ursprünglich vorgenommen hatte. Beghin sollte ein sehr dummes Gesicht machen, wenn ich ihm das Material vorlegte, das er brauchte. Was die Feststellungen wegen der Photoapparate anging – nun, ich wollte die Leute nicht direkt ausfragen. Die Informationen wollte ich schon beschaffen, da war nichts weiter dabei. Aber ich konnte sie ja diskret beschaffen.

»85 Centimes plus *pourboire* von 8 Sous ...«

Wir waren am Tor meines Hotels angekommen. Ich gab dem Kriminalbeamten ein Zweifrancstück und ging hinein. Als ich um die Kurve der Einfahrt bog, blickte ich zurück. Er lehnte am Torpfosten, den schwarzen Hut in den Nacken geschoben, und warf dem Zweifrancstück eine Kußhand zu.

An der Tür traf ich auf die beiden amerikanischen Geschwister, die gerade herauskamen. Sie hatten Badesachen an und trugen Bademäntel, Zeitungen, Sonnenbrillen und Flaschen mit Sonnenöl in der Hand.

»Morgen!« sagte er. Das Mädchen lächelte zum Gruß.

Ich grüßte sie.

»Kommen Sie runter zum Strand?«

»Ich gehe mich umziehen und komme nach.«

»Vergessen Sie nicht, Ihr Englisch mitzubringen!« rief er mir nach, und ich hörte, wie seine Schwester ihn ermahnte, »den Mund zu halten und den netten Herrn in Ruhe zu lassen.«

Ein paar Minuten später kam ich wieder herunter und ging durch den Garten auf die Treppe zu, die zum Strand führte. Da erlebte ich den ersten glücklichen Zufall.

Ich hatte nahezu die erste Terrasse erreicht, als weiter vorn erregte Stimmen zu hören waren. Im nächsten Augenblick erschien Duclos und lief eilig auf das Hotel zu. Gleich danach rannte Warren Skelton die Treppe hinauf und hinter ihm her. Im Vorbeilaufen warf er einen Satz über die Schulter. Ich fing das Wort »Kamera« auf.

Ich lief schnell zur Terrasse hinunter. Da wurde mir der Grund der allgemeinen Aufregung klar.

Eine große weiße Jacht glitt mit vollen Segeln in die Bucht hinein. Männer mit weißen Hosen und Sonnenhüten aus Leinen liefen auf ihrem blitzsauberen Deck entlang. Das Schiff drehte in diesem Augenblick bei. Die Segel flatterten, und das Großsegel sackte in sich zusammen, als die Gaffel niedergeholt wurde. Das Marssegel, der Klüver und das Tagsegel folgten, und der Gischt am Bug lief in ein langes, tiefes Kräuseln aus. Die Ankerkette klirrte.

Eine staunende Gruppe sammelte sich am Ende der Terrasse. Da waren Köche in Badehosen, Mary Skelton, das Ehepaar Vogel, die beiden Engländer, das französische Pärchen, Schimler und eine kleine, untersetzte Frau in einem Kittel, die ich als Madame Köche erkannte. Einige von ihnen hatten Photoapparate in den Händen. Ich lief schleunigst zu ihnen hin.

Köche blinzelte durch den Sucher einer Filmkamera. Vogel drehte fieberhaft einen neuen Film ein. Mrs. Clandon-Hartley betrachtete die Jacht durch einen Feldstecher, der um den Hals ihres Mannes hing. Mademoiselle Martin handhabte unter der aufgeregten Anleitung ihres Freundes eine kleine Box. Schimler stand ein wenig abseits und beobachtete, wie Köche die Filmkamera bediente. Er sah krank und müde aus.

»Ist sie nicht prachtvoll?« Der Ausruf kam von Mary Skelton.

»Ja. Als ich Ihren Bruder den Weg rauflaufen sah, hab ich schon gedacht, er wär hinter diesem alten Franzosen her. Ich wußte nicht, was eigentlich los war.«

»Er ist seinen Apparat holen gegangen.«

In diesem Augenblick erschien ihr Bruder mit einer teuren Kodak in der Hand. »Immer ran, Leute!« verkündete er.

»Kommen Sie her, und Sie kriegen ein Porträt verpaßt, das Sie mit Stolz Ihren Lieben zeigen können.«

Er machte zwei Aufnahmen von der Jacht. In seinem Kielwasser trabte Duclos mit einem mächtigen Filmpackapparat uralten Typs heran. Schweratmend klappte er den Lichtschacht heraus und kraxelte auf die Brüstung.

»Ob der beim Photographieren seinen Bart in den Sucher reinsteckt oder draußen läßt?« flüsterte Skelton.

Es gab ein lautes Klicken, als Duclos den Verschluß spannte, dann eine kurze Stille, dann ein leises Knacken, als er ihn auslöste. Mit befriedigter Miene kletterte er von der Brüstung herunter.

»Bestimmt hat er vergessen, eine Platte reinzutun.«

»Irrtum«, sagte das Mädchen. »Er nimmt sie gerade raus.«

In diesem Moment blickte Duclos auf und sah, daß wir ihn anstarrten. Er strahlte übers ganze Gesicht. Er blinzelte schelmisch. Er wechselte die Platte aus und richtete den Apparat auf uns drei. Ich sah, wie Skelton sich vor seine Schwester stellte. Im nächsten Augenblick war sie die Treppe zum Strand hinunter verschwunden. Duclos sah enttäuscht auf.

»Sagen Sie ihm, er soll seine schöne Platte nicht verschwenden!« zischte Skelton mir ins Ohr.

»Was ist los?«

»So sagen Sie's ihm doch!«

Aber Duclos hatte das Interesse verloren, und als ich mich umsah, war Skelton hinter seiner Schwester hergelaufen.

Major Clandon-Hartley und seine Frau lehnten sich auf die Brüstung am oberen Ende der Treppe. Er nickte. »Ganz hübsches kleines Boot das, Vadassy. Anscheinend in England gebaut. Hab im Jahre 17 mal Segelurlaub auf den Seen von Norfolk gemacht. Großartiger Sport. Wenn man's in diesem Stil macht, muß man allerdings Geld haben. Sind Sie mal in Norfolk gewesen?«

»Nein.«

»Großartiger Sport. Übrigens, wollte Sie mit meiner Frau bekannt machen. Das ist Mr. Vadassy, meine Liebe.«

Sie sah mich teilnahmslos, gleichgültig an, aber ich hatte dabei doch den Eindruck, daß sie mich klug abschätzte. Irgendwie wünschte ich, ich hätte mehr am Leibe gehabt. Sie lächelte leise mit der einen Seite ihres Mundes und nickte. Ich machte eine Verbeugung. Ich hatte das peinliche Gefühl, jegliche Grußworte würden als Ungehörigkeit betrachtet werden.

»Vielleicht können wir nachher eine Partie Billard zusammen spielen«, warf ihr Mann in scherzhaftem Tone ein.

»Gern.«

»Gut. Bis nachher dann!«

Mrs. Clandon-Hartley nickte knapp. Ich war entlassen.

Als ich zu den Geschwistern Skelton kam, lagen sie an einer Ecke des Strandes unter einem Sonnenschirm im Sand. Sie machten mir Platz, und ich setzte mich hin.

»Sie dürfen nicht böse sein, daß wir so weggelaufen sind«, sagte er. »Aber Mary hat schon seit ihrer Kindheit vor dem Photographiertwerden Angst, nicht wahr, Mary?«

»Ja. Mein Kindermädchen war nämlich von einem Pressephotographen sitzengelassen worden. Sie ist nie darüber weggekommen. ›Verlaß dich nie auf einen Mann mit einem Photoapparat‹, hat sie immer zu mir gesagt, ›auch nicht, wenn er gelähmt ist und fünfzig weiße Bärte hat!‹ Photographiert zu werden ist mir schrecklich. Sehn Sie doch mal, Mr. Vadassy, haben Sie sowas wie diese Schweizer schon mal gesehen?«

Ich folgte ihrem Blick. Vogel hatte seinen Apparat auf ein langes Stahlstativ montiert. Vor dem Objektiv stand, kichernd und errötend, Frau Vogel. Während ich hinsah, setzte Vogel den Selbstauslöser in Gang, flitzte um das Stativ herum und stellte sich mit dem Arm um seine Frau in Positur. Von der Kamera kam ein leises Surren, der Auslöser knackte, und das Ehepaar brach in lautes Lachen aus. Der verstorbene gute Freund war offensichtlich vergessen.

Das französische Pärchen und Köche beobachteten diese Späße mit unverhohlener Heiterkeit. Köche warf einen Blick zu uns herüber, um zu sehen, ob auch wir sie beobachtet hätten. Er kam heran.

»Sagen Sie mal, Köche«, sagte Skelton, »haben Sie die beiden zur Unterhaltung für die Gäste angeheuert?«

Der Geschäftsführer lächelte. »Ich wollte sie schon fragen, ob sie nicht als Dauerattraktion dableiben wollen.«

»Aha – *Les deux suisses.* Erstklassige, einwandfreie Unterhaltung. Jeder Satz ein Lachschlager. Frisch von ihrem Erfolgsgastspiel in New York. Gute Figuren mit und ohne Kleider.«

Köche machte ein leicht verlegenes Gesicht.

»Geben Sie nichts auf den!« sagte das Mädchen. »Er macht Witze. Übrigens, die beiden Franzosen, mit denen Sie eben gesprochen haben – täusche ich mich oder haben die was zusammen?«

Der Geschäftsführer lächelte und wollte gerade antworten, als ein schriller Schrei von der Terrasse oben die Luft zerriß: »Al-bähr!«

Ich blickte am Rand des Sonnenschirmes vorbei nach oben. Madame Köche lehnte sich über die Brüstung, die Hände als Trichter um den Mund gelegt. »Al-bähr!«

Köche sah nicht auf. »Die Stimme vom Minarett«, warf er leicht hin, »ruft die Gläubigen zum Gebet.« Er nickte mir zu und setzte sich zur Treppe in Bewegung.

»Wissen Sie«, bemerkte Skelton verträumt, »wenn ich unser Albert wäre, würd ich dem Weib einen Tritt hintenrein verpassen.«

»Gottvoller Grobian«, murmelte seine Schwester und sagte dann zu mir: »Kommen Sie mit ins Wasser, Mr. Vadassy?«

Beide Geschwister waren ausgezeichnete Schwimmer. Als ich schwerfällig etwa fünfzig Meter geschafft hatte, tummelten sie sich schon in der Mitte der Bucht rund um die ankernde Jacht. Ich schwamm langsam zum Strand zurück.

Jetzt waren die Schweizer im Wasser. Wenigstens war Herr

Vogel im Wasser. Frau Vogel lag auf einer Gummimatratze und kugelte sich vor Lachen, während ihr Mann um sie herumhopste, wild spritzte und in den höchsten Tönen jodelte.

Ich ging zurück zu dem Sonnenschirm und trocknete mir an meinem Bademantel die Haare ab. Dann legte ich mich hin, zündete mir eine Zigarette an und dachte nach.

Die Kamerasituation wurde allmählich klarer. In Gedanken stellte ich die Ergebnisse meiner Beobachtungen zusammen:

Herr Vogel, Frau Vogel } Box
Monsieur Duclos altmodischer Filmpackapparat
Mr. Skelton, Miss Skelton } Kodak
Monsieur Roux, Mademoiselle Martin } Box (französisch)
Monsieur Köche, Madame Köche } Filmkamera
Herr Schimler keine
Major Clandon-Hartley, Mrs. Clandon-Hartley } keine

Ich dachte über die letzten drei Namen nach. Die beiden Engländer gehörten wahrscheinlich nicht zu den Menschen, die Bilder knipsen. Mrs. Clandon-Hartley hielt das wohl nicht für fein. Was Schimler anging, so kam ich langsam zu der Auffassung, es lohne sich kaum, noch mehr Material gegen diesen Deutschen zu sammeln. Immerhin, Beghin hatte die Angaben verlangt – er sollte sie haben. Köche? Na, da mußte man mal sehen.

Ich wälzte mich auf den Bauch, aus dem Schatten des Sonnenschirms heraus. Der Sand war heiß, und die Sonne schien kräftig. Ich legte mir ein Handtuch über den Kopf. Als die beiden Amerikaner triefend und ausgepumpt wieder ankamen, war ich eingeschlafen.

Der junge Skelton stieß mich in die Rippen. »Zeit zu einem Drink«, sagte er.

Das Merkmal aller guten Pläne ist ihre Einfachheit, sagte ich mir, während ich mein Mittagessen kaute. Mein Plan war sehr einfach.

Einer von den zwölf Menschen hatte meine Kamera. Ich meinerseits hatte eine Kamera des zwar gleichen Modells; sie gehörte aber dem Betreffenden. Beghin hatte darauf aufmerksam gemacht, daß dem oder der Betreffenden, wenn sich das Fehlen seiner oder ihrer Aufnahmen herausstellte, dringend daran liegen müsse, sie zurückzubekommen. Nun nahm aber der Betreffende vermutlich an, sie seien noch in der Kamera. Wenn er also eine Gelegenheit sah, die Kameras wieder auszutauschen, ergriff er sie sicherlich.

Meine Absicht war, die Contax an eine ins Auge springende Stelle zu legen, – und zwar zu einer Zeit, wenn sämtliche Gäste sie sehen könnten – mich dann irgendwohin zurückzuziehen, von wo aus ich die Kamera sehen könnte, ohne selbst gesehen zu werden, und dort abzuwarten, was geschähe. Geschah nichts, so bedeutete das, daß die Verwechslung der beiden Kameras noch nicht entdeckt war. In diesem Falle wäre kein Schaden angerichtet gewesen. Geschah aber etwas, so wußte ich einwandfrei, wer der Spion war.

Ich hatte längere Überlegungen angestellt, wo ich die Falle aufbauen sollte. Am Ende hatte ich mich für den Stuhl in der Diele entschieden, auf dem die ursprüngliche Verwechslung geschehen war. Es war der richtige Platz dafür, und er hatte außerdem den Vorteil, daß er leicht zu beobachten war. In dem Schreibzimmer, das von der gegenüberliegenden Seite der Diele abging, hing ein kleiner goldgerahmter Spiegel leicht nach vorn geneigt an einem Haken. Wenn ich einen der großen Sessel in dem Zimmer verrückte, konnte ich mit dem Rücken zur Tür sitzen und in dem Spiegel den Stuhl in der Diele sehen. Es war unmöglich, mich von der Diele aus zu sehen, wenn man sich nicht gerade in Stuhlhöhe bückte und durch die Tür des Schreibzimmers in den Spiegel sah. Es war nicht anzunehmen, daß jemand das tat, auch wenn er noch so vorsichtig war.

Ich beendete eilig mein Mittagessen, ging von der Terrasse in das Schreibzimmer und rückte den Sessel zurecht. Dann holte ich den Apparat. Sekunden später setzte ich mich atemlos auf meinen Sessel und begann zu warten.

Die Gäste begannen die Terrasse zu räumen. Zuerst kamen Vogels. Eine längere Pause folgte. Dann Duclos, der im Vorbeigehen einen Krümel aus seinem Bart entfernte. Dann folgten Roux und Odette Martin, Major Clandon-Hartley und seine Frau und die Amerikaner. Schimler kam als letzter durch. Wenn ein Austausch vorgenommen werden sollte, so mußte zuerst mein eigener Apparat herbeigeholt werden.

Zehn Minuten vergingen. Die Uhr auf dem Kaminsims schlug zwei. Ich starrte auf den Spiegel und gab mir Mühe, nicht zu blinzeln, damit nicht gerade in dem winzigen Sekundenbruchteil, in dem meine Augen geschlossen waren, etwas passierte. Von der Anstrengung begannen meine Augen zu tränen.

Fünf nach zwei. Einmal hatte ich das Gefühl, daß ein Schatten durchs Zimmer glitte, als wenn sich etwas oder jemand draußen vorm Fenster vorbeibewegt hätte. Doch die Sonne war auf der anderen Seite des Hauses, so daß ich es nicht mit Bestimmtheit sagen konnte. Jedenfalls lauerte ich ja auf etwas Konkreteres als einen Schatten.

Zehn nach zwei. Allmählich wurde es mir langweilig. Ich hatte mich zu sehr auf Theorien verlassen. In meiner Theorie waren zu viele »Wenns« gewesen. Meine Augen taten weh vor Anstrengung. Sie begannen zu wandern.

Irgendwo hinter mir knackste etwas leise. Ich sah scharf in den Spiegel. Es war nichts zu sehen.

Da – ich sprang aus dem Sessel und sauste auf die Tür zu. Aber ich war nicht schnell genug. Meine Hand war nur wenige Zentimeter davon entfernt, als sie herumflog und zuschlug. Der Schlüssel drehte sich im Schloß!

Ich drückte auf die Klinke und sah mich verstört um. Das Fenster! Ich stürzte darauf zu, fingerte ein paar Sekunden an dem Griff herum und riß es auf. Ich trampelte in wilder Erregung über ein paar Blumenbeete auf den Hoteleingang zu. Die Diele lag still und verlassen da. Der Stuhl, auf den ich den Apparat gelegt hatte, war leer.

Meine Falle hatte funktioniert. Aber ich selber war ihr Opfer.

Ich hatte das einzige Beweisstück eingebüßt, das meine Unschuld bezeugte.

7
Spiel

In meinem Zimmer brachte ich an diesem Nachmittag eine ganze Weile damit zu, mir einreden zu wollen, daß es das beste wäre, aus dem Hotel *Réserve* zu verschwinden, mich quer durchs Land nach Marseille durchzuschlagen und als Steward oder Matrose auf einem Frachtdampfer mit Kurs nach dem Orient abzuschwimmen.

Ich hatte alles schon geplant. Ich wollte Köches Motorboot nehmen und an einer einsamen Stelle westlich von St. Gatien landen. Dann wollte ich das Steuerruder des Bootes festmachen, den Motor anstellen und es herrenlos auf See hinausknattern lassen, während ich mich landeinwärts nach Aubague aufmachte. Dort würde ich mich in einen Zug nach Marseille setzen.

Mich beschlichen Zweifel.

Man las so oft von jungen Männern, die fortliefen und zur See gingen, von Leuten, die sich als Matrosen ihre Überfahrt verdienten. Es machte den Eindruck, als seien dazu keine besonderen Fachkenntnisse nötig. Man brauchte keine Taue zu spleißen. Man brauchte nicht die Takelage hinaufzuklettern. Man strich nur den Anker an, kratzte etwas Rost vom Deck und sagte »*Ay, Sir!*«, wenn ein Offizier zu einem sprach. Es war ein rauhes Leben, und man kam mit rauhen Männern zusammen. Im Schiffszwieback waren Kornwürmer, und man bekam kaum etwas anderes zu essen als dünne Hafergrütze. Streitigkeiten wurden mit den nackten Fäusten ausgetragen, und man lief mit bloßem Oberkörper herum. Aber stets hatte einer von der Mannschaft eine Ziehharmonika, und wenn das Tagewerk getan war, wurde gesungen. Später im Leben schrieb man dann ein Buch darüber.

Aber ob es wohl bei mir ganz so gehen mochte? Man mochte daran zweifeln. Möglich, daß ich einfach ein Pechvogel bin; jedenfalls stelle ich fest, daß meine Unternehmungen nie in »klassischen« Bahnen verlaufen.

Das Rostabkratzen würde sich als ausgesprochene Facharbeit erweisen. Wahrscheinlich lachten alle bei dem Gedanken, daß eine Landratte sich einbildete, so was zu können. Vielleicht war auch keine Stelle frei. Oder wenn eine frei war, dann vielleicht auf einem Küstendampfer nach Toulon. Möglicherweise brauchte man auch irgendeinen geheimnisvollen Genehmigungsschein, den man sich drei Monate vor Antritt der Reise bei der Polizei besorgen mußte. Oder man stellte fest, meine Augen seien nicht gut genug. Oder man verlangte See-Erfahrung. Die Wirklichkeit hat es schon immer darauf abgesehen, mir Steine in den Weg zu legen.

Ich rauchte eine Zigarette und überdachte meine Lage.

Eines war klar: ich durfte Beghin nicht wissen lassen, daß ich die zweite Kamera eingebüßt hatte. Sonst wäre das geradezu eine Aufforderung gewesen, mich sofort wieder in Haft zu nehmen. Ohne die Kamera als Beweisstück hatte ich keine Aussicht, einen Untersuchungsrichter von meiner Unschuld zu überzeugen. Was war ich nur für ein Esel gewesen! Nun war es nötiger denn je, daß ich selbst das Rätsel löste. Ich mußte etwas riskieren. Ich mußte unbedingt mit Bestimmtheit wissen, daß Schimler die beiden Apparate hatte. Ich mußte in der Lage sein, Beghin zu überzeugen. Dazu gab es nur eine Möglichkeit: Ich mußte das Zimmer des Deutschen durchsuchen.

Der Gedanke machte mir Angst. Wenn ich nun dabei erwischt wurde? Zu meinen schon vorhandenen Schwierigkeiten konnte dann noch eine Anzeige wegen Diebstahls kommen. Aber die Durchsuchung war einfach unumgänglich. Außerdem führte sie ganz gewiß zum Erfolg.

Ob ich sie jetzt gleich unternahm? Mein Herz schlug etwas schneller als gewöhnlich, als ich auf meine Uhr sah. Fast drei Uhr. Zunächst einmal mußte ich feststellen, wo

Schimler im Augenblick war. Ich mußte es kühl und klug anfangen. Die beiden Wörter machten mir Mut. Kühl und klug. Ich durfte nur nicht den Kopf verlieren. Schuhe mit weichen Sohlen? Unbedingt nötig. Einen Revolver? Unsinn! Ich hatte keinen, und selbst wenn ich einen gehabt hätte ... Eine Taschenlampe? Idiot! Es war ja gar nicht dunkel. Und dann fiel mir ein, daß ich gar nicht seine Zimmernummer wußte.

Eine Welle der Erleichterung strömte über mich hin. Ich lachte beinahe. Ich betrachtete mich im Spiegel – so lange, bis mein Gesicht den Ausdruck höchsten Ärgers annahm. Ja, das war besser. Gerade das sollte ich empfinden: Ärger, Unzufriedenheit über diesen Rückschlag für meine Pläne. Dabei wußte ich, daß ich mich keineswegs ärgerte, daß ich von Herzen dankbar war für den Aufschub. Ich verachtete mich selbst. Es nützte nichts, daß ich mir das sagte. Ob ich nun Ärger empfand oder Erleichterung, die Tatsache blieb bestehen, daß ich Schimlers Zimmernummer nicht wußte. Ein Mensch mit Tatkraft wüßte sie allerdings längst. Wenn ich meine Interessen in dieser Weise weiter wahrnähme, wenn ich bei auftretenden Schwierigkeiten sogar Erleichterung empfand, dann mochte der Himmel mir künftig beistehen!

In solcher Laune betrat ich die Terrasse. Ich hatte gehofft, sie leer zu finden. Doch sie war nicht leer. In einem Liegestuhl an einem Ende, eine Pfeife im Mund und ein Buch in der Hand, saß Emil Schimler.

Jetzt war der Augenblick, sein Zimmer zu durchsuchen – wenn ich nur die Nummer gewußt hätte! Beinahe hätte ich auf dem Absatz kehrtgemacht. Aber ich blieb stehen, wo ich war. Ich mußte diese Gelegenheit also vorübergehen lassen. Immerhin konnte es nichts schaden, den Mann mal in ein Gespräch zu verwickeln und festzustellen, mit was für einem Menschen man es zu tun hatte. Schließlich war es eine der Grundlagen kluger Strategie, den Gegner zu studieren.

Doch Schimler zu durchschauen, war leichter gedacht als

getan. Ich rückte einen Korbsessel nicht weit von ihm in den Schatten, setzte mich hin und räusperte mich.

Er verschob die Pfeife zwischen den Zähnen und blätterte in seinem Buch eine Seite um. Er warf nicht einmal einen Blick in meine Richtung.

Ich hatte gehört, wenn man den Kopf eines Menschen von hinten intensiv anstarre und ihn mit ganzer Willenskraft dränge, sich umzudrehen, dann drehe er sich tatsächlich bald um. Gut zehn Minuten lang richtete ich also einen stieren Blick und alle meine Willenskraft auf Schimler – ich könnte heute noch eine Zeichnung von seinem Hinterkopf anfertigen. Auf sein Bewußtsein aber machte ich keinerlei Eindruck. Es gelang mir, den Titel des Buches zu sehen; Nietzsches »Geburt der Tragödie« in deutsch, eines von mehreren deutschen Büchern, die ich auf dem Regal im Schreibzimmer gesehen hatte. Ich gab den Versuch auf, mit Nietzsche zu konkurrieren, und blickte aufs Meer hinaus.

Die Sonne war unglaublich heiß. Ein qualmiger Dunst lag über dem Horizont. Die Luft über der steinernen Balustrade flimmerte in der Hitze. Im Garten sangen die Zikaden in vollem Chor.

Ich sah zu, wie eine große Libelle um eine blühende Kletterpflanze einmal herumflog und über die Pinien davonschwirrte. Der Nachmittag war nicht dazu angetan, an Spione zu denken. Ich wußte, ich hätte Beghin anrufen und ihm die Liste der Photoapparate durchgeben sollen. Aber er mochte warten. Vielleicht ging ich später, wenn es kühl geworden war, zur Post hinunter. Der Kriminalbeamte in seinem dicken schwarzen Anzug schwitzte wahrscheinlich im Schatten der staubigen Palmen vor dem Tor und sehnte sich nach einer *limonade gazeuse*. Ich beneidete ihn. Wenn ich meinen Seelenfrieden dafür hätte haben können – ich hätte gern an heißen Sommernachmittagen Schwarz getragen und geschwitzt und gewartet und gewacht und mich nach *limonades gazeuses* gesehnt. Schönes Leben! Das meine dagegen lag im dunkeln, wie das eines Verbrechers. Ich war der Bewachte.

Ich fragte mich, was Mary Skelton wohl von mir denke. Wahrscheinlich gar nichts. Wenn sie aber doch etwas von mir dachte, dann sicherlich, daß ich ein höflicher, einigermaßen ansehnlicher junger Mann mit einem Sprachtalent sei, das man gut gebrauchen könne. Ich dachte an den Ausdruck, den sie gebraucht hatte, als sie glaubte, ich sei außer Hörweite: »... der nette Herr.« Es war freundlich und harmlos gemeint. Durchaus angemessen für eine Hotelbekanntschaft. Es mußte höchst angenehm sein, wenn Mary Skelton sich für einen mehr interessierte. Sie verstand ihren Bruder ausgezeichnet. Das war deutlich zu sehen. Nicht weniger deutlich war, daß auch er sie zu verstehen glaubte. Man sah es ihm an. Sie aber ...

Schimler schlug sein Buch zu und klopfte seine Pfeife an dem Holz des Liegestuhles aus.

Jetzt oder nie. Ich wagte den Sprung.

»Nietzsche«, sagte ich, »ist kaum die richtige Gesellschaft an einem heißen Nachmittag.«

Er wandte langsam den Kopf und musterte mich. Seine hageren Wangen hatten jetzt mehr Farbe als an dem Abend zuvor. In seinen blauen Augen lag nicht mehr Elend; aus ihnen sprach Mißtrauen. Ich sah, wie sich die Muskeln an seinem Unterkiefer strafften. Er nahm die Pfeife aus dem Mund und begann, sie neu zu stopfen.

Ruhig, aber bestimmt sagte er: »Da haben Sie wahrscheinlich recht. Aber ich habe keine Geselligkeit gesucht.«

Normalerweise hätte mich diese Abfuhr schockiert. Jetzt blieb ich standhaft.

»Liest man heutzutage Nietzsche?« Es war eine alberne Frage.

»Warum nicht?«

Ich schwätzte weiter drauflos: »Ach, ich weiß nicht. Ich dachte, er ist aus der Mode.«

Er nahm die Pfeife aus dem Mund und sah mich über die Schulter an. »Wissen Sie eigentlich, wovon Sie reden?«

Ich hatte genug. »Offen gestanden, nein. Ich wollt mich bloß unterhalten.«

Einen Augenblick lang funkelte er mich an; dann lösten sich seine schmalen Lippen zu einem Lächeln. Es war ein sehr gutes ansteckendes Lächeln. Auch ich lächelte.

»Vor Jahren«, sagte ich, »hat mir ein Studienkollege stundenlang Vorträge darüber gehalten, warum Nietzsche ein großer Mann sei. Ich persönlich bin beim ›Zarathustra‹ steckengeblieben.«

Er klemmte die Pfeife zwischen die Zähne, reckte sich und sah ins Blaue. »Da hat Ihr Freund unrecht gehabt. Nietzsche hätte vielleicht ein großer Mann sein können.« Er tippte mit dem Zeigefinger auf das Buch, das er auf den Knien liegen hatte. »Das hier ist eines seiner frühesten Werke, und es stecken Ansätze zur Größe darin. Sokrates als dekadent zu bezeichnen, die Moral als ein Symptom der Dekadenz – was für kühne Diagnosen, was für eine großartige Konzeption! Aber was meinen Sie, was er später darüber geschrieben hat?«

Ich schwieg.

»Da hat er gesagt, das rieche furchtbar nach Hegel. Und er hat ganz recht gehabt. Einheit bezeichnet nur etwas Simples, Statisches, Totes; aber die Wurzel aller Bewegung und alles Lebendigen ist der Gegensatz. Nur wenn etwas Gegensätze in sich trägt, bewegt es sich, besitzt es Triebkraft und Aktivität.« Er zuckte die Achseln. »Aber was der junge Nietzsche von Hegel aufgenommen hat, das hat der alte Nietzsche verachtet. Er ist wahnsinnig geworden.«

Es fiel mir schwer, diesen Erörterungen zu folgen. Ich sagte einigermaßen verlegen: »Ich habe Sie noch gar nicht baden sehen.«

Er warf mir einen raschen, ärgerlichen Blick zu. »Sind Sie mit Absicht ungezogen?«

»Nein, gar nicht. Ich wollte nur das Thema wechseln.«

»Das haben Sie aber ziemlich ungeschickt angefangen.« Er wandte sich ab. Dann: »Ich bade nicht, aber wenn Sie wollen, spiele ich eine Partie Billard mit Ihnen.«

Er sagte es mit Verachtung, so wie jemand, der sich mürrisch dem Unvermeidlichen beugt.

Wir gingen hinein. Das Billard stand in einer Ecke des Salons. Schweigend begannen wir zu spielen. Innerhalb von zehn Minuten hatte er mich mühelos geschlagen.

Nach dem Stoß, der ihm den Sieg gebracht hatte, richtete er sich auf und lächelte. »Daran haben Sie nicht sehr viel Freude gehabt«, sagte er. »Sie spielen wohl nicht besonders gut? Möchten Sie, daß wir noch eine Partie spielen?«

Ich lächelte. Sein Benehmen war schroff, fast grob, doch er war sympathisch. Ich empfand den Wunsch, freundlich zu ihm zu sein, und hatte beinahe vergessen, daß dieser Mann mein Hauptverdächtiger war. Ich sollte bald daran erinnert werden.

Ich sagte, ich wolle gern noch eine Partie spielen. Er bestrich sein Queue mit Kreide und beugte sich vor, um den ersten Stoß zu führen. Das Licht vom Fenster, das auf sein Gesicht fiel, ließ die ziemlich breiten Wangenknochen hervortreten, meißelte die spitz zulaufenden Wangen heraus, setzte ein Schlaglicht auf die breite Stirn. Ein für einen Maler reizvoller Kopf. Auch die Hände waren interessant – groß, aber wohlproportioniert und bestimmt und präzis in ihren Bewegungen. Seine Finger hielten das Queue locker gefaßt und bewegten es leicht über den Daumen seiner linken Hand. Seine Augen waren auf den roten Ball gerichtet.

»Sie haben Ungelegenheiten mit der Polizei gehabt, nicht wahr?« Er sagte es so beiläufig, als wenn er nach der Uhrzeit fragte.

Ich gab mir Mühe, ebenso beiläufig zu antworten. »Guter Stoß! Ja, mit meinem Paß ist ein Irrtum unterlaufen.«

Er trat um den Tisch herum, um die Position der Bälle ein wenig zu verändern.

»Sie sind Jugoslawe, nicht wahr?«

»Nein, Ungar.«

»Ach so. Vertrag von Trianon?«

»Ja.«

Sein nächster Stoß warf den Kegel um. Er seufzte. »Das habe ich befürchtet. Gesamtergebnis – null. Sie sind dran. Erzählen Sie mir von Jugoslawien!«

Ich beugte mich über den Tisch.

»Ich bin seit über zehn Jahren überhaupt nicht mehr dort gewesen. Sie sind Deutscher, nicht wahr?«

Es gelang mir, den roten Ball in ein Loch mit niedriger Nummer zu stoßen.

»Guter Stoß! Sie machen Fortschritte.« Aber auf meine Frage antwortete er nicht.

Ich versuchte es noch einmal. »Man trifft Deutsche heutzutage nicht oft auf Urlaub im Ausland.«

Ich stieß den roten Ball noch einmal ins Loch.

»Ausgezeichnet! Sie machen sich. Was sagten Sie?«

»Ich habe gesagt, man trifft Deutsche heutzutage nicht oft auf Urlaub im Ausland.«

»So? Ich bin aus Basel.«

Das war eine ausgesprochene Lüge. In meiner Aufregung spielte ich meinen eigenen Ball ins Loch, ohne einen anderen anzustoßen.

»Pech für Sie, Glück für mich. Wo ist die Kreide?«

Ich reichte sie ihm wortlos. Er bestrich sein Queue sorgfältig und begann wieder zu spielen. Seine Punkte stiegen rasch.

»Wie steht's jetzt?« murmelte er endlich. »64, nicht?«

Er beugte sich von neuem über den Tisch. »Kennen Sie Deutschland gut, Herr Vadassy?«

»Ich bin nie dort gewesen.«

»Fahren Sie mal hin! Nette Menschen.« Der rote Ball blieb unsicher am Rande eines Loches mit hoher Zahl stehen. »Ah, da war nicht genug Stoßkraft dahinter. 64.« Er richtete sich auf. »Ihr Deutsch ist sehr gut, Herr Vadassy. Es klingt, als hätten Sie jahrelang dort gelebt.«

»An der Universität in Budapest haben wir hauptsächlich deutsch gesprochen. Außerdem bin ich Sprachlehrer.«

»So? – Sie sind dran.«

Ich spielte, aber ich spielte schlecht, denn ich konnte mit den Gedanken nicht beim Spiel bleiben. Dreimal stieß ich den Kegel um. Einmal verfehlte ich den Ball ganz. Fragen schwirrten mir durch den Kopf. Was wollte dieser Mann aus mir herauslocken? Er hatte mir diese Fragen doch nicht umsonst gestellt. Was steckte dahinter? Hatte er den Verdacht, ich hätte die Aufnahmen mit Absicht an mich genommen? Dieser Mann sollte übrigens ein Spion sein? Die Vorstellung schien unsinnig, Spione und Hegel und Nietzsche? Nun, warum aber auch nicht? Ebensogut konnte man fragen: ›Sind Spione gute Ehemänner?‹ Warum nicht? Ja, warum nicht?

»Sie sind dran, mein Freund.«

»Verzeihung. Ich hab gerade an was anderes gedacht.«

»Oh!« Er lächelte leise. »Dann ist das Spiel wohl nicht sehr unterhaltsam für Sie. Wollen wir aufhören?«

»Nein, nein. Mir war nur gerade etwas eingefallen, was ich vergessen hatte.«

»Hoffentlich nichts Wichtiges.«

»Nein, nichts Wichtiges.«

Es war jedoch wichtig! Ich wollte Beghin anrufen, mich ihm auf Gnade oder Ungnade ausliefern, ihm erklären, wie ich den Photoapparat eingebüßt hatte, und bitten, daß Schimlers Zimmer durchsucht würde so wie am Tage zuvor das meine. Als Vorwand konnte der falsche Name dienen. Aber wenn ich doch nur einen einzigen konkreten Beweis gegen ihn gefunden hätte – etwas, das die Verbindung zwischen ihm und dem Photoapparat belegte und mir die Gewißheit gegeben hätte, keinen Fehler zu machen! Sollte ich es vielleicht darauf ankommen lassen – sollte ich ihn geradeheraus fragen, ob er einen Photoapparat habe? Schaden konnte es schließlich nichts. Derjenige, der die Tür des Schreibzimmers zugeschlagen und den zweiten Apparat an sich genommen hatte, war gewiß nicht im Zweifel darüber, daß ich etwas mit der Sache zu tun hatte.

Ich spielte zwei Bälle gleichzeitig ins Loch. »Damit hab ich nicht gerechnet«, sagte ich.

»Nein, das hab ich auch nicht gedacht.«

»Ich habe«, und setzte zum nächsten Stoß an, »nur ein einziges Steckenpferd.«

Ich gewann keine Punkte, und er nahm seinen Platz am Billardtisch ein.

»Ja?«

»Ja. Nämlich Photographieren.«

Er blinzelte an seinem Stock entlang. »Da haben Sie sicher viel Freude dran.«

Ich beobachtete ihn scharf, als ich die entscheidende Frage stellte: »Haben Sie einen Photoapparat?«

Er richtete sich langsam auf und sah mich an. »Ach bitte, Herr Vadassy, einen Augenblick Pause bei diesem Stoß! Der ist schwierig. Sehen Sie, ich will die Bande dort treffen, den weißen streifen, wieder die Bande treffen und den roten in das höchste Loch kriegen. Der weiße müßte in einen Fünfer rollen.«

»Entschuldigung.«

»Nicht doch, ich müßte Sie um Entschuldigung bitten. Dieses dumme Spiel interessiert mich. Es ist eine ganz und gar gesellschaftsfeindliche Einrichtung. Es ist wie ein Rauschgift. Es enthebt einen der Notwendigkeit des Denkens. Sobald man anfängt zu denken, spielt man schlecht. Ob ich einen Photoapparat habe? Ich habe keinen Photoapparat. Ich kann mich überhaupt nicht entsinnen, wann ich das letztemal einen Photoapparat in der Hand gehabt habe.«

Er sprach mit feierlichem Ernst, als hinge von dem Gelingen dieses Stoßes das Schicksal ganzer Welten ab. Dabei aber lag in seinen Augen, diesen höchst ausdrucksvollen Augen, ein spöttischer Schimmer. Ich glaubte, den Grund für diesen Schimmer zu kennen.

»Ich sehe schon«, bemerkte ich, »daß ich dieses Spiel nie lernen werde.«

Doch er hatte sich wieder über den Tisch gebeugt. Pause. Dann hörte man ein leises Klick-Klick und das Geräusch von zwei Bällen, die in den Ballfang hinunterrasselten.

»Großartig!« sagte eine Stimme.

Ich drehte mich um. Es war Köche.

»Großartig!«, murmelte Schimler, »aber es ist kein Krieg. Herr Vadassy hat große Geduld mit mir gehabt. Das Spiel hat für ihn keinen Reiz.«

Mir war, als bemerkte ich, daß die beiden einen bedeutungsvollen Blick tauschten. Was hatte Schimler mit dieser albernen Anspielung auf Krieg gemeint?

Ich beteuerte schleunigst, das Spiel habe mir großen Spaß gemacht, vielleicht könnten wir am nächsten Tage wieder spielen.

Schimler stimmte voller Begeisterung zu.

»Herr Heinberger«, sagte Köche jovial, »hat im Billard was los.«

Doch die Atmosphäre hatte sich auf sonderbare Weise verändert. Die beiden warteten offenbar ungeduldig darauf, daß ich ginge. Ich verabschiedete mich; so elegant wie möglich.

»Ich habe auch schon gemerkt, daß Herr Heinberger was los hat. Entschuldigen Sie mich bitte? Ich muß ins Dorf gehen.«

»Natürlich.«

Sie standen da und sahen mir nach. Es war klar, daß sie kein Wort sprechen würden, bis ich wirklich außer Hörweite war.

Als ich durch die Diele kam, ging das Ehepaar Clandon-Hartley gerade die Treppe hinauf. Ich murmelte einen Gruß, aber keiner von beiden erwiderte ihn. Ihr wahrhaft eisiges Schweigen ließ mich ihnen nachblicken. Als sie am oberen Ende der Treppe umbogen, sah ich, daß die Frau des Majors ein Taschentuch vors Gesicht hielt. Weinte Mrs. Clandon-Hartley? Unmöglich. Engländerinnen ihres Schlages konnten das doch gar nicht. Es war ihr wohl etwas ins Auge geflogen. Ich ging weiter.

Der Kriminalbeamte am Tor war abgelöst worden. Jetzt wartete auf mich ein kleiner, untersetzter Mann mit flachem Strohhut. Er wanderte hinter mir zum Postamt hinunter.

Ich wurde gleich mit Beghin verbunden.

»Nun, Vadassy? Sie haben die Einzelheiten über die Apparate?«

»Ja. Aber die Sache mit Schimler . . .«

»Ich habe keine Zeit zu vertrödeln. Die Photoapparate bitte!«

Ich begann, ihm das Verzeichnis langsam durchzusagen, damit er es mitschreiben könnte.

Er schnaubte ungeduldig. »Schnell bitte! Wir haben nicht den ganzen Tag Zeit. Das Gespräch ist teuer.«

Ärgerlich rasselte ich die Liste so schnell herunter, wie ich konnte. Schließlich war ich es, der das Gespräch bezahlte, und nicht er. Der Mann war unmöglich. Als ich fertig war, rechnete ich durchaus damit, alles nochmal wiederholen zu müssen. Doch nein.

»Gut! Und diese drei ohne Apparate?«

»Ich habe Schimler ausgefragt – das heißt Heinberger. Er sagt, er hat keinen Apparat. Ich habe keine Gelegenheit gehabt, mich mit den Engländern näher zu befassen. Sie haben aber einen Feldstecher.«

»Einen was?«

»Einen Feldstecher.«

»Das ist unwichtig. Sie sollen sich nur um Photoapparate kümmern. Haben Sie sonst noch was zu melden?«

Ich zögerte. Jetzt war der Augenblick . . .

»Hallo, Vadassy, sind Sie noch da?«

»Ja.«

»Trödeln Sie doch nicht so! Haben Sie sonst noch was zu melden?«

»Nein.«

»Na schön. Rufen Sie morgen früh den Kommissar wie üblich an.« Er legte auf.

Mit einem Herzen so schwer wie Blei ging ich zum Hotel zurück. Ich war ein Narr, ein schwacher, feiger Narr.

Von der Hitze klebte mir das Hemd unangenehm am Leib. Ich ging auf mein Zimmer, um es zu wechseln.

Der Schlüssel war im Schloß, wo ich ihn hatte stecken lassen, aber die Tür war nicht richtig geschlossen. Als ich die Klinke berührte, schnappte der Verschlußbolzen, und die Tür klappte auf. Ich ging hinein und zog meinen Koffer unter dem Bett hervor.

Ich hätte wahrscheinlich nichts Ungewöhnliches bemerkt, hätte ich nicht einen kleinen Anhaltspunkt gehabt. Dieser Anhaltspunkt war meine Gewohnheit, nur ein Schloß des Koffers zuzudrücken. Jetzt waren beide zugedrückt.

Ich machte sie auf und sah in den Koffer hinein.

Normalerweise hätte ich ein nicht ganz akkurat zusammengelegtes Hemd kaum sonderbar gefunden. Jetzt fuhr ich hoch und hastete zur Kommode. Alles lag an seinem Platz; ein kleiner Stapel Taschentücher aber in einer Ecke des obersten Schubfaches fiel mir doch ins Auge. Ich besaß nur ein einziges Taschentuch mit bunter Kante. Es hatte zuunterst in dem Stapel gelegen. Jetzt lag es zuoberst. Ich sah mich im Zimmer um. Eine Ecke der Bettdecke war unter der Matratze eingeklemmt. So hatte das Zimmermädchen sie nicht verlassen.

Es gab für mich keinen Zweifel mehr: das Zimmer und meine Sachen waren durchsucht worden.

8

Tumult

Es ist für jeden Menschen ein unangenehmes Gefühl, wenn er merkt, daß seine Habseligkeiten durchsucht worden sind.

Meine erste Reaktion auf diese Erkenntnis war Empörung. Es war unerhört, daß die Hände eines Fremden es wagten, meinen Koffer aufzumachen, neugierig in seinem Inhalt herumzustöbern. Wenn nicht beide Schlösser zugedrückt gewesen wären, hätte ich es vielleicht nicht einmal gemerkt. Ja, das war es, das war das Empörende daran! Nicht so sehr die Neugier und die Stöberei, sondern der Umstand, daß der Suchende es heimlich getan hatte und jetzt glauben mochte, ich würde nichts merken. Pfuscharbeit! Er hätte doch darauf achten müssen, daß ich nur das eine Schloß zugedrückt hatte. Er hätte auch darauf achten müssen, daß ich die glatt-weißen Taschentücher in dem Schubfach zuoberst gelegt hatte. So ein ungeschickter, stümperhafter Trottel!

Ich ging an das Schubfach und legte die Taschentücher wieder so hin wie zuvor. Ich machte den Koffer wieder zu – nur mit einem Schloß. Ich zog die Bettdecke glatt. Ich wurde wieder ruhiger.

Es gab nur einen einzigen Menschen, der mein Zimmer durchsuchen konnte, ohne etwas mitzunehmen – den Spion. Nachdem er seine Kamera wieder an sich gebracht und entdeckt hatte, daß der Film fehlte, war es natürlich, daß er in meinem Zimmer danach suchte. Natürlich? Ja, denn er hatte ja durch das Fenster des Schreibzimmers gesehen, daß ich auf der Lauer lag, und da ich ihm eine Falle gestellt hatte, konnte er annehmen, daß ich den Film entwickelt und festgestellt hatte, um was für Aufnahmen es sich handelte.

Dann fiel mir ein, daß unten in meinem Koffer die beiden unentwickelten Filme mit den Aufnahmen aus Nizza gelegen hatten. Ich hatte nicht daran gedacht, nachzusehen, ob sie noch daseien. Ich zog den Koffer wieder hervor und kramte ihn ganz genau durch. Die Filme waren weg. Der Spion wollte offenbar ganz sicher gehen. Ich tat also gut daran, mich in Zukunft danach zu richten.

Wenn ich nur zur rechten Zeit zurückgekommen wäre und ihn auf frischer Tat ertappt hätte! Eine ergötzliche halbe Minute lang malte ich mir die Szene aus. Vermutlich, so dachte ich, wäre von dem Kerl nicht viel übriggeblieben, das ich der Polizei hätte übergeben können. In meiner Vorstellung zerrte ich den winselnden Lumpen hoch und warf ihn den wartenden Polizisten in die Arme.

Überrascht wurde ich inne, daß der Spion meiner Phantasie nicht Schimler war. Es war auch nicht Köche. Es war überhaupt niemand aus dem *Hôtel de la Réserve*. Es war ein übler Schuft mit bösartigem Gesicht, einem Revolver in der Gesäßtasche und einem Messer im Ärmel, eine tückische, widerliche Kreatur, ein verschlagener, hinterlistiger Lump, den selbst seine Auftraggeber verachteten.

Nichts aber, erkannte ich mit Bitterkeit, nichts hätte jedoch meine absolute Untüchtigkeit deutlicher zeigen können als diese Entdeckung. Statt nachzuforschen, welche von den zwölf in Frage kommenden Personen mein Zimmer durchsucht hatte, bastelte ich mir eifrig eine erdichtete dreizehnte zurecht. Es geschah mir recht, wenn mein Unternehmen mißlang.

»Also«, sagte ich laut, »schreib dir das hinter die Ohren: Dieser Spion oder diese Spionin, der – oder die – diese Aufnahmen und deine kostbare Kamera entwendet hat, dieser Mensch, der dich durch das Fenster des Schreibzimmers gesehen und dich wie das hilflose Würstchen, das du bist, eingeschlossen hat, während er die Kamera von dem Stuhl wegholte – dieser Mensch, der hier ins Zimmer gekommen ist und unter deinen Sachen nach seinen Aufnahmen gesucht hat, ist wirklich, ist lebendig, ist einer von den Leuten da draußen. Daß er ein Spion ist, steht ihm aber nicht auf der Stirn geschrieben, du Hornochse. Er hat kein tückisches Gesicht und keinen Revolver in der Gesäßtasche. Er ist einfach ein Mensch. Er kann einen weißen Bart haben wie der alte Duclos oder hervorquellende Augen wie Roux. Er kann von Hegel reden wie Schimler oder eine Frau mit Haaren auf den Zähnen haben wie Köche. Es kann eine Frau sein, die streng und trocken aussieht wie Mrs. Clandon-Hartley oder jung und reizvoll wie Mary Skelton. Er kann lachen wie Frau Vogel oder schmachten wie Odette Martin. Der Spion kann fett sein wie Herr Vogel oder mager wie Major Clandon-Hartley oder braun wie Warren Skelton. Er kann ein Patriot sein oder ein Verräter, ein Gauner oder ein anständiger Mensch oder auch von jedem etwas. Er oder sie kann jung sein oder alt, blond oder brünett, intelligent oder dumm, reich oder arm. Und wer's auch sein mag, es bringt dich kein Stückchen weiter, du Riesenroß, wenn du hier herumhockst.«

Ich stand auf und sah aus dem Fenster.

Die amerikanischen Geschwister waren gerade vom Strand heraufgekommen und ließen sich an einem Tisch auf der unteren Terrasse nieder. Ihre Stimmen drangen schwach zu mir herauf. Einmal lachte Warren und nahm eine napoleonische Pose an. Seine Schwester schüttelte heftig den Kopf. Ich fragte mich flüchtig, wovon sie wohl reden mochten.

Wenn sie den ganzen Nachmittag unten am Strand gewesen waren, konnten sie vielleicht für einige der anderen Gäste Alibis liefern; denn mein Zimmer konnte nur durchsucht worden sein, während ich mit Schimler zusammen war oder während ich im Dorf war, um mit Beghin zu telephonieren. Die letzte Möglichkeit lag am nächsten. Zweifellos hatte man beobachtet, wie ich aus dem Hotel wegging. Der Weg zum Tor war von der Hälfte der Zimmerfenster und vom Schreibzimmer aus zu sehen. Vielleicht hatte Schimler, während ich eine Durchsuchung seines Zimmers plante, eine Durchsuchung meines Zimmers geplant. Reizende Ironie! Schimler aber hatte meine Zimmernummer gewußt – das heißt, wenn Schimler der gewesen war, der beide Schlösser meines Koffers zugedrückt hatte statt nur eines. Aber vielleicht hatte er sich um diese Zeit mit der »Geburt der Tragödie« beschäftigt. Vielleicht hatte Köche die Durchsuchung vorgenommen – oder Vogel – oder Duclos – oder . . .

Doch heute war Freitag! Noch einen Tag, und es war Zeit, daß ich abreiste. Aber vermutlich saß ich auch dann noch hier herum und hoffte, grübelte, sprach Namen vor mich hin – »Köche, Schimler, Vogel, Duclos« – und beobachtete noch immer, wie die Zeiger der Uhr vorrückten, und tat nichts. Ich mußte handeln. Ich mußte etwas tun. Ich mußte mich beeilen.

Als ich aus dem Zimmer ging, achtete ich sorgfältig darauf, daß ich die Tür abschloß und den Schlüssel in die Tasche steckte. Wenn's ganz schlimm kommt, versteht man keinen Spaß.

Ich ging langsam zu der unteren Terrasse hinunter. Skeltons unterhielten sich noch immer, als ich herankam, sahen sie auf. Sie begrüßten mich mit unerwartetem Eifer.

»Sie, wir haben Sie schon gesucht.« Der Bruder kam auf mich zu, nahm mich beim Arm und sah mich fragend an. »Haben Sie schon gehört?«

»Was gehört?«

Er steuerte mich mit festem Griff auf den Tisch zu. »Er hat's noch nicht gehört«, verkündete er behaglich.

»Noch nicht gehört?« echote das Mädchen. Sie stand auf und nahm meinen anderen Arm. »Setzen Sie sich hin, Mr. Vadassy, und hören Sie zu, denn wenn wir nicht jemandem davon erzählen, platzen wir.« Sie schnippte mit den Fingern. »Puff – und weg sind wir!«

»Die Sensation der Woche!« fiel ihr Bruder ein. »Und Sie haben's noch nicht gehört!«

»Es ist zu schön, um wahr zu sein.«

»Willst du anfangen oder soll ich?«

»Du. Ich übernehme den saftigen Teil.«
»OK, Miss Mary Skelton!«
»Na los, dann fang mal an!«
Ich muß so verdutzt ausgesehen haben, wie ich tatsächlich war, denn Skelton stieß mich plötzlich auf einen Stuhl und streckte mir ein Päckchen Zigaretten vor die Nase. »Da, rauchen Sie eine zur Beruhigung!«
»Aber was . . .?«
»Streichholz?«
Ich zündete mir die Zigarette an.
»Wissen Sie, Mr. Vadassy«, schaltete sich das Mädchen ernsthaft ein, »Sie dürfen uns nicht für komplett verrückt halten, aber wir haben heute nachmittag etwas mit angesehen, das . . .«
». . . ist so, daß Sie glatt vom Stuhl fallen werden vor Lachen«, ergänzte ihr Bruder. »Außerdem sind wir schon fast umgekommen vor Begierde, es jemandem zu erzählen. Daß wir noch leben, haben wir Ihnen zu verdanken, Mr. Vadassy.«
Ich lächelte verständnislos. Ich wurde mittlerweile ein bißchen verlegen.
»Einer von uns«, bemerkte das Mädchen dunkel, »lebt nicht mehr lange, wenn du nicht bald anfängst.«
»Also zur Sache!« verkündete er. »Diese Jacht, die heute morgen angekommen ist – Sie wissen doch, Mr. Vadassy?«
»Ja.«
»Das ist eine italienische.«
»So?«
»Ja. Na, wir sind heut nachmittag mit ein paar von den andern Leuten unten am Strand gewesen. Die Schweizer waren da und das französische Zweigespann und dieser alte Knabe mit dem weißen Bart. Etwas später kam der englische Major mit seiner Frau.«
»Miserabel erzählt!« bemerkte das Mädchen.
»Warte doch! Ich will unserm Freunde Vadassy die Atmosphäre anschaulich machen. So ist es doch gewesen. Die sind

erst kurz nach allen andern runtergekommen. Sie wissen doch, wie heiß es gewesen ist. Wir lagen alle in unseren Liegestühlen und dösten nach diesem *poulet à la crème* vom Mittag. Daß die Engländer gekommen waren, haben wir bloß dran gemerkt, daß wir hörten, wie er sagte, sein Liegestuhl wäre wackelig oder so.«

»Wissen Sie«, fiel sie aufgeregt ein, »die beiden saßen gleich rechts von uns, wir waren also ganz dicht dabei und konnten alles sehen. Na und, als . . .«

»Sei still!« sagte ihr Bruder. »Du vermasselst die Geschichte. Du kommst ja gleich dran. Also wie gesagt, Mr. Vadassy, wir sitzen alle da und denken darüber nach, ob die Sonne wohl noch viel heißer werden könnte und ob wir nicht vielleicht zuviel gegessen hätten, da sagt Mrs. Schweizer auf einmal was zu Mr. Schweizer. Na, Sie wissen ja, wie das ist – auch wenn man eine Sprache nicht versteht, bekommt man doch oft den Tonfall mit. Also ich mach' die Augen auf und sehe, daß die Schweizer auf die Bucht rausgucken. Da sehe ich, daß die Jacht ein Boot ausgesetzt hat und daß ein Matrose es um das Schiff rum zur Gangway rudert. Auf der Gangway kommt ein Mann mit Segelmütze und weißem Leinenzeug runter. Er ist ein bißchen dicklich, aber er hopst ganz munter in das Boot, und der Matrose rudert mit ihm auf den Strand zu. Na, am Strand sperren natürlich alle die Augen und Ohren auf, wahrscheinlich weil so was von der Verdauung des *poulet à la crème* ablenkt, und fangen an zu reden.« Er hob dramatisch den Finger. »Dabei haben sie keine Ahnung, was ihnen bevorsteht.«

»Aber wir sehen schon«, warf seine Schwester ein, »wie die kommenden Ereignisse ihre Schatten vorauswerfen, denn auf einmal fangen die beiden Engländer an zu reden. Komischerweise sprechen sie nicht Englisch! Der Schweizer Herr hat uns hinterher gesagt, es ist Italienisch gewesen! Aber das wußten wir natürlich nicht. Immerhin, es ist doch komisch, daß sie überhaupt in einer anderen Sprache reden, und noch komischer ist, daß Mrs. Clandon-Hartley am meisten redet. Außerdem zeigt sie immerzu auf das Boot. Dann guckt der Major hin und fängt auch an, italienisch zu reden. Nimmt man doch eigentlich nicht an, daß der Italienisch spricht, nicht? Jedenfalls, anscheinend ist er nicht einverstanden mit dem, was sie sagt, denn er schüttelt den Kopf und sagt etwas, das hört sich an wie ein Mädchenname. Ihr ist das anscheinend nicht recht, und sie fängt wieder an, auf das Boot zu zeigen. Aber jetzt ist es bloß noch zehn Meter vom Strand, und der Mann mit der Mütze steht mit einem Bootshaken in der Hand da und will diesen Eisenring an dem Felsen erwischen – da bricht sie plötzlich in eine Art Kriegsgeheul aus und läuft zum Wasser runter, ruft ihm irgend etwas zu und winkt.«

»Der Mann mit dem Bootshaken hat sie im selben Augenblick gesehen und ist vor Aufregung beinah über Bord gefallen«, sagte Warren Skelton. »Dann hat er gerufen: ›Maria!‹ Ich versteh kein Wort Italienisch und hab also nicht verstanden, wovon die Rede war, aber sie haben jedenfalls über das Wasser hinweg in den höchsten Tönen miteinander gequatscht, bis er das Boot endlich an den Landefelsen rangebracht hatte und raussprang.«

»Dann«, sagte das Mädchen, »hat er die Arme um sie geschlungen und sie zwei- oder dreimal geküßt. Offenbar kannten sie sich sehr gut. Ich würde allerdings keinen Wert darauf legen, von diesem Mann auch nur einen einzigen Kuß zu bekommen. Er war dicklich, und als er die Mütze abnahm, da hatte er das Haar so gestutzt, daß sein Kopf aussah wie ein schmutziges graues Ei. Außerdem hatte er ein Doppelkinn, und wenn ich etwas nicht ausstehen kann, dann sind's Männer mit Doppelkinn. Aber die Überraschung war: *Mrs. Clandon-Hartley!* Wir hatten sie vorher noch nie ein einziges Wort sprechen hören, und auf einmal benahm sie sich wie ein Kind, das schulfrei hat, und riß vor Freude den Mund so weit auf, daß wir schon dachten, sie kriegt ihn nicht wieder zu. Offensichtlich hatte sie den Signor Doppelkinn nicht erwartet, und es war eine wunderschöne Überraschung. Er zeigte auf die Jacht und schlug sich auf die Brust, als wenn er sagen wollte: ›Sieh mal an, was ich geschafft habe‹, und sie zeigte nach oben auf das Hotel und sagte ihm wohl, daß sie dort wohne. Dann fingen sie wieder an, sich zu umarmen und zu küssen, zum größten Ergötzen des ganzen Strandes.«

»Das heißt«, schränkte Skelton ein, » – bis auf den Major. Der hat gar kein entzücktes Gesicht gemacht: er hat sogar ein ziemlich saures Gesicht gemacht. Als diese zweite Runde Umarmungen losging, stand er ganz langsam von seinem Stuhl auf und ging zu ihnen hin. Einfach gegangen ist er, aber an seinem Gang war irgendwas, das gab einem das Gefühl, es würde was passieren. Die Schweizer hatten angefangen, mit dem alten Franzosen zu reden, aber jetzt waren sie still. Wenn die See nicht so gerauscht hätte – man hätte eine Stecknadel in den Sand fallen hören. Aber es passierte nichts – noch nicht. Signor Doppelkinn blickte auf und sah den Major und grinste ihn an. Man merkte, daß sie sich kannten, aber man merkte auch, daß sie sich gar nicht grün waren. Sie gaben sich die Hand, und Signor Doppelkinn grinste immer noch, aber die Frau Major war auf einmal wieder still, als wenn ihr jemand einen Dämpfer aufgesetzt hätte. Dann fingen sie alle an, leise zu reden. Na, ich glaube, da haben die meisten andern das Interesse verloren, aber ich habe noch weiter auf sie aufgepaßt. Wissen Sie, ich interessiere mich nämlich ein bißchen für Menschen und ihr Wesen und Benehmen. Für nichts sollte der Mensch sich so sehr interessieren wie für den Menschen, sag' ich immer!«

»Um Himmels willen«, unterbrach seine Schwester, »erzähl doch mal weiter! Er will nämlich sagen, Mr. Vadassy, sie haben den Eindruck gemacht, als ob sie alles mögliche sagten, bloß nicht das eine, was sie wirklich sagen wollten.«

»Das heißt«, fuhr der junge Skelton feixend fort, »bis es jemand dann doch gesagt hat! Aber darauf mußten wir noch warten. Ich gebe zu, auch bei mir kühlte sich das Interesse schon langsam ab – da aber kamen sie plötzlich auf Touren – wenigstens die beiden Männer. Sie wissen ja, wie Italienisch von weitem klingt – wie ein Auto mit verstopftem Auspuff, und auf einmal tritt jemand aufs Gaspedal. Signor Doppelkinn quasselte wild drauflos und fuchtelte dem Major mit der Hand vorm

Gesicht rum. Der Major war kreideweiß geworden. Dann hörte Signor Doppelkinn auf und wandte sich halb ab, als wenn er fertig wäre. Aber just in diesem Moment fiel ihm offenbar eine saftige Gemeinheit ein. Denn er wendete sich zurück, sagte was, drehte sich dann wieder um und lachte schallend.

Im nächsten Augenblick sah ich, wie der Major die Faust ballte und mit dem Arm ausholte. Jemand kreischte – die Französin, glaube ich – dann schlug der Major zu und traf Signor Doppelkinn mitten in den Bauch. Das hätten Sie sehen sollen – phantastisch war das!

Signor Doppelkinn hörte auf zu lachen. Den Mund aber hatte er immer noch offen. Er gab Töne von sich, wie wenn das Badewasser abläuft, taumelte einen Schritt zurück und knallte in den Sand. Ausgerechnet, als gerade eine flache Uferwelle drüber wegspülte! Mrs. Clandon-Hartley kreischte auf und drehte sich dann zu dem Major und fing an, ihn auf italienisch anzuschreien. Der fing in diesem Moment zu husten an. Er konnte anscheinend gar nicht wieder aufhören. Mittlerweile waren natürlich alle hingerannt, auch wir. Der Matrose, der in dem Boot gesessen hatte, sprang raus, kam mit viel Gespritze angelaufen und kümmerte sich zusammen mit dem jungen Franzosen um Signor Doppelkinn, während der Schweizer und ich den Major festhielten. Frau Schweizer und die Französin und Mary umringten Mrs. Clandon-Hartley. Der alte Knabe mit dem Bart hopste bloß rum und sagte, das wär doch entsetzlich. Viel gab's ja für uns nicht zu tun; denn der Major konnte bloß husten und zwischendurch ›Schwein!‹ keuchen, und Mrs. Clandon-Hartley hatte angefangen zu heulen und sagte in gebrochenem Englisch, es täte ihr schrecklich leid und ihr Mann wär ein wildgewordener Hengst. So sah er mir allerdings nicht aus. Signor Doppelkinn schüttelte die Fäuste und brüllte allerhand auf italienisch, wenn er genug Atem hatte, und dann ist er in seinen nassen Hosen zu dem Boot abgezogen. Der Major ist schließlich mit seiner Husterei fertiggeworden, und dann sind sie beide wieder ganz hochnäsig und würdevoll geworden und raufgegangen. Na, tut's Ihnen nicht leid, daß Sie das verpaßt haben?«

»Sie hätten uns nämlich erzählen können, worum's eigentlich ging«, sagte das Mädchen voll Bedauern.

Doch ich dachte kaum an das, was sie sagten. Ich beugte mich gespannt vor. »Um welche Zeit ist das gewesen?«

Beide machten ein ziemlich enttäuschtes Gesicht. Ich würdigte wohl ihre Geschichte nicht gebührend.

»Ach, ich weiß nicht«, sagte Skelton ungeduldig. »So um halb vier, glaub' ich. Warum?«

»Und ist irgend jemand den ganzen Nachmittag unten am Strand gewesen?«

Er zuckte leicht verstimmt die Achseln. »Das kann ich nicht sagen. Es gab so viel Hin und Her. Als die ganze Aufregung sich ein bißchen gelegt hatte, sind der eine oder andere raufgegangen, um sich Badesachen anzuziehen.«

»Ich glaube, Sherlock Holmes hat einen Ansatzpunkt«, sagte das Mädchen. »Los, Mr. Vadassy, erzählen Sie uns, was Sie sich denken!«

»Ach, gar nichts«, sagte ich nur matt. »Ich habe Major Clandon-Hartley und seine Frau raufgehen sehen, als ich ins Dorf ging. Sie hat ein Taschentuch vor den Augen gehabt. Sie hatte wohl gerade geweint.«

»Was Sie nicht sagen! Und ich hatte schon Angst, Sie hätten eine Erklärung für die ganze Geschichte. Gott sei dank haben Sie keine, denn ich habe eine wunderbare Erklärung entwickelt.«

»Wir beide zusammen haben eine wunderbare Erklärung entwickelt«, ergänzte ihr Bruder.

»Meinetwegen – wir beide. Passen Sie auf, Mr. Vadassy, wir glauben, vor vielen Jahren ist Mrs. Clandon-Hartley ein simples süditalienisches Bauernmädchen gewesen und hat mit ihren Eltern in einem simplen italienischen Dorf gelebt – wissen Sie, lauter Barock und gekalkte Wände und keine Kanalisation. Sie war dem Sohn eines anderen Bauernpaars versprochen, dem alten Signor Doppelkinn, der damals noch jung und hübsch war. Da kommt der verwegene, verworfene Major ins Dorf und zwirbelt seinen Schnurrbart. Sagen Sie Halt, wenn Sie die Geschichte schon kennen! Was passiert? Der Major mit seinen glatten städtischen Manieren und seinen Maßanzügen blendet das simple Bauernmädchen. Kurz gesagt, er entführt sie in die große Stadt und heiratet sie.«

»He!« sagte Skelton. »Das mit dem Heiraten hat aber noch nicht im Text gestanden.«

»Jedenfalls: er heiratet sie.«

»Na schön, meinetwegen.«

»Die Jahre vergehen.« Sie lächelte uns triumphierend an. »Der Satz gefällt mir. Die Jahre vergehen. Der junge Signor Doppelkinn ist verbittert und enttäuscht – damit erklärt sich, daß er heute so verändert aussieht. Inzwischen hat er gearbeitet und es zu was gebracht. Er hat ganz unten angefangen und sich immer weiter raufgearbeitet, immer weiter rauf, und jetzt ist er einer der größten Gauner in ganz Italien.«

»Mir scheint«, mischte sich ihr Kompagnon ein, »auf diese Weise paßt das Ende gar nicht zu der Geschichte. Da müßte eigentlich der Signor Doppelkinn loslegen und der Major sich die nassen Hosen holen.«

Das Mädchen machte ein nachdenkliches Gesicht. »Vielleicht.« Sie sah mich an. »Wahrscheinlich denken Sie, es ist ziemlich gemein, was wir damit machen. Das stimmt schon. Aber wissen Sie, die ganze Sache war eigentlich wirklich so unerfreulich, daß wir jetzt ganz schlechte Laune hätten, wenn wir nicht darüber lachten.«

Ich wußte nicht recht, was ich sagen sollte.

»Die Jacht ist wieder weg, wie ich sehe«, murmelte ich.

»Ja, ungefähr vor einer Stunde ist sie wieder abgesegelt«, sagte Skelton trübsinnig.

In diesem Augenblick kamen Vogels die Treppe herauf. Sie schienen bedrückt. An unserem Tisch machten sie halt.

»Haben die beiden jungen Leute Ihnen von der Szene heut nachmittag erzählt?« fragte er mich auf deutsch.

»Ja, ich habe was davon gehört.«

»Eine unglückselige Angelegenheit«, sagte er ernst. »Meine Frau hat Frau Clandon-Hartley ein bißchen Riechsalz gegeben; aber ich glaube nicht, daß es viel hilft. Der arme Mann! Seine Frau sagt, er ist im Krieg verwundet worden und das hat sich auf sein Gehirn ausgewirkt. Man kann ihm anscheinend nicht übelnehmen, was er tut. Der Mann von der Jacht soll an Land gegangen sein, um Wein aus Köches Keller zu kaufen und sich ein paar Stücke Eis geben zu lassen. Frau Clandon-Hartley hat in ihm einen alten Freund wiedererkannt. Weiter war nichts. Der arme Major hat das mißverstanden.«

Sie gingen weiter, hinauf zum Hotel.

»Was hat er gesagt?« fragte Skelton neugierig.

»Er hatte gesagt, Mrs. Clandon-Hartley hätte ihm erzählt, der Major ist im Kriege schwer verwundet worden und ist nicht ganz richtig im Kopf.«

Einen Augenblick schwiegen sie. Dann sah ich, wie die Stirn des Mädchens sich nachdenklich kräuselte. »Wissen Sie«, sagte sie, ohne einen von uns besonders anzureden, »ich glaube, das kann nicht so ganz stimmen.«

Ihr Bruder schnaubte ungeduldig. »Na, jedenfalls Schluß damit! Was trinken Sie, Mr. Vadassy? *Dubonnet sec?* Gut. Also drei Gläser. Hier ist ein Franc-Stück – wir losen aus, wer sie holen geht.«

Er warf die Münze hoch, und ich verlor.

Als ich hinaufging, um die Getränke zu bestellen, sah ich, wie Duclos aufgeregt mit Köche sprach. Er machte einen kräftigen Kinnhaken vor. Offensichtlich wurde die Geschichte beim Erzählen keineswegs harmloser.

9

Gewalt

Das Ehepaar Clandon-Hartley kam zum Abendessen nicht herunter.

Ich interessierte mich für die beiden, eigentlich widerwillig. Mrs. Clandon-Hartley war also eine Italienerin! Das erklärte vieles. Es erklärte, warum der Major das Wort *›aperitivo‹* in der italienischen Form gebraucht hatte, als er am Abend zuvor mit mir sprach. Es erklärte die abweisende Schweigsamkeit seiner Frau. Sie scheute sich, gebrochenes Englisch zu sprechen. Es erklärte, warum »meine Gattin« es »ein bißchen mit der Religion« hatte. Es erklärte ihr unenglisches Aussehen. Und Clandon-Hartley selber hatte im Felde einen Schock erlitten, so daß er nicht ganz zurechnungsfähig war.

Ich dachte daran, daß Mary Skelton das bezweifelt hatte. Nun, wenn die beiden mir den Zwischenfall am Strande richtig dargestellt hatten, so war auch ich geneigt, daran zu zweifeln. Es machte den Eindruck, als stecke mehr dahinter als ein Nervenanfall. Aber schließlich, mich ging es ja nichts an. Ich hatte an wichtigere Dinge zu denken. Durch die dumme Geschichte mit dem Major und seiner Frau waren die Skeltons für meine Zwecke unbrauchbar geworden. Es hatte »so viel Hin und Her« gegeben. Vermutlich hatte sich alles abgespielt, während ich im Dorfe war. Es war aussichtslos.

Das Abendessen war fast vorbei, als Köche auf die Terrasse kam und verkündete, im Garten sei unter den Bäumen ein Ping-Pong-Tisch aufgestellt worden, und die Gäste aufforderte, ihn zu benutzen. Als ich mit dem Essen fertig war, konnte ich hören, daß die Aufforderung angenommen worden war. Ich ging dem Geräusch nach.

Eine elektrische Birne, die im Geäst über dem Tisch mit der grünen Platte angebracht war, warf ein hartes Licht auf die Gesichter der Spieler. Es waren Skelton und der Franzose Roux. Auf den Felsbrocken eines Steingartens saßen Odette Martin und Mary Skelton und sahen zu.

Roux spielte in einer Haltung verbissener Konzentration und beobachtete den Ball aus seinen hervorquellenden Augen, als wäre er eine Bombe, die jeden Augenblick explodieren könnte. Er sprang eifrig hin und her. Im Gegensatz dazu sah Skeltons träges, gemächliches Spiel hölzern und ungeschickt aus; aber ich bemerkte, daß er die meisten Punkte zu gewinnen schien. Odette Martin gab sich keine Mühe, ihre Enttäuschung darüber zu verbergen. Gewann Skelton, so brach sie jedesmal in lautes Wehgeschrei aus, und ein Punkt für Roux wurde mit entsprechenden Jubelrufen aufgenommen. Ich sah, daß Mary Skelton sie mit Interesse und Heiterkeit beobachtete.

Das Spiel ging zu Ende. Odette Martin warf Skelton einen mißgünstigen Blick zu und wischte ihrem schwitzenden Liebsten mit seinem Taschentuch die Stirn ab. Ich hörte, wie sie ihm versicherte, seine Niederlage tue ihrer Zuneigung zu ihm keinen Abbruch.

»Wie wär's mit einem Spiel?« sagte Skelton zu mir.

Aber ehe ich antworten konnte, war Roux ans andere Ende des Tisches gesprungen, schwenkte seinen Schläger und verkündete mit blitzendem Lächeln, er fordere Revanche.

»Was sagt er?« brummte Skelton.

»Er sagt, er will Revanche haben.«

»Na, meinetwegen.« Er zwinkerte. »Da muß ich wohl aufpassen, daß er sie auch kriegt.«

Sie begannen wieder zu spielen. Ich setzte mich neben Mary Skelton.

»Wie kommt es«, fragte sie, »daß ich bei diesem Franzosen kein Wort verstehen kann? Er hat einen ganz eigenartigen Akzent.«

»Wahrscheinlich ist er aus der Provinz. Auch die Pariser können manche Provinzfranzosen nicht verstehen.«

»Na das ist ja tröstlich. Wissen Sie, ich hab richtig Angst, daß ihm die Augen glatt aus dem Kopf fallen, wenn er noch lange weiterspielt.«

Ich weiß nicht mehr, was ich darauf geantwortet habe, denn mir ließ die Frage keine Ruhe, wohin der Akzent gehöre, den Roux sprach. Ich hatte genau den gleichen schon einmal gehört, und zwar erst ganz kürzlich. Ich kannte ihn ebensogut wie meinen eigenen Namen.

Ein lauter Freudenschrei von Odette Martin riß meine Gedanken zu dem Spiel zurück.

»Warren kann vollkommen überzeugend verlieren, wenn er will«, sagte Mary Skelton. »Manchmal läßt er mich ein Spiel gewinnen, und ich habe immer das Gefühl, es läge daran, daß ich so gut gespielt hätte.«

Odette Martin, die ahnte, daß Englisch gesprochen wurde, sagte zu Roux »*Okay*« und »*How do you do?*«, kippte dann in Gelächter über und bekam zum Lohn einen Kuß auf den Nacken. Es war ersichtlich, daß niemand etwas verstanden hatte.

Duclos bekam mich zu fassen und fing an, über die Szene am Strand zu reden. »Man hätte doch nicht gedacht«, sagte er, »daß in diesem kalten Offizier so viel Leidenschaft steckt, so viel Liebe zu dieser Italienerin, seiner Frau. Aber so sind die Engländer. An der Oberfläche kalt, dienstlich, geschäftlich. Bei den Engländern geht's immer nur ums Geschäft, denkt man. Aber drunter – wer weiß, was da für Feuer schwelen!« Er machte ein ernstes Gesicht. »Ich habe viel erlebt, aber die Engländer und die Amerikaner versteht man nie, die sind undurchdringlich.« Er strich sich den Bart. »Es war ein prachtvoller Schlag, und der komische Laut, den der Italiener von sich gegeben hat, war eine wahre Wonne. Direkt aufs Kinn. Der Italiener plumpste wie ein Stein.«

»Ich habe gehört, es ist ein Schlag in den Bauch gewesen.«

Er sah mich scharf an. »Und aufs Kinn auch, Monsieur, aufs Kinn auch! Zwei großartige Schläge!«

Roux, der zugehört hatte, mischte sich ein. »Es ist überhaupt kein Schlag gewesen«, sagte er mit Bestimmtheit. »Der englische Major hat Jiu-Jitsu angewendet. Ich habe genau aufgepaßt. Ich kenn mich selber aus mit dem Griff.«

Duclos setzte sich den Kneifer auf die Nase und machte ein finsteres Gesicht. »Er hat ihm einen Schlag aufs Kinn gegeben, Monsieur«, sagte er trotzig.

Roux warf die Hände empor. Seine Augen quollen vor. Er glotzte grimmig. »Sie können das gar nicht gesehen haben«, sagte er schroff. Er wandte sich an Odette Martin. »Du hast es doch gesehen, *ma petite*, nicht wahr? Du hast tadellose Augen. Du hast keine Brille, so wie der alte Herr hier. Es ist einwandfrei Jiu-Jitsu gewesen, nicht wahr?«

»*Oui, chérie.*« Sie warf ihm einen Handkuß zu.

»Da haben Sie's!« rief Roux höhnisch.

»Ein Schlag aufs Kinn, ganz bestimmt.« Duclos' Kneifer bebte vor Zorn.

»Pah!« sagte Roux ingrimmig. »Passen Sie mal auf!«

Er drehte sich plötzlich zu mir um, packte mich am linken Handgelenk und zog. Instinktiv fuhr ich zurück. Im nächsten Augenblick merkte ich, daß ich fiel. Roux packte meinen anderen Arm und hielt mich aufrecht. Es lag erstaunliche Kraft in seinem Griff. Ich spürte, wie sein magerer, drahtiger Körper sich straffte. Dann stand ich wieder auf den Beinen.

»Sehen Sie!« krähte er. »Es ist Jiu-Jitsu gewesen. Es ist ein einfacher Griff. Ich hätte es mit dem Herrn hier genauso machen können wie der englische Major mit dem Mann von der Jacht.«

Duclos richtete sich auf und machte eine knappe Verbeugung. »Eine interessante Vorführung, Monsieur. Aber unnötig. Ich sehe tadellos. Es ist ein Schlag aufs Kinn gewesen.« Er machte noch eine Verbeugung und entfernte sich, auf das Hotel zu.

Roux lachte ihm spöttisch nach und schnippte mit den

Fingern. »Ein alter Idiot ist das«, sagte er verächtlich. »Weil wir so tun, als merkten wir nichts, wenn er mogelt, bildet er sich ein, wir sähen nichts.«

Ich lächelte neutral. Odette Martin begann, sein Verhalten in dieser Situation zu loben. Skeltons hatten angefangen, Tischtennis zu spielen. Ich schlenderte zur unteren Terrasse hinunter.

Hinter den tintenschwarzen Umrissen der Bäume sah ich zwei schweigsame Gestalten an der Brüstung stehen. Es waren der Major und seine Frau. Als meine Schritte auf dem Weg knirschten, wandte er den Kopf. Ich hörte, wie er leise etwas zu ihr sagte. Dann entfernten sich die beiden.

Einen Augenblick blieb ich stehen und horchte, wie ihre Schritte sich auf dem Weg verloren, und wollte gerade an die Stelle treten, an der sie eben noch gestanden hatten, als ich bei den Bäumen eine Pfeife aus dem Dunkel glühen sah. Ich ging darauf zu.

»Guten Abend, Herr Heinberger!«

»Guten Abend!«

»Hätten Sie Lust zu einer Partie Billard?«

Es regnete Funken, als er die Pfeife an der Seite des Stuhls ausklopfte.

»Nein, danke.«

Aus irgendeinem unerklärlichen Grunde begann mein Herz schneller zu schlagen. Worte und Sätze kamen mir auf die Zunge. Ich spürte ein übermächtiges Verlangen, meinen Verdacht gegen ihn hier auf der Stelle herauszuschleudern, ihn anzuklagen, den Mann, der hier im Dunkeln saß, den unsichtbaren Spion. Dieb! Spion! Ich wollte ihm die Worte ins Gesicht schmettern. Ich spürte, daß ich zitterte. Ich machte den Mund auf, und meine Lippen bewegten sich. Dann plötzlich knisterte ein Streichholz und flammte auf, und ich sah in dem gelben Licht ein Gesicht, hager und kummervoll, seltsam dramatisch.

Er hielt das Streichholz über den Pfeifenkopf und sog die

Flamme in ihn hinein. Das Streichholz flackerte zweimal und ging aus. Der glimmende Pfeifenkopf bewegte sich, als er eine Handbewegung machte.

»Warum setzen Sie sich nicht, Herr Vadassy? Da ist ein Stuhl.«

Wirklich, ich stand da und gaffte ihn an wie ein Narr. Ich setzte mich hin und hatte dabei das Gefühl, als wäre ich um ein Haar von einem schnellen Wagen überfahren und nur durch die Geschicklichkeit des Fahrers gerettet worden. Nur um irgend etwas sagen zu können, fragte ich ihn, ob er von dem englischen Paar und dem Zwischenfall am Strand gehört habe.

»Ja, ich habe davon gehört.« Er hielt inne. »Der Engländer soll geistig nicht ganz in Ordnung sein.«

»Glauben Sie, das stimmt?«

»Nicht unbedingt. Es kommt vor allem darauf an, inwieweit er provoziert worden ist. Selbst ein Irrer greift nicht zur Gewalt, wenn er nicht gereizt wird.« Er hielt von neuem inne. »Physische Gewalt«, fuhr er fort, »ist etwas sehr Sonderbares. Den normalen Menschen hält ein ungemein komplizierter geistiger Mechanismus davon zurück. Aber die Stärke dieses Mechanismus ist in den verschiedenen Kulturen verschieden. Bei den westlichen Völkern ist er weniger stark als in den orientalischen. Ich spreche natürlich nicht von Krieg, denn da sind andere Faktoren wirksam. Der Inder ist ein gutes Beispiel für das, was ich meine. Ich habe einmal mit einem bengalischen Kommunisten darüber gesprochen. Es kann sein, meinte er, daß ein Hindu mit Haß im Herzen und einem guten Revolver im Gewande losgeht, um den örtlichen Repräsentanten seiner Zwingherren zu ermorden. Es kann sein, daß er unentdeckt durchkommt, daß er unbeobachtet aus der Menge herausragt, wenn es soweit ist und sein Feind kommt, und daß er den Revolver hochhebt. Sein Opfer ist ihm also ausgeliefert. Aber da zögert der Inder. Er sieht nicht den verhaßten Feind, sondern einen Menschen. Seine Entschlossenheit gerät ins Wanken, und im nächsten Augenblick wird er selber von den

Wachmannschaften niedergeschossen. Ein Deutscher oder ein Franzose oder ein Engländer hätte beim gleichen Haßimpuls geschossen und getroffen.«

»Und aus welchem Impuls, meinen Sie, hat Major Clandon-Hartley diesen Italiener in den Bauch geboxt?«

»Ich habe nicht die leiseste Ahnung. Aber haben Sie eben gesagt, er hätte ihn in den Bauch geboxt? Soviel ich gehört habe, ist es ins Gesicht gewesen.«

»Darüber gibt es drei verschiedene Anschauungen. Nach der einen ist es das Kinn gewesen, nach der andern der Bauch, nach der dritten ist es gar kein Schlag gewesen, sondern ein Jiu-Jitsu-Griff. Die jungen Amerikaner, die am dichtesten dabeigewesen sind, behaupten beide steif und fest, es sei der Bauch gewesen.«

»Wenn das der Fall ist, halte ich es für höchst unwahrscheinlich, daß der Major geistig nicht normal ist. Ein Stoß nach dem Bauch kann aus Wut entspringen, aber selten aus Geistesgestörtheit. Das normale Tier greift seinen Feind an dem Kontaktpunkt an, der am nächsten liegt und am leichtesten zu erreichen ist. Der Irre hat den Drang, das Gesicht zu treffen.«

»Aber was kann er denn für einen Grund gehabt haben?«

»Vielleicht«, sagte er mit einem Anflug von Ungeduld, »war ihm der Mann nicht sympathisch.« Er stand auf. »Ich habe ein paar eilige Briefe zu schreiben. Sie entschuldigen mich!«

Er ging. Eine Weile blieb ich auf meinem Stuhl sitzen, in Gedanken versunken. Ich dachte nicht an Major Clandon-Hartley, sondern an Schimlers Inder. »Er sieht nicht den verhaßten Feind, sondern einen Menschen.«

Der Inder war mir sympathisch. Doch das war noch nicht alles, denn »im nächsten Augenblick wird er selber von den Wachmannschaften niedergeschossen«. Damit war alles gesagt. Hab Angst, und du wirst niedergemetzelt. Oder wurde man in jedem Falle niedergemetzelt, ob man Angst hatte oder nicht? Ja, sicherlich. Das »Gute« triumphierte nicht. Das »Böse« triumphierte nicht. Beide hoben einander auf, vernichteten einander und schufen von neuem Böses und Gutes. Und so weiter! »Die

Wurzel aller Bewegung und alles Lebendigen ist der Gegensatz.« Ah, das war Schimlers Satz. Ich runzelte die Stirn. Vielleicht kam ich weiter, wenn ich mehr von Schimlers Handlungen Notiz nahm und weniger von seinen Worten.

Ich ging zum Hause hinauf. Das Schreibzimmer war leer. So sahen also Schimlers »eilige Briefe« aus! Als ich durch den Salon ging, kam ich an Madame Köche vorbei, die einen Stoß Hotelwäsche auf dem Arm trug. Ich sagte: »Guten Abend!«

»Guten Abend, Monsieur! Haben Sie meinen Mann gesehen? Nein? Er ist bestimmt unten und spielt Ping-Pong. Es gibt Schlaue, die sich das Leben angenehm machen, und Dumme, die hinter den Kulissen schuften. Aber irgend jemand muß ja die Arbeit machen. Im *Réserve* ist das den Frauen überlassen.« Sie rauschte weiter, die Treppe hinauf, und rief dabei gellend nach »Marie!«

Ich ging durch den menschenleeren Salon auf die obere Terrasse. Duclos saß mit einem Pernod und einer Zigarre an einem Tisch nahe der Balustrade.

Er sah mich, stand auf und verbeugte sich. »Ah, Monsieur! Ich muß mich entschuldigen, daß ich vorhin so plötzlich weggelaufen bin. Aber es war mir unmöglich, dazubleiben und mich beleidigen zu lassen.«

»Ich habe volles Verständnis dafür, Monsieur.«

Er verbeugte sich noch einmal. »Möchten Sie nicht etwas trinken, Monsieur? Ich habe hier einen Pernod.«

»Danke, ich hätte gern einen *vermouth-citron.*«

Er klingelte nach dem Kellner und bot mir eine Zigarre an, die ich annahm. Ich war offensichtlich auf die Rolle des mitfühlenden Zuhörers festgelegt. Er eröffnete den Angriff ohne weitere Verzögerung.

»Trotz meines Alters«, sagte er, während er sich Wasser ins Glas goß, »habe ich Ehrgefühl. Sehr stark sogar.« Er hielt inne und nahm sich noch ein Stück Eis. Mir war nicht ganz klar, wieso das Ehrgefühl mit dem Alter zurückgehen sollte, aber glücklicherweise redete er weiter, ehe ich das aussprechen konnte. »Trotz meines Alters«, wiederholte er, »wäre ich auf diesen Roux losgegangen, wenn mich nicht eines abgehalten hätte – daß Damen anwesend waren.«

»Sie haben sich so ehrenhaft benommen wie nur möglich«, versicherte ich ihm.

Er strich sich den Bart. »Es freut mich, daß Sie das finden, Monsieur. Aber unter solchen Umständen ist es für einen Mann von Ehre schwer, seinen Zorn zu bändigen. Als Student hab ich einmal ein Duell gehabt. Der Mann hat an meinem Wort gezweifelt. Ich bin auf ihn losgegangen. Er hat mich gefordert. Wir haben uns geschlagen. Freunde hatten alles arrangiert.«

Er seufzte, in Erinnerungen versunken. »Es war ein kalter Novembermorgen, so kalt, daß meine Hände blau und gefühllos waren. Es ist sonderbar, was einem solche Kleinigkeiten für Sorgen machen können. Wir nahmen uns für die Fahrt zum verabredeten Ort eine Kutsche. Mein Freund wollte eigentlich laufen, denn wir konnten uns beide keine Kutsche leisten. Aber ich bestand darauf. Wenn ich fiel, spielte es ja keine Rolle. Wenn ich nicht fiel, dann war die Erleichterung sicherlich so groß, daß es mir auf die Kosten nicht ankommen sollte. Also haben wir eine Kutsche genommen. Aber trotzdem machte ich mir Sorgen wegen meiner kalten Hände. Ich steckte sie in die Taschen, und sie waren immer noch kalt. Ich scheute mich, sie unter die Arme zu stecken, weil ich fürchtete, mein Freund würde aus meiner gekrümmten Haltung schließen, ich hätte Angst. Ich versuchte, auf meinen Händen zu sitzen, aber das Polsterleder war glatt und blank und noch kälter. Alle meine Gedanken kreisten um meine Hände. Und wissen Sie, warum?«

Ich schüttelte den Kopf.

Seine Augen zwinkerten hinter dem Kneifer. »Erstens weil ich fürchtete, ich würde nicht richtig schießen können und meinen Gegner verfehlen, und zweitens weil ich dachte, wenn er ebenso kalte Hände hätte wie ich, könnte er womöglich Glück haben und mich treffen.«

Ich lächelte. »Anscheinend ist dann doch alles gut gegangen, Monsieur.«

»Absolut! Wir haben beide daneben geschossen. Wir haben nicht nur danebengeschossen, wir hätten beinahe unsere Sekundanten getroffen.« Er lachte vor sich hin. »Wir haben seitdem oft darüber gelacht. Heute hat er eine Fabrik neben meiner. Er hat 500 Arbeiter. Ich habe 730. Er macht Maschinen. Ich mache Kartonagen.« Der Kellner erschien. »Einen *vermouth-citron* für Monsieur.«

Ich wunderte mich. Irgendwer – Skelton oder der Major – hatte mir gesagt, Duclos habe eine Konservenfabrik. Ich hatte es wohl falsch verstanden.

»Die Zeiten sind schwer«, sagte er. »Die Löhne steigen, die Preise steigen. Im nächsten Augenblick fallen die Preise, aber die Löhne müssen weiter steigen. Ich sehe mich gezwungen, die Löhne zu senken. Was passiert? Meine Arbeiter streiken. Manche sind schon viele Jahre bei mir. Ich kenne sie persönlich, und wenn ich durch die Fabrik gehe, begrüße ich sie. Dann sind die Hetzer zu ihnen gekommen, die Kommunisten, und haben sie gegen mich aufgewiegelt. Meine Leute haben gestreikt. Was habe ich gemacht?«

Der Kellner kam mit meinem Getränk und enthob mich der Notwendigkeit einer Antwort.

»Was habe ich gemacht? Ich habe mich hingesetzt und überlegt. Warum hatten sich meine Leute gegen mich gestellt? Warum? Die Antwort war: aus Unkenntnis. Die armen Kerle, sie wußten nicht Bescheid, sie verstanden die Lage nicht. Ich habe mich entschlossen, sie zusammenzurufen und ihnen die schlichte Wahrheit zu erklären. Ich, Papa Duclos, wollte ihnen alles erklären. Dazu gehörte Mut, denn die jungen Arbeiter kannten mich nicht so gut wie die alten, und die Hetzer hatten ihre Sache gut gemacht.«

Duclos nippte an seinem Pernod.

»Auf der Treppe vor der Fabrik«, sagte er dramatisch, »hab ich mich vor sie hingestellt. Ich habe die Hand ausgestreckt, und da waren sie ruhig. ›Kinder‹, hab ich gesagt, ›ihr wollt die Löhne erhöht haben.‹ Sie haben gejubelt. Ich habe wieder die Hand ausgestreckt, damit sie ruhig waren, und habe wieder gesprochen. ›Ich will euch mal sagen, Kinder, was passiert, wenn ich das mache. Dann habt ihr selber die Wahl.‹ Sie haben gemurmelt und sind dann wieder ruhig gewesen. Mein Mut wuchs. ›Die Preise fallen‹, habe ich weitergeredet. ›Die Preise fallen. Wenn ich euch die Löhne erhöhe, werden die Preise der Duclos-Werke höher liegen als die Preise der Konkurrenz. Wir verlieren Aufträge. Für viele von euch ist dann keine Arbeit mehr da. Wollt ihr das?‹ Manche riefen: ›Nein!‹ Ein paar Hetzer brüllten in ihrem Unverstand, der Profit müßte verringert werden. Aber wie kann man solchen Hohlköpfen klarmachen, daß Zinsen für Investierungen gezahlt werden müssen, daß das Geschäft stillstehen würde, wenn keine Profite da wären? Ich hab mich um die also nicht gekümmert. Ich hab weitergeredet und von meiner Liebe zu ihnen gesprochen, von meinem Verantwortungsgefühl für ihr Wohlergehen, von meinem Bestreben, das Beste im Interesse aller zu tun, von der Notwendigkeit, zu unserem eigenen Wohl und zum Wohle Frankreichs Hand in Hand zu arbeiten. ›Wir alle‹, hab ich gesagt, ›müssen im Interesse der Gemeinschaft Opfer bringen.‹ Ich habe an sie appelliert, eine Lohnsenkung hinzunehmen – mit festem Herzen und in der Entschlossenheit, noch eifriger zu arbeiten. Als ich fertig war, haben sie mir zugejubelt, und die Älteren haben miteinander ausgemacht, alle sollten wieder an die Arbeit gehen. Es war ein großer Augenblick gewesen. Ich habe vor Freude geweint.« In seinen Augen glitzerte es durch den Kneifer hindurch.

»Ein großer Augenblick, wie Sie sagen«, sagte ich taktvoll. »Aber meinen Sie, es ist wirklich ganz so einfach? Wenn die Löhne fallen, fallen da die Preise nicht noch weiter, weil die Leute weniger Geld auszugeben haben?«

Er zuckte die Achseln. »Es gibt gewisse wirtschaftliche Gesetze«, sagte er etwas dunkel, »und es ist unklug, da hineinzupfuschen. Wenn die Löhne über ihr natürliches Niveau hinaus ansteigen, wird das empfindliche Gleichgewicht des Systems gestört. Aber ich darf Sie nicht mit diesen Problemen langweilen. In meiner Fabrik bin ich Geschäftsmann, aufmerksam, entschlossen, stark. Jetzt bin ich im Urlaub. Ich bin damit zufrieden, meinen müden Kopf mit der Betrachtung der Sterne zu beruhigen.«

Er warf den Kopf zurück und blickte zum Himmel. »Schön!« murmelte er verzückt. »Großartig! Diese Mengen! Gewaltig!«

Er sah mich wieder an. »Ich bin sehr empfänglich für Schönheit«, sagte er. Er wandte die Aufmerksamkeit seinem Glase zu, verdünnte den Inhalt noch weiter mit Wasser und trank es aus.

Dann sah er auf seine Uhr und stand auf. »Monsieur«, sagte er, »es ist halb elf. Ich bin alt. Unsere Unterhaltung war mir ein Vergnügen. Jetzt will ich mich mit Ihrer Erlaubnis zu Bett begeben. Gute Nacht, Monsieur!«

Er verbeugte sich, gab mir die Hand, steckte seinen Kneifer in die Tasche und ging etwas unsicher ins Haus. Erst da kam mir der Verdacht, vielleicht habe Duclos an diesem Abend mehr als einen Pernod getrunken gehabt.

Eine Weile saß ich im Salon und las in einem »*Gringoire*«, der schon vierzehn Tage alt war. Als ich davon genug hatte, ging ich in den Garten, um mich nach den Amerikanern umzusehen. Der Ping-Pong-Tisch war verlassen, aber darüber brannte immer noch das grelle Licht. Die Schläger lagen gekreuzt da, zwischen den Griffen ein Ball mit einer Delle. Ich nahm den Ball in die Hand und ließ ihn auf den Tisch fallen. Er gab einen angeknacksten Laut. Als ich ihn wieder zwischen die Schläger legte, hörte ich ganz in der Nähe einen Schritt. Ich drehte mich um. Außerhalb des Lichtkreises um den Tisch war es tief dunkel. Wenn jemand da war, so konnte ich ihn oder sie jedenfalls nicht sehen. Ich horchte. Kein Laut. Wer es auch gewesen sein mochte, er war offenbar vorbeigegangen. Ich beschloß, zu der Laube auf der unteren Terrasse hinunterzugehen.

Ich schlug mich durch die Sträucher zu dem Weg durch und ging dann bergab. Beinahe war ich bei den Stufen angekommen und sah schon einen schmalen Streifen blauschwarzen Sternenhimmels zwischen den Zypressen – als es geschah!

In den Sträuchern links von mir raschelte es leise. Ich wollte mich umdrehen. Im nächsten Augenblick traf der Schlag meinen Hinterkopf!

Ich glaube nicht, daß ich tatsächlich das Bewußtsein verloren habe, aber das nächste, was ich einigermaßen klar begriff, war, daß ich halb auf dem Weg, halb neben dem Weg mit dem Gesicht nach unten lag und daß irgend etwas meine Schultern mit beträchtlicher Gewalt zu Boden gedrückt hielt. Es flimmerte mir vor den Augen und sauste in den Ohren; aber ich hörte, wie jemand heftig atmete, und ich fühlte Hände, die in meinen Taschen herumwühlten.

Fast noch ehe mein benommenes Hirn anfangen konnte, all das zu registrieren, war es vorbei. Der Druck auf meine Schultern lockerte sich plötzlich, ein Schuh knirschte auf dem Weg. Dann war wieder alles still.

Mehrere Minuten lang blieb ich liegen. Meine Hände umklammerten meinen Kopf. Dann, als die Schmerzen nachließen und zu stetigem dumpfen Pochen wurden, raffte ich mich langsam auf und zündete ein Streichholz an. Meine Brieftasche lag offen auf dem Boden. Da waren Geld und Papiere. Nichts weg!

Ich ging auf das Haus zu. Zweimal wurde mir schwindlig, und ich mußte stehenbleiben und warten, bis der Anfall vorüber war. Ich erreichte mein Zimmer aber ohne Hilfe und ohne jemandem zu begegnen. Stöhnend sank ich auf das Bett. Das Gefühl der Erleichterung, den Kopf auf ein weiches Kissen betten zu können, war beinahe schmerzhaft.

»Ich muß daran denken«, sagte ich mir immer wieder, »Beghin zu erzählen, daß Mrs. Clandon-Hartley Italienerin ist.«

10

Kriegserinnerungen

Wenn ich auf die vierundzwanzig Stunden zurückblicke, die dann folgten, so kommt es mir alles vor wie auf einer Bühne, die einer durch ein verkehrt herum gehaltenes Opernglas betrachtet. Die Menschen darauf bewegen sich zwar, ihre Gesichter aber sind so klein, daß man sie nicht erkennen kann. Ich muß versuchen, das Glas richtig herum zu drehen; und doch, wenn ich das versuche, sind die Gestalten verzerrt und am Rande verschwommen. Nur wenn ich nicht mehr als einen Teil dieser Bühne betrachte, kann ich alle Gegenstände deutlich sehen. Wenn also dieser Bericht bald scharf, bald wieder unscharf zu werden verspricht, so wird man den Grund dafür verstehen. Ich möchte an einem Beispiel zeigen, was ich meine.

Ich erwachte an diesem Samstagmorgen um 3 Uhr. Völlig angekleidet lag ich auf meinem Bett, das Licht brannte. Ich hatte es auszuschalten vergessen, als ich in Schlaf gesunken war. Ich wachte davon auf, daß mir übel war. Gleich darauf mußte ich mich übergeben. Nach einiger Zeit zog ich mich aus, nahm zwei Tabletten, trank ein Glas Wasser und ging zurück ins Bett, Ich brauchte etwa eine halbe Stunde, um wieder einzuschlafen.

An dieser Stelle nun wird das Bild unscharf, denn, um es ganz ehrlich zu sagen, ich – heulte mich in Schlaf. Und nachdem ich das bekannt habe, kann ich mir wohl eine nähere Beschreibung meiner Gemütsverfassung und meiner Gedanken in dieser halben Stunde sparen. Photoapparate, Beghin, jugoslawische Gefängnisse und Männer mit Knüppeln spielten in dem Bilde eine große Rolle. Ich neige nicht zu Tränen. Ich hatte seit fünfzehn Jahren nicht mehr geweint.

Ich erinnere mich, daß das Kissen ganz durchgeweicht wurde.

Kein Mann gesteht so was gerne, und ich hätte diesen schamhaften Hinweis auf das Intermezzo an jenem frühen Morgen lieber ausgelassen. Eines aber macht das unmöglich. Ich muß eine Erklärung für die verhältnismäßig frohe Stimmung geben, in der ich zum Frühstück hinunterging. Heulen ist ein wirksames Ventil für aufgestaute Gefühle.

Vielleicht ist »froh« nicht ganz das richtige Wort. Ich hatte wirklich nichts, über das ich hätte froh sein können. Es war, glaube ich, eher eine fatalistische Stimmung. Wenn der Wille Allahs – oder wer sonst für so was zuständig ist – gebot, daß ich die nächsten Jahre meines Lebens in einem jugoslawischen Gefängnis zubrächte, so konnte ich eben nichts dagegen tun. Ich hielt es nicht mehr für möglich, daß es mir freistehen würde, am Sonntag nach Paris zurückzufahren. Ich versuchte mich sogar zu erinnern, ob es bei der jugoslawischen Regierung üblich sei, manchmal Amnestien für politische Häftlinge zu erlassen. Auf alle Fälle, diese Hoffnung blieb mir, während ich Straßen über die Dinarischen Alpen bauen würde.

Jetzt freilich ist mir klar, daß ich jeden Maßstab verloren hatte. Hinterher ist es immer leicht, das einzusehen. Bemerkenswert bleibt immerhin, daß ich während des nun folgenden Tages nicht den Verstand verlor. Es war, gelinde gesagt, ein wunderlicher Tag.

Den wunderlichen Auftakt gab ausgerechnet Major Clandon-Hartley. Es war schon spät, als ich zum Frühstück hinunterkam, und nur Vogels saßen noch auf der Terrasse.

Ich hatte eine Beule am Hinterkopf, die mir so groß vorkam wie eine Kanonenkugel. Sie tat zwar nicht mehr allzu weh, war aber sehr empfindlich, und beim Gehen, wenn ich mit den Fersen den Boden berührte, pochte es darin jedesmal.

Ich betrat die Terrasse möglichst vorsichtig auf Zehenspitzen und setzte mich hin. Vogels standen gerade auf, um zu gehen. Sie lachten mir zu und kamen heran. Wir wünschten einander guten Morgen. Dann feuerte Vogel den ersten Schuß des Tages ab.

»Haben Sie schon gehört«, sagte er, »daß der englische Major und seine Frau abreisen?«

In meinem Schädel pochte es heftig. »Wann?«

»Das wissen wir nicht. Monsieur Duclos hat's erzählt. Der ist gut informiert. Es ist das beste, glaube ich. Daß die Engländer abfahren, meine ich. Es wäre sonst peinlich – nach der Szene gestern. Sehen wir Sie heute vormittag am Strand?« Er zwinkerte. »Die amerikanische Miß ist schon unten.«

Ich gab irgendeine unbestimmte Antwort, und sie gingen weiter. Also das Majorsehepaar reiste ab! Genau das, was ich befürchtet hatte, war eingetreten. Freilich bestand auch nicht im entferntesten die Möglichkeit, daß Major Clandon-Hartley ein Spion war. Das war zu absurd. Aber da war ja immerhin die Tatsache, daß Mrs. Clandon-Hartley Italienerin war. Meine Gedanken wanderten zurück in das Zimmer des Kommissars und zu Beghins beharrlichen Fragen, ob ich italienische Bekannte hätte. Es war nicht möglich, aber ...

Es war nur eines zu tun: sofort Beghin anrufen! Ich goß meinen Kaffee hinunter und ging durch den Salon und die Diele zur Hoteleinfahrt. Als ich auf halbem Wege war, sah ich aus der Lücke zwischen den Bäumen, wo es zum Garten ging, den Major auf mich zukommen. Er hatte ganz offenbar die Absicht, mich abzufangen.

»Überall nach Ihnen gesucht, Vadassy«, begrüßte er mich, als er in Hörweite war. Ich blieb stehen, und er kam zu mir heran. Er senkte die Stimme mit einem Anflug von Heimlichkeit. »Wenn Sie im Augenblick nichts Besonderes vorhaben, hätte ich Sie gern unter vier Augen gesprochen.«

Ich muß bekennen, daß mir, so unsinnig die Vorstellung auch offensichtlich war, zunächst der Gedanke kam, der Major wolle gestehen, daß er ein Spion sei. Ich zögerte einen Augenblick. Dann verbeugte ich mich höflich. »Selbstverständlich, Herr Major, ich stehe Ihnen zur Verfügung.«

Ohne ein Wort zu sagen, ging er voran zum Hause und ins Schreibzimmer. Er rückte mir einen Stuhl hin. »Verdammt unbequem, diese Stühle«, sagte er entschuldigend, »aber die sind hier immer noch besser als die im Salon.«

Das entsprach nicht den Tatsachen. Es war klar, daß er das Schreibzimmer vorgezogen hatte, weil es für gewöhnlich leer war. Wir setzten uns.

»Eine Zigarette kann ich Ihnen leider nicht anbieten«, sagte er. »Ich rauche nicht.«

Seine Verlegenheit war peinlich. Ich zündete mir eine von meinen eigenen Zigaretten an, um die Pause zu überbrücken. Er beugte sich vor, verschränkte die Hände und löste sie wieder. Er hielt den Blick auf den Boden gesenkt.

»Passen Sie auf, Vadassy!« sagte er plötzlich. »Ich wollte aus einem besonderen Grunde mit Ihnen sprechen.« Er hielt inne.

Ich wartete und betrachtete das Ende meiner Zigarette. In der Stille konnte ich das Ticken der Uhr auf dem Kaminsims hören.

»Sie sind doch gestern nachmittag nicht unten am Strand gewesen?« fragte er unvermutet.

»Nein.«

»Ja, mir war doch so. Konnte mich nicht erinnern, daß ich Sie gesehen hätte.« Er zögerte, suchte nach Worten. »Sie haben wahrscheinlich gehört, was passiert ist. Leider die Beherrschung verloren. Verdammt unangenehm.«

»Ja, ich habe davon gehört.«

»Dachte ich mir. Man kann nicht erwarten, daß die Leute über so was nicht reden.« Er hielt von neuem inne.

Ich fragte mich schon, wann wir wohl endlich zur Sache kommen würden.

Plötzlich hob er den Kopf und sah mir in die Augen. »Die Leute sagen, ich sei verrückt, nicht wahr, ich wäre nicht ganz zurechnungsfähig?«

Die Frage kam für mich völlig überraschend. Ich wußte nicht, was ich antworten sollte. Ich spürte, wie ich rot wurde. »Wie bitte?«

Er lächelte schwach. »Tut mir leid, Sie damit zu überfallen, aber ich mußte wissen, wie die Lage ist. Ich sehe an Ihrem Gesicht, daß die Antwort ›Ja‹ lautet. Na, darüber wollte ich mit Ihnen reden – darüber und über noch was anderes.«

»Aha.« Ich brachte die Antwort möglichst beiläufig heraus, als wenn ich daran gewöhnt wäre, daß die Leute mir erklärten, warum man sie für verrückt halte. Er schien nicht zuzuhören.

»Ich weiß«, sagte er, »daß es sich absolut nicht gehört, fremde Leute mit seinen Privatangelegenheiten zu behelligen, das heißt Leute, die man eben erst kennengelernt hat. Aber ich habe einen guten Grund. Sehen Sie, Vadassy, Sie sind hier der einzige, mit dem ich reden kann.« Er sah mich düster an. »Ich hoffe, Sie nehmen's nicht übel.«

Ich sagte, ich nähme es nicht übel, und fragte mich dabei, worum in aller Welt es sich eigentlich handeln möge.

»Sehr nett von Ihnen«, fuhr er fort. »Diese verdammten Ausländer ...« Er brach ab, da ihm offenbar klar wurde, daß diese Bemerkung nicht gerade taktvoll war. »Wissen Sie, Mr. Vadassy, es handelt sich um meine Frau.« Er hielt wiederum inne.

Ich hatte es allmählich satt. »Wollen Sie nicht meinen guten Willen voraussetzen«, schlug ich vor, »und einfach sagen, was was Sie sagen möchten? Sie müssen bedenken, daß ich keine Ahnung habe, wovon Sie reden.«

Er wurde rot. Ein wenig verfiel er wieder in seinen militärischen Ton. »Stimmt. Drumrumreden hat keinen Zweck. Würde nicht hier sitzen und Ihnen die Zeit stehlen, wenn ich keinen Grund hätte. Karten auf den Tisch. Ihnen die ganze Geschichte erzählen. Dann können Sie sich selber ein Urteil machen. Möchte nicht, daß Sie sich was Falsches denken.« Er drückte seine Faust sacht in die andere Hand.

»Ich will meine Karten auf den Tisch legen«, wiederholte er. »Ich habe meine Frau Anfang 1918 in Rom kennengelernt.« Er machte eine Pause, und ich fürchtete schon, er werde von neuem anfangen zu zögern, aber diesmal sprach er weiter:

»Es war kurz nachdem die Italiener bei Caporetto zusammengeklappt waren und sich über den Piave zurückgezogen hatten. Ich war gerade als Adjutant zum Stab eines Divisionsgenerals versetzt worden. Na, die Lage in Italien machte dem britischen und dem französischen Kriegsministerium ziemliche Kopfschmerzen. Die meisten dachten natürlich, die Österreicher hätten's auf das Industriegebiet um Mailand abgesehen, aber es wurde auch geflüstert, und zwar ziemlich laut, dafür allein würde der deutsch-österreichische Generalstab nicht so viele Truppen von der Westfront abgezogen haben; ihr eigentlicher Plan wäre, das Hindernis Schweiz zu umgehen und durch die norditalienische Ebene auf Lyon vorzustoßen. Drang nach Westen sozusagen.

Jedenfalls, wir und die Franzosen schickten Kanonen und Truppen nach Italien, um den Karren aus dem Dreck zu ziehen, und ein paar von uns wurden dahin abkommandiert, um die Sache zu organisieren. Zuerst kam ich nach Pisa. Im Eisenbahnverkehr war da ein schauriges Durcheinander ausgebrochen. Ich hatte natürlich keine blasse Ahnung von der Eisenbahn, aber ein Kamerad von mir – kam übrigens aus dem Mannschaftsstand – der hatte in England als Zivilist was damit zu tun gehabt, und zusammen schafften wir's famos. Dann, im Jahr 18, wurde ich nach Rom geschickt.

Sind Sie mal im Winter in Rom gewesen? Ist gar nicht so übel. Damals war eine ziemlich große britische Kolonie da, aber der größte Teil war Militär, und es gehörte zu unserer Aufgabe, mit den Italienern zu verkehren und auf guten Fuß zu kommen. Für einen Sechser hätten die Frieden gemacht. Na, als ich ungefähr zwei Monate da war, hab ich ein bißchen Pech gehabt. Wissen Sie, manche von diesen italienischen Kavallerieoffizieren sind großartige Reiter und leicht verrückt. Die Pferde genauso. Jedenfalls, eines Tages bin ich mit so einem Knaben ein bißchen rumgaloppiert, und der machte mit seinem Pferd einen Sprung, den ich selbst auf einem Grand-National-Sieger lieber nicht riskieren möchte. Mein Pferd also hinterher – und da bin ich gestürzt und hab mir ein Bein und ein paar Rippen zerknackst. –

Ich wohnte in einem Hotel, und weil sie mich da nicht pflegen konnten, mußte ich ins Lazarett. Das Dumme war, gerade um die Zeit war's im Norden zum Krachen gekommen. Die Verwundeten wurden zugweise von den Feldlazaretten nach Süden geschickt, um für neue Verwundete Platz zu machen. Betten waren knapp, und das Lazarett, in das ich geschafft wurde, hatte viel zuviel Patienten und viel zu wenig Personal. Ich ließ ein SOS an einen italienischen Stabsoffizier los, den ich kannte, und am nächsten Tage wurde ich in eine riesenhafte Privatvilla dicht bei Rom gebracht. Die gehörte einer Familie, die sich bereit erklärt hatte, genesende Offiziere gesundzupflegen. Staretti hießen die Leute.«

Er blickte mich an. »Wahrscheinlich fragen Sie sich, was das alles mit dem zu tun hat, was gestern nachmittag am Strand passiert ist.«

Tatsächlich fragte ich mich noch etwas anderes: was nämlich die Vorgänge am Strand überhaupt mit mir zu tun hätten. Doch ich nickte bloß.

»Dazu komme ich noch«, sagte er. Er begann, seine Finger zu kneten, als wären sie kalt.

»Die Familie Staretti war eine komische Familie – fand ich jedenfalls. Die Mutter war tot. Es war nur ein alter Mann da und seine Kinder – zwei Töchter, Maria und Serafina, und ein Sohn, Battista. Maria war ungefähr fünfundzwanzig, Serafina zwei Jahre jünger, Battista war zweiunddreißig. Staretti selber war ein vertrockneter, verschrumpelter alter Knabe mit weißer Haarmähne. Er war siebzig, großer Bankier in Rom und reich wie Krösus. Na, Sie wissen ja, man kann nicht wochenlang bei anderen Leuten im Hause leben, ohne einigermaßen klarzusehen, wie sie alle zueinander stehen. Ich saß den größten Teil des Tages draußen im Garten, Bein und Rippen bandagiert, und da kamen sie immer und redeten mit mir. Das heißt – alle bis auf den alten Staretti, denn der war fast immer in seinem Büro oder bei Konferenzen mit Ministern. Er spielte damals in Rom eine ziemlich große Rolle. Aber Maria kam oft zu mir, und manchmal auch Serafina, obwohl die von nichts anderem redete als von dem Italiener, durch den ich da hingekommen war. Sie wollten heiraten. Dann kam auch Battista.

Battista konnte den Alten nicht leiden, und auch der Alte hatte für ihn nicht viel übrig. Ich glaube, das lag zum großen Teil daran, daß bei Battista irgendwas mit dem Herzen nicht stimmte und daß er nicht militärtauglich war. Der Alte war sehr scharf darauf, die Österreicher fertigzumachen. Jedenfalls, Battista jammerte mir immer vor, sein Vater ließe ihn zuviel arbeiten und hielte ihn mit dem Geld zu knapp, und er erzählte mir dauernd, was er machen würde, wenn der alte Staretti stürbe und er das Geld kriegte. Es wurde manchmal ein bißchen langweilig. Er war ein unangenehmer Kunde und schon damals fett und schwabbelig. Aber ich hatte ja sowieso nichts weiter zu tun als die Landschaft anzustarren, und die war noch langweiliger – plattes Gelände mit ein paar Zypressen, ziemlich öde. Aber eins fiel mir an Battista auf: er hatte den Geschäftsinstinkt seines Vaters, so etwas wie einen feinorganisierten Spürsinn, mit dem er eben drei Schritte weiter sah als alle andern. Davon habe ich später noch mehr gemerkt.

Im ganzen vergingen diese Wochen leidlich schnell. Maria und ich verstanden uns ganz gut. Es war nicht direkt das Verhältnis zwischen Patient und Krankenschwester, denn sie hatten eine richtige Krankenschwester da, die mich pflegte. Maria hatte eben nichts übrig für die jungen italienischen Offiziere, Grünschnäbel, die durch die Gegend stolzierten und sich allerlei rausnahmen. Sie konnte mit ihnen nicht so umgehen wie ihre Schwester. Schließlich machten Maria und ich aus, nach dem Kriege würde ich zurückkommen, und wir würden heiraten. Aber wir haben niemandem was davon gesagt. Ich glaube allerdings, Serafina hat genau geahnt, was los war. Sie verstehen – daß sie katholisch war, machte die Sache schwierig, und wir wollten nicht, daß darüber geredet würde, bis wir soweit wären. Im Frühjahr wurde ich nach Frankreich zurückversetzt.

Na, zu Anfang ging's mir da ganz gut; im August aber bin ich in einen Gasangriff geraten. Erst gegen Ende 1919 haben sie mich dann schließlich rausgeschmissen, weil ich nicht viel mehr als eine halbe Lunge hatte, die funktionierte; sie haben mir gesagt, ich sollte in einem warmen, trockenen Klima leben. Na, das paßte mir ganz gut, und ich dampfte ab nach Rom. Alle freuten sich sehr, als ich kam, besonders Maria. Ein paar Wochen darauf haben wir unsere Verlobung bekanntgegeben.

Zuerst sah's aus, als würde was Wunderbares draus. Der alte Staretti war entzückt. Ich glaube, ein bißchen hat er bedauert, daß ich nicht einen Arm oder ein Bein losgeworden war, sondern bloß eine Gasvergiftung abgekriegt hatte. Aber er versprach uns, wer weiß was. Die Vorbereitungen waren im Gange, und für meine Brust war das Klima genau das richtige.

Aber dann ging der Stunk los. Mittlerweile war Battista ein großes Tier in der Firma seines Vaters geworden, und eines Tages kam er zu mir und fragte mich, ob ich Lust hätte, eine Stange Geld zu verdienen. Da hab ich natürlich die Ohren gespitzt. Es stellte sich heraus, daß viele Leute damals ganz nette Vermögen zusammenbrachten, indem sie dem italienischen Staat überzählige Maschinengewehre billig abkauften und sie nach Syrien verfrachteten. Da bekam man dafür von den Arabern ungefähr sechsmal so viel. Man brauchte nichts weiter als das Kapital, um die Maschinengewehre zu kaufen. So stellte Battista es jedenfalls dar.

Na, Sie können sich ja vorstellen, daß ich gleich zugegriffen habe. Battista jammerte, er hätte nur ungefähr 1000 Pfund in Dollars und wir brauchten mindestens 5000, damit sich das lohnte. Ich habe mich bereit erklärt, die 4000 aufzubringen. Das war so ungefähr alles, was ich hatte, abgesehen von meiner Pension und einem kleinen Erbanspruch auf ein Gut, das meinem Vetter gehörte, und mir lag daran, die 4000 zu versechsfachen.

Von Geschäftskram hatte ich keine Ahnung. Bin aus so was nie schlau geworden. Wenn man mir ein paar Männer und Gewehre gibt und einen Kampfauftrag, dann führ ich ihn aus. Aber für Schacher bin ich nicht gebaut. Diese Seite der Angelegenheit überließ ich ganz Battista. Er sagte, es müßte Bargeld sein, und da habe ich Bargeld besorgt. Er sagte, er würde sich schon um die Einzelheiten kümmern. Ich hatte nichts dagegen. Ich hab sogar allerlei Papierkrams unterschrieben, den er mir zum Unterschreiben gab. Vielleicht war das dumm von mir, aber mein Italienisch war ja auch nicht so gut, daß ich ihm hätte auf die Finger sehen können, selbst wenn ich das gewollt hätte.

Eine Zeitlang tat sich nichts. Dann eines Tages ließ der alte Staretti mich kommen und eröffnete mir folgendes: Er wäre darauf aufmerksam gemacht worden, daß ich mich auf ein Geschäft mit zwei Männern eingelassen hätte, die ich noch nicht mal dem Namen nach kannte. Es handelte sich um eine Maschinengewehrsendung nach Syrien, und ich hätte mich schriftlich verpflichtet, ihnen 25 Prozent des Preises in Syrien zu bezahlen. Ich sagte, von 25 Prozent wüßte ich nichts, ich hätte aber tatsächlich durch Battista 4000 Pfund in einer Maschinengewehrsendung investiert. Sonst wüßte ich von der geschäftlichen Seite nichts. Er sollte lieber Battista fragen.

Na, daraufhin wurde er ganz schön wild. Schließlich läge doch meine schriftliche Verpflichtung vor. Er fragte mich, ob ich den Wisch unterschrieben hätte oder nicht. Ich gab zu, daß ich ihn unterschrieben hatte, und sagte, ich hätte aber nicht gewußt, was ich da unterschrieb. Er sagte, ich sollte mich nicht so dumm anstellen, und verlangte Aufklärung. Um es kurz zu machen: Es stellte sich heraus, daß ich mich mit diesem Wisch verpflichtet hatte, den beiden Männern im italienischen Kriegsministerium, die für den Verkauf der Maschinengewehre zuständig waren, 25 Prozent zu zahlen – mit anderen Worten, eine Bestechung in großem Stil. Der Kriegsminister war mit einem heiligen Donnerwetter auf den alten Staretti losgegangen und hatte wissen wollen, was sein zukünftiger Schwiegersohn eigentlich für Geschichten machte. Ganz schön peinlich für den alten Knaben in seiner Position als führender Bankier.

Natürlich hab ich gesagt, ich hätte damit absolut nichts zu tun, und da hat er Battista kommen lassen. Wie Battista ins Zimmer kam, war mir sofort klar, daß ich reingelegt worden war. Er lächelte so höhnisch, daß ich ihn am liebsten niedergeschlagen hätte. Er behauptete, er hätte keine Ahnung von der ganzen Geschichte. Er sagte, er wäre entsetzt.«

Ich sah, wie der Major die Fäuste ballte, bis die Knöchel weiß wurden.

»Viel ist nicht mehr zu sagen«, fuhr er endlich fort. »Übrigens hatte der alte Staretti sein Testament abgeändert, so daß Maria die Hälfte von seinem Geld bekommen sollte. Battista ging darauf aus, das zu durchkreuzen. Und das hat er auch geschafft. Außerdem hat er mich um meine 4000 gebracht. Ich hatte eine gräßliche Szene mit dem Alten. Er warf mir vor, ich wollte seinem Sohn was anhängen und seine Tochter wegen ihres Geldes heiraten. Er sagte, mit der Heirat wär's aus, und wenn ich Italien nicht binnen 24 Stunden verließe, würde er mich verhaften lassen und einen Skandal riskieren. Da bin ich losgezogen«, ergänzte er, »aber dabei habe ich noch eine Dummheit gemacht: Ich habe nämlich Maria gegen den Willen ihres Vaters mitkommen lassen. In Basel sind wir getraut worden.«

Er hielt inne. Ich schwieg. Es gab nichts zu sagen. Aber er war noch nicht am Ende. Er räusperte sich.

»Frauen sind komische Wesen«, sagte er unsinnigerweise. Er machte eine Pause. »Ich glaube, als meine Frau sagte, sie wolle mitkommen, ist ihr nicht richtig klar gewesen, wie wenig Geld ich hatte. Sie war an was anderes gewöhnt als billige Hotels. Wir haben's eine Zeitlang in England versucht, aber meine Brust hat das nicht vertragen. Dann sind wir nach Spanien gegangen. Als dort der Schlamassel anfing, mußten wir uns verziehen. Wir sind für einige Zeit nach Juan les Pins gegangen, aber in der

Saison wurde das zu teuer, und da sind wir hierher gezogen. Ihr ist das alles zuwider. Sie hätte nie von ihren eigenen Leuten weggehen sollen. Für sie sind wir alle Ausländer. Es ist ihr sogar zuwider, englisch zu sprechen. Und manchmal denke ich, auch ich bin ihr zuwider. Sie hat mir nie ganz verziehen, daß ich mich von Battista hab reinlegen lassen. Sie sagt, ich bin bestimmt verrückt. Manchmal erzählt sie das auch andern Leuten.« Seine Stimme klang jetzt unendlich müde.

»Sie hätten sie sehen sollen, als sie gestern ihren Bruder wiedererkannt hat. Sie weiß, was Battista mir angetan hat, und doch ist sie außer sich gewesen vor Freude, wie sie ihn sah. Es hat mich ziemlich umgehauen. Und dann hat er losgelegt. Er hat jetzt das Geld von dem Alten, und er hat mich ausgelacht. Witze hat er gerissen über die Art, wie er mich damals behandelt hat. Witze! Herrgott, wenn ich einen Revolver in der Hand gehabt hätte, ich hätte ihn niedergeknallt. Aber so hab ich ihm nur einen Schlag verpaßt, und nicht mal in seine höhnisch lächelnde Visage, sondern in seinen fetten Bauch. Das Schwein!« Seine Stimme war lauter geworden, und er begann zu husten. Aber er brachte es fertig, sich wieder zu fassen. Er sah mich prüfend an. »Sie finden mich wahrscheinlich saudumm, wie?«

Ich murmelte irgendwas.

Er lachte bitter. »Wär gar nicht so falsch! Und Sie werden mich außerdem verdammt unverschämt finden. Ich will Sie nämlich bitten, mir einen Gefallen zu tun.«

Aus irgendeinem Grunde spürte ich ein schmerzhaftes Pochen im Schädel. Endlich kamen wir also zur Hauptsache. »Ja?« sagte ich und wartete.

Er war wieder formell und verlegen geworden. Er rang mit den Worten, als ob ihn jede Silbe Mühe kostete. »Ich hätte Ihnen das nicht alles erzählt, Vadassy, aber ich wollte, daß Sie die Umstände verstehen. Verdammt schwer, jemanden darum zu bitten. Meine Frau und ich, wir können nach dieser Geschichte von gestern nicht hierbleiben. Allgemeiner Tratsch. Peinlich für alle Beteiligten. Klima bekommt übrigens meiner

Brust nicht. Von Marseille geht jeden Montag ein Schiff nach Algier. Dachte, das könnten wir nehmen. Das Dumme ist . . .« Er zögerte. »Ist mir furchtbar unangenehm, daß ich Sie so mit meinen Privatangelegenheiten belästige, aber . . . na ja, ich sitze ein bißchen in der Klemme. Mit dieser Reise nach Algier nicht gerechnet. Außerdem ziemliche Rechnung von Köche. Kommt vor. Hört sich für Sie wahrscheinlich furchtbar nach Jammergeschichte an. Kann Schnorrer selber nicht ausstehen. Aber . . . na ja, Vadassy, wenn Sie mir vielleicht bis Ende des Monats 2000 Francs leihen könnten, täten Sie mir einen großen Gefallen. Mir sehr unangenehm, Sie darum zu bitten, aber sie verstehen ja.«

Ich wußte wirklich nicht, was ich sagen sollte, aber ich machte wenigstens den Mund auf.

Er kam mir zuvor: »Ich erwarte natürlich nicht, daß Sie mir ohne Sicherheit Geld leihen. Ich würde Ihnen selbstverständlich einen vordatierten Scheck auf Cox' Bank geben – das heißt, wenn's Ihnen recht ist, es in englischen Pfunden zu bekommen. Schließlich sicherer als Francs!« Er lachte gezwungen. Kleine Schweißperlen standen an seinen Schläfen. »Hätte natürlich nicht im Traum daran gedacht, Sie zu behelligen, aber daß wir jetzt hier wegmüssen, bringt mich in eine verdammt peinliche Lage. Sie verstehen das sicherlich. Sie sind der einzige Mensch, den ich mich zu fragen traue, und – na, ich brauche wohl nicht zu sagen, wie dankbar ich Ihnen wäre.«

Ich starrte ihn hilflos an. In diesem Augenblick hätte ich allerlei dafür gegeben, 5000 Francs in der Tasche zu haben, freundlich lächeln, meine Brieftasche zücken, ihn beruhigen zu können: »Aber lieber Gott, natürlich, Herr Major! Warum haben Sie das nicht gleich gesagt? Gar kein Problem. Sagen wir lieber 5000. Es handelt sich doch schließlich nur darum, einen Scheck einzulösen, und ein Cox-Scheck ist allemal genauso gut wie eine Note der Bank von England. Ist mir ein Vergnügen, Ihnen behilflich sein zu können. Freut mich, daß Sie zu mir gekommen sind.« Aber ich hatte keine 5000 Francs. Ich hatte nicht einmal 2000. Ich hatte meine Rückfahrkarte nach Paris und gerade so viel Geld, daß ich meine Hotelrechnung bezahlen konnte und noch eine Woche zum Leben hatte. Ich konnte nichts weiter tun als ihn nur anstarren und hören, wie die Uhr auf dem Kaminsims tickte.

Er blickte zu mir auf.

»Es tut mir leid«, stammelte ich. Und dann noch einmal: »Tut mir leid.«

Er stand auf. »Schon in Ordnung«, sagte er mit erschreckender Gleichgültigkeit. »Gar nicht so wichtig. Dachte nur, vielleicht könnten Sie's. Weiter nichts. Tut mir leid, daß ich Sie so lange aufgehalten hab. Verdammt rücksichtslos von mir. Denken Sie nicht mehr an das Geld! Dachte nur, vielleicht könnten Sie's. War mir aber ein Vergnügen, ein bißchen zu klönen. Nicht oft Gelegenheit, englisch zu sprechen.« Er reckte sich. »Na, ich muß gehen und ein bißchen packen. Wir werden wohl morgen früh beizeiten fahren. Und ich muß das Telegramm abschicken. Sehe Sie noch, ehe wir fahren.«

Zu spät kamen mir die Worte. »Ich kann Ihnen gar nicht sagen, wie leid es mir tut, daß ich Ihnen nicht helfen kann, Herr Major. Es liegt nicht daran, daß ich Ihnen etwa keinen Scheck einlösen möchte. Aber ich habe keine 2000 Francs. Ich habe bloß so viel, daß ich hier meine Rechnung bezahlen kann. Wenn ich Geld hätte, würde ich's Ihnen mit dem größten Vergnügen leihen. Es tut mir furchtbar leid. Ich ...« Da ich nun den Anfang gemacht hatte, wollte ich noch mehr Entschuldigungen vorbringen, mich selbst verlegen zeigen, um sein Selbstbewußtsein wiederherzustellen. Aber ich kam nicht dazu, denn während ich sprach, drehte er sich auf dem Absatz um und ging aus dem Zimmer.

Als ich etwa zehn Minuten später beim Kommissariat anrief und den Kommissar verlangte, meldete sich Beghins gereizte Stimme.

»Hallo Vadassy!«

»Ich habe etwas zu berichten.«

»Ja?«

»Major Clandon-Hartley und Frau reisen möglicherweise morgen früh ab. Er hat sich von mir Geld leihen wollen, um für sich und seine Frau das Reisegeld nach Algier zu bezahlen.«

»Und? Haben Sie ihm das Geld geliehen?«

»Meine Auftraggeber haben mir noch nichts für die Aufnahmen aus Toulon bezahlt«, erwiderte ich frech.

Zu meiner Überraschung wurde diese Dreistigkeit mit einem piepsigen Lachen am andern Ende der Leitung aufgenommen. »Sonst noch was?«

Unbesonnen gab ich dem Impuls nach, eine weitere spitze Bemerkung loszulassen. »Sie finden das wahrscheinlich nicht wichtig, aber ich bin gestern abend im Garten von jemandem niedergeschlagen und durchsucht worden.«

Schon während ich es sagte, wurde mir klar, daß ich eine große Dummheit gemacht hatte. Diesmal kam als Antwort kein Lachen, sondern eine scharfe Aufforderung, das Gesagte zu wiederholen. Ich tat es.

Ein auffallendes Schweigen folgte. Dann: »Warum haben Sie das nicht gleich gesagt, statt Zeit zu verschwenden? Haben Sie gesehen, wer der Mann war? Erzählen Sie das genauer!«

Ich erzählte es genauer.

Dann kam die Frage, die ich gefürchtet hatte: »Ist Ihr Zimmer durchsucht worden?«

»Ich glaube ja.«

»Was heißt, Sie glauben?«

»Aus meinem Koffer sind zwei Filme weggenommen worden.«

»Wann?«

»Gestern.«

»Ist sonst noch was weggenommen worden?« Die Frage klang sehr zielbewußt.

»Nein.« Schließlich war die Kamera ja von dem Stuhl in der Diele weggeholt worden.

Neues Schweigen folgte. Jetzt mußte die Frage kommen, ob die Kamera in Sicherheit sei. Aber sie kam nicht. Ich dachte, wir seien getrennt worden, und sagte: »Hallo!« Ich erhielt die Aufforderung, etwas zu warten.

Während es in meinem Schädel schmerzhaft klopfte, wartete ich. Ich hörte ein Gemurmel, Beghins Piepsstimme und das Gebrumm des Kommissars, aber ich konnte nicht verstehen, was sie sagten.

Dann kam Beghin wieder an den Apparat. »Vadassy!«

»Ja?«

»Passen Sie genau auf! Sie gehen jetzt direkt ins Hotel zurück, sprechen mit Köche und melden ihm, daß Ihr Koffer aufgebrochen worden ist und verschiedene Sachen gestohlen worden sind – ein silbernes Zigarettenetui und eine Schachtel mit einer Brillantnadel und einer goldenen Uhrkette und zwei Rollfilme. Machen Sie Theater! Erzählen Sie's den anderen Gästen! Schlagen Sie Krach. Ich will, daß alle Leute im Hotel es erfahren. Aber holen Sie nicht die Polizei!«

»Aber ...«

»Keine Einwände! Tun Sie, was ich Ihnen sage. Ist Ihr Koffer aufgebrochen worden?«

»Nein, aber ...«

»Dann brechen Sie ihn selber auf, ehe Sie's Köche melden! Und merken Sie sich folgendes: das mit den Filmen erwähnen Sie erst nachträglich. Sie ärgern sich hauptsächlich wegen der Wertsachen. Ist das klar?«

»Ja, aber ich habe kein Zigarettenetui und keine Brillantnadel und keine goldene Uhrkette.«

»Natürlich haben Sie keine. Die sind doch gestohlen worden. Also nun los!«

»Das ist doch unmöglich, unsinnig. Sie können mich nicht dazu zwingen ...« Aber er hatte schon aufgelegt.

Kochend vor Wut wanderte ich zum Hotel zurück. Wenn an dieser Geschichte noch ein größerer Narr beteiligt war als ich selber, dann hieß er Beghin. Aber ihm konnte dabei nichts weiter passieren, als daß ihm ein Spion durch die Lappen ging ...

11

Einbruch

Ich machte mich mit verbissener Gründlichkeit daran, die Spuren eines Diebstahls zu fabrizieren. Wenn Beghin, so hatte ich mir voll Grimm gesagt, einen Einbruch haben wollte, dann sollte er auch einen bekommen, einen anständigen.

Ich holte meinen Koffer vor und schloß ihn ab. Dann sah ich mich nach etwas um, womit ich die Schlösser aufbrechen könnte. Zuerst versuchte ich es mit einer Nagelschere. Die Schlösser waren zwar nicht sehr stabil, aber mit der Schere war nichts zu erreichen. Nach fünf Minuten erfolglosen Schuftens brach ich eine der Klingen ab. Ich brachte noch einige Minuten damit zu, nach einem kräftigen Werkzeug zu suchen – vergeblich. In der Verzweiflung nahm ich den Schlüssel der Zimmertür und benützte seinen flachen Bart als Brecheisen. Dieser Behandlung gaben die Schlösser endlich nach, aber ich hatte den Schlüssel verbogen und mußte noch weitere Zeit damit verbringen, ihn wieder gerade zu kriegen. Dann machte ich den Deckel auf, wühlte den Inhalt durcheinander, verzerrte das Gesicht so, daß es nach geschändeter Unschuld aussah, und lief die Treppe hinunter, um Köche zu suchen.

In seinem Büro war er nicht. Als ich ihn endlich am Strand aufspürte, wo er sich in der Badehose aalte, hatte sich besagte geschändete Unschuld zu so etwas wie bebender Erregung gemildert. Außer ihm waren die beiden Amerikaner, das französische Pärchen und Duclos da. Ich spielte mit dem Gedanken, einen günstigeren Augenblick abzuwarten; aber ich verwarf ihn gleich wieder. Ich durfte nicht vergessen, sagte ich mir, daß es sich um einen Einbruch handelte. Wertgegenstände waren gestohlen worden. Ich mußte mich so verhalten, wie sich jeder normale Mensch unter solchen Umständen verhalten würde: ich mußte es dem Geschäftsführer melden, auch wenn er nur mit Badehose bekleidet war. Ein glatter, verbindlicher Geschäftsführer im schwarzen Anzug hätte besser zu der Situation gepaßt, doch ich mußte eben auch so aus Köche einfach das möglichste herausholen.

Ich lief die Stufen zum Strand hinunter und wollte durch den Sand auf ihn zu rennen. Doch es gab eine Unterbrechung, die mich aus dem Konzept brachte.

Als Skelton mich die Treppe herunterkommen hörte, hatte er am Rande seines Sonnenschirms vorbeigelugt und mich gesehen. »Hallo!« rief er mir zu. »Hab Sie den ganzen Vormittag nicht gesehen. Kommen Sie vor dem Essen noch ins Wasser?«

Ich zögerte, und als ich erkannte, daß mir nichts anderes übrigblieb, ging ich hin.

Mary Skelton, die mit dem Gesicht nach unten im Sande lag, wandte den Kopf und zwinkerte mir zu. »Ich habe schon gedacht, Sie wären uns untreu geworden, Mr. Vadassy. Sie dürfen doch Kinder, die an Ihnen hängen, nicht stiefmütterlich behandeln. Ziehen Sie sich ihre Badehose an, und dann kommen Sie her und erzählen Sie uns die neuesten Schauergeschichten zum Fall Clandon-Hartley! Nach dem Frühstück haben wir durch das Schreibzimmerfenster gesehen, wie Sie mit ihm geredet haben.«

»Nicht doch so plump!« bemängelte ihr Bruder. »Ich wollte nach und nach auf das Thema kommen. Wie steht's damit, Mr. Vadassy?«

»Seien Sie mir nicht böse«, sagte ich hastig. »Ich muß mit Köche sprechen. Bis nachher!«

»OK!« rief er mir nach.

Köche sprach gerade mit Roux und Duclos. Der Streit vom Abend zuvor war offenbar vergessen. Ich unterbrach ihn mitten in einer Darlegung über die Vorzüge von Grenoble. Ich benahm mich ernst und einsilbig.

»Entschuldigen Sie, Monsieur, aber ich möchte gern allein mit Ihnen sprechen. Es ist dringend.«

Er zog die Augenbrauen hoch und entschuldigte sich bei den anderen. Wir gingen ein Stück abseits.

»Worum handelt es sich denn, Monsieur?« In seinem Ton lag ein leichter Anflug von Verstimmung.

»Es tut mir leid, daß ich Sie störe, aber ich muß Sie leider bitten, mit mir nach oben in mein Zimmer zu kommen. Während ich jetzt eben im Dorf war, ist mein Koffer aufgebrochen worden, und verschiedene Wertgegenstände sind daraus gestohlen worden.«

Die Augenbrauen hoben sich von neuem. Er pfiff leise durch die Zähne und warf mir einen kurzen Blick zu. Dann brummte er: »Entschuldigen Sie!«, ging durch den Sand, hob seinen Bademantel und seine Sandalen auf, zog sie sich an und kam wieder zu mir. »Ich komme mit.«

Unter den neugierigen Blicken der anderen verließen wir den Strand.

Auf dem Wege zu meinem Zimmer fragte er mich, was abhanden gekommen sei. Ich zählte Beghins groteske Kollektion auf und fügte auch mein Verschen über die Filme an. Er nickte und schwieg. In mir kam ein ausgesprochen unbehagliches Gefühl auf. Er konnte zwar unmöglich darauf kommen, daß die ganze Geschichte ein abgekartetes Spiel war, und doch war mir jetzt, da ich die Sache in Gang gebracht hatte, nicht recht wohl dabei. Köche war trotz seiner trägen, gelassenen Art und Weise kein Dummkopf, und ich konnte die Möglichkeit nicht ausschließen, daß er selber die Filme an sich genommen und mich außerdem am Abend zuvor im Garten überrumpelt hatte. In diesem Falle wußte er natürlich, daß ich log. Die Folgen konnten für mich ausgesprochen unangenehm sein. Ich verfluchte Beghin mit Inbrust.

Köche nahm das Ergebnis meiner Arbeit an den Kofferschlössern mit düsterem Interesse in Augenschein. Dann richtete er sich auf, und seine Augen begegneten den meinen.

»Sie sagen, Sie sind ungefähr um 9 aus Ihrem Zimmer weggegangen?«

»Ja.«

»War der Koffer da noch in Ordnung?«

»Ja. Ehe ich runterging, habe ich als letztes den Koffer abgeschlossen und unters Bett geschoben.«

Er sah auf seine Uhr. »Es ist jetzt 11.20 Uhr. Wann sind Sie wiedergekommen?«

»Ungefähr vor einer Viertelstunde. Aber ich bin nicht gleich an den Koffer gegangen. Als ich dann sah, was passiert ist, bin ich sofort zu Ihnen gekommen. Es ist unerhört«, setzte ich lahm hinzu.

Er nickte und sah mich prüfend an. »Würden Sie bitte mit nach unten in mein Büro kommen, Monsieur? Ich hätte gern eine detaillierte Beschreibung der vermißten Gegenstände.«

»Gewiß. Aber ich möchte Sie darauf aufmerksam machen, Monsieur«, murmelte ich, »daß ich Sie verantwortlich mache und daß ich die sofortige Rückgabe der Wertgegenstände und die Bestrafung des Diebes verlange.«

»Selbstverständlich«, sagte er höflich. »Ich werde zweifellos sehr bald in der Lage sein, Ihnen Ihr Eigentum zurückzugeben. Sie brauchen sich keine Sorge zu machen.«

Ich kam mir vor wie ein Amateurschauspieler, der im Text steckenbleibt, als ich Köche in sein Büro hinunter folgte. Er schloß sorgfältig die Tür, rückte mir einen Stuhl hin und griff nach dem Federhalter.

»Also, Monsieur, zuerst das Zigarettenetui, bitte! Ein goldenes ist es, haben Sie gesagt, glaub ich.«

Ich warf ihm einen raschen Blick zu. Er schrieb etwas auf. Ich bekam einen Schreck. Hatte ich, als wir vom Strand heraufkamen, gesagt, es sei ein goldenes? Ich konnte mich beim besten Willen nicht mehr erinnern. Oder wollte er mir eine Falle stellen? Doch ich hatte einen Einfall.

»Nein, ein silbernes Etui, innen vergoldet. Mein Monogramm ›J.V.‹«, sagte ich, in Fahrt geratend, »ist in einer Ecke eingraviert, und die Außenfläche ist geprägt. Zehn Zigaretten gehen hinein, und das Gummiband fehlt.«

»Danke. Und die Kette?«

Ich dachte an eine gebrauchte Uhrkette, die ich in der Auslage eines Juweliergeschäfts an der Gare Montparnasse gesehen hatte.

»Achtzehnkarätiges Gold, dick, altmodische Glieder, schwer. Daran hängt ein kleines goldenes Gedenkmedaillon von der Brüsseler Ausstellung 1901.«

Er schrieb alles sorgfältig auf. »Und die Nadel, Monsieur?«

Das war nicht so einfach. »Eben eine Nadel, Monsieur. Eine Krawattennadel, ungefähr sechs Zentimeter lang mit einem kleinen Brillanten von drei Millimetern oben dran.«

Ich gab einem schwachen Impuls nach. »Der Stein«, sagte ich mit einem verlegenen Lachen, »ist unecht.«

»Aber die Nadel selber ist Gold?«

»Walzgold.«

»Und die Schachtel, in der diese Sachen aufbewahrt waren?«

»Eine Blechschachtel. Eine Zigarettenschachtel. Eine deutsche Zigarettenschachtel. An die Marke kann ich mich nicht erinnern. Außerdem waren zwei Rollfilme drin – Contax-Filme. Sie waren belichtet.«

»Sie haben eine Contax?«

»Ja.«

Er sah mich wieder an. »Sie haben sich doch wohl vergewissert, ob der Apparat noch da ist, Monsieur? Einen Photoapparat könnte ein Dieb teuer verkaufen.«

Mein Herz setzte etwa zwei Schläge aus. Ich hatte eine große Dummheit gemacht.

»Der Apparat?« sagte ich ungeschickt. »Ich habe nicht nachgesehen. Den hab ich im Kommodenfach gehabt.«

Er stand auf. »Dann schlage ich vor, Monsieur, wir gehen sofort nachsehen.«

»Natürlich, ja.« Ich spürte, daß ich knallrot im Gesicht war.

Wir gingen wieder die Treppe hinauf und auf mein Zimmer zu. Ich bereitete mich gewissenhaft darauf vor, entsprechende Schreie der Bestürzung auszustoßen.

Ich lief erregt auf die Kommode zu, zog das oberste Schubfach auf und wühlte fieberhaft darin herum. Dann drehte ich mich langsam und dramatisch um.

»Weg!« sagte ich düster. »Das ist doch der Gipfel. Dieser Apparat ist beinahe 5000 Francs wert. Der Dieb muß sofort verfolgt werden. Ich verlange, daß auf der Stelle etwas geschieht, Monsieur.«

Zu meiner Überraschung und Verwirrung trat ein leises Lächeln auf seine Lippen. »Selbstverständlich wird etwas geschehen, Monsieur«, sagte er ruhig. »Aber im Falle des Photoapparates ist das gar nicht nötig. Bitte!«

Ich blickte in die Richtung, in die er mit dem Kopf wies. Da lag auf dem Stuhl neben dem Bett eine Contax, komplett mit Ledertasche.

»Ich muß wohl vergessen haben«, sagte ich ungeschickt, als wir wieder hinuntergingen, »daß ich sie auf den Stuhl gelegt hatte.«

Er nickte. »Oder der Dieb hat sie aus dem Schubfach genommen und zu guter Letzt liegengelassen.« Ich sagte mir, es müsse wohl an meinem schlechten Gewissen liegen, wenn ich einen schwachen Anflug von Ironie herauszuhören glaubte.

»Na«, sagte ich mit ungekünstelter Freude, »die Kamera habe ich jedenfalls noch.«

»Wir wollen hoffen«, sagte er ernst, »daß die andern Sachen ebenso schnell wieder auftauchen.«

Ich stimmte so begeistert zu, wie ich es noch konnte. Wir gingen zurück in das Büro.

»Wieviel«, fragte er, »sind das Zigarettenetui und die Uhrkette wert?«

Ich dachte scharf nach. »Das ist schwer zu sagen. Das Etui ungefähr 800 Francs und die Kette ungefähr 500, würde ich meinen. Ich habe beide geschenkt bekommen. Die Nadel ist zwar an sich nicht viel wert, aber sie hat großen Erinnerungswert für mich. Und die Filme – na ja, es täte mir natürlich leid, wenn sie weg wären, aber . . .« Ich zuckte die Achseln.

»Ich verstehe. Versichert sind das Etui und die Kette doch gewesen?«

»Nein.«

Er legte den Federhalter weg. »Sie verstehen, Monsieur, daß bei so einem Vorfall natürlich das Personal in Verdacht kommt. Ich werde als erstes meine Leute ausfragen. Ich möchte das gern allein machen. Ich hoffe, Sie halten's nicht für nötig, gleich die Polizei zu holen, und überlassen es mir, die Sache diskret zu behandeln.«

»Selbstverständlich.«

»Außerdem wäre ich Ihnen persönlich dankbar, Monsieur, wenn Sie den andern Gästen nichts von diesem bedauerlichen Vorfall erzählten.«

»Natürlich nicht.«

»Ich danke Ihnen. Sie können sich gewiß denken, daß solche unerfreulichen Vorkommnisse dem Ruf eines kleinen Hotels erheblich schaden können. Sobald ich meine Nachforschungen abgeschlossen habe, werde ich Ihnen berichten.«

Mit einem ausgesprochen unbehaglichen Gefühl verabschiedete ich mich. Köche hatte mich gebeten, den anderen Gästen nichts zu erzählen. Mir selbst wäre es nur lieb gewesen, dieser Aufforderung nachzukommen. Je weniger über die Sache gesagt wurde, desto besser, dachte ich. Aber Beghin hatte verlangt, ich sollte die Kunde unter den anderen Gästen verbreiten; das hatte er ganz deutlich gesagt. Ich sollte Theater machen! Andererseits mußte man doch auch an das arme Personal denken. Es war in jeder Hinsicht eine höchst unglückselige Situation, und für meine Begriffe war sie obendrein völlig sinnlos – sofern nicht etwas im Gange war, wovon ich keine Ahnung hatte. Was aber Zigarettenetuis und Uhrketten mit Spionen zu tun hatten, ging über meinen Verstand. Hatte Beghin die Absicht, den angeblichen Einbruch als Vorwand für die Verhaftung des Spions zu benützen? Blödsinn! Woher sollten die Beweise kommen? Meine beiden Filme waren mittlerweile sicherlich entwickelt und weggeworfen, und das Zigarettenetui und die Uhrkette existierten nicht. Es gab nur einen einzigen vernünftigen Weg, die Probleme anzufassen: erst den Spion ausfindig machen und ihn dann mitsamt meiner Kamera erwischen. Meine Kamera! Aber . . .

Ich nahm die letzten paar Stufen im Laufschritt und rannte auf mein Zimmer. Ich brauchte ein paar Sekunden, um meine Befürchtungen bestätigt zu finden. Es war tatsächlich meine Kamera. Der belastende Gegenstand war höflicherweise zurückerstattet worden.

Ich zog mich in trüber Stimmung zum Baden um. Ich konnte Beghin natürlich etwas vorlügen. Ich konnte sagen, die Apparate seien ohne mein Wissen wieder ausgetauscht worden. Ich konnte behaupten, ich wisse von nichts. Ich konnte sagen, möglicherweise sei es bei der Durchsuchung meines Zimmers geschehen. Schließlich konnte man nicht von mir verlangen, daß ich regelmäßig alle Stunden die Nummer der Kamera nachprüfte. Wenn ich es geschickt anstellte, brauchte Beghin nicht zu erfahren, daß ich etwa achtzehn Stunden lang keine der beiden Kameras gehabt hatte. Das heißt – falls er nicht den Spion faßte. In diesem Falle wäre Polen offen gewesen. Beghin hätte den Mann vielleicht sogar wieder freilassen müssen. Es bestand freilich nicht die geringste Aussicht, durch Geschichten mit aufgebrochenen Koffern und gestohlenen Uhrketten seiner habhaft zu werden. Immerhin, das war Beghins Sache. Ich war nur eine Schachfigur, eine Fliege, die ins Räderwerk geraten war. Und ein scheußlicher, schleimiger Strom des Selbstmitleides quoll in mir empor. Ich stand im Hemd da und betrachtete mich im Spiegel. Armer Irrer mit dürren Beinen!

Als ich mit dem Umziehen fertig war und die Treppe hinunterging, sah ich, wie Schimler mit Köche ins Büro ging und die Tür zumachte. Schimler! Ich empfand ein Gefühl der Leere in der Brust. Richtig, das auch noch! Heute wollte ich doch Schimlers Zimmer durchsuchen.

Am Strand hatten sich jetzt Vogels dem französischen Pärchen angeschlossen. Die Amerikaner waren im Wasser. Ich ging zu Duclos, rückte mir einen Liegestuhl neben den seinen und setzte mich. Ein paar Minuten lang plauderten wir über Belanglosigkeiten. Dann machte ich mich an die Arbeit.

»Sie sind doch ein erfahrener Mann, Monsieur. Ich wäre dankbar für Ihren Rat in einer heiklen Angelegenheit.«

Ein Ausdruck reinen Vergnügens breitete sich auf seinem Gesicht aus. Er strich sich gemessen den Bart. »Meine bescheidene Erfahrung steht Ihnen zur Verfügung, Monsieur.« Er rollte verschmitzt die Augen. »Sollten Sie etwa wegen der amerikanischen Miss Rat brauchen?«

»Wie bitte?«

Er lachte schalkhaft. »Sie brauchen sich nicht zu genieren, mein Freund. Wenn ich das sagen darf – Ihre Blicke in dieser Richtung sind allgemein aufgefallen. Aber die beiden Geschwister sind unzertrennlich, was? Glauben Sie mir, Monsieur, ich kenne mich mit so was ein bißchen aus.« Er senkte die Stimme und brachte den Kopf näher an den meinen heran. »Ich habe beobachtet, daß die Miss sich auch nach Ihnen umguckt.« Er ließ die Stimme noch weiter sinken und spritzte mir den nächsten Satz unmittelbar ins Ohr. »Sie guckt besonders interessiert, wenn Sie in Badehosen sind.« Er kicherte in seinen Bart.

Ich glotzte ihn kalt an. »Das, was ich sagen wollte, hat mit Miß Skelton nichts zu tun.«

»Nicht?« Er machte ein enttäuschtes Gesicht. »Schade«, brummte er.

»Mir macht es im Augenblick mehr zu schaffen, daß aus meinem Zimmer verschiedene Wertgegenstände gestohlen worden sind.«

Sein Kneifer wackelte so sehr, daß er herunterfiel. Er fing ihn geschickt auf und setzte ihn sich wieder auf die Nase. »Eingebrochen?«

»So ist es. Während ich heute morgen im Dorf war, ist mein verschlossener Koffer aufgebrochen worden. Ein Zigarettenetui, eine goldene Uhrkette, eine Brillantnadel und zwei Rollfilme wurden gestohlen. Die Sachen sind über 2000 Francs wert.«

»*Formidable!*«

»Der Verlust geht mir sehr nahe. Die Nadel hatte großen Erinnerungswert.«

»*C'est affreux!*«

»Ja, es ist unerhört. Ich habe mich bei Köche beschwert, und er verhört jetzt das Personal. Aber – und deswegen hätte ich gern Ihren Rat, Monsieur – ich bin nicht damit zufrieden, wie Monsieur Köche die Angelegenheit behandelt. Es ist ihm anscheinend nicht klar, wie schwer der Verlust ist. Würden Sie's für richtig halten, wenn ich die Sache der Polizei übergäbe?«

»Der Polizei?« Duclos zappelte vor Aufregung. »Aber natürlich! Selbstverständlich ist das ein Fall für die Polizei. Wenn Sie wollen, gehe ich sofort mit Ihnen zur Wache.«

»Köche war der Meinung«, sagte ich rasch, »man könnte die Polizei ohne weiteres aus der Angelegenheit raushalten. Er will das Personal verhören. Vielleicht wäre es besser, das Resultat dieses Verhörs abzuwarten.«

»Ach ja, vielleicht wäre es besser.« Es widerstrebte ihm offenbar, so schnell auf die Polizei zu verzichten. »Aber . . .«

»Vielen Dank, Monsieur«, fiel ich glatt ein, »Ihr Rat ist mir sehr wertvoll. Sie haben mir bestätigt, was ich mir selber schon dachte.« Ich sah, daß seine Augen zu den Schweizern und den Franzosen hinüberwanderten. »Sie verstehen doch wohl, daß ich im Vertrauen spreche. Wir müssen uns zunächst diskret verhalten.«

Er nickte gewichtig. »Selbstverständlich, Monsieur. Ich darf Ihnen versichern, daß Ihnen meine Erfahrung als Geschäftsmann zur Verfügung steht. Sie können sich auf mich verlassen.« Er machte eine Pause und kniff dann in den Ärmel meines Bademantels. »Haben Sie irgendeinen Verdacht?«

»Gar keinen. Verdächtigungen sind gefährlich.«

»Das ist richtig, aber . . .« Er senkte die Stimme und begann mir wieder ins Ohr zu flüstern: »Haben Sie an diesen englischen

Major gedacht? Der neigt zu Gewaltakten! Und womit verdient er sich seinen Lebensunterhalt? Mit nichts! Er ist schon ein Vierteljahr hier. Ich will Ihnen noch etwas sagen. Heute morgen nach dem Frühstück hat er sich auf der unteren Terrasse an mich rangemacht und 2000 Francs geliehen haben wollen. Der braucht dringend Geld. Er hat mir 5 Prozent Zinsen im Monat angeboten.«

»Sie haben abgelehnt?«

»Sofort. Ich war sehr ärgerlich. Er hat gesagt, er brauchte das Geld für die Reise nach Algier. Wie komme ich dazu, ihm die Reise nach Algier zu bezahlen? Soll er doch arbeiten wie andere Leute! Er hat mir auch irgendwas von seiner Frau erzählt, aber ich bin nicht draus schlau geworden. Sein Französisch ist nicht zu verstehen. Er ist zweifellos leicht verrückt.«

»Und Sie meinen, er hat mich bestohlen?«

Duclos lächelte wissend und hob protestierend die Hand. »Nicht doch, Monsieur, das behaupte ich natürlich nicht. Ich sage nur, es ist möglich.« Er gebärdete sich, als setze er eine höchst diffizile juristische Feinheit auseinander. »Ich mache lediglich darauf aufmerksam, daß dieser Mensch keinen Beruf hat, daß er Geld braucht, daß er in höchster Not ist. Wenn man nicht in höchster Not ist, bietet man nicht 5 Prozent im Monat an. Er hat mir irgendwas von Geld erzählt, auf das er wartete und das nicht angekommen sein soll. Ich erhebe keine Beschuldigungen gegen diesen Major. Ich weise Sie lediglich auf eine Möglichkeit hin.«

Ich sah, daß die Amerikaner aus dem Wasser gekommen waren. Ich stand auf.

»Vielen Dank, Monsieur! Ich will an Ihren Hinweis denken. Einstweilen müssen wir uns natürlich diskret verhalten. Vielleicht können wir nachher noch weiter darüber sprechen.«

»Wenn wir«, stimmte er zu, »das Resultat der vorläufigen Vernehmungen gehört haben.«

»So ist es.« Ich verbeugte mich.

Als ich bei den Geschwistern ankam, war Duclos bereits

mitten im Gespräch mit dem französischen Pärchen und dem Ehepaar Vogel. Ich hatte keine Mühe, das Gesprächsthema zu erraten. Man konnte sich darauf verlassen, daß Duclos haargenau Beghins Anweisungen ausführte.

Unbekümmert um die gedruckte Hausordnung, die in den Zimmern hing, trocknete Skelton sich mit einem Hotelhandtuch ab.

»Ah!« begrüßte er mich. »Der Mann mit den Tagesneuigkeiten!«

Seine Schwester machte mir unter dem Sonnenschirm Platz. »Kommen Sie, Mr. Vadassy, setzen Sie sich hin! Jetzt gehen Sie uns nicht mehr mit Monsieur Köche durch. Wir wollen die Wahrheit, und zwar komplett.«

Komplett war die Darstellung, die ich ihnen gab, ohne Zweifel; die Wahrheit freilich stand auf einem anderen Blatt.

Als sie alles gehört hatten, beugte Skelton sich vertraulich vor. »Sagen Sie mal, Sie halten's wohl nicht für möglich, daß der Major sie in ein Gespräch verwickelt hat und daß inzwischen seine Frau das Ding gedreht hat, wie?«

»Red' doch keinen Unsinn, Warren! Die Sache ist ernst. Wahrscheinlich ist es jemand vom Hotelpersonal gewesen.«

»Warum gerade das?« brummte Skelton ärgerlich. »Mir fällt sowas auf die Nerven. Wenn was gestohlen wird, sucht immer alles den Schuldigen unter Hausmädchen oder Botenjungen oder anderen Leuten, die nicht zurückschlagen können. Aber, bitte, im Ernst – wozu ist Papa Schweizer heute früh im Korridor rumgeschlichen?«

»Das ist doch nicht in dem Trakt des Hauses gewesen, wo Mr. Vadassy wohnt. Welche Zimmernummer haben Sie, Mr. Vadassy?«

»Nummer 6.«

Sie begann ihre Arme mit Öl einzureiben. »Siehst du! Es ist auf der anderen Seite gewesen, das übernächste Zimmer von meinem aus. Da wohnt dieser Freund von Monsieur Köche.«

Ich nahm eine Handvoll Sand und ließ ihn durch die Finger rinnen. »Welche Nummer ist das?« sagte ich seelenruhig.

»14, glaub ich. Aber der Schweizer ist nicht rumgeschlichen. Er hatte im Korridor ein Fünf-Franc-Stück verloren.«

»Was sagt Köche denn dazu, Mr. Vadassy?«

»Tut mir leid, aber er hat das Personal im Verdacht.«

»Natürlich«, sagte das Mädchen mit Nachdruck. »Warren hat einen schrecklichen Hang, die Dinge immer so zu wollen, wie sie eigentlich sein sollten. Wir wissen ja alle, daß es besser wäre, wenn's ein reicher alter Knacker mit einer Neigung zur Kleptomanie wäre. Tatsächlich ist es wahrscheinlich, daß es irgendein armseliges schlechtbezahltes Zimmermädchen ist, das im Dorf einen Freund hat und ihm gern ein Zigarettenetui verehren möchte.«

»Und obendrein eine goldene Uhrkette und eine Brillantnadel und zwei Rollfilme?« gab ihr Bruder sarkastisch zu bedenken.

»Vielleicht ist es ein Kellner, dem's schlecht geht.«

»Vielleicht ist es auch der alte Duclos oder der Major. Übrigens, was ist denn mit dem Major, Mr. Vadassy?«

Ich hielt es für besser, ihnen nicht mit der Lebensgeschichte des Majors aufzuwarten. »Er wollte sich nur wegen des Zwischenfalls von gestern entschuldigen. Der Mann von der Jacht ist sein Schwager gewesen. Er hatte mal wegen irgendeiner Geldgeschichte Krach mit ihm. Der Schwager hat wieder davon angefangen, und der Major hat die Beherrschung verloren.«

»Weiter nichts?«

»Ich glaube, die ganze Angelegenheit ist ihm sehr peinlich gewesen. Weil ich nicht dabeigewesen bin, hat er mich ausgesucht.« Ich wollte ihnen nicht erzählen, daß Duclos eine abgekürzte Entschuldigung, aber das gleiche Anleihegesuch empfangen hatte. »Der Major und seine Frau fahren ja sowieso ab, und ...«

»Mit anderen Worten, Warren«, fiel das Mädchen ein, »wir

sollen uns um unsern eigenen Kram kümmern und uns nicht wie neugierige Kinder aufführen. Stimmt's, Mr. Vadassy?«

Es stimmte, aber ich wurde knallrot und begann zu widersprechen.

Warren Skelton unterbrach mich: »Es ist Zeit, daß wir was trinken. Kommen Sie, Mr. Vadassy! Diesmal sind wir dran. Baden können Sie jetzt nicht mehr, es ist schon beinahe Mittagszeit.«

Während er die Getränke holte, gingen das Mädchen und ich hinauf zu den Tischen auf der unteren Terrasse.

»Sie dürfen nichts ernst nehmen, was Warren sagt«, sagte sie lächelnd. »Er ist noch ein Kind. Das ist seine erste Auslandsreise, und er ist gerade erst vom College gekommen.«

»Sie also sind schon einmal in Europa gewesen?«

Sie antwortete nicht gleich, und ich dachte, sie hätte meine Frage nicht gehört. Sie schien zu zögern, als wenn sie nahe daran wäre, etwas Bedeutsames zu sagen. Dann sah ich, wie sie leicht die Achseln zuckte. »Nein, ich bin auch noch nicht hiergewesen.« Während wir uns setzten, lächelte sie mich an. »Warren sagt, an Ihnen ist irgend was Geheimnisvolles.«

»So?«

»Er sagt, Sie sehen aus wie ein Mensch, der etwas zu verbergen hat. Außerdem sagt er, es ist unnatürlich, daß jemand mehr als eine Sprache perfekt spricht. Ich glaube, er hofft im stillen, daß Sie sich als Spion oder irgend so was Aufregendes entpuppen.«

Ich merkte, wie ich wieder rot wurde. »Als Spion?«

»Ich hab' Ihnen doch gesagt, Sie dürfen nicht ernst nehmen, was er sagt.« Sie lächelte mich wieder an. Ihre Augen, klug und erheitert, trafen über den Tisch hinweg die meinen. Plötzlich hatte ich den dringenden Wunsch, mich ihr anzuvertrauen; ich wollte ihr sagen, ich sei tatsächlich ein Mensch, der etwas zu verbergen habe, wollte ihr Mitgefühl, ihre Hilfe gewinnen. Ich beugte mich über den Tisch.

»Ich möchte gern . . .«, begann ich. Doch ich kam nicht dazu.

In diesem Augenblick erschien ihr Bruder wieder, in der Hand ein Tablett mit Gläsern. Na, gut.

»Die Kellner haben auf der Terrasse zu tun gehabt«, sagte er, »da hab ich's selber gebracht.« Er hob sein Glas. »Also, Mr. Vadassy, wir wollen hoffen, daß Ihr Zigarettenetui dem Freund des Zimmermädchens nicht gefällt!«

»Und«, fügte das Mädchen ernst hinzu, »auch die beiden Rollfilme nicht. Die dürfen wir nicht vergessen.«

12

Ultimatum

Ich aß nicht sehr viel zu Mittag.

Erstens fing mein Kopf wieder an zu schmerzen; zweitens erhielt ich zugleich mit meiner Suppe eine Nachricht von Köche: der Geschäftsführer wäre dankbar, wenn Monsieur Vadassy es möglich machen könnte, ihn nach dem Essen in seinem Büro aufzusuchen. Ja, Monsieur konnte und wollte es möglich machen. Doch die Aussicht beunruhigte mich. Wenn nun Köche zu dem Urteil gelangt war, daß irgendein armseliges, schlechtbezahltes Zimmermädchen der Übeltäter sei – was sollte ich dann tun? Der blöde Beghin hatte diese Möglichkeit nicht einkalkuliert. Es war klar, daß das arme Mädchen die Beschuldigung zurückweisen würde. Was konnte ich sagen? Sollte ich einfach zusehen, wie ein völlig unschuldiges Wesen von Köche eines Diebstahls bezichtigt wurde, der gar nicht stattgefunden hatte? Eine ekelhafte Lage!

Aber ich hätte mir, wie sich herausstellte, deswegen keine Gedanken zu machen brauchen. Das Zimmermädchen war völlig ungefährdet.

Als ich die Terrasse verließ, stürzte sich Duclos auf mich. »Haben Sie sich entschlossen, die Polizei zu holen, Monsieur?«

»Noch nicht. Ich will erst mit Köche sprechen.«

Er strich sich düster den Bart. »Ich habe darüber nachgedacht, Monsieur. Jede Stunde, die wir zögern, kommt dem Dieb zustatten.«

»Allerdings. Aber . . .«

»Als Geschäftsmann empfehle ich sofortiges Handeln. Sie müssen bei Köche energisch auftreten, Monsieur.« Er streckte kampflustig den Bart vor.

»Ich werde sehr energisch auftreten. Ich . . .«

Aber ehe ich mich noch losmachen konnte, kamen Vogels heran, schüttelten mir die Hand und drückten ihr Bedauern über meinen Verlust aus.

Duclos war über dieses Zeichen seines Wortbruches nicht im mindesten betroffen. »Wir beide – Monsieur Vogel und ich – sind der Meinung«, verkündete er, »daß der Polizeikommissar dazugeholt werden müßte.«

»5000 Francs«, nickte Vogel dazu gewichtig, »sind ein schwerer Verlust. Zweifellos ein Fall für die Polizei. Monsieur Roux ist derselben Meinung. Man muß auch an die Sicherheit des Eigentums der andern Gäste denken. Mademoiselle Martin, eine junge Dame, die zur Nervosität neigt, schwebt schon in Angst um ihre Schmucksachen. Monsieur Roux hat sie beruhigt, aber er hat mir gesagt, wenn der Dieb nicht gestellt wird, dann müßte er ausziehen. Köche täte gut daran, die Angelegenheit ernsthafter zu behandeln. 5000 Francs«, er zitierte noch einmal die Duclos-Leseart meines Verlustes, »sind eine ernste Sache.«

»Ja, wahrhaftig«, sagte Frau Vogel.

»Sehen Sie!« warf Duclos triumphierend ein. »Die Polizei muß geholt werden.«

»Was Ihren Verdacht angeht, Herr Vadassy«, fuhr Vogel im Flüsterton fort, »so finden wir, man sollte der Polizei zunächst noch nichts davon sagen.«

»Mein Verdacht?« Ich sah Duclos scharf an. Er hatte immerhin so viel Anstand, meinem Blick auszuweichen und ein bißchen auffällig an seinem Kneifer herumzufingern.

Vogel lächelte nachsichtig. »Ich verstehe vollkommen. Es ist besser, man sagt nichts, was so ausgelegt werden kann, als bezöge es sich auf . . .« – er sah sich schnell um und senkte die Stimme – ». . . jemanden mit englischer Staatsangehörigkeit, nicht?« Er zwinkerte mit den Augen. »Solche Sachen wollen mit Diskretion behandelt werden, nicht?«

»Ja, ja!« echote Frau Vogel vergnügt und munter.

Ich brummte etwas davon, daß ich überhaupt keinen Verdacht hätte, und verzog mich. Duclos erwies sich als kompromittierender Propagandist.

Köche erwartete mich in seinem Büro.

»Ach ja, Monsieur Vadassy, bitte kommen Sie rein!« Er machte hinter mir die Tür zu. »Stuhl? Also zur Sache!«

Ich spielte meine Rolle. »Ich hoffe, Sie haben befriedigende Nachrichten für mich, Monsieur. Diese Ungewißheit ist aufreibend.«

Er machte ein sehr ernstes Gesicht. »Es tut mir sehr leid, Monsieur, aber meine Nachforschungen sind absolut ergebnislos geblieben.«

Ich runzelte die Stirn. »Das ist schlecht.«

»Sehr schlecht. Wirklich sehr schlecht!« Er blickte auf ein Schriftstück, das er vor sich liegen hatte, tippte ein paarmal mit dem Zeigefinger darauf und sah zu mir auf. »Ich habe mir das gesamte Personal vorgenommen, einschließlich der Kellner und des Gärtners, weil ich hoffte, einer von ihnen könnte wenigstens irgendwie zur Klärung der Angelegenheit beitragen.« Er machte eine Pause. »Offen gesagt, Monsieur«, fuhr er ruhig fort. »ich habe das Gefühl, daß sie mir alle die Wahrheit sagen, wenn sie angeben, sie wüßten von dem Diebstahl nichts.«

»Also Sie meinen, es muß einer von den Gästen gewesen sein?«

Er antwortete nicht gleich. Aus irgendeinem Grunde, über den ich mir selbst nicht im klaren war, wurde mir jetzt wirklich unbehaglich zumute. Dann schüttelte er langsam den Kopf. »Nein, Monsieur. Ich meine nicht, daß es einer von den Gästen gewesen ist.«

»Dann ein Außenstehender?«

»Nein, das auch nicht.«

»Dann . . .?«

Er beugte sich vor. »Ich bin zu der Ansicht gekommen, Monsieur, das ist ein Fall für die Polizei.«

Nun wurde es schwierig. Beghin hatte ausdrücklich gesagt, die Polizei sollte nicht geholt werden.

»Aber das möchten Sie sicherlich vermeiden«, wandte ich ein. »Denken Sie doch an den Skandal!«

Seine Lippen strafften sich. Das war Köche von einer neuen Seite, nicht mehr bequem und umgänglich, sondern streng sachlich. Ganz plötzlich lag eine häßliche Spannung in der Atmosphäre.

»Leider«, sagte er schneidend, »ist der Schaden schon geschehen. Nicht genug damit, daß meine Gäste von der Angelegenheit wissen und darüber sprechen – einer wird von den andern geradezu als möglicher Täter betrachtet.«

»Es tut mir leid, das zu hören, ich ...«

Aber er ging über meine Unterbrechung hinweg. »Ich habe Sie ersucht, Monsieur, Stillschweigen zu bewahren, bis ich die Sache untersucht hätte. Ich stelle fest, daß Sie keineswegs Stillschweigen bewahrt haben, sondern in höchst bedauerlicher Weise mit den anderen Gästen darüber gesprochen haben.«

»Ich habe Monsieur Duclos vertraulich um Rat gefragt, ob man die Polizei verständigen soll. Wenn Monsieur Duclos indiskret gewesen ist, tut mir das leid.«

Seine Stimme hatte einen beinahe höhnischen Ton, als er antwortete: »Und darf ich fragen, was für einen Rat Monsieur Duclos Ihnen gegeben hat?«

»Er hat mir geraten, die Polizei zu holen. Aber aus Rücksicht auf Ihr ...«

»Dann sind wir völlig einer Meinung, Monsieur. Jetzt haben Sie die Gelegenheit.« Er griff nach dem Telephon. »Ich setze mich sofort mit der Polizei in Verbindung.«

»Einen Augenblick, Monsieur Köche!« Seine Hand blieb auf dem Apparat liegen. »Ich habe lediglich erzählt, daß Duclos mir diesen Rat gegeben hat. Ich für mein Teil halte es nicht für erforderlich, die Polizei zu holen.«

Zu meiner größten Erleichterung nahm er die Hand vom Telephon. Dann drehte er sich langsam um und sah mir in die Augen. »Das hab ich mir gedacht«, sagte er mit Bestimmtheit.

»Ich bin überzeugt«, sagte ich so verbindlich, wie ich nur konnte, »daß Sie diese Angelegenheit viel gewandter behandeln werden als die Polizei. Ich möchte nicht, daß Sie meinetwegen Scherereien haben. Wenn ich die gestohlenen Sachen wiederbekomme, gut. Wenn nicht – na, da kann man eben nichts machen. Auf alle Fälle wäre die Polizei eher lästig als nützlich.«

»Ich glaube Ihnen, Monsieur.« Diesmal war der Hohn eindeutig. »Ich kann Ihnen durchaus glauben, daß die Polizei für Sie äußerst lästig wäre.«

»Das verstehe ich nicht ganz.«

»Nein?« Er lächelte boshaft. »Ich bin schon seit einer Reihe von Jahren im Hotelfach, Monsieur. Ich bin überzeugt, Sie werden es vertragen, wenn ich Ihnen sage, daß ich schon öfters mit Herren Ihrer Sorte zu tun gehabt habe. Ich habe gelernt, vorsichtig zu sein. Als Sie diesen angeblichen Diebstahl meldeten, haben Sie mir gesagt, es wäre Ihnen ein Zigarettenetui abhanden gekommen. Als ich Sie dann fragte, ob Sie nicht von einem goldenen Etui gesprochen hätten, haben Sie gezögert und sich aus der Affäre gezogen, indem Sie sagten, es sei aus Gold und Silber zugleich. Ein bißchen zu ertüftelt, mein Freund. Als ich in ihr Zimmer kam, ist mir ein Teil von einer Schere aufgefallen, neben dem Koffer auf dem Boden. Die Schere lag auf dem Bett, wie gesagt, zerbrochen. Sie haben sie zweimal angesehen, aber nichts darüber gesagt. Warum? Sie war offensichtlich zum Aufbrechen des Koffers benutzt worden und ein wichtiges Beweisstück. Aber Sie haben sie nicht beachtet. Sie haben nichts Bedeutsames darin gesehen, weil Sie wußten, wie der Koffer aufgebrochen worden war. Sie hatten ihn nämlich selber aufgebrochen!«

»Lachhaft! Ich . . .«

»Andererseits haben Sie wirkliche Besorgnis gezeigt, als der Photoapparat zur Sprache kam. Als ich Sie darauf aufmerksam machte, daß er auf dem Stuhl läge, da war Ihre Erregung durchaus echt. Offenbar fürchteten Sie in dem Augenblick, es wäre wirklich etwas gestohlen worden.«

»Ich ...«

»Einen weiteren Fehler machten Sie bei der Wertangabe für das Etui. Ein Etui, wie Sie es beschrieben haben, wäre mindestens 1500 Francs wert. Sie haben zwar gesagt, es wäre ein Geschenk, aber selbst dann hätten Sie es wohl kaum um 50 Prozent zu niedrig angesetzt. Menschen, die etwas eingebüßt haben, fallen stets ins andere Extrem.«

»Ich bin noch nie so ...«

»Das einzige, was ich immer noch rätselhaft finde, ist Ihr Motiv. Meistens stellt der geschädigte Gast es so an, daß er dem Hotel droht, er würde die Polizei holen und den anderen Gästen dadurch Ungelegenheiten machen, wenn er – oder noch häufiger sie – keine Entschädigung bekäme. Bekanntlich sind Hotels gegen solche Vorkommnisse versichert. Aber entweder sind Sie erst ein Anfänger auf diesem Gebiet oder Sie haben ein anderes Motiv, denn Sie haben den Gästen sofort davon erzählt. Möchten Sie mir also vielleicht sagen, was eigentlich Ihr Motiv ist?«

Ich war aufgestanden. Wenn man zu Unrecht angeschuldigt wird, so ist man meistens lediglich verdutzt. Wenn man wirklich schuldig ist und ertappt wird, so kann einen das empören. Ich war sehr aufgebracht.

»Das ist eine ungeheuerliche Anschuldigung, Monsieur. Ich bin noch nie so beleidigt worden«, stammelte ich voll Wut. »Ich ... ich werde ...«

»Die Polizei holen?« fiel Köche begierig ein. »Hier ist das Telephon. Oder möchten Sie vielleicht lieber nicht die Polizei holen?«

Ich gab mich so würdevoll wie möglich. »Ich habe nicht die Absicht, diese Farce weiter mitzumachen.«

»Sehr klug von Ihnen.« Er kippte seinen Stuhl an. »Sie sind mir schon seit Ihrem ziemlich langen Besuch bei der Polizei am Donnerstag verdächtig vorgekommen, Vadassy. Die französische Polizei durchsucht normalerweise nicht das Zimmer eines Menschen, wenn nicht ein sehr starker Verdacht gegen ihn vorliegt. Die Begründung mit dem Paß war ein bißchen dünn. Ich kann verstehen, daß Ihnen daran liegt, nicht noch einmal mit dem Kommissar zu tun zu haben. Ich bin auch durchaus einer Meinung mit Ihnen, daß es nicht wünschenswert ist, den gegenwärtigen Zustand so zu belassen. Ich habe daher Ihre Rechnung ausgeschrieben. Bitte fassen Sie das nicht als Großzügigkeit meinerseits auf! Ich selbst wäre dafür, Sie einfach der Polizei zu übergeben oder Sie wenigstens aufzufordern, binnen einer Stunde zu verschwinden. Aber meine Frau ist der Meinung, daß diese beiden Methoden zu noch mehr Gerede unter unsern Gästen Anlaß gäben. Sie denkt praktischer als ich. Ich beuge mich ihrer Entscheidung. Sie verlassen das Hotel morgen früh. Ob ich dann noch die Polizei verständige oder nicht, hängt von Ihrem Verhalten während der kurzen Zeit ab, die Sie noch hierbleiben. Ich verlange, daß Sie den anderen Gästen mitteilen, Ihre Beschwerde wäre grundlos gewesen, Sie hätten die Gegenstände nur verlegt und die Beschädigung Ihres Koffers wäre auf Ihre eigene Unachtsamkeit zurückzuführen, weil Sie den falschen Schlüssel genommen und das Schloß verklemmt hätten. Ich zweifle nicht daran, daß Ihre Geschichte unerfahrenen Ohren einigermaßen glaubhaft klingen könnte. Verstanden?«

Ich nahm, so gut ich konnte, den kümmerlichen Rest meiner Selbstbeherrschung zusammen. »Verstehe, Monsieur. Nach Ihrem skandalösen Benehmen habe ich sowieso nicht die Absicht gehabt, noch länger zu bleiben.«

»Gut. Hier Ihre Rechnung.«

Ich prüfte die Rechnung ostentativ auf Fehler, kindisch, aber, na bitte! Er wartete schweigend. Es waren keine Fehler darin. Mein Geld reichte gerade.

Er nahm es mit einer Miene, die mir zu verstehen gab, daß er nicht damit gerechnet hatte, ich würde die Rechnung voll bezahlen.

Während er die Quittung ausstellte, blickte ich müßig auf einen Schiffsfahrplan der Italia-Cosulich-Linie an der Wand.

Ich hatte ihn zweimal durchgelesen, als er mir die quittierte Rechnung überreichte.

»Besten Dank, Monsieur! Ich bedauere, daß ich nicht hoffen kann, Sie wieder in unserem Hause zu begrüßen.«

Ich verbeugte mich. »Damit hätten Sie sowieso nicht rechnen können«, erwiderte ich und ging.

Als ich oben in meinem Zimmer ankam, zitterte ich am ganzen Leibe. Mir wurde auch nicht gerade besser, als ich bemerkte, daß die Handtücher, die Obstschale und sämtliche anderen beweglichen Gegenstände aus dem Besitz des Hotels – nur die Bettwäsche nicht – entfernt worden waren. Ich hielt den Kopf unter den Wasserhahn, trank einen Schluck Wasser, zündete mir eine Zigarette an und setzte mich auf den Stuhl am Fenster.

Sätze kamen mir in den Kopf, die ich Köche hätte sagen sollen, kalte, scharfe Sätze, die das höhnische Lächeln von seinem Gesicht weggewischt hätten. Nach einer Weile aber hörte ich auf zu zittern. Schuld an der Lage war Beghin, nicht ich. Er hätte sich doch denken können, daß ein so kindischer Plan mißlingen mußte. Gewiß, meine Unvorsichtigkeit, meine Ungeschicklichkeit hatten das Mißlingen noch gefördert; aber ich war es eben nicht gewöhnt, wie ein gemeiner Gauner zu operieren. Eine Welle rechtschaffenen Zornes kam über mich. Wer gab Beghin eigentlich das Recht, mich in eine so unwürdige Lage zu bringen? Wenn ich ein gewöhnlicher Bürger gewesen wäre und ein Konsul für meine Rechte eingetreten wäre, hätte er es nicht gewagt. Was sollte das ganze Manöver überhaupt? Oder hatte es etwa in seiner Absicht gelegen, daß man mich durchschaute? War ich etwa eine Art Versuchskaninchen, das Beghin zu irgendeinem verrückten Experiment benutzte? Vielleicht. Aber kam es denn darauf überhaupt an? Das Entscheidende war, daß ich am nächsten Morgen vor der Tür des Hotels stehen würde, sofern nicht Beghin eingriff. Was dann? Vermutlich eine Zelle beim Kommissariat. Vielleicht war es am besten, Beghin jetzt gleich anzurufen und die Lage zu schildern ...

Aber schon als der Gedanke mir durch den Kopf ging, wußte ich, daß ich das nicht tun konnte. Wenn ich ehrlich sein wollte – ich fürchtete mich vor ihm, fürchtete, er könnte mir die Schuld daran geben, daß Köche mich durchschaut hatte. Vor allem grauste mir davor, wieder zum Kommissariat gebracht und wieder in diese kleine, elende Zelle eingesperrt zu werden.

Ich sah zum Fenster hinaus. Das Meer lag wie eine große blaue Glasscheibe in der Sonne, unendlich friedlich. In ihren kühlen Tiefen brauchte man keine Ängste mehr zu haben, keine Zweifel, keine Ungewißheit. Ich konnte an den Strand hinunter und ins Wasser gehen und aus der Bucht hinausschwimmen ins offene Meer. Ich konnte immer weiter schwimmen, bis meine Arme zu müde wären, um mich ans Land zurückzutragen. Meine Bewegungen würden langsamer, mühsamer werden. Dann würde ich ganz aufhören und untergehen. Das Wasser würde mir in die Lungen strömen. Ich würde mich aufbäumen, das bißchen Lebenswille – um jeden Preis! Aber es gäbe keine Rückkehr mehr. Ein paar Augenblicke der Qual, und ich würde sanft vergehen.

Danach? »Der jugoslawische Staatsangehörige Joseph Vadassi« (den Namen würden sie falsch schreiben) »geriet gestern beim Baden in St. Gatien in Schwierigkeiten. Rettungsversuche mißlangen. Seine Leiche konnte noch nicht gefunden werden.« Sonst nichts? Nein, sonst nichts. Das war alles. Die Leiche verweste.

Meine Zigarette war ausgegangen. Ich schleuderte sie zum Fenster hinaus, trat vor den Spiegel im Kleiderschrank und betrachtete mich.

»Du gehst kaputt«, murmelte ich. »Reiß dich doch zusammen! Zuerst Selbstmord, und jetzt hältst du Selbstgespräche. Na, komm schon! Aber du brauchst auch nicht so den Helden herauszubeißen. Es ist gar nicht nötig, daß du dich in die Brust wirfst. Du trittst ja nicht zu einem Wettkampf im Gewichtheben an. Muskelkraft nützt dir nichts. Was du brauchst, ist ein bißchen Intelligenz. Diese Geschichte ist wahrscheinlich längst nicht so schlimm, wie du glaubst. Merk dir um Gottes willen eines: Es ist drei Uhr. Bis heute abend mußt du hier jemanden ausfindig machen, der eine Contax hat. Weiter nichts. Das ist doch wohl nicht so schwer? Du brauchst nur in den Zimmern der Leute nachzusehen. Fang doch mal bei diesem Schimler an! Das ist der aussichtsreichste Kandidat. Er läuft unter einem falschen Namen herum. Er sagt, er sei Schweizer, obwohl er in Wirklichkeit Deutscher ist. Er ist bedrückt, und er steht in irgendeinem Vertrauensverhältnis zu Köche. Du mußt auch daran denken, daß Köche möglicherweise in das Geheimnis eingeweiht ist. Möglicherweise ist das der wahre Grund, warum er so sehr darauf aus ist, dich loszuwerden, ohne die Polizei zu holen. Ja, das ist ein Gedanke, nicht wahr? Du bist noch nicht erledigt. Aber nimm dich in acht! Fang's ein bißchen mit Verstand an! Einmal bist du ertappt worden. Sieh zu, daß es nicht noch einmal dazu kommt! Wenn Schimler derjenige ist, mußt du es schlau anstellen, um ihn zu erwischen. Er ist gefährlich. Er ist derjenige, der dir gestern abend über den Kopf geschlagen hat. Seine Zimmernummer weißt du. Das Mädchen hat sie dir gesagt. Nummer 14, und das ist auf der anderen Seite des Hauses. Aber stelle zuerst mal fest, wo er ist! Du mußt dich in acht nehmen! ! ! Also los, an die Arbeit!«

Ich wandte mich vom Spiegel ab. Ja, ich mußte mich an die Arbeit machen. Ich mußte wissen, wo Schimler war. Meistens saß er allein auf der Terrasse. Dort wollte ich es zuerst versuchen.

Ich kam bis in den Salon, ohne jemandem zu begegnen, und schlich mich auf Zehenspitzen ans Fenster heran. Ja, da saß er und las, wie gewöhnlich, die Pfeife im Mund, den Kopf konzentriert über das Buch gebeugt. Einen Augenblick lang beobachtete ich ihn. Es war ein schöner Kopf. Man hätte es nicht für möglich gehalten, daß dieser Mann ein Spion sein könnte.

Aber diesmal verhärtete ich mein Herz. An die Arbeit! Wahrscheinlich hielt man es bei niemandem für möglich, daß er ein Spion sei – bis man es dann mit Sicherheit wußte. Wie dem auch sein mochte – ich hatte zu wählen zwischen meiner eigenen Freiheit und der eines anderen. Schimler war zweifellos eine verdächtige Figur. Also auf!

Ich ging wieder nach oben. Vor meinem Zimmer hielt ich inne. Brauchte ich vielleicht etwas? Eine Waffe? Unsinn! Ein solches Abenteuer hatte ich doch gar nicht vor – nur eine stille Zimmerdurchsuchung, weiter nichts. Mit wild klopfendem Herzen ging ich an meinem eigenen Zimmer vorbei durch den Korridor weiter.

Da ergriff mich eine neue Befürchtung: Wenn ich nun jemandem begegnete – Skeltons oder Vogels? Womit sollte ich begründen, daß ich mich in diesem Teil des Hauses aufhielt? Was konnte ich dort zu suchen haben? Dann kam ich an einer Tür mit der Aufschrift *Salle de bain* vorbei. Dort konnte ich nötigenfalls hineingehen und so tun, als wollte ich ein Bad nehmen.

Doch ich begegnete niemandem. Wenige Augenblicke später stand ich vor Zimmer Nummer 14.

Ich zögerte ein paar Sekunden lang. Wahrscheinlich kam nichts bei allem heraus; er hatte die Kamera sicherlich versteckt. Die Tür konnte abgeschlossen sein, und gerade während ich sie aufzumachen versuchte, konnte jemand vorbeikommen. Es konnte jemand . . .

Es gab in dieser Situation nur eine Möglichkeit. Ich wollte gar nicht den Versuch machen, heimlich hineinzugehen. Wenn jemand im Zimmer war oder wenn mich jemand sah, dann hatte ich mich eben getäuscht. Mister Skelton hatte mich aufgefordert, bei ihm vorbeizukommen, wenn ich zum Baden fertig wäre. Das falsche Zimmer? Ich hätte eine Entschuldigung gestammelt und mich zurückgezogen. Aber wenn ich noch lange hier draußen stehen blieb, dann . . .

Ich holte tief Atem, klopfte an die Tür, griff nach der Klinke und drückte sie hinunter. Sie war unverschlossen. Immer noch auf der Schwelle stehend, drückte ich dagegen und ließ sie aufschwingen. Das Zimmer war leer. Ich wartete eine Sekunde, dann ging ich hinein und machte die Tür hinter mir zu. Es war geschehen!

Ich sah mich um. Das Zimmer war kleiner als das meine. Es lag zu dem Nebengebäude hinaus, in dem die Küchenräume untergebracht waren. Eine Gruppe junger Zypressen nahe dem Fenster ließ nicht viel Licht hinein. Ich hielt mich möglichst vom Fenster fern, während ich nach Schimlers Koffer suchte. Ich brauchte nicht lange, um festzustellen, daß keiner da war. Vielleicht hatte er den Inhalt in die Kommode geräumt und den Koffer in den Aufbewahrungsraum bringen lassen. Ich sah in den Schubladen nach. Alle waren leer, bis auf die oberste. Die oberste Schublade enthielt ein stark verwaschenes weißes Hemd, eine graue Krawatte, einen kleinen Taschenkamm, ein Paar Socken mit großen Löchern in den Fersen, eine Garnitur saubere, aber zerknitterte Unterwäsche, eine Packung Seifenflocken und eine Dose französischen Tabak. Eine Kamera war nicht da. Ich sah mir das Etikett an der Krawatte an. Es trug Namen und Adresse einer Berliner Fabrik. Die Unterwäsche war aus der Tschechoslowakei. Das Hemd war französischer Herkunft. Ich trat an das Waschbecken. Rasierapparat, Rasierseife, Zahnbürste und Zahnpaste, ebenfalls französisch.

Ich ging an den Schrank. Er war breit und tief, hatte eine Messingstange mit einigen Bügeln und ein Schuhgestell. Ein einziger Anzug und ein schwarzer Regenmantel hingen darin. Sonst nichts. Der Anzug war dunkelgrau und an den Ellenbogen fadenscheinig. Der Regenmantel hatte nahe dem unteren Rande einen dreieckigen Riß.

Das also, zusammen mit dem Inhalt der Kommodenschublade, war »Herrn Heinbergers« Garderobe. Höchst merkwürdig! Wenn der Mann so viel Geld hatte, daß er im *Hôtel de la Réserve* wohnen konnte, hatte er doch gewiß mehr anzuziehen?

Darauf aber kam es ja nicht an. Ich suchte eine Kamera. Ich fühlte unter der Matratze nach, aber das brachte mir nichts weiter ein als einen Kratzer an der Hand von einer herausragenden Sprungfederspitze. Das Zimmer ging mir auf die Nerven. Das, weswegen ich hergekommen war, hatte ich nicht gefunden. Es wurde Zeit, daß ich wieder ging.

Eines aber wollte ich doch noch tun. Ich trat noch einmal an den Schrank, nahm den Anzug heraus und sah in den Taschen nach. Die ersten beiden, in die ich hineingriff, waren leer; doch in der Brusttasche trafen meine Finger auf etwas, das sich anfühlte wie ein dünnes broschiertes Buch. Ich zog es heraus. Es waren zwei Bücher, nicht eines, und beide waren Pässe – ein deutscher und ein tschechischer.

Den deutschen nahm ich mir zuerst vor. Er war 1931 ausgestellt und lautete auf den Namen Emil Schimler, Journalist, geboren 1899 in Essen. Das war an sich schon überraschend. Ich hatte Schimler auf weit über vierzig geschätzt. Ich schlug die Visumseiten auf. Die meisten waren leer. Doch es waren zwei französische Visen aus dem Jahre 1931 und eine Garnitur sowjetischer Visen aus dem Jahre 1932 eingetragen. Er hatte sich zwei Monate in Sowjetrußland aufgehalten. Außerdem waren ein schweizerisches Visum vom Dezember des vergangenen Jahres und ein französisches vom Mai des laufenden Jahres da.

Ich griff zu dem tschechischen Paß. Er enthielt ein Photo, das zweifellos Schimler darstellte, lautete aber auf den Namen Paul Czissar, Handelsvertreter, geboren 1895 in Brünn. Das Datum der Ausstellung war der 10. August 1934. Er enthielt zahlreiche deutsche und tschechische Visumstempel. Czissar war offenbar ausgiebig auf der Strecke Berlin – Prag hin- und hergereist. Mit einiger Mühe gelang es mir, den neuesten Datumstempel zu entziffern. Er stammte vom 20. Januar des laufenden Jahres – war also etwa acht Monate alt.

Ich war in diese bedeutsamen Entdeckungen so vertieft, daß ich nichts von den Schritten hörte, bis sie schon dicht vor der Tür waren. Aber ich glaube kaum, daß ich noch mehr hätte tun können, selbst wenn ich sie zeitiger gehört hätte. Jedenfalls konnte ich die Pässe gerade noch wieder in die Tasche rammen und den Anzug in den Schrank hinter mir stopfen, ehe die Türklinke herunterging.

In den paar Sekundenbruchteilen, die folgten, war es, als erstarrten mein Kopf und mein Körper. Ich stand da und glotzte stumpfsinnig die Klinke an. Ich wollte schreien, mich im Schrank verstecken, zum Fenster hinausspringen, mich unter dem Bett verkriechen. Doch ich tat nichts von alldem. Ich glotzte nur.

Dann ging die Tür auf, und Schimler trat ins Zimmer.

13

Diktatur

Er sah mich nicht gleich.

Als er durch die Tür kam, warf er das Buch, das er in der Hand hatte, auf das Bett und wollte gerade auf die Kommode zugehen.

Da trafen sich unsere Augen.

Ich sah, wie er zusammenfuhr. Dann ging er ganz langsam zur Kommode und nahm die Dose Tabak heraus. Er begann sich die Pfeife zu stopfen.

Die Stille war fast unerträglich. In meinem Kopf pochte das Blut. Fasziniert sah ich zu, wie seine Finger den Tabak sicher in den Pfeifenkopf drückten.

Als er endlich sprach, war seine Stimme vollkommen ruhig, beinahe gelassen.

»Es tut mir leid, aber hier finden Sie nichts von Wert.«

»Ich habe gar nicht . . .«, begann ich heiser.

Doch durch einen Wink mit der Hand, in der er die Pfeife hielt, brachte er mich zum Schweigen. »Ersparen Sie mir Ihre Unschuldsbeteuerungen! Glauben Sie mir, ich habe Mitleid mit Ihnen. In Ihrem Gewerbe muß man nun einmal Risiken auf sich nehmen. Es muß aber sehr ärgerlich sein, wenn Sie feststellen, daß Sie das Risiko umsonst auf sich genommen haben. Besonders«, fuhr er fort, indem er seine Pfeife anzuzünden begann, »wenn das Risiko Sie ins Gefängnis bringt.« Er blies eine Rauchwolke aus. »Nun – möchten Sie den Geschäftsführer lieber hier sprechen oder in seinem Büro?«

»Ich möchte den Geschäftsführer überhaupt nicht sprechen. Ich habe Ihnen nichts weggenommen.«

»Das ist mir klar. Es ist gar nichts zum Wegnehmen da. Aber

ich möchte Sie darauf aufmerksam machen, daß Sie ungebeten in meinem Zimmer sind.«

Langsam brachte ich meine fünf Sinne wieder zusammen.

»Die Sache ist die ...«, begann ich von neuem, aber ehe ich noch weitergekommen war, unterbrach er mich.

»Ah! Darauf habe ich gewartet. Ich habe beobachtet, wenn jemand eine Behauptung mit ›Die Sache ist die ...‹ einleitet, dann kommt fast immer eine Lüge. Aber fahren Sie nur fort! Was ist die Sache, von der Sie sprechen wollten?«

Ich wurde zornrot. »Die Sache ist die, daß heute morgen verschiedene Wertsachen aus meinem Koffer gestohlen worden sind. Ich hatte Sie im Verdacht, sie an sich genommen zu haben. Da Monsieur Köche die Angelegenheit nicht ernst genommen hat, hab ich mich entschlossen, selber nachzusehen.«

Er lächelte säuerlich. »Ah, ich verstehe. Angriff ist die beste Verteidigung. Ich drohe Ihnen, Sie drohen mir. Aber Sie haben Pech. Ich habe zufällig mit Monsieur Köche über Ihre Beschwerde gesprochen.« Er machte eine bedeutungsvolle Pause. »Soviel ich weiß, ist Ihre Rechnung schon bezahlt.«

»Ich verlasse das Hotel unter Protest.«

»Und das hier gehört wohl zu Ihrem Protest?«

»Wenn Sie's so ausdrücken wollen. Aber ich sehe nun, daß ich mich geirrt habe. Sie sind nicht der Schuldige. Ich kann Sie nur aufrichtig um Entschuldigung dafür bitten, daß ich auf eigene Faust mein Recht gesucht habe, und mich zurückziehen.« Ich wollte auf die Tür zugehen.

Er trat ein wenig vor, um mich aufzuhalten. »Es tut mir leid«, sagte er, »aber damit ist es nicht getan. Unter den Umständen halte ich es für das beste, wir bleiben hier und bitten Herrn Köche, zu uns zu kommen.« Er ging zur Klingel und drückte darauf.

Mir sank der Mut. »Ich habe Ihnen nichts weggenommen. Ich habe nichts beschädigt. Sie haben keinen Grund, mich anzuzeigen.« Meine Stimme wurde lauter.

»Mein lieber Herr Vadassy«, sagte er in verdrossenem Tone,

»Sie sind der Polizei bereits bekannt. Das genügt. Wenn es Ihnen Spaß macht, auf Worten herumzureiten, dann tun Sie das nur! Aber heben Sie sich das bitte für den Kommissar auf! Sie sind in der Absicht hergekommen, etwas zu stehlen. Was Ihnen an Ausreden einfällt, können Sie bei den Kriminalbeamten vorbringen.«

Ich war der Verzweiflung nahe. Ich suchte fieberhaft nach einem Ausweg. Wenn Köche jetzt kam, war ich innerhalb einer halben Stunde auf dem Kommissariat. Ich hatte nur noch eine Karte auszuspielen. Ich spielte sie aus.

»Und wer«, zischte ich, »wird die Anzeige erstatten? Herr Heinberger aus der Schweiz, Herr Emil Schimler aus Berlin oder Herr Paul Czissar aus Brünn?«

Mit einer Reaktion darauf hatte ich gerechnet, aber diese? Nein. Er drehte sich langsam um und sah mich an. Seine ausgehöhlten Wangen waren totenbleich geworden, und die Ironie in seinen Augen hatte sich in kalten Haß verwandelt. Er kam auf mich zu. Unwillkürlich trat ich einen Schritt zurück. Er blieb stehen.

»Sie sind also wohl doch kein Hoteldieb.«

Es kam leise heraus, fast als Frage, aber mit einer ätzenden Schärfe, die mir Angst machte.

»Ich hab Ihnen ja gesagt, daß ich kein Dieb bin«, sagte ich überheblich.

Er trat plötzlich vor, packte mich am Hemd und zog mich zu sich heran, bis mein Gesicht wenige Zentimeter von dem seinen entfernt war. Ich war so erschrocken, daß ich mich zu wehren vergaß. Er schüttelte mich langsam hin und her, während er sprach:

»Nein, kein Dieb, kein ehrlicher Gauner, sondern ein schmieriger kleiner Spitzel. Ein hinterhältiger Spitzel obendrein.« Seine Lippe verzog sich verächtlich. »Nach außen hin ein schüchterner, harmloser Sprachlehrer mit romantischem Aufzug und traurigen Magjarenaugen, auf die ein Maler hereinfallen könnte. Wie lange betreiben Sie das Geschäft schon,

Vadassy – oder wie Sie sonst heißen? Hat man Sie für die Aufgabe ausgesucht oder sind Sie aus den Prügelzellen aufgestiegen?« Er versetzte mir einen heftigen Stoß, so daß ich an die Wand zurücktaumelte.

Seine Faust war geballt, und er kam von neuem auf mich zu, als es an der Tür klopfte.

Einen Augenblick lang starrten wir einander wortlos an. Dann reckte er sich, ging zur Tür und machte sie auf.

Es war einer der Kellner. »Sie haben geläutet, Monsieur?« hörte ich ihn fragen.

Schimler schien zu zögern. Dann sagte er: »Es tut mir leid. Ich habe nur aus Versehen geläutet. Sie können wieder gehen.«

Er machte die Tür zu, und während er sich dagegenlehnte, sah er mich an. »Sie haben Glück gehabt, daß wir unterbrochen worden sind, mein Freund. Ich habe seit vielen Jahren nicht mehr so vollständig die Beherrschung verloren. Ich wollte Sie umbringen.«

Ich gab mir Mühe, meine Stimme nicht zittern zu lassen. »Aber nachdem Sie Ihre Beherrschung jetzt wiedergefunden haben, können wir vielleicht mal vernünftig reden. Sie haben vorhin gesagt: Angriff ist die beste Verteidigung. Ich glaube, wenn ausgerechnet Sie *mich* einen Spitzel nennen, so gehen Sie ziemlich naiv vor, finden Sie nicht auch?«

Er schwieg. Ich fand allmählich das Gleichgewicht wieder. Der Fall ließ sich leichter an, als ich gedacht hatte. Die Hauptsache war jetzt, herauszubekommen, was er mit der Kamera gemacht hatte. Dann wollte ich den Kellner wieder holen und bei Beghin anrufen lassen.

»Wenn Sie wüßten, was Sie mir alles eingebrockt haben«, fuhr ich fort, »würden Sie noch viel mehr Mitgefühl für mich haben. Den Schlag von gestern abend spüre ich immer noch. Und falls Sie diese beiden Rollfilme nicht schon ruiniert haben, hätte ich sie gern zurück, ehe die Polizei kommt. Die Beamten haben gesagt, wissen Sie, sie würden mich nicht eher nach Paris zurückfahren lassen, als bis die Geschichte aufgeklärt ist. Aber da sie ja nun aufgeklärt ist, benehmen Sie sich hoffentlich vernünftig. Was haben Sie übrigens mit der Kamera gemacht?«

Er starrte mich unsicher an. »Wenn das etwa irgendeine Falle ist . . .« begann er und hielt dann inne. »Ich habe nicht die geringste Ahnung, wovon Sie reden«, schloß er.

Ich zuckte die Achseln. »Spielen Sie doch nicht Hase! Haben Sie schon mal von einem Mann namens Beghin gehört?«

Er schüttelte den Kopf.

»Dann werden Sie bald von ihm hören, fürchte ich. Der ist ein Beamter der *Sûreté Générale* und ist dem Kriegsmarine-Nachrichtendienst in Toulon zugeteilt. Sagt Ihnen das nichts?«

Er kam langsam in die Zimmermitte. Ich stellte mich darauf ein, mich zur Wehr zu setzen. Aus dem Augenwinkel konnte ich den Klingelknopf sehen. Zwei Schritte, dann konnte ich ihn erreichen. Sobald er sich bewegte, wollte ich darauf zuspringen. Doch er stand still da.

»Ich habe den Verdacht, wir reden aneinander vorbei, Vadassy.«

Ich lächelte. »Das glaube ich nicht.«

»Dann tut's mir leid, aber ich weiß nicht, was Sie meinen.«

Ich stöhnte ungeduldig. »Lohnt sich's denn wirklich, es zu leugnen? Seien Sie doch vernünftig! Was haben Sie mit der Kamera gemacht?«

»Ist das etwa irgendein reichlich plumper Schabernack?«

»Nein, das ist es ganz und gar nicht, wie Sie bald merken werden.« Da ich das Gefühl hatte, daß ich mich nicht besonders geschickt verhielt, wurde ich langsam ärgerlich. »Ich habe vor, die Polizei zu rufen. Haben Sie was dagegen?«

»Gegen die Polizei? Nicht das geringste. Rufen Sie nur!«

Es war denkbar, daß er bluffte, aber mir war nicht ganz wohl. Ohne die Kamera als Beweisstück war ich hilflos. Ich beschloß, meine Taktik zu ändern.

Ein paar Sekunden lang starrte ich ihn intensiv an. Dann verzog ich den Mund zu einem verlegenen Lächeln. »Wissen

Sie«, sagte ich betreten, »ich habe den unangenehmen Verdacht, daß ich einen sehr dummen Fehler gemacht habe.«

Seine Augen suchten prüfend die meinen. »Ich bin überzeugt, so ist es.«

Ich seufzte. »Nun, es tut mir sehr leid, daß ich Ihnen all diese Aufregung bereitet habe. Ich komme mir äußerst dumm vor. Monsieur Duclos wird sich weidlich amüsieren.«

»Wer?« Die Frage war wie ein Pistolenschuß.

»Monsieur Duclos. Der ist ein netter alter Mann, ein bißchen geschwätzig allerdings, aber mitfühlend.«

Ich sah, daß er sich mit Mühe beherrschte. Er kam näher an mich heran. Seine Stimme klang gefährlich ruhig. »Wer sind Sie und was wollen Sie? Sind Sie von der Polizei?«

»Ich habe etwas mit der Polizei zu tun.« Dies schien mir recht geschickt ausgedrückt. »Wie ich heiße, wissen Sie ja. Ich will nichts weiter als eine Auskunft. Was haben Sie mit dieser Kamera gemacht?«

»Und wenn ich Ihnen noch einmal sage, daß ich nicht weiß, wovon Sie reden?«

»Dann sorge ich dafür, daß Sie verhört werden. Außerdem«, ich beobachtete ihn scharf, »werde ich weitergeben, was Sie anscheinend so ängstlich verheimlichen wollen – nämlich daß Sie gar nicht Heinberger heißen.«

»Das weiß die Polizei schon.«

»Ich weiß. Leider muß ich sagen, daß ich von der Intelligenz der Polizei hier am Ort absolut nichts halte. Wissen Sie jetzt, wovon ich rede?«

»Offen gestanden, nein.«

Ich lächelte und wollte an ihm vorbei zur Tür gehen. Er packte mich am Arm und zerrte mich herum.

»Hören Sie zu, Sie Narr!« sagte er grob. »Ich gebe Ihnen mein Wort, daß ich keine Ahnung habe von . . .« Er hielt inne. Er schien plötzlich irgendeinen Entschluß gefaßt zu haben. »Setzen Sie sich hin, Vadassy!« fügte er leise hinzu.

»Aber . . .«

»Setzen Sie sich hin! Dort auf den Stuhl!«

Ich setzte mich.

»Also hören Sie zu! Ich weiß nicht, was mit Ihnen los ist, aber anscheinend haben Sie sich irgendeine Vorstellung über mich in den Kopf gesetzt. Wie die auch aussehen mag, Sie betrachten die Tatsache, daß ich darauf bedacht bin, meine Identität zu verbergen, als eine Art Beweis dafür, daß Ihre Vorstellung zutrifft. Stimmt's?«

»Ungefähr.«

»Na schön. Mit meinen Gründen dafür, daß ich unter dem Namen Heinberger lebe, haben Sie überhaupt nichts zu schaffen. Herr Köche ist darüber orientiert. Die Polizei weiß meinen richtigen Namen. Sie, der Sie keine Ahnung haben, was für Gründe das sind, drohen damit, daß Sie bewußt eine Indiskretion begehen wollen, wenn ich Ihnen nicht irgendeine Information gebe, die ich nicht besitze. Stimmt das auch?«

»Im großen und ganzen. Vorausgesetzt natürlich, daß Sie die Information nicht haben.«

Er überging diese letzte Bemerkung und setzte sich auf die Kante seines Bettes. »Ich weiß nicht, wie Sie dahintergekommen sind. Die Polizei hier hat's Ihnen verraten, vermute ich, und die Pässe da im Schrank. Auf jeden Fall muß ich verhindern, daß es noch weiter bekannt wird. Sie sehen, ich spreche ganz offen mit Ihnen! Ich muß verhindern, daß Sie es weitererzählen. Wenn mir das gelingen soll, gibt es nur eine einzige Möglichkeit: Ich muß Ihnen meine Gründe nennen. Sie sind gar nicht weiter seltsam. Mein Fall steht keineswegs einzig da.«

Er machte eine Pause, um sich seine Pfeife neu anzuzünden. Über den Pfeifenkopf hinweg begegneten seine Augen den meinen. Sie hatten wieder den ironischen Ausdruck angenommen. »Sie machen ein Gesicht, Vadassy, als wollten Sie einfach kein Wort glauben.«

»Das weiß ich auch noch nicht«, erwiderte ich mürrisch.

Er blies das Streichholz aus. »Na, wir werden sehen. Aber an eines müssen Sie denken: ich traue Ihnen. Es bleibt mir allerdings nichts anderes übrig. Ich kann Sie nicht überreden, mir zu trauen.«

In der Pause, die auf den Satz folgte, schien etwas Fragendes zu liegen. Für einen flüchtigen Augenblick wurde ich schwach; aber nur für einen Augenblick.

»Ich traue niemandem«, sagte ich schroff.

Er seufzte. »Na gut, wenn Sie durchaus wollen. Aber es ist eine lange Geschichte. Sie fängt im Jahre 1933 an . . .

Ich war Chefredakteur einer sozialdemokratischen Zeitung in Berlin, des ›Telegrafenblattes‹.« Er zuckte die Achseln. »Sie existiert nicht mehr. Es war keine schlechte Zeitung. Dann kam das Jahr 1933.

Das ›Telegrafenblatt‹ war eine der ersten Zeitungen, die ein Verbot bekamen. Zweimal wurden wir überfallen. Beim zweitenmal wurde der Maschinensaal mit Handgranaten kaputtgemacht. In der Nacht darauf wurde ich in meiner Wohnung verhaftet und ins Untersuchungsgefängnis gesteckt.

Dort haben sie mich drei Monate lang sitzen lassen. Dann wurde ich in ein Konzentrationslager in der Nähe von Hannover gesteckt. In diesem Lager habe ich zwei Jahre zugebracht.«

Seine Pfeife war ausgegangen. Er klopfte mit dem Pfeifenkopf nachdenklich auf seinen Handteller.

»Eines Tages wurde ich ins Zimmer des Kommandanten geführt. Man eröffnete mir, wenn ich unterschriebe, daß ich auf meine deutsche Staatsangehörigkeit verzichte, daß ich Deutschland verlassen und nicht wiederkommen wolle, dann würde ich herausgelassen. Zuerst dachte ich, es wäre nur wieder so ein teuflischer Trick, damit man sich verplapperte. Aber es war kein Trick. Ich unterschrieb. Ich hätte alles unterschrieben, um bloß rauszukommen. Dann mußte ich drei Tage auf meine Ausreisegenehmigung warten. In dieser Zeit wurde ich von den andern Häftlingen ferngehalten. Statt mit ihnen zusammen zu arbeiten, mußte ich Latrinen reinigen. Aber abends kamen wir in denselben Schlafsaal. Und da passierte etwas Eigenartiges.

Es kam sehr häufig vor, daß Häftlinge Alpträume hatten. Manchmal brabbelten sie nur, manchmal brüllten und schrien sie im Schlaf. Sobald einer damit anfing, holten die Wachleute einen Eimer Wasser und gossen's ihm über den Kopf. Viel geschlafen habe ich dort niemals, aber in dieser Nacht schlief ich überhaupt nicht. Ich dachte immerzu daran, daß ich am nächsten Tage rauskommen sollte. Ich hatte ungefähr zwei Stunden im Dunkeln gelegen, da fing ein Mann neben mir an, im Schlaf zu brabbeln. Einer von der Wachmannschaft kam heran und sah nach ihm, aber da hatte das Brabbeln aufgehört. Als der Wachmann weg war, fing's wieder an, aber nun war es ein bißchen lauter, und ich konnte verstehen, was er sagte. Er fragte, ob ich wach sei.

Ich hustete etwas, wälzte mich herum und stöhnte, um ihm zu erkennen zu geben, daß ich wach war. Da fing er wieder an zu brabbeln, und ich hörte ihn sagen, ich sollte eine bestimmte Adresse in Prag aufsuchen. Er konnte sie mir nur einmal nennen, denn der Wachmann war wieder herangekommen und war mißtrauisch. Der Mann wälzte sich plötzlich herum und schlug wild mit den Armen um sich und rief Hilfe. Der Wachmann gab ihm ein paar Tritte, und als der Mann so tat, als wachte er auf, drohte er ihm mit einem Eimer Wasser, wenn er nicht ruhig wäre. Ich hörte nichts mehr aus seiner Richtung. Am nächsten Tage bekam ich meine Ausreisegenehmigung und wurde in einen Zug nach Belgien gesetzt.

Ich lebte ein paar Monate in Paris und arbeitete ein bißchen für Zeitungen, aber die Sprachschwierigkeit machte das so gut wie unmöglich. Ich mußte mir von meinem Geschreibsel ordentliche Übersetzungen machen lassen, und das kostete Geld. Am Ende entschloß ich mich, nach Prag zu gehen. Zunächst hatte ich gar nicht die Absicht, die Adresse aufzusuchen, die mir der Mann genannt hatte. Ich hatte eigentlich beinahe darauf vergessen. Aber von einem andern Deutschen, den ich in Paris kennenlernte, hörte ich dann etwas, das mich zu dem Entschluß brachte, der Sache nachzugehen. Es stellte sich heraus, daß dort die Zentrale der Untergrund-Propagandaorganisation der deutschen Kommunisten war.«

Er hatte zum Fenster hinausgesehen. Jetzt wandte er sich mir zu.

»Nach einiger Zeit fing ich an, für die Partei zu arbeiten. Die Haupttätigkeit bestand darin, Nachrichten nach Deutschland zu lancieren, wirkliche Nachrichten. Wir stellten eine Zeitung her – der Titel spielt keine Rolle. Sie wurde in kleinen Posten über die Grenze geschmuggelt. Sie war auf ganz dünnem Chinapapier gedruckt, und jedes Exemplar war zu einem dünnen Bündelchen zusammengefaltet, das man in der hohlen Hand unterbringen konnte. Zum Schmuggeln wurden viele verschiedene Methoden angewendet. Manche waren höchst raffiniert. Die Exemplare wurden sogar in kleinen Fettpapiertüten verpackt und in die Achsbuchsen der Züge von Prag nach Berlin gesteckt. In Berlin wurden sie von einem Wagenführer herausgenommen, aber den erwischte nach einiger Zeit die Gestapo, und wir mußten uns etwas Neues ausdenken. Da kam der Vorschlag auf, einer von uns sollte versuchen, einen tschechischen Paß zu bekommen, sich als Handelsreisender ausgeben und die Zeitungen im Musterkoffer mitnehmen. Ich meldete mich dafür, und nach einigen Mühen schafften wir es.

Ich bin in dem Jahr damals über dreißigmal nach Deutschland hineingefahren. Es war nicht besonders riskant. Es gab nur zwei Gefahren. Die eine war die Möglichkeit, daß mich jemand erkannte und anzeigte. Die andere war, daß der Mann, der die Zeitungen von mir in Empfang nahm und an die Vertriebsorganisation weiterleitete, in Verdacht geriet. Er geriet auch tatsächlich in Verdacht. Sie verhafteten ihn nicht gleich, sondern beobachteten ihn. Wir trafen uns immer im Warteraum eines Vorortbahnhofs und stiegen zusammen in einen Zug. Wenn ich dann ausstieg, ließ ich das Zeitungspaket im Gepäcknetz liegen, und er nahm es mit. Dann eines Tages, als der Zug gerade aus dem Bahnhof gefahren war, hielt er an, und ein Trupp SS-Leute kam von den Gleisen herein. Wir wußten nicht genau, ob sie's auf uns abgesehen hatten oder nicht, und gingen also in verschiedene Abteile und verhielten uns still. Ich hörte, wie sie ihn verhafteten, und wartete, daß ich an die Reihe käme. Aber sie sahen sich nur meinen Paß an und gingen weiter durch den Zug.

Erst am nächsten Tage, als ich schon beinahe wieder in Prag war, entdeckte ich, daß mir jemand nachreiste. Zum Glück war ich so schlau, nicht in die Parteizentrale zu gehen. Das heißt – zum Glück für meine Freunde, nicht so sehr zu meinem Glück. Als sie merkten, daß ich ihnen nicht den Weg zu den Leuten zeigte, die sie suchten, sagten sie sich, es wäre das beste, mich wieder nach Deutschland zu bringen und in ihr Arsenal von Druckmitteln zu greifen, um etwas aus mir herauszubekommen. Unsere Zeitung war ihnen nämlich mittlerweile ein Dorn im Auge, und wenn sie an die Leute herankommen wollten, die dahintersteckten, war ich der einzige wirkliche Kontaktpunkt, den sie hatten. Der deutsche Zweig der Organisation hatte ausschließlich mit dem Vertrieb zu tun. Aber sie hatten es auf die leitenden Köpfe abgesehen. Ich mußte weg. Und zwar raus aus der Tschechoslowakei, denn sie hatten der tschechischen Polizei mitgeteilt, ich sei in Wirklichkeit ein deutscher Verbrecher, der wegen Diebstahls gesucht werde, und den Paß auf den Namen Paul Czissar hätte ich mir mit Hilfe falscher Angaben verschafft.

In der Schweiz machten sie den Versuch, mich zu entführen. Ich hielt mich am Bodensee auf und wurde mit zwei Männern bekannt, die sagten, sie brächten als Sportfischer dort ihren Urlaub zu. Eines Tages forderten sie mich auf, mit ihnen raus auf den See zu fahren. Ich hatte Langeweile, und da sagte ich, ich würde mitkommen. Gerade noch rechtzeitig erfuhr ich ganz durch Zufall, daß sie nicht Schweizer waren, sondern Deutsche, und daß sie das Boot auf der deutschen Seite des Sees gemietet hatten. Daraufhin bin ich nach Zürich gegangen. Ich wußte, daß sie mir auf der Spur bleiben würden, aber so weit von der Grenze entfernt konnten sie einen nicht entführen. Aber ich blieb nicht lange dort. Eines Morgens bekam ich einen Brief aus Prag mit der Warnung, die Gestapo sei irgendwie dahintergekommen, daß ich Schimler heiße. Sie hatten natürlich schon gewußt, das Paul Czissar kein Tscheche war, sondern ein deutscher Marxist; aber da sie nun meinen richtigen Namen wußten, brauchten sie mich nicht erst zu entführen, um mich nach Deutschland zurückzubekommen.

Seitdem bin ich ständig auf der Flucht. Zweimal sind sie mir dicht auf den Fersen gewesen. In der Schweiz wimmelt es von Gestapo-Agenten. Ich beschloß, es in Frankreich zu versuchen. Die Leute in Prag haben mich zu Köche geschickt. Er gehört zu ihnen.

Er hat sich als großartiger Freund gezeigt. Ich bin ohne einen Pfennig Geld hier angekommen, und er hat mir etwas anzuziehen gegeben und mich seitdem umsonst hier wohnen und essen lassen. Aber nun kann ich nicht mehr weiterfliehen. Ich habe kein Geld, und Köche kann mir keins geben, denn er hat selber keins. Das Hotel gehört seiner Frau. Es ist mir gelungen, mein Aussehen einigermaßen zu verändern, aber ich glaube, ich bin erkannt. Ich glaube, ich habe den Agenten, den sie ausgeschickt haben, auch entdeckt. Aber er handelt nicht eher, als bis er seiner Sache sicher ist. Meine einzige Chance ist, ihn zu bluffen. Vorhin haben Sie mich aus der Fassung gebracht. Einen Augenblick dachte ich, ich hätte mich getäuscht. Köche hatte Sie für einen kleinen Gauner gehalten.« Er zuckte die Achseln. »Ich weiß nicht, was Sie sind, Vadassy, aber was ich Ihnen erzählt habe, ist die Wahrheit, So, was tun sie jetzt?«

Ich sah ihn an. »Offen gestanden, ich weiß es nicht«, sagte ich. »Ich hätte Ihnen diese Geschichte vielleicht geglaubt – nur eins hat mich stutzig gemacht: Sie haben nicht erklärt, wieso es Ihre Lage so verschlimmert hat, daß sie festgestellt haben, wie Sie in Wirklichkeit heißen. Wenn sie Sie nicht zur Rückkehr zwingen konnten, als Sie ihnen unter dem Namen Czissar bekannt waren, wieso sollen sie's dann können, nachdem sie Ihren richtigen Namen rausbekommen haben?«

Seine Augen ruhten auf den meinen; ich sah, wie seine Mundwinkel zuckten. Es war die einzige Spur von Gefühlsregung, die er sich hatte anmerken lassen. Als er antwortete, war seine Stimme ruhig und tonlos.

»Das ist sehr einfach«, sagte er. »Meine Frau und mein Kind sind noch in Deutschland.«

»Sehen Sie«, sprach er nach einer Pause weiter, »als ich aus Deutschland ausgewiesen wurde, haben sie mir nicht erlaubt, meine Familie zu sehen. Ich hatte sie seit zwei Jahren nicht gesehen. Ehe ich ins Lager geschickt wurde, hatte ich gehört, daß meine Frau mit dem Jungen ins Haus ihres Vaters außerhalb von Berlin gezogen sei. Ich schrieb ihr aus Belgien und aus Paris, und wir machten aus, sobald ich in Frankreich oder England Fuß gefaßt hätte, sollten sie nachkommen. Aber ich sah bald, daß ich mich in Paris selber nur mit knapper Not durchschlagen konnte. In London wäre es genauso gewesen. Ich war ja nur einer von vielen deutschen Flüchtlingen. In Prag lernte ich einen Mann kennen, der mir erzählte, die Kommunisten hätten Mittel und Wege, daß man unentdeckt nach Deutschland kommen könne und wieder heraus. Ich sehnte mich verzweifelt, meine Frau zu sehen, mit ihr zu sprechen, den Jungen zu sehen. Dieser Sehnsucht wegen habe ich die Adresse aufgesucht, die ich im Lager gehört hatte. Die Geschichte, daß man nach Deutschland kommen könne und wieder heraus, war natürlich Unsinn; das merkte ich bald. Aber als eine Gelegenheit kam, ergriff ich sie. Auf meinen Reisen mit dem tschechischen Paß habe ich mich dreimal heimlich mit meiner Frau getroffen.

Sie hat mich beschworen, ich sollte sie und das Kind mit nach Prag nehmen; aber das wollte ich nicht. Ich lebte von so gut wie nichts, und solange sie bequem bei ihrem Vater wohnen und der Junge in die Schule gehen konnte, hielt ich's für das beste, daß sie es so machten.

Als der erste Schlag fiel, war ich froh, daß ich so vernünftig gewesen war. Sollte doch die Gestapo mich zurückholen, wenn sie konnte! Gehabt hätte sie allerdings nichts davon. Die Partei wußte, daß einer, wenn er auch noch so treu ergeben war, am Ende vielleicht durch Folter zum Reden gebracht werden konnte, und als mir jemand nach Prag nachgereist war, wurde die Zentrale verlegt. Ich weiß nicht, wo sie jetzt ist. Ihre Adresse ist Prag, postlagernd. Aber die Gestapo ist sehr gründlich. Sie wollte mich zurückhaben. Und ich habe sie unterschätzt. Es war mir zu gefährlich, meinen tschechischen Paß zu benützen, und da habe ich auf den alten deutschen Paß zurückgegriffen, den meine Frau sicher versteckt und mir mitgebracht hatte, als wir uns trafen. Dadurch, daß ich ihn benützt habe, sind sie mir vermutlich auf die Spur gekommen.

Als ich das hörte, bekam ich's mit der Angst. Sie hatten ja meine Frau und meinen Sohn als Geiseln. Ich hätte zurückkommen oder aber in dem Bewußtsein leben müssen, daß meine Frau statt meiner eingesperrt worden sei. Ich überlegte es mir. Bis die Gestapo ihr Ultimatum stellte, passierte meiner Frau wahrscheinlich nichts – nur daß man sie wohl überwachte, aber doch nichts Ernstes. Es blieb mir nur eins übrig: mich zu verstecken, bis ich Nachricht von ihr bekommen könnte. Wenn bei ihr alles in Ordnung war und sie noch bei ihrem Vater lebte, wollte ich mich weiter versteckt halten, bis die Gestapo es vielleicht satt bekommen hätte, nach mir zu suchen, und ich mir einen andern Paß besorgen könnte, mit dem ich sie rausholen könnte.«

Er starrte auf die alte Pfeife in seiner Hand. »Ich warte jetzt seit über vier Monaten, und ich habe noch nichts gehört. Ich selber kann nicht schreiben – aus Furcht vor der deutschen Zensur. Köche hat eine Ausweichadresse in Toulon, und er hat versucht, Briefe durchzubekommen. Aber bis jetzt ist keine Antwort da. Ich kann nichts weiter tun als warten. Wenn sie mich hier finden, kann ich nichts machen. Wenn ich nicht in allernächster Zeit von ihr höre, muß ich auf jeden Fall zurück. Es bleibt mir nichts weiter übrig.«

Einen Augenblick lang herrschte Stille. Dann blickte er zu mir auf und lächelte schwach. »Ich kann Ihnen trauen, Vadassy?«

»Selbstverständlich.« Ich wollte mehr sagen, doch ich konnte nicht.

Er nickte zum Dank. Ich stand auf und ging zur Tür.

»Und was ist mit Ihrem Spion, mein Freund?« fragte er leise über die Schulter.

Ich zögerte. Dann sagte ich: »Ich werde woanders nach ihm suchen, Herr Heinberger.«

Als ich die Tür hinter mir zuzog, sah ich, wie er langsam die Hände vors Gesicht hob. Ich ging schnell.

Währenddessen hörte ich ganz in der Nähe eine andere Tür zugehen. Ich achtete nicht weiter darauf. Ich hatte keinen Grund, mich davor zu fürchten, daß man mich aus Heinbergers Zimmer herauskommen sähe.

Als ich wieder in meinem eigenen Zimmer war, holte ich Beghins Verzeichnis hervor und betrachtete es einen Augenblick. Dann strich ich drei Namen aus – Albert Köche, Suzanne Köche und Emil Schimler.

14

Angriffstaktik

Am 18. August, nachmittags um halb 5, setzte ich mich mit einem Hotelbriefbogen hin, um eine Denksportaufgabe zu lösen.

Ein Nervenarzt hätte meinen Geisteszustand mit Besorgnis betrachtet. Er hätte durchaus Anlaß dazu gehabt. Ich war in einer Stimmung, in der mir der Verdacht kommen konnte, 2 und 2 hätten sich heimtückisch verschworen, zusammen 5 zu machen. Ich glaube, ich war ein wenig verrückt.

Lange starrte ich auf das weiße Papier. Dann hielt ich es empor, um das Wasserzeichen zu lesen. Endlich schrieb ich darauf ganz langsam und deutlich den Satz:

»Wenn 1 Mann 3 Tage braucht, um über 3 Spionageverdächtige Klarheit zu bekommen, wie lange brauchte dann der gleiche Mann bei gleichbleibenden Bedingungen, um über 9 weitere Spionageverdächtige Klarheit zu bekommen?«

Ich dachte eine Weile darüber nach. Dann schrieb ich darunter: »Lösung: 9 Tage«, und unterstrich das Resultat.

Darauf zeichnete ich einen Galgen, an dem eine Leiche hing. An die Leiche schrieb ich »SPION«. Dann malte ich noch einen dicken Bauch daran, zeichnete große Schweißperlen ein und änderte die Aufschrift zu »BEGHIN«. Zum Schluß radierte ich den Bauch wieder aus, setzte einen großen Haarschopf und Ringe unter den Augen ein und taufte die Figur in »VADASSY« um. Ich machte einen zögernden Versuch, den Henker dazuzumalen.

Neun Tage! Und ich hatte keine neun Stunden Zeit. Das heißt, sofern Köche mir nicht doch noch dazubleiben gestattete. Schimler war ja sein Freund, und wenn Schimler ihm sagte, ich sei gar kein Gauner ... Ja, aber glaubte denn Schimler, daß ich kein Gauner war? Vielleicht war es besser, noch einmal zu ihm ins Zimmer zu gehen und es ihm zu sagen. Aber was konnte das schon nützen? Ich hatte so gut wie kein Geld mehr. Selbst wenn mir gestattet wurde, noch länger im Hotel Réserve zu bleiben, konnte ich es mir gar nicht leisten. Das war eine weitere Konsequenz, die Beghin nicht einkalkuliert hatte.

Beghin! Die Unfähigkeit und Dummheit dieses Menschen war geradezu kolossal. Ein Hanswurst war er, ein Schwachkopf. Ich erging mich innerlich in einer Tirade gegen ihn. Wie sich später herausstellte, war meine Einstellung zu Beghins Behandlung des Falles einer der vielen Fehler, die ich im Hotel Réserve machte; doch sie war, glaube ich, am ehesten verzeihlich. Woher hätte ich wissen sollen, welche Absicht er verfolgte? An diesem Nachmittag, als ich so in meinem Zimmer saß, erschien er mir als ein Halbidiot, der nicht denken konnte. Beinahe jeder, der so viel – oder so wenig – wußte wie ich, wäre wohl zu dem gleichen Resultat gekommen.

Als ich das Blatt Papier, auf dem ich herumgekritzelt hatte, vernichtet und mir ein neues vorgenommen hatte, war es fünf Uhr geworden. Ich sah zum Fenster hinaus. Die Sonne war herumgewandert, so daß das Meer nun aussah wie ein schimmerndes Becken flüssigen Metalls. Die Hänge jenseits der Bucht waren oberhalb ihres Saumes aus Bäumen in rötliche Glut getaucht. Über den Strand schob sich ein Schatten vor.

Es wäre schön, dachte ich, jetzt in Paris zu sein. Die Nachmittagshitze der Großstadt wäre vorüber. Es wäre schön, im Luxembourg unter den Bäumen zu sitzen, den Bäumen in der Nähe des Marionettentheaters. Dort war es jetzt sicherlich ruhig. Nur ein paar Studenten saßen wohl da und lasen. Man konnte dort auf das Rascheln der Blätter hören, ohne etwas von den Qualen der ringenden Menschheit zu merken, der Zivilisation, die ihrer eigenen Zerstörung entgegeneilte. Dort, weit weg von dieser metallischen See und dieser blutroten Erde, konnte man leidenschaftslos über die Tragödie des 20. Jahrhunderts nachsinnen, nur mit einem Gefühl des Mitleids für die Menschheit, die gegen den Urschlamm ankämpfte, der aus ihrem eigenen Unterbewußtsein emporquoll.

Doch ich war in St. Gatien, nicht in Paris, im Hotel Réserve, nicht im Jardin de Luxembourg, und ich war Schauspieler, nicht Zuschauer. Mehr noch: wenn ich nicht sehr geschickt war oder viel Glück hatte, sollte ich bald nur noch ein »Geräusch hinter der Kulisse« sein.

Ich kam zur Sache zurück. Die Geschwister Skelton, die Ehepaare Vogel und Clandon-Hartley, das Pärchen Roux und Martin, der alte Duclos – mißmutig machte ich mich über die Liste her.

Ja, die Geschwister Skelton – was wußte ich von ihnen? Nichts weiter, als daß ihre Eltern in der folgenden Woche mit der »Conte di Savoia« ankommen sollten. Dies – und dann noch, daß es ihre erste Auslandsreise war. Die beiden konnte man natürlich gleich ausscheiden. Da hielt ich inne. Wieso »natürlich«? Sollte das eine ruhige, leidenschaftslose Prüfung aller vorhandenen Fakten sein? Nein, das war es nicht. Ich wußte von den Geschwistern nichts weiter, als was sie mir erzählt hatten. Übrigens – vielleicht hatte ich auch Schimler und Köche ein bißchen zu schnell ausgeschieden. Aber schließlich war ja das, was er gesagt hatte, durch seine Pässe und durch sein Gespräch mit Köche bestätigt, das ich mit angehört hatte. Für die beiden Amerikaner jedoch lag nichts zur Bestätigung ihrer Angaben vor. Sie mußten unter die Lupe genommen werden.

Vogels – wie stand es mit denen? Die Versuchung lag nahe, auch sie auszuschalten. Kein richtiger Spion konnte so grotesk unspionenhaft aussehen wie Vogel. Aber auch sie mußten diskret ausgehorcht werden.

Roux und Martin? Abgesehen davon, daß Roux ein ziemlich übles Französisch sprach und das Mädchen sich gar zu zärtlich aufführte, lag kein Grund vor, sie besonders ins Auge zu fassen. Trotzdem – unter die Lupe!

Das Ehepaar Clandon-Hartley sah schon interessanter aus.

Ich wußte eine ganze Menge von den beiden. Natürlich war alles unbestätigt, aber interessant war es. Und da war vor allem ein vielsagender Umstand: der Major war knapp bei Kasse. Er hatte zwei Versuche gemacht, sich Geld zu borgen. Überdies hatte er, wie ich von Duclos gehört hatte, Geld erwartet, das nicht eingetroffen war. Honorar für die Photos? Das war durchaus möglich. Der Major, so hatte Duclos behauptet, war in verzweifelter Lage. Nun, auch das war möglich. Und Mrs. Clandon-Hartley war Italienerin. All das paßte sehr schön zusammen.

Der alte Duclos war jedoch gewiß kein zuverlässiger Zeuge. Er besaß, wie ich nur zu gut erfahren hatte, eine äußerst fruchtbare Phantasie. Er selber konnte kaum als spionageverdächtig eingestuft werden. Er sah zu wenig danach aus. Aber andererseits sahen sie allesamt nicht danach aus. Was wußte ich von Duclos? Lediglich, daß er ein kleiner Fabrikbesitzer war oder jedenfalls vorgab, es zu sein, und daß er einen Hang zum Schwatzen und zum Mogeln bei Gesellschaftsspielen hatte. Was hatte ich davon? Nichts.

Und dann machte ich – so jedenfalls schien es mir – eine große Entdeckung. Jeder, der nicht ein hoffnungsloser Trottel war, hätte sie schon längst gemacht gehabt. Ich sagte mir, es sei zwecklos, das normale Verhalten dieser Leute zu studieren – nichts war ja leichter, als mit einer Maske herumzulaufen, wenn jedermann die Maske als echt akzeptierte. Man mußte von der Annahme ausgehen, jeder einzelne sei ein Lügner, und sie alle zwingen, die Maske fallen zu lassen. Ich wollte nicht mehr freundlich mit ihnen verkehren. Ich wollte mich streiten. Ich wollte das Bild, das jeder von sich selber zeigte, nicht mehr arglos gelten lassen, sondern es kritisch durchleuchten. Wenn man ins Theater geht, nimmt man nicht an, daß John Brown, weil er laut Programm die Rolle des Caliban spielt, sich auch im Privatleben stets wie Caliban benimmt. Ich hatte mich bisher um das wahre Problem herumgedrückt. Es war Zeit, daß ich zu einer Angriffstaktik überging.

Ich dachte kurz darüber nach. Wie sollte ich nun vorgehen? Wie sollte eine Angriffstaktik unter den gegebenen Umständen praktisch aussehen? Sollte ich auf dem Hotelgelände herumstreunen wie ein hungriger Bullenbeißer und böse nach jedem schnappen, der mir über den Weg liefe? Offensichtlich unsinnig! Nein, ich mußte Fragen stellen, neugierig bohren und dann, wenn die Grenze des landläufigen Taktes erreicht wäre, darüber hinausgehen. Ich mußte freundlich, aber unerbittlich über die Empfindlichkeiten der Leute hinwegstolpern, bis sie sich verrieten. Dann, so nahm ich mir vor, wollte ich wie ein Falke auf den armen Schuldigen hinabstoßen.

Im Rückblick kann ich heute nur den Kopf schütteln über meine Dummheit; ich stellte mich jämmerlich ungeschickt an. Vielleicht war es mein Glück, daß ich keine Gelegenheit hatte, meine Taktik bis zu ihrem logischen Schlusse auszuführen. Es hätte häßliche Szenen im Hotel Réserve gegeben, wenn ich das getan hätte. Tatsächlich kam es nur zu einer einzigen wirklich häßlichen Szene, und wenn ich auch die Hauptrolle darin spielte, so hatte sie doch nichts mit irgendeiner Taktik meinerseits zu tun. Aber dazu kam es erst viel später am Abend dieses Tages.

Es war 25 Minuten nach 5, als ich die neun Namen auf mein Blatt Papier schrieb, die Augen schloß, meinen Bleistift im Kreise herumschwenkte und – zustach. Dann machte ich die Augen auf und sah, daß Vogels meine ersten Opfer sein sollten. Ich kämmte mir die Haare und ging hinunter, um sie zu suchen.

Sie waren, wie gewöhnlich, am Strande, zusammen mit Duclos, den Geschwistern Skelton und dem französischen Pärchen. Als ich erschien, sprang Duclos von seinem Liegestuhl auf und kam mir entgegengelaufen. Zu spät fiel mir ein, daß ich versäumt hatte, mir eine plausible Erklärung für das Wiederauftauchen meiner »gestohlenen« Besitztümer zurechtzulegen.

Beinahe hätte ich kehrtgemacht und wäre davongelaufen. Aber während ich noch zögerte, sah ich, daß es zur Flucht zu spät war. Duclos steuerte auf mich zu. Ich versuchte, mit freundlichem Nicken an ihm vorbeizugehen, doch er führte ein rasches Manöver aus, und auf einmal ging ich Seite an Seite mit ihm auf die andern zu.

»Wir haben gedacht, wir würden schon längst was gehört haben«, sagte er atemlos. »Die Polizei ist geholt worden?«

Ich schüttelte den Kopf. »Nein. Glücklicherweise ist das nicht nötig gewesen.«

»Die Wertsachen sind gefunden worden?«

»Ja.«

Er lief voraus, um die Kunde zu verbreiten. »Der Dieb«, hörte ich ihn sagen, »ist gefunden. Die vermißten Wertsachen sind wieder da.«

Als ich herankam, scharten sie sich mit aufgeregten Fragen um mich.

»Ist es jemand vom Hotelpersonal gewesen?«

»Gewiß der englische Major . . .«

»Der Gärtner?«

»Der Ober?«

»Bitte!« Ich hob abwehrend die Hand. »Von einem Schuldigen ist nicht die Rede. Die Wertsachen waren überhaupt nicht gestohlen.«

Alle rissen den Mund auf.

»Das Ganze ist ein Versehen gewesen«, sagte ich mit unsicherer Munterkeit, »ein recht dummes Versehen. Anscheinend«, – ich stöberte in Gedanken krampfhaft nach einem Ausweg aus der Schwierigkeit – »anscheinend ist die Schachtel beim Reinigen des Zimmers so weit unters Bett geschoben worden, daß man sie nicht sehen konnte.« Es klang unsäglich schwach.

Roux drängte sich zwischen den beiden Vogels durch. »Wie kommt es dann«, fragte er triumphierend, »daß die Schlösser an dem Koffer aufgebrochen waren?«

»Ach ja!« sagte Vogel.

»Ja, wahrhaftig!« echote seine Frau.

»Was sagt er?« fragte Skelton.

Um Zeit zu gewinnen übersetzte ich. »Ich weiß nicht, was er damit meint«, fügte ich hinzu.

Er machte ein verwundertes Gesicht. »Wieso – sind die Schlösser an Ihrem Koffer denn nicht aufgebrochen gewesen? Ich dachte, das hätten Sie gesagt.«

Ich schüttelte langsam den Kopf. Ich hatte einen Einfall.

Roux hatte diesem Gespräch mit ungeduldiger Verwunderung zugehört. Ich wandte mich an ihn.

»Ich habe gerade erklärt, Monsieur, daß Sie sich im Irrtum befunden haben. Ich weiß nicht, woher Sie Ihre Informationen haben, aber es ist jedenfalls nicht die Rede davon gewesen, daß die Schlösser an meinem Koffer aufgebrochen worden wären. Ich habe allerdings mit Monsieur Duclos hier vertraulich über die Sache gesprochen, aber von Schlössern hat dabei niemand etwas gesagt. Wenn jemand, der über die Tatsachen nicht im Bilde war«, fuhr ich in ernstem Ton fort, »falsche Gerüchte in Umlauf gesetzt hat, ist eine sehr bedauerliche Situation geschaffen worden. Hatten Sie den Eindruck bekommen, Herr Vogel, die Schlösser wären aufgebrochen worden?«

Vogel schüttelte hastig den Kopf.

»Nein, wahrhaftig nicht!« bekräftigte Frau Vogel.

»Monsieur Roux«, sprach ich gewichtig weiter, »anscheinend haben Sie . . .«

Doch er fiel mir ins Wort. »Was soll denn der Unsinn?« fragte er gereizt. »Der Alte hier«, – er deutete auf Duclos – »der hat's uns allen erzählt.«

Alle Augen wandten sich Duclos zu. Er richtete sich auf. »Meine Herrschaften«, sagte er fest, »ich bin ein Geschäftsmann mit langer Erfahrung. Es ist nicht meine Art, vertrauliche Mitteilungen auszuplaudern.«

Roux lachte laut und unangenehm. »Streiten Sie etwa ab, Alter, daß Sie Herrn Vogel und mir von dem Diebstahl erzählt haben und daß Sie behauptet haben, die Schlösser wären aufgebrochen worden?«

»Vertraulich, Monsieur, vertraulich!«

»Pah!« sagte Roux ärgerlich. Er wandte sich an Odette Martin: »Vertraulich! Du hast's doch auch gehört, *ma petite?*«

»*Oui, chéri.*«

»Er gibt's zu. Natürlich nur vertraulich!« Er lachte höhnisch. »Aber er hat zugegeben, daß er das mit den Schlössern erfunden hat.«

Duclos kochte. »Das ist unfair, Monsieur!«

Roux lachte und steckte höchst ungehörig die Zunge heraus. Duclos begann mir leid zu tun. Schließlich hatte ich ihm ja tatsächlich gesagt, die Schlösser seien aufgebrochen worden. Vielleicht sollte ich die Wogen glätten.

Aber er raffte sich schon selber zur Verteidigung auf. Er schob seinen Bart grimmig vor. »Wenn ich ein junger Mann wäre, Monsieur, würden Sie meine Faust zu spüren bekommen.«

»Wollen wir nicht lieber ruhig drüber reden?« mischte sich Vogel besorgt ein. Er zog seine Hosenträger noch einen Zentimeter höher und legte Roux die Hand auf die Schulter.

Sie wurde heftig abgeschüttelt. »Es hat keinen Zweck«, erklärte Roux laut, »überhaupt mit diesem alten Idioten zu reden.«

Duclos holte tief Luft. »Monsieur«, sagte er entschlossen, »Sie lügen! Sie selber haben Monsieur Vadassys Wertsachen gestohlen. Woher wüßten Sie denn sonst, daß die Schlösser an dem Koffer aufgebrochen worden sind? Ich, Duclos, stelle Sie bloß! Sie Dieb und Lügner!«

Einen Augenblick lang herrschte Totenstille. Dann warfen sich Skelton und Vogel gleichzeitig auf den wütenden Roux, der auf seinen Ankläger zusprang, und packten seine Arme.

»Laßt mich los!« schrie Roux wild. »Ich will ihn erwürgen.«

Da Vogel und Skelton gerade dies befürchtet hatten, ließen sie nicht locker.

Duclos strich sich ruhig den Bart und betrachtete interessiert den zerrenden und zappelnden Roux. »Dieb und Lügner!« wiederholte er, als hätten wir es beim erstenmal nicht gehört.

Roux brüllte und versuchte ihn anzuspucken.

»Ich glaube, Monsieur Duclos«, sagte ich bestimmt, »es ist besser, Sie gehen nach oben.«

»Monsieur«, erklärte er theatralisch, »ich verlasse den Strand erst, wenn Roux sich entschuldigt hat.«

Ich wollte gerade darauf hinweisen, daß auf eine Entschuldigung allenfalls Roux Anspruch gehabt habe – da zog Odette Martin, die im Hintergrund hysterische Anfälle gehabt hatte, die Aufmerksamkeit auf sich, indem sie die Arme um den Hals ihres Geliebten schlang und ihn ermunterte, Duclos umzubringen. Tränenüberströmt wurde sie von Frau Vogel und Mary Skelton weggezerrt.

Unterdessen aber hatte Roux die Sprache wiedergefunden und warf mit Beleidigungen gegen alle Anwesenden um sich: »Ihr Affen!«

Duclos konnte seine Ruhe nicht bewahren. Er sprang in die Bresche. »Sie impotenter Ziegenbock!« gab er hitzig zurück.

Odette Martin zeterte. Roux, wild empört, konzentrierte seine Aufmerksamkeit von neuem auf seinen Feind. »Sie räudiges Kamel!« brüllte er.

»Sie schwachsinnige Mißgeburt!« donnerte Duclos.

Roux leckte sich die Lippen und schluckte schwer. Einen Augenblick dachte ich, er sei geschlagen. Dann sah ich, daß er sich zum Gnadenstoß sammelte. Seine Lippen bewegten sich. Er holte tief Luft. Einen Sekundenbruchteil lang war es still. Dann schleuderte er Duclos mit aller Kraft, die seine Lungen hergaben, das Wort ins Gesicht:

»*Communiste!*«

Nahezu jedes Wort, das eine politische oder religiöse Anschauung bezeichnet, kann bei passenden Umständen zu einer tödlichen Beleidigung werden. In einer Versammlung mohammedanischer Würdenträger läßt sich zweifellos das Wort »Christ« mit verheerender Wirkung verwenden. So ähnlich war es hier.

Im ersten Augenblick war kein Laut zu hören. Dann kicherte

jemand. Ich glaube, es war Mary Skelton. Das reichte aus. Wir fingen an zu lachen. Duclos blickte verdutzt um sich und brachte es dann fertig, glaubhaft einzufallen. Nur Roux und Odette Martin lachten nicht. Einen Augenblick lang funkelte er uns wild an; dann riß er sich von Vogel und Skelton los und stelzte quer über den Strand auf die Treppe zu.

»Na«, sagte Skelton, »ich weiß ja nicht, worum es gegangen ist, aber man kann allerhand erleben im Hotel Réserve.«

Duclos plusterte sich wieder auf – ein Odysseus nach dem Fall von Troja. Er schüttelte allen die Hände. »Eine gefährliche Type ist das!« meinte er mit großer Geste.

»Eine Art Gaanksteer!« sagte Vogel.

»Ja, wahrhaftig!« bekräftigte seine Frau.

Zu meiner Erleichterung schienen sie den Ausgangspunkt des Streites vergessen zu haben. Aber das galt nicht für die Geschwister Skelton.

»Ich bin zum größten Teil mitgekommen«, sagte das Mädchen. »Der alte Franzose hat recht gehabt, nicht wahr? Sie hatten doch wirklich gesagt, die Schlösser wären aufgebrochen worden, nicht?« Sie sah mich neugierig an.

Ich spürte, daß ich rot wurde. »Nein. Das müssen Sie falsch verstanden haben.«

»Mit anderen Worten«, sagte Skelton langsam, »es ist also doch einer von den Gästen gewesen?«

»Ich verstehe nicht, was Sie meinen.«

»Okay, Mr. Vadassy, kapiert!« Er grinste. »Der Kram ist wieder da, und damit Schwamm drüber. Na schön, basta!«

»Du kannst nur für dich sprechen, Warren. Unter Freunden, Mr. Vadassy – ist es nun jemand vom Hotelpersonal gewesen oder nicht?«

Ich schüttelte verlegen den Kopf. Die Situation war schwierig.

»Soll das etwa heißen, es ist doch einer von den Gästen gewesen?«

»Es ist überhaupt niemand gewesen.«

»Wieder mal naseweis, Mary Skelton? Na na!«

»Ach Warren, sei doch still! Mr. Vadassy, was Sie sagen, klingt sehr fadenscheinig.«

Das glaubte ich ohne weiteres. Zum Glück verkündete Duclos gerade in diesem Augenblick mit durchdringender Stimme, er wolle sich offiziell beim Geschäftsführer beschweren.

Ich machte mich mit einer Entschuldigung von den Geschwistern los und zog ihn beiseite.

»Ich wäre sehr dankbar, wenn Sie von der Geschichte nicht weiter reden wollten, Monsieur. Die ganze Angelegenheit ist äußerst unangenehm gewesen, und in gewissem Sinne bin ich daran schuld. Mir liegt daran, daß sie in Vergessenheit gerät. Ich würde es als eine persönliche Gefälligkeit mir gegenüber betrachten, wenn Sie diesen bedauerlichen Vorfall auf sich beruhen lassen wollten.«

Er strich sich den Bart und warf mir über den oberen Rand seines Kneifers hinweg einen raschen Blick zu. »Der Mann hat mich beleidigt, Monsieur! Noch dazu in aller Öffentlichkeit!«

»Schon richtig. Aber wir haben doch alle gesehen, wie Sie den Kerl abgefertigt haben. Er hat sehr schlecht dabei abgeschnitten. Ich habe jedenfalls das Gefühl, Sie würden sich etwas vergeben, wenn Sie den Fall in die Länge zögen. Es ist das beste, von solchen Typen gar keine Notiz zu nehmen.«

Er dachte über mein Argument nach. »Vielleicht haben Sie recht. Aber er hat kein Recht gehabt, zu sagen, die Schlösser wären aufgebrochen gewesen, wo ich ihm doch ganz deutlich gesagt habe, von Gewalt könnte keine Rede sein.« Er sah mir in die Augen, ohne mit den Wimpern zu zucken.

Solcher verblüffenden geistigen Beweglichkeit mußte man sich einfach beugen. »Sein Verhalten zeigt«, stimmte ich zu, »daß er sich über sein Unrecht durchaus im klaren gewesen ist.«

»Das ist wahr. Gut, Monsieur, auf Ihren Wunsch will ich die Sache nicht weiter verfolgen. Ich akzeptiere Ihre Versicherung, daß meine Ehre nicht verletzt ist.«

Wir verbeugten uns.

Er wandte sich den andern zu. »Auf Wunsch dieses Herrn«, verkündete er effektvoll, »habe ich mich bereit erklärt, die Sache nicht weiter zu verfolgen. Sie ist erledigt.«

»Ein kluger Entschluß«, sagte Vogel ernst und zwinkerte mir zu.

»Ja, wahrhaftig!«

»Dieser Roux muß sich aber in acht nehmen«, setzte Duclos in düsterem Tone hinzu. »Weitere Beleidigungen von ihm lasse ich mir nicht gefallen. Eine schmierige, nichtswürdige Type. Es ist Ihnen klar, daß er mit Mademoiselle nicht verheiratet ist. Das arme Kind! Daß so ein Bursche sie vom Pfad der Tugend locken muß!«

Mir ging durch den Kopf, daß es wahrscheinlich nur sehr geringen Lockens bedurft hatte.

Doch Frau Vogel schloß sich dem Gedanken mit erstaunlichem Eifer an. »Eine Frau«, stellte sie fest, »gehört zu ihrem Mann und ihren Kindern. Ich habe mit diesem armen Mädchen gesprochen. Sie hat keins von beiden. Ein Jammer. Man muß hoffen, daß Monsieur Roux sie heiratet.«

»Ja, ja.« Vogel zog seine Hosen hoch, streichelte ihr tolerant die Hand und blinzelte mir von neuem zu.

»Eine schmierige Type«, beharrte Duclos. »Es wäre schön, wenn er abreiste.«

»Der findet einfach kein Ende!« tuschelte Mary Skelton. »Ob man den alten Langweiler nicht mal auf ein anderes Thema bringen kann? Ich will ein paar neue Wörter lernen. Ich kann doch nicht immerfort zu allem *sale type* sagen.«

Ihr Bruder räusperte sich. »Die Herzallerliebste der schmierigen Type mit den Glotzaugen befindet sich im Garten des Geschäftsführers und ißt Himbeeren«, sagte er mit komischem Pathos. »Wo, meine Herrschaften, befindet sich die Wasserstoffsuperoxydflasche der Herzallerliebsten?«

»Ach du Schreck! College-Humor!«

Sie fingen eine Streiterei an, die damit endete, daß sie ihn den

Strand entlangjagte. Vogel und Duclos begannen ein Gespräch über die Frage, ob ein Mann neben seiner Frau eine Geliebte haben dürfe. Frau Vogel machte gelegentlich Zwischenbemerkungen. Ich hörte ein paar Minuten lang zu. Als Duclos dann anfing, sein Verhältnis zu seiner verstorbenen Frau zu schildern, verlor ich das Interesse. Es war, wie ich feststellte, gar nicht so einfach, die Angriffstaktik in die Tat umzusetzen.

Ich machte mir Gedanken über Roux.

Ein reizbarer, unangenehmer Mensch, und doch war zu verstehen, warum das Mädchen ihn anziehend fand. Seine Bewegungen waren von geschmeidiger Präzison; er war aggressiv maskulin und subtil feminin zugleich; wahrscheinlich verstand er sich auf die Liebe. Er machte den Eindruck, als besitze er sowohl die List wie die Einfalt einer Ratte – einen kleinen, raschen und gefährlichen Verstand. Hinter seinen Augen lag möglicherweise ein Zug zum Wahnsinn. Was in seinem Kopf vorging, erfuhr man erst, wenn er handelte. Ja, er konnte sicherlich gefährlich werden. Außerdem besaß er physische Kraft; sein Körper war erstaunlich drahtig. Er erinnerte an einen Luchs.

Luchs! Das war das Wort, das Schimler gebraucht hatte. »Es ist erstaunlich, wie diese Luchse alles aufstöbern.« Ich hörte noch, wie er es sagte. »Wir haben gehört, daß ein Gestapo-Agent nach Frankreich geschickt worden ist.« Ich Trottel! Darauf hätte ich schon längst gekommen sein können. Der Gestapo-Agent, der Mann, der nach Frankreich geschickt worden war, um einem Kommunisten die Rückkehr nach Deutschland »nahezulegen«, der Mann, von dem Schimler sich erkannt glaubte, der Mann, der nicht eher handeln wollte, als bis er seiner Beute sicher wäre – Roux! Es war sonnenklar. »*Communiste!*« Ja, natürlich! Alles paßte wunderschön zusammen.

Ich legte mich lang in den Sand und schloß die Augen.

Ein paar Minuten später kamen die Skeltons keuchend wieder an.

»Was gibt's denn zu lachen, Mr. Vadassy?« fragte das Mädchen.

Ich machte die Augen auf. »Nichts gibt's zu lachen. Ich hab' nur gerade nachgedacht.«

»Na, das scheint mir aber was sehr Erfreuliches gewesen zu sein.«

Auch mir erschien es sehr erfreulich. Es war kein Zweifel – die Angriffstaktik erwies sich nun doch als höchst erfolgreich. Und mir war ein Gedanke gekommen.

15

Lügen

Der Strand hatte sich zeitiger geleert als sonst. Ein kühler Wind war aufgekommen, und zum ersten Male seit meiner Abreise aus Paris sah ich den Himmel wolkenverhangen. Das Meer hatte eine schmutzig graue Farbe. Die roten Felsen waren nicht mehr in Glut getaucht. Es war, als wäre mit der Sonne auch das Leben aus der Landschaft verschwunden.

Als ich hinaufging, um mich wärmer anzuziehen, sah ich, daß die Kellner die Tische in dem Speiseraum im ersten Stockwerk deckten. In meinem Zimmer hörte ich die ersten Regentropfen durch das Laub der Kletterpflanzen an mein Fenster klatschen.

Als ich mich umgezogen hatte, klingelte ich dem Zimmermädchen.

»Was für eine Zimmernummer haben Monsieur Roux und Mademoiselle Martin?«

»Nummer 9, Monsieur.«

»Danke. Weiter wollte ich nichts.«

Die Tür schloß sich hinter mir. Ich zündete mir eine Zigarette an und setzte mich hin, um meinen Schlachtplan auszuarbeiten und mir über alles klarzuwerden, ehe ich anfangen würde.

Bei diesem neuen Plan, sagte ich mir, konnte überhaupt nichts schiefgehen. Hier war ein Gestapo-Agent, der einen Mann namens Schimler aufspüren wollte. Ja, es sah ganz so aus, als wäre ihm das bereits gelungen. Das hieß also, daß dieser »Luchs« aller Wahrscheinlichkeit nach Informationen über die Hotelgäste zusammengetragen hatte, die für mich von höchstem Wert sein mußten. Wenn ich diese Informationen aus ihm herausbekommen, wenn ich ihn zum Sprechen bringen konnte, dann gewann ich damit vielleicht gerade den Anhaltspunkt, den ich brauchte. Hier lag wirklich eine Chance. Aber ich mußte es vorsichtig anstellen. Roux durfte nicht mißtrauisch werden. Ich durfte keinen neugierigen Eindruck machen. Ich mußte die Informationen unauffällig aus ihm herauskitzeln, ihn ganz sacht aushorchen, den Anschein erwecken, als hörte ich unter Protest zu. Ich mußte überlegt handeln. Diesmal durfte kein Fehler vorkommen.

Ich stand auf und ging durch den Korridor zu Zimmer Nummer 9. Von drinnen kamen gedämpfte Stimmen. Ich klopfte an. Die Stimmen verstummten. Fußgetrappel war zu hören. Eine Schranktür quietschte. Dann rief das Mädchen: »*Entrez!*« Ich machte die Tür auf.

Odette Martin saß, in einen halb durchsichtigen hellblauen Frisierumhang gehüllt, auf dem Bett und manikürte sich die Nägel. Der Frisierumhang, so vermutete ich, war rasch aus dem Schrank gegriffen worden. Roux stand vor dem Waschbecken und rasierte sich. Beide glotzten mich ungläubig an.

Ich hatte schon den Mund geöffnet, um mich wegen des Überfalls zu entschuldigen, aber Roux kam mir zuvor. »Was wollen Sie?« bellte er.

»Bitte nehmen Sie's mir nicht übel, daß ich Sie so überfalle. Ich komme, um mich bei Ihnen zu entschuldigen.«

Seine Augen zuckten mißtrauisch. »Weswegen?«

»Ich fürchtete, Sie dächten vielleicht, ich wäre irgendwie daran schuld, daß Duclos Sie heute nachmittag beleidigt hat.«

Er wandte sich ab und begann, sich die Seife aus dem Gesicht zu wischen. »Wieso sollten Sie denn daran schuld sein?«

»Na, schließlich hat doch mein Irrtum zu der Auseinandersetzung geführt.«

Er warf das Handtuch aufs Bett und wandte sich an das Mädchen: »Habe ich nur ein Wort über den Mann da gesagt, seit wir vom Strand weggegangen sind?«

»*Non, chéri.*«

Er wandte sich wieder an mich. »Da haben Sie die Antwort.«

Ich gab nicht auf. »Immerhin fühle ich mich in gewisser

Hinsicht schuldig. Wenn ich nicht so eine Dummheit gemacht hätte, wäre es überhaupt nicht dazu gekommen.«

»Es ist aber vorbei«, sagte er leicht gereizt.

»Ja, glücklicherweise.« Ich machte einen verzweifelten Versuch, seine Eitelkeit anzusprechen. »Wenn ich mir die Bemerkung erlauben darf – ich fand, Sie haben sich würdig benommen.«

»Sie reden Blödsinn. Ich hätte ihn glatt erwürgt, wenn die mir nicht die Arme festgehalten hätten.«

»Sie sind zweifellos herausgefordert worden.«

»Natürlich.«

Auf diese Weise kamen wir anscheinend nicht weiter. Ich versuchte es auf eine andere Weise: »Bleiben Sie lange hier?«

Er warf mir einen mißtrauischen Blick zu. »Warum wollen Sie das wissen?«

»Ach, aus keinem besonderen Grunde. Ich dachte nur, wir könnten vielleicht mal eine Partie russisches Billard zusammen spielen – um zu zeigen, daß nichts mehr zwischen uns ist.«

»Spielen Sie gut?«

»Nicht sehr.«

»Dann schlage ich Sie wahrscheinlich. Ich spiele sehr gut. Den Amerikaner hab ich geschlagen. Der spielt nicht gut. Ich spiele nicht gerne mit Leuten, die schlechter spielen. Der Amerikaner war langweilig.«

»Ist aber ein netter junger Mann.«

»Kann schon sein.«

Ich ließ nicht ab. »Das Mädchen ist hübsch.«

»Mir gefällt sie nicht. Sie ist zu dick. Ich bin mehr für magere Frauen. Nicht wahr, *chéri?*«

Odette Martin gab ein blechernes Lachen von sich. Er setzte sich auf das Bett, lehnte sich hinüber und zog sie an sich. Sie küßten sich leidenschaftlich. Dann schob er sie weg. Sie lächelte mich triumphierend an, strich sich das Haar glatt und machte sich wieder über ihre Fingernägel her.

»Sehen Sie«, sagte er, »die ist mager, die gefällt mir.«

Ich hockte mich provisorisch auf die Armlehne eines Sessels. »Mademoiselle ist charmant.«

»Sie ist nicht übel.« Mit der Miene eines Mannes, der an solche Erfolge gewöhnt ist, zündete er sich ein dünnes schwarzes Zigarillo an und blies den Rauch auf mich. Plötzlich: »Warum sind sie hierhergekommen, Monsieur?«

Ich fuhr zusammen. »Um mich zu entschuldigen natürlich. Ich habe doch schon erklärt . . .«

Er schüttelte ungeduldig den Kopf. »Ich habe Sie gefragt, warum Sie hierhergekommen sind – in das Hotel hier.«

»Ich habe Urlaub. Zuerst bin ich in Nizza gewesen, dann bin ich hierhergekommen.«

»Hat's Ihnen hier gefallen?«

»Natürlich. Mein Aufenthalt ist ja noch nicht zu Ende.«

»Wann wollen Sie wieder abreisen?«

»Ich habe mich noch nicht entschlossen.«

Fleischige Lider senkten sich über seine Augen. »Sagen Sie mal, was halten Sie von diesem englischen Major?«

»Nichts Besonderes eigentlich. Ein Typ, der in England nicht selten ist.«

»Haben Sie ihm Geld geborgt?«

»Nein. Hat er Sie auch darum gebeten?«

Er lächelte hämisch. »Ja, er hat mich darum gebeten.«

»Und haben Sie ihm den Gefallen getan?«

»Sehe ich etwa so dumm aus?«

»Warum haben Sie denn dann nach ihm gefragt?«

»Er reist morgen früh ab. Und ich habe gehört, wie er zu dem Geschäftsführer gesagt hat, er soll ihm eine Kabine auf dem Dampfer von Marseille nach Algier bestellen. Er muß einen Dummen gefunden haben.«

»Wer kann das gewesen sein?«

»Wenn ich das wüßte, würde ich Sie nicht fragen. Solche Kleinigkeiten interessieren mich.« Er drehte das Zigarillo zwischen den Lippen herum, um das Ende anzufeuchten.

»Noch eine andere Kleinigkeit interessiert mich: Wer ist dieser Heinberger?«

Es kam ohne jede Spur von Betonung heraus – die Frage eines Menschen, der sich in einem schwunglosen Gespräch beiläufig bemüht, ein interessantes Thema zu finden.

Ohne Grund lief mir die kalte Angst über den Rücken.

»Heinberger?« wiederholte ich.

»Ja, Heinberger. Warum sitzt der immer allein da? Warum badet er nie? Ich hab neulich gesehen, daß Sie mit ihm gesprochen haben.«

»Ich weiß nichts von ihm. Er ist Schweizer, nicht?«

»Ich weiß nicht. Darum frage ich Sie ja.«

»Tut mir leid, ich weiß es auch nicht.«

»Wovon haben Sie gesprochen?«

»Ich hab's vergessen. Wahrscheinlich vom Wetter.«

»Schade um die Zeit! Ich möchte etwas über die Leute erfahren, wenn ich mit ihnen spreche. Ich möchte den Unterschied finden zwischen dem, was sie zu einem sagen, und dem, was sie denken.«

»Ach ja. Finden Sie, da besteht immer ein Unterschied?«

»Durchweg. Alle Männer lügen. Frauen sagen manchmal die Wahrheit. Aber Männer nie. Das stimmt doch, nicht wahr, *ma petite?*«

»*Oui, chéri.*«

»*Oui, chéri!*« echote er spöttisch. »Sie weiß, ich würde ihr den Hals umdrehen, wenn sie mich anlöge. Ich will Ihnen mal was sagen, mein Lieber: Alle Männer sind feige. Sie wollen von einer Tatsache nichts wissen, wenn sie nicht so in Lügen und Gefühle eingewickelt ist, daß ihre scharfen Kanten ihnen nicht weh tun können. Wenn ein Mann die Wahrheit sagt, dann können Sie sich darauf verlassen, daß er gefährlich ist.«

»Diese Einstellung muß aber sehr anstrengend für Sie sein.«

»Ich finde sie unterhaltsam, mein lieber Monsieur. Die Menschen sind ungemein interessant. Sie zum Beispiel – Sie finde ich interessant. Sie sagen, Sie seien Sprachlehrer. Sie sind Ungar und haben einen jugoslawischen Paß.«

»Das haben Sie aber nicht dadurch erfahren, daß Sie mit mir gesprochen haben«, sagte ich in scherzhaftem Ton.

»Ich halte die Ohren offen. Der Geschäftsführer hat es Vogel erzählt. Vogel war neugierig.«

»Aha. Ganz einfach.«

»Durchaus nicht einfach. Sehr merkwürdig. Ich stelle mir Fragen. Ich stelle mir zum Beispiel die Frage: Warum lebt ein Ungar mit einem jugoslawischen Paß in Frankreich? Was steckt hinter diesem geheimnisvollen Ausflug ins Dorf, den er jeden Vormittag macht?«

»Sie passen aber auf! Ich lebe in Frankreich, weil ich in Frankreich arbeite. An meinen Ausflügen ins Dorf ist leider auch nichts Geheimnisvolles. Ich gehe zur Post, um meine Verlobte in Paris anzurufen.«

»So? Der Telephonbetrieb hat sich offenbar gebessert. Meistens dauert's eine Stunde, bis man sein Gespräch bekommt.« Er zuckte die Achseln. »Unwesentlich. Es gibt schwierigere Fragen.« Er blies die Asche von seinem Zigarillo ab. »Warum waren zum Beispiel die Schlösser an Monsieurs Koffer am Vormittag aufgebrochen und am Nachmittag nicht mehr?«

»Auch sehr einfach. Weil Monsieur Duclos ein schlechtes Gedächtnis hat.«

Seine Augen zuckten von der Spitze seines Zigarillos zu meinem Gesicht. »Ganz recht. Ein schlechtes Gedächtnis. Er konnte sich nicht mehr genau erinnern, was gesagt worden war. Große Lügner können sich nie an solche Sachen erinnern. Ihr Gehirnkasten ist verstopft mit ihren eigenen Lügen. Aber ich bin neugierig. Waren die Schlösser an Ihrem Koffer nun eigentlich aufgebrochen?«

»Ich dachte, das hätten wir geklärt. Nein, sie waren nicht aufgebrochen.«

»Natürlich nicht. Bitte rauchen Sie doch! Ich rauche nicht

gern allein. Odette wird auch rauchen. Geben Sie ihr eine Zigarette, Vadassy!«

Ich zog ein Päckchen aus der Tasche.

Er zog die Augenbrauen hoch. »Kein Etui? Das ist aber unvorsichtig von Ihnen. Ich hätte gedacht, das würden Sie jetzt sicherheitshalber in der Tasche behalten. Man kann doch nicht wissen, ob nicht dieser Heinberger oder der englische Major in diesem Augenblick dabei ist, es zu stehlen.« Er seufzte. »Ja ja! Odette, *chéri*, eine Zigarette? Du weißt doch, ich rauche nicht gern allein. Deinen Zähnen schadet das nichts. Sind Ihnen ihre Zähne aufgefallen, Vadassy? Sehr schöne Zähne.«

Er lehnte sich plötzlich quer über das Bett, zerrte das Mädchen nach hinten und zog mit dem Daumen ihre Oberlippe über die Zähne hinauf.

Sie leistete keinen Widerstand.

»Die sind schön, nicht?«

»Ja, sehr.«

»Das liebe ich. Eine magere Blondine mit schönen Zähnen.« Er ließ sie los. Sie setzte sich auf, küßte ihn aufs Ohrläppchen und nahm eine von meinen Zigaretten. Roux zündete ihr ein Streichholz an. Als er es ausblies, sah er mich wieder an.

»Sie sind einen Tag bei der Polizei gewesen, nicht wahr?«

»Das hat sich offenbar rumgesprochen«, sagte ich leichthin. »Mein Paß hat denen anscheinend nicht gefallen.«

»Was ist denn los damit?«

»Ich hatte vergessen, ihn verlängern zu lassen.«

»Wie sind Sie denn da ins Land gekommen?«

Ich lachte. »Sie erinnern mich an die Polizei, Monsieur.« Ich paßte scharf auf, ob und wie er auf diese Andeutung reagierte.

Aber er zuckte lediglich die Achseln. »Ich habe Ihnen ja gesagt, daß ich die Menschen interessant finde.« Er lehnte sich auf einen Ellenbogen zurück. »Eins habe ich festgestellt: daß alle Menschen, ob sie Lügner sind oder nicht, eins gemeinsam haben. Wissen Sie, was das ist?«

»Nein.«

Er beugte sich plötzlich vor, ergriff meine Hand und tippte mit dem Zeigefinger auf meine Handfläche. »Liebe zum Geld«, sagte er leise. Er ließ meine Hand wieder los. »Sie, Vadassy, sind glücklich dran. Sie sind arm, und Geld ist für Sie etwas sehr Schönes. Sie haben keine politischen Überzeugungen, die Ihnen den Kopf verwirren können. Sie stehen vor einer Gelegenheit, Geld zu verdienen. Warum greifen Sie nicht zu?«

»Ich verstehe nicht, was Sie meinen.« Und ich verstand es im Augenblick wirklich nicht. »Was für eine Gelegenheit meinen Sie?«

Einen Augenblick schwieg er. Ich sah, daß das Mädchen im Nägelfeilen innegehalten hatte und, während die Feile noch an ihrer Fingerspitze lag, zuhörte.

Dann fragte er: »Was ist heute für ein Tag, Vadassy?«

»Heute? Samstag natürlich.«

Er schüttelte langsam den Kopf. »Nein, das stimmt nicht, Vadassy. Heute ist Freitag.«

Ich stieß ein verdutztes Lachen aus. »Aber Sie können mir glauben, Monsieur, es ist Samstag.«

Wieder schüttelte er den Kopf. »Freitag, Vadassy.« Er kniff die Augen zusammen und beugte sich vor. »Wenn ich eine bestimmte Information hätte, die Sie mir, glaub ich, geben können, Vadassy, dann wäre ich bereit, um 5000 Francs zu wetten, daß heute Freitag ist.«

»Aber da würden Sie verlieren.«

»Ganz recht. Ich würde 5000 Francs an Sie verlieren. Aber andererseits hätte ich diese kleine Information gewonnen.«

Da begriff ich, was er meinte. Es war ein Bestechungsangebot. Ein Satz von Schimler zuckte mir durch den Kopf: »Er handelt nicht eher, als bis er seiner Sache sicher ist.« Dieser Mensch hatte gesehen, wie ich mit Schimler gesprochen hatte. Er hatte vielleicht sogar gesehen, wie ich in sein Zimmer gegangen war. Plötzlich fiel mir ein, daß ich eine Tür hatte zugehen hören, als ich aus dem Zimmer Nummer 14 herauskam. Er nahm offensichtlich an, daß Herr Heinberger mich ins

Vertrauen gezogen habe, und wollte mir einen Beweis für Heinbergers wirkliche Identität abkaufen.

Ich sah ihn ausdruckslos an. »Ich kann mir nicht denken, was für eine Information ich Ihnen geben könnte, Monsieur, die Sie für den Verlust von 5000 Francs entschädigen würde.«

»Nicht? Wissen Sie das ganz genau?«

»Ja.« Ich stand auf. »Auf alle Fälle wette ich nie, wenn der Ausgang von vornherein feststeht. Einen Augenblick habe ich gedacht, Sie meinten das ernst, Monsieur.«

Er lächelte. »Sie können sich darauf verlassen, Vadassy, daß ich einen Scherz nie zu weit führe. Wo fahren Sie hin, wenn Sie hier abreisen?«

»Nach Paris zurück.«

»Nach Paris? Warum?«

»Ich wohne da.« Ich sah ihm fest in die Augen. »Und Sie fahren wohl wieder nach Deutschland zurück?«

»Wie kommen Sie denn auf den Gedanken, ich wäre kein Franzose, Vadassy?« Seine Stimme hatte sich gesenkt. Das Lächeln lag noch auf seinem Gesicht, ein sehr häßliches Lächeln. Ich sah, wie seine Beinmuskeln sich strafften, als wollte er losspringen.

»Ihr Französisch hat einen leichten Akzent. Ich weiß nicht, warum, aber ich habe angenommen, Sie seien Deutscher.«

Er schüttelte den Kopf. »Ich bin Franzose, Vadassy. Bitte vergessen Sie nicht, daß Sie als Ausländer einen echten französischen Akzent nicht ohne weiteres erkennen können! Beleidigen Sie mich nicht, bitte!« Die fleischigen Lider hatten sich über seine hervortretenden Augen gesenkt, bis sie nahezu geschlossen waren.

»Ich bitte um Entschuldigung. Ich glaube, es ist Zeit zu einem Apéritif. Wollen Sie und Madame sich mir nicht anschließen?«

»Nein, wir trinken nicht mit.«

»Ich hoffe, ich habe Sie nicht verletzt.«

»Im Gegenteil, es ist mir ein Vergnügen gewesen, mich mit Ihnen zu unterhalten – ein großes Vergnügen sogar.« Sein Ton hatte etwas übertrieben Herzliches an sich, das geradezu unheimlich klang.

»Es ist sehr freundlich von Ihnen, daß Sie das sagen.« Ich machte die Tür auf. »*Au 'voir, monsieur – au 'voir, madame!*«

Er stand nicht auf. »*Au 'voir, monsieur!*« sagte er ironisch.

Ich schloß die Tür. Während ich davonging, tönte aus dem Zimmer hinter mir sein lautes, unangenehmes Lachen.

Mit dem Gefühl, in mehrfacher Hinsicht hereingefallen zu sein, ging ich die Treppe hinunter. Ich war nicht der Aushorcher gewesen, sondern der Ausgehorchte. Statt geschickt wertvolle Informationen aus ihm herauszulocken, war ich in die Defensive gedrängt worden und hatte brav, wie ein Zeuge vor Gericht, Rede und Antwort gestanden. Schließlich war mir ein Bestechungsangebot gemacht worden. Außerdem hatte der Mann offenbar gemerkt, daß ich den Diebstahl nur vorgetäuscht hatte. Er hatte – ebenso wie Köche – angenommen, ich sei ein kleiner Gauner. Ein reizendes Individuum! Schimler, der arme Teufel, hatte denkbar wenig Aussicht, so einen Menschen zu bluffen. Wie üblich, fiel mir nun hinterher ein, was ich an Vernichtendem hätte sagen sollen. Das Schlimme war, daß mein Gehirn viel zu langsam funktionierte. Ich war ein Tölpel, ein Schwachkopf.

In der Diele traf ich Skelton.

»He«, sagte er, »Sie sehen ja so zerknautscht aus wie ein Taschentuch aus dem Sportanzug vom vorigen Sommer. Was ist denn los?«

»Es liegt am Regen.«

»Der wird nicht anhalten, sagt Köche. Denken Sie lieber daran, wie schön es morgen sein wird! Meine Schwester ist zum Apéritif in den Salon gegangen. Bestellen Sie mir doch bitte einen *vermouth-cassis*! Ich bin gleich wieder unten.«

Er verschwand im Laufschritt die Treppe hinauf. Ich wandte

mich dem Salon zu und dachte dabei, wie wenig Lust ich hatte, an den nächsten Tag zu denken.

Mary Skelton wurde von Duclos unterhalten, der munter und aufgekratzt war. »*Il faut dire ›l'amouuur‹*«, sagte er nekkisch und zog das Wort mit den Fingern aus dem Mund, als wäre es ein Kaugummi.

»*L'amouuur*«, sagte das Mädchen folgsam. Sie warf mir einen gequälten Blick zu.

Duclos klopfte ihr mit einer Art Besitzerstolz auf die Schulter. »So ist's besser, Mademoiselle, so ist's besser.« Er sprach mich an. »So eine schöne Miß muß doch dieses Wort richtig aussprechen können. Meinen Sie nicht auch, mein Freund?«

Ich nuschelte irgend etwas.

»Um Gottes willen«, sagte sie, »schaffen Sie mir doch diesen gräßlichen Alten vom Halse! Kaum war Warren weg, da ist er über mich hergefallen.«

»Wenn wir englisch sprechen, bekommt er's wahrscheinlich leid und geht. Was möchten Sie trinken?«

»*Engliiish, Engliiish!*« echote Duclos mit freundlichem Lächeln. »*I spick Engliiish.*«

»Dubonnet sec bitte«, sagte sie.

»*'ow to do, American miss? 'allo!*«

»Ich habe eben Ihren Bruder getroffen. Der möchte einen *vermouth-cassis.*«

Duclos lehnte sich zwischen uns. »*'allo! President Vilsonne good, eh?*«

»Muß er auch damit noch kommen!« sagte das Mädchen leise. »Ich glaube, Sie sind ein bißchen zu optimistisch gewesen, Mr. Vadassy.«

»Lassen Sie ihm Zeit!«

Duclos räusperte sich. »*President Rowsefelt good also. Okay?*«

Sie kicherte. »Es hat keinen Zweck. Wir werden ihn wohl doch auffordern müssen, mit uns zu trinken, nicht?«

»Ja, ich glaube.« Ich wandte mich an ihn. »Trinken Sie ein Glas mit, Monsieur?«

»Mit Vergnügen!« Mit größtem Eifer holte er sich einen Stuhl. »Ich nehme einen Pernod. Mademoiselle versteht sehr gut Französisch, aber sie spricht es nur ein wenig.« Er strich sich den Bart. »Man muß üben, Mademoiselle. Man muß immer nur Französisch sprechen und nichts anderes. Monsieur Vadassy ist schlecht für Sie.« Er sah mich schräg an.

Zum Glück kam in diesem Augenblick das Ehepaar Vogel herein – er im dunkelgrauen Anzug mit hohem steifem Kragen und knallgelber Fliege, sie in einem höchst merkwürdigen »Nachmittagskleid«, von dem nach allen Seiten Streifchen aus bedrucktem Chiffon abstanden. Beide lächelten breit.

»Barmherziger Himmel!« hauchte das Mädchen. »Ich werde meinen Dubonnet nötig haben. Ich glaube, die müssen wir wohl auch noch auffordern und eine komplette Party draus machen. Aber vergessen Sie nicht – Warren ist dran!«

»Das wird ganz billig. Die trinken Bier.« Ich stand auf und sprach die Einladung aus. Sie kamen freudestrahlend heran.

»So ein Wetter!« sagte Vogel dröhnend.

»Ja, wahrhaftig! Es ist sehr nett von dem Fräulein, uns an den Tisch zu bitten.«

»Sehr nett, vielen Dank! Wir hätten gern Bier.«

»Ich habe gerade gesagt«, beharrte Duclos, »es ist nicht gut für Mademoiselle, wenn sie mit Monsieur Vadassy spricht. Man muß immer nur französisch sprechen. Das ist besser.«

»Mademoiselle ist immer charmant, ganz gleich in welcher Sprache sie spricht«, entgegnete Vogel. »Aber«, setzte er kühl hinzu, »ich glaube, ich meinerseits sollte Mademoiselle ein bißchen Deutsch beibringen.« Er stieß seine Frau an, und beide lachten schallend.

Ich übersetzte.

»Sie können ihm sagen«, sagte das Mädchen, »daß ich ihn süß finde und daß ich das Angebot gerne annehme, wenn er sich eine Krawatte umbindet.«

»Mademoiselle nimmt Ihr Angebot dankend an«, dolmetschte ich.

Vogel schlug sich voll Entzücken auf die Knie. Sie brachen von neuem in Gelächter aus. Mitten darin kam Skelton zurück.

»Du gibst hier eine Party«, erklärte das Mädchen.

Er überblickte die Runde. »Na, da kann's ja rundgehen! Sind die Getränke schon bestellt, Schwesterherz?«

»Noch nicht, Bruderherz. Bier für den Posaunenengel und seine Frau, Pernod für den französischen Halunken rechts von mir, Dubonnet sec für mich und – was trinken Sie, Mr. Vadassy?«

Aber ehe ich antworten konnte, trat eine Unterbrechung ein. Ein Kellner kam durch den Salon auf mich zu.

»Pardon, Monsieur, Sie werden am Telephon verlangt. Ein Gespräch aus Paris.«

»Telephon? Für mich? Sind Sie sicher?«

»Jawohl, Monsieur, für Sie.«

Ich entschuldigte mich bei den andern, ging in das Büro und machte die Tür hinter mir zu.

»Hallo!«

»Hallo, Vadassy!«

»Wer ist dort?«

»*Commissaire de police.*«

»Der Kellner hat gesagt, es wäre ein Gespräch aus Paris.«

»Ich habe der Dame in der Vermittlung gesagt, das sollte sie sagen. Sind Sie allein?«

»Ja.«

»Haben Sie gehört, ob heute jemand aus dem Hotel abreist?«

»Das englische Ehepaar reist morgen früh ab.«

»Sonst niemand?«

»Doch. Ich selber reise morgen früh ab.«

»Was soll das heißen? Sie fahren, wenn Sie dazu aufgefordert werden. Sie kennen doch Monsieur Beghins Anweisungen.«

»Ich bin aber dazu aufgefordert worden.«

»Von wem?«

»Von Köche.« Die ganze aufgestaute Bitterkeit über die Mißgeschicke des Tages quoll in mir empor. In kurzen und sehr bissigen Worten stellte ich dar, wozu die Anweisungen, die Beghin mir am Morgen gegeben hatte, geführt hatten.

Er hörte schweigend zu. Dann fragte er: »Wissen Sie bestimmt, daß außer den Engländern niemand abreist?«

»Möglich ist es, aber ich habe jedenfalls nichts davon gehört.«

Wieder Schweigen. Endlich: »Gut. Das ist im Moment alles.«

»Aber was soll ich machen?«

»Sie bekommen zu gegebener Zeit weitere Anweisungen.« Er hängte ein.

Ich starrte trübselig auf das Telephon. Zu gegebener Zeit sollte ich weitere Anweisungen bekommen. Nun, mehr konnte ich nicht tun. Ich war geschlagen. Ich hängte den Hörer wieder an den Haken und stand langsam auf. Ich mußte im Laufe des Abends noch packen. Einstweilen konnte ich ruhig etwas trinken. Das tat mir sicherlich gut. Ich hatte es nötig, daß mir etwas guttat.

Und da, als ich mich zum Gehen wandte, fiel mir wieder der Schiffsfahrplan der Italia-Cosulich-Linie ins Auge, den ich an diesem Tage schon zweimal durchgelesen hatte. Es lag kein Grund dazu vor, aber beinahe mechanisch warf ich noch einmal einen Blick darauf. Im nächsten Augenblick setzte mein Herz etwa drei Schläge aus. Eine Stelle schien plötzlich hervorzutreten. Ich las sie mir leise vor:

»CONTE DI SAVOIA (48 502 Tonnen). Westl. Kurs. Ab Genua 11. Aug., Villefranche 11. Aug., Neapel 12. Aug., Gibraltar 13. Aug., an New York 19. Aug.«

Die Geschwister Skelton hatten doch gesagt, sie wollten sich in der folgenden Woche mit ihren Eltern treffen, die mit der »Conte di Savoia« in Marseille ankommen sollten.

Wie konnten sie das? Einmal legte die »Conte di Savoia« gar nicht in Marseille an; zum andern sollte sie nächste Woche über 5000 Kilometer weit entfernt sein. Sie hatten gelogen.

16

Flucht

Während ich in den Salon zurückging, hatte ich das Gefühl, ich müsse wegen meiner Entdeckung etwas Dramatisches unternehmen, aber keine Ahnung, wie dieses Etwas aussehen sollte.

Die Geschwister Skelton! Es war doch kaum möglich. Ja, es war wirklich nicht möglich. Und doch lag ein eindeutiger Beweis dafür vor, daß sie etwas zu verbergen hatten. Meine Gedanken wanderten für einen Augenblick zu der Szene auf der Terrasse zurück, als Duclos seinen Photoapparat auf die beiden gerichtet hatte. Sie hatten sich nicht photographieren lassen wollen und irgendeine scherzhafte Begründung dafür vorgebracht. Warum wohl, wenn sie ein gewöhnliches, harmloses Geschwisterpaar waren? Und warum konnten sie wohl gerade ein italienisches Schiff genannt haben? Ob sie sich etwa für ihre Lügengeschichte im Unterbewußtsein ein Schiff aus einem Lande ausgesucht hatten, das in ihren Gedanken eine besondere Rolle spielte? Der Name Skelton hatte freilich nichts Italienisches; doch schließlich, so sagte ich mir, hatte der Name Clandon-Hartley auch nichts Italienisches. Außerdem war ihr Photoapparat eine Retina, während ich doch nach einer Contax suchte.

Immerhin, ich konnte es mir nicht leisten, irgendeinen Anhaltspunkt unbeachtet zu lassen, und sei er noch so geringfügig. Die Frage war: sollte ich ihnen vorhalten, was ich wußte, oder sollte ich ihre Zimmer nach der Kamera durchsuchen? Unternehmen mußte ich etwas. Ja, ich mußte unbedingt etwas unternehmen. Aber was? Ich wurde mir nicht schlüssig darüber.

Als ich an meinen Platz zurückkam, waren die Getränke gerade angekommen, und Duclos hatte das Wort. Ich bestellte bei dem Kellner, der im Weggehen war, ein Bier. Duclos runzelte ob dieser Unterbrechung die Stirn.

»Wenn«, sagte er gerade im Tone überlegener Weisheit, »wenn die französische Industrie – und ich spreche als Geschäftsmann – wenn die französische Industrie in der Gewalt dieser Sansculotten sein soll, die heute in den Ministerien sitzen, dann wird das ganze Finanzsystem Frankreichs, das unser Kaiser aufgebaut hat, zusammenkrachen, und zwar mit einem Donnerschlag, daß Europa in Trümmer sinkt. Mit so einem Donnerschlag . . .«, wiederholte er effektvoll.

Frau Vogel schnalzte angstvoll mit den Lippen.

»Wenn«, fuhr der Sprecher drohend fort, »die Industrie nicht von den Fesseln staatlicher Einmischung befreit wird, von der zersetzenden Wühlarbeit dieser moskauhörigen Agitatoren der Linken, dann wird die Industrie sich erheben und für ihre Freiheit kämpfen, Schulter an Schulter mit all den Elementen in Kirche und Staat, die glauben, daß es die vornehmste Pflicht der Regierung sei, Recht und Ordnung aufrechtzuerhalten. Alle, die es wagen, sich uns in den Weg zu stellen, werden wir abknallen, wie Kaninchen. Wir Geschäftsleute sind das Rückgrat des Staates, seine Stärke, sein Schutz und Schild gegen den fremden Eindringling, der gefährlich auf unsere Grenzen schielt. Frankreich muß stark sein, innen und außen.« Er hielt inne, weil ihm der Atem ausging.

Skeltons klatschten laut Beifall. »Hab nicht mehr als ein halbes Dutzend Wörter verstanden«, flüsterte der Bruder mir zu, »aber er hat das großartig hingelegt.«

»Eine sehr brave Einstellung«, sagte Vogel. »Als Schweizer finde ich auch, daß ein starkes Frankreich ein Garant des Friedens in Europa ist. Aber ich glaube, Monsieur übertreibt die Gefahren, die Frankreichs Grenzen drohen. Ich glaube nicht, daß Deutschland wagen würde, Frankreich anzugreifen, selbst wenn es Lust dazu hätte. Die Gefahr liegt, wie Monsieur sagt, im Inneren. Die verantwortungslosen Experimente der Sozialisten haben schon die Stabilität des Franc gefährdet. Uns in der Schweiz liegt die Sicherheit des französischen Franc sehr am Herzen.«

»Ja, wahrhaftig!«

Duclos verfocht sein ursprüngliches Argument. Ich nippte an meinem Bier, das inzwischen gekommen war, und musterte insgeheim die Geschwister Skelton.

Sie amüsierten sich auf Kosten ihrer drei Gäste offensichtlich ausgezeichnet. Ihre jungen braunen Gesichter zuckten vor unterdrücktem Lachen. Es war absurd, einem von ihnen etwas so Schwerwiegendes wie Spionage zuzutrauen. Aber wenn man sie so vor sich sah, war es auch absurd, ihnen Lügen zuzutrauen. Und doch hatten sie gelogen. Vielleicht hatte ich mich geirrt. Vielleicht hatte die Schiffahrtsgesellschaft sich geirrt. Aber nein, das war Unsinn! Was hatte das schließlich mit wohlgeformten Gesichtern und sonnengebräunter Haut zu tun? Das erste war angeboren, das zweite erworben. Ich mußte etwas unternehmen.

Die Gelegenheit dazu kam eher, als ich erwartet hatte.

Duclos steuerte gerade auf seinen dritten Schluß- und Höhepunkt hin, als zum Essen gerufen wurde.

Der Speiseraum war weniger geräumig als die Terrasse, und es waren nur vier Tische gedeckt. Als unsere kleine Gesellschaft ankam, waren zwei schon besetzt: einer von Clandon-Hartley und seiner Frau, der andere von Roux und Odette Martin. Duclos, der immer noch Prophezeiungen über den Untergang des Sozialismus von sich gab, schloß sich dem Ehepaar Vogel an. Ich ging mit den Skeltons an den vierten Tisch.

Warren Skelton atmete erleichtert auf, als er sich hinsetzte. »Duclos ist ja ein netter alter Knabe«, sagte er. »Aber man kann von ihm nicht zuviel auf einmal genießen. So ein Haufen Blech!«

»Sind Sie nicht seiner Meinung?«

»Seiner Meinung worüber?« Ich hab nicht kapiert, ob er für oder gegen die Regierung ist.«

»Woher weißt du denn dann, mein lieber Bruder«, fragte das Mädchen, »daß es Blech gewesen ist?«

»Das hab ich an der Art und Weise gemerkt, wie er's gesagt hat.«

»Das ist einfach albern. Mr. Vadassy, ist das, was der alte Franzose gesagt hat, Blech gewesen oder nicht?«

»Ich habe leider nicht genau zugehört.«

». . . antwortete er taktvoll!« bemerkte der Bruder. »Aber das ist doch ein Beweis für das, was ich sage. Er hat nicht zugehört, weil es nicht des Zuhörens wert gewesen ist. Es ist Blech gewesen. Geben Sie's zu, Mr. Vadassy!«

»Wissen Sie – ich habe über den Anruf nachgedacht, den ich gerade bekommen hatte.«

»Was Unangenehmes?«

»Unangenehm, aber nicht unerwartet. Ich reise morgen früh ab.«

Beide schrien gleichzeitig bestürzt auf.

»Das ist aber schade!« sagte das Mädchen. »Da haben wir keinen Menschen mehr, mit dem wir uns unterhalten können.«

»Und keinen, mit dem wir einen trinken können.«

»Und keinen, der uns erzählt, wovon die andern alle reden.«

»Können Sie nicht noch ein paar Tage bleiben?«

Ich lächelte bedauernd. »Für Sie ist es wahrscheinlich viel besser. Sie lernen doch nicht Französisch, wenn Sie's nicht sprechen. Damit hat Monsieur Duclos schon recht. Trotzdem – ich hoffe, wir verabschieden uns nicht für immer. Fahren Sie nicht mit Ihren Eltern nach Paris? Die kommen doch in der nächsten Woche an, nicht?«

Ich sah, daß er einen Sekundenbruchteil zögerte und ihr einen raschen Blick zuwarf. »Ja, das stimmt. Aber ich glaube, wir werden ziemlich bald abfahren. Sie kommen eigentlich bloß der Reise wegen her.«

»Wie schade! Ich hatte mich schon darauf gefreut, Ihnen beiden was von Paris zu zeigen. An welchem Tage erwarten Sie sie denn?«

Er zuckte die Achseln. »Ach, ich weiß nicht. Wann kommt ihr Schiff an, Mary?«

»Am Donnerstag in Marseille.« Ich sah, wie er zusammenfuhr, als sie ihn auf den Fuß trat. »Daß du das vergessen kannst, Warren! Da haben Sie das Musterbild eines liebenden Sohnes, Mr. Vadassy! Er hat seine treusorgenden Eltern seit über vier Wochen nicht gesehen, und da weiß er nicht mal, wann sie ankommen. – Was kriegen wir denn heute abend zu essen?«

Für eine Weile verfiel das Gespräch wieder in ein Hin und Her von Gemeinplätzen. Er ließ sich nicht davon abbringen, zur Feier des Abschieds eine Flasche von dem Wein zu bestellen, der im Hotel Réserve unter dem Namen »Château Pontet-Canet 1929« lief, und fügte hinzu, heute abend gingen die Getränke auf seine Rechnung. Es verging einige Zeit, ehe ich zum zweiten Teil meines Angriffs ansetzen konnte.

»Übrigens«, gelang es mir endlich zu sagen, »ich wußte nicht, daß die Schiffe der Italia-Linie in Marseille anlegen. Ich dachte, es wäre Villefranche.«

Seine Gabel, auf der ein Stück Huhn steckte, blieb mitten in der Luft stehen, und er sah mich an. »Da haben Sie wahrscheinlich recht. Warum?«

»Mir war so, als hätten Sie gesagt, Ihre Eltern kämen mit der ›Conte di Savoia‹.«

Er sah seine Schwester an. »Hab ich das etwa gesagt, Mary?«

Sie schüttelte den Kopf. »Nicht, daß ich wüßte.«

Er steckte das Stück Huhn in den Mund. »Muß jemand anders gewesen sein, Mr. Vadassy.«

»Sicher. Ich weiß nicht, wie ich auf die Idee gekommen bin, Sie hätten mir das erzählt.«

Er blickte mich prüfend an. »Es kann sein, daß ich gesagt habe, sie kämen mit einem ausländischen Schiff.«

»Sagen Sie nicht, ich hätte Sie nicht gewarnt!« warf das Mädchen rasch ein. »In den Vereinigten Staaten von Amerika wimmelt's von Leuten, die unsern Warren falsch verstanden haben. Meinen Sie, der Kellner würde mir noch ein Stück vom Huhn bringen?«

»Du wirst ziemlich dick«, bemerkte ihr Bruder. »Mir ist das erst heute aufgefallen. ›Deine Schwester Mary wird ziemlich dick‹, hab ich mir gesagt.«

»Selbstgespräche machen dir anscheinend Spaß. Streitest du dich manchmal mit dir selber oder sagst du zu allem ›ja‹ und ›stimmt‹?«

»O ja, ich gebe mir auch Antworten. Heute hab ich zum Beispiel zu mir gesagt: ›Ja, sie wird wirklich dick, aber sie wird ganz schön böse werden, wenn du ihr das sagst.‹ Und da hab ich doch recht gehabt, nicht?«

»Nein, böse bin ich nicht, nur betrübt.«

Unter Gelächter ging die Mahlzeit weiter, aber mir fiel auf, daß das Mädchen öfter in Schweigen fiel und daß ihre Heiterkeit ein wenig verkrampft war. Als ich die beiden fragte, ob sie im Salon mit mir einen Likör trinken wollten, zögerte sie, ehe sie annahm. Duclos, Vogels und Clandon-Hartley waren schon gegangen, als wir aufstanden.

Wir waren im Begriff, den Speiseraum zu verlassen, da blieb sie stehen. »Ich finde es furchtbar, so eingesperrt zu sein. Sieh doch mal nach, ob es noch regnet, Warren!«

Er trat ans Fenster und spähte hinaus. Ich fühlte, wie ihre Hand meinen Arm faßte. Erstaunt drehte ich mich um.

Sie machte ein warnendes Gesicht. »Ich muß mit Ihnen sprechen, Mr. Vadassy«, flüsterte sie hastig. »Machen Sie sich unter irgendeinem Vorwand von Warren los und kommen Sie wieder hierher! Lassen Sie ihn im Salon sitzen!«

Ehe ich noch antworten konnte, war ihr Bruder wieder da. »Ein bißchen regnet's noch, glaub ich, aber es ist so dunkel, daß man's nicht richtig sehen kann. Jedenfalls ist alles klitschnaß. Ich glaube, der Abend findet im Saale statt.«

»Na ja. Geht ihr beiden schon mal runter!« sagte Mary Skelton. »Ich komme gleich nach. Ich will mir nur eine Jacke holen.«

Ich ging mit ihm hinunter in den Salon. Ich bestellte drei Kognaks und ging dann unter dem Vorwand, ich wollte mir Zigaretten aus meinem Zimmer holen, zurück in den Speiseraum. Sie wartete vor der Tür auf mich. Sie war ein bißchen außer Atem.

»Wo können wir sprechen, ohne daß uns jemand stört?«

»Im Schreibzimmer ist das englische Ehepaar.«

»Dann bleiben wir eben hier stehen, wenn's Ihnen nichts ausmacht.« Sie blickte ängstlich um sich. »Wenn uns dann jemand sieht, macht es den Eindruck, als wenn wir uns gerade auf der Treppe getroffen hätten.«

Ich war verdutzt und mißtrauisch. »Ich verstehe nicht ...«

»Das weiß ich«, unterbrach sie rasch. »Bitte lassen Sie mich reden! Warren wird sich schon fragen, was aus uns geworden ist.«

Ich lächelte unverbindlich.

»Passen Sie auf«, sagte sie. »Ich weiß, daß wir gesagt haben, unsere Eltern kämen mit der ›Conte di Savoia‹ rüber. Aber wie sind Sie dahintergekommen, daß wir da nicht die Wahrheit gesagt haben? Dahintergekommen sind Sie doch, nicht wahr?«

»Ja. Im Büro hängt ein Schiffsplan. Die ›Conte di Savoia‹ sollte gestern aus Genua in New York ankommen.«

»Sie haben wohl nachgeprüft, was mit uns los ist?«

»Nachgeprüft? Nein. Ich hab nur zufällig den Fahrplan gesehen, weiter nichts.«

Sie seufzte erleichtert auf. »Na, das ist ja immerhin noch gut. Ich habe zu Warren gesagt, es wäre dumm von ihm, überhaupt was zu sagen. Aber er wollte sich nicht davon abbringen lassen, sich eine ›plausibel klingende Geschichte‹ auszudenken, wie er das nennt. Wissen Sie, die Sache ist nämlich die, bei uns zu Hause weiß niemand, wo wir sind. Warren wäre wild, wenn er wüßte, daß ich Ihnen das erzähle, aber er ist ja so blöd. Aber ich weiß, wenn wir's Ihnen nicht erzählen und Sie nicht auf unsere Seite ziehen, dann kommen Sie am Ende doch von selber dahinter und machen von der Geschichte Gebrauch.«

»Daraus werde ich nicht schlau.«

Sie sah mich ernst an. »Ich weiß. Es ist alles so fürchterlich verfahren. Das Schlimme ist nämlich, wissen Sie, daß sich in Amerika die ganze Presse für Warren und mich schrecklich interessiert. Die Geschichte hat mit unserer Mutter angefangen. Sie ist eine außerordentliche Frau – behauptet Warren wenigstens. Unser Vater hatte in Philadelphia einen Garagenbetrieb. Es war nur ein kleiner Betrieb, aber wir hatten immer genug Geld, und wir sind als zwei gute Kinder aufgewachsen. Wenn alles gut gegangen wäre, hätten wir wahrscheinlich eines Tages zwei andere gute Kinder aus derselben Straße geheiratet, und damit basta. Aber wir haben unsern Vater verloren. Das kam ganz plötzlich. Er wurde vor seinem Büro von einem Milchwagen überfahren. Da wurde alles anders. Es war die alte Geschichte. Wir hatten zuviel Geld ausgegeben. Alles wurde verpfändet: Haus, Betrieb, Versicherungspolicen – alles. Wir hatten kaum einen Cent.

Warren war auf dem College, als das passierte, und das bißchen Geld, das wir noch hatten, gab Mutter ihm, damit er dort bleiben konnte. Er regte sich natürlich auf. Er wollte gern ein bißchen den Großen spielen, arbeiten gehen und uns ernähren. Mutter sagte zu ihm, er solle es doch mal versuchen. Die Konjunktur sackte aber gerade ab, und er bekam natürlich keine Arbeit. Da hat Mutter ihn wieder aufs College zurückgeschickt, und er ist auch gegangen.« Sie lächelte. »Sie dürfen ihm das nicht übelnehmen. Sie kennen Mutter nicht.

Jedenfalls ging sie mit mir nach Washington. Sie sagte, sie hätte da einen alten Freund, der würde uns helfen. Ich war damals erst achtzehn und hatte ungefähr so viel Verstand wie ein zehnjähriges Kind; aber selbst ich merkte, daß der alte Freund kein gewöhnlicher alter Freund war. Zunächst mal war er ein ganz großes Tier – was alte Freunde ja meistens nicht sind; außerdem war er offensichtlich ganz verrückt auf Mutter. Innerhalb von einem halben Jahr waren sie verheiratet.«

Sie machte ein kummervolles Gesicht.

»Na, dann ging's los. Bis dahin hatte der Name Skelton nur

einmal in den Zeitungen gestanden, nämlich bei Vaters Tod – da haben sie ihm sechs Zeilen unter den lokalen Todesnachrichten gegeben. Aber nun wurden wir richtiggehend berühmt. Mein Stiefvater ist im Grunde ein sehr netter Mann, aber er gehört zu den Leuten in Washington, nach denen sich die Regierung der Vereinigten Staaten richtet. Die Zeitungen zitieren ständig seine Ansichten über dieses oder jenes. Er muß sehr aufpassen, was er sagt und tut. Wenn er von einer Konferenz kommt, muß er aufpassen, was er für ein Gesicht macht. Macht er ein ernstes Gesicht, dann heißt es, die Konferenz ist schiefgegangen. In Wirklichkeit liegt's natürlich bloß an seinen Magenbeschwerden, aber das wissen die Reporter ja nicht. Also muß er freundlich lächeln. Er lächelt andauernd freundlich. Na, in der Umgebung so eines Stiefvaters haben wir natürlich auch eine ganze Menge Rampenlicht abgekriegt. Zuerst war das ganz schön. Überall werden wir photographiert. Wenn ich eine andere Frisur habe, dann bringen die Frauenzeitschriften einen Bericht darüber. Warren wird auch immer photographiert. Meistens mit Polohemd. Das hat uns eine Weile Spaß gemacht.

Mutter hat gleich von Anfang an den Ton angegeben. Sie macht das phantastisch. Ich komme mir neben ihr immer vor wie ein Mondkalb. Sie bevormundet Warren und mich in der reizendsten Weise. Sie bevormundet so ziemlich alle und jeden, auch unsern Stiefvater, und sie bringt das fertig, weil man niemals merkt, daß man bevormundet wird. Man macht alles, um ihr einen Gefallen zu tun, und sie ist immer so schrecklich dankbar.«

Hinter ihr waren Schritte zu hören, und Roux und Odette Martin kamen aus dem Speiseraum und gingen die Treppe hinauf. Mary Skelton warf einen ängstlichen Blick auf die beiden. »Ich muß mich beeilen. Warren wird uns gleich suchen kommen.« Sie holte Atem.

»Ich habe gesagt, daß Mutter uns bevormundet hat und daß wir immer pariert haben. Nun – jetzt stimmt das nicht mehr.

Zum erstenmal in unserem Leben tun wir etwas hinter ihrem Rücken.

Das ist so gekommen. Vor ungefähr einem halben Jahr hat Mutter eine offene Aussprache mit mir gehabt, wie sie das nennt. Kurz und gut, sie hatte einen Mann für mich ausgesucht. Er hieße Curtis, sagte sie, er wäre der Sohn einer hochwichtigen Familie, er hätte viel Geld und sähe recht gut aus. Sie wüßte, daß ich ihn gut leiden könnte – was auch stimmte – und sie würde sich schrecklich freuen, wenn Curtis und ich zusammenkämen. Sie wüßte, daß Curtis gern wollte, denn seine Mutter hätte das gesagt. Sie fragte mich, was ich davon hielte.

Ehrlich gesagt, ich war weder sehr dafür noch sehr dagegen. Er machte den Eindruck eines umgänglichen, harmlosen, netten jungen Mannes mit einem gemütlichen Beamtenpöstchen und amüsantem Geplauder, wie sie in Washington herumschwirren. Nicht gerade eine Heldengestalt, aber unsäglich gutmütig. Mein Stiefvater schien auch dafür zu sein. Er hat immer so viel zu tun, daß es ein Wunder ist, daß er dazu gekommen ist, Mutter zu heiraten; aber er machte sich ausdrücklich die Mühe, mir zu sagen, es wäre eine gute Partie. Ich fand das sehr nett von ihm.

Sie denken wahrscheinlich, es ist dumm von mir gewesen, daß ich überhaupt darauf eingegangen bin. Aber, wie schon gesagt, Sie kennen Mutter nicht, und Sie kennen Washington nicht. Von einem Mädchen wird gewissermaßen erwartet, daß sie sich jemanden aussucht und heiratet. Macht sie das nicht, dann denken die Leute schon, bei ihr stimmt was nicht. Es war Zeit, daß ich mir einen aussuchte, aber ich konnte ja schließlich auch den nehmen, den mir meine Mutter ausgesucht hatte. Ganz so hab ich freilich damals nicht gleich gedacht. Mutter ist sehr geschickt. Sie hat es raus, einen dazu zu bringen, daß man macht, was sie will, und dabei bildet man sich noch ein, man hätte es selber von vornherein so gewollt, und findet es phantastisch von ihr, daß sie's so reizend aufnimmt. Es kam sogar so, daß ich mir vormachte, ich wäre in Curtis verliebt. Ich glaube, so was kriegt man fertig, wenn man noch nie wirklich verliebt gewesen ist. Er war sehr nett. Wir gingen zusammen aus. Es gab eine große Verlobungsfeier. Ich hatte das Gefühl, ich hätte sehr gut abgeschnitten.

Dann kam der Schlag.« Ihre Augen wichen den meinen aus. »Ungefähr drei Wochen, bevor wir heiraten sollten, bekam ich etwas über Curtis raus. Oder vielmehr – Warren bekam's raus. Bei mir hat die Schlauheit nicht mal dazu gereicht. Es stellte sich heraus, daß Curtis keineswegs so nett war, wie er aussah, daß er im Gegenteil das gemeinste Stück war, das mir je untergekommen ist. Ich will Ihnen die unerfreulichen Einzelheiten ersparen, aber Sie können mir glauben, sie waren höchst unangenehm – so unangenehm, daß ich jetzt noch voll Entsetzen und Scham darüber bin. Anscheinend hatten so ziemlich alle darüber Bescheid gewußt, bloß Warren und ich nicht, und unsere Verlobung galt ungefähr als der Witz des Jahres. Und das Tollste war, daß unsere Mutter und unser Stiefvater auch darüber Bescheid wußten.

Na, wir sind zu ihnen hingegangen und haben mächtig Krach geschlagen. Sie waren voll Mitgefühl. Aber als ich sagte, aus der Sache würde nun selbstverständlich nichts, da zogen sie lange Gesichter. Warren wurde von unserm Stiefvater abgewimmelt, und mit mir hatte Mutter wieder mal eine offene Aussprache. Bloß diesmal sprach sie sich noch ein bißchen offener aus. Es wäre meine Pflicht, sagte sie, zu Curtis zu halten und ihn zum Manne zu machen. Er brauche mich. Es wäre meine Pflicht. Und als ich mich immer noch weigerte, sagte sie, jeder Mensch müßte manchmal was Unangenehmes machen, sie hätte unsern Stiefvater nur Warren und mir zuliebe geheiratet und jetzt müßte ich eben meinerseits ein kleines Opfer bringen. Sie hätte gedacht, ich hätte von Anfang an über Curtis Bescheid gewußt, und ich hätte nicht das Recht, mich so zu benehmen. Ich blieb fest, und da erlebte ich zum erstenmal, daß sie die Beherrschung verlor. Und nun sprach sie wirklich offen. Es wäre unbedingt nötig, daß ich Curtis heiratete – und der Grund hatte nichts damit zu tun, daß ich ihn zum Manne machen sollte. Die nackte

Tatsache war, daß unser Stiefvater aus politischen Gründen den Vater von Curtis in der Tasche haben mußte. Wenn ich jetzt Schluß machte, sagte Mutter, dann würde nicht nur irgend so ein wichtiger Plan auffliegen, sondern der Alte von Curtis, der wegen der reizenden kleinen Schwäche seines Sohnes sehr empfindlich wäre, würde gemein werden und unsern Stiefvater auffliegen lassen.

Ich sagte, ich wollte es mir überlegen, und in den nächsten zwei oder drei Tagen beobachteten sie mich beide wie zwei hungrige verwilderte Katzen, die einer Maus weismachen wollen, sie führten nichts Böses im Schilde. Aber überlegt hatte ich mir's schon. Ich wollte nicht weitermachen. Aber es fiel mir kein Ausweg ein. Dieser Vorschlag kam von Warren.

Zuerst war ihm nichts weiter eingefallen, als daß man Curtis vermöbeln könnte, aber darüber kam er hinaus und entwickelte einen Plan. Er ist intelligenter, als man denkt, wenn man ihn so reden hört. Er argumentierte so: Wenn ich dabliebe, würde Mutter mich bearbeiten, bis ich ja und amen sagte; wenn ich aber die Verlobung löste, dann würde unser Stiefvater, der im allgemeinen recht anständig zu uns gewesen und mehr Amboß als Hammer gewesen war, dran glauben müssen. Warrens Plan war, wir sollten uns still und heimlich irgendwohin verziehen, wo sie uns nicht erreichen könnten, und zwei Unabhängigkeitserklärungen loslassen: die eine an Mutter und den Stiefvater mit der Drohung, ich würde die Verlobung öffentlich lösen, wenn sie nicht nachgäben; die andere an den Vater von Curtis mit der Drohung, wenn es irgendwelche Repressalien gäbe, würden wir die ganze Geschichte nebst einem kleinen Sündenregister seines Sohnes der Presse übergeben. Beiden wollten wir vorschlagen, daß die Verlobung im gegenseitigen Einverständnis gelöst worden wäre.

Das war riskant, denn Papa Curtis spielt bei den Zeitungen eine große Rolle, und es konnte sein, daß er's drauf ankommen ließ. Und Sie müssen auch bedenken, daß sich die Zeitungen dort so für uns interessierten und es immerhin möglich war, daß irgendein findiger Journalist spitz bekam, was sich da tat. So ein Presseskandal in großer Aufmachung konnte unserm Stiefvater furchtbar schaden. Aber wir mußten entweder das riskieren oder aber in Washington bleiben und riskieren, daß eine Lage entstand, aus der es überhaupt keinen Ausweg für mich gegeben hätte. Wissen Sie, die Zeitungsleute standen bei uns praktisch dauernd vor der Haustür. Die Situation war, wie mein Stiefvater sagen würde, ›problemgeladen‹.

Deshalb haben wir uns, als wir uns dann wirklich für Warrens Plan entschieden, nach Europa aufgemacht. Wir sagten uns, dort würde uns niemand kennen. Privatdetektive konnten sie auch nicht auf unsere Spur bringen. Wir hatten noch unsere Pässe von einer Reise auf die Bahama-Inseln im vorigen Jahr. Wir waren reisefertig. Wir sagten ihnen, wir wollten für ein paar Tage zu Großmutter Skelton nach Philadelphia fahren. Mutter war nicht sehr erbaut davon, denn mit Großmutter ist sie schon lange verfeindet, aber sagen konnte sie nichts. Wir packten ein paar Koffer und fuhren los nach Montreal. Dort nahmen wir das Schiff der Canadian Pacific Railway nach Liverpool. Von Liverpool fuhren wir nach London, dort haben wir von diesem Ort hier gehört. Die einzige, mit der wir in Verbindung geblieben sind, ist Großmutter Skelton.

Das ist die ganze Geschichte – nur daß wir gestern von ihr gehört haben, Papa Curtis und unser Stiefvater hätten sich geeinigt. Das einzige, was jetzt noch schiefgehen kann, ist, daß die Zeitungen rauskriegen, daß sie alle beide munter drauflosgelogen haben und daß von gegenseitigem Einverständnis bei der gelösten Verlobung keine Rede sein kann. Wir sind angeblich in Kanada. Unser Stiefvater glaubt das sogar, und wenn etwa jemand ausposaunen würde, daß wir in Wirklichkeit hier sind, würde er in Druck kommen. Er würde ziemlich dumm dastehen. Sie wissen ja, wie die Zeitungen bei uns sind. Ich weiß, wir können uns darauf verlassen, daß Sie den Mund halten.«

Ich hatte mir diese merkwürdige Erzählung schweigend

angehört. Ich kratzte mich am Kopf. »Nun, Miß Skelton, es ist ja sehr nett von Ihnen, daß Sie mir das alles anvertrauen; aber ich verstehe wirklicht nicht, warum Sie sich Sorgen darüber machen, was ich sagen könnte.«

Sie lächelte reizend. »Ich habe ja gewußt, daß Sie's nett und freundlich aufnehmen würden. Warren hat eine Heidenangst gehabt, es Ihnen zu erzählen. Aber ich habe gedacht, es ist sicherer. Er hat gesagt, wenn's um eine Sensation geht, hätten Journalisten kein Gewissen.«

»Haben sie auch nicht«, sagte eine bittere Stimme.

Wir fuhren herum wie zwei Kinder, die etwas ausgefressen haben. Warren Skelton stand mit finsterer Miene auf der Treppe unterhalb von uns.

»Also hier steckt ihr die ganze Zeit! Du hast doch nicht etwa dem Mann hier alles erzählt, Mary?«

»Allerdings, Warren, und er hat versprochen . . .«

»Versprochen!« unterbrach er aufgebracht. »Ich habe doch gedacht, Mary, du hättest ein bißchen mehr Verstand.«

»Wenn Sie mir gestatten . . .«, setzte ich an.

»Ich weiß«, sagte er ärgerlich, »ein Bild wollen Sie.«

»Also, Warren . . .!«

»Halt den Mund! Die Geschichte hast du ihm erzählt, aber der Teufel soll mich holen, wenn er auch noch ein Bild kriegt.«

»Er will ja gar kein Bild.«

»Nicht? Wenn er keins will, dann ist er anders als alle Zeitungsleute, von denen ich je gehört hab.«

»Warren, sei doch nicht kindisch!«

»Kindisch! Das ist gut. Ich kindisch? Du hast sie nicht alle, Mary, wenn du dir einbildest, indem du dem Kerl hier schöne Augen machst, kannst du ihn davon abhalten, aus einer Sensation Kapital zu schlagen. ›Entlaufene US-Senatorentochter.‹ Herrgott nochmal!«

Ich packte ihn am Arm. »Wollen Sie vielleicht endlich mal zuhören?«

Er schwieg.

»Na, endlich«, sagte ich kalt. »Also wenn Sie mir jetzt vielleicht mal verraten wollen, Sie alle beide, wie Sie auf die Idee kommen, ich sei Journalist, dann würde es mich freuen.«

Er brummte mürrisch. »Alle wissen doch, daß Sie ein Zeitungsmensch sind.«

»Und wenn ich sage, daß ich ganz bestimmt kein Journalist bin?«

»Ach, Herrgott nochmal . . .«

Doch das Mädchen fiel ihm ins Wort. »Einen Augenblick mal, Warren!« Sie starrte mich an. »Wollen Sie tatsächlich sagen, daß Sie in Wirklichkeit gar kein Zeitungsmann sind?«

»Allerdings.«

»Aber uns ist erzählt worden . . .« Sie zögerte. »Ich denke doch, ›*journaliste international célèbre*‹ heißt nichts anderes als ›bekannter Zeitungsmann‹, nicht? Es kann ja sein, daß unser Französisch nicht auf der Höhe ist, aber jedenfalls ist uns gesagt worden, das wären Sie.«

»Gegen die Übersetzung ist nichts weiter einzuwenden, aber . . .«

»Und es hieß, Sie wären unter einem falschen Namen hier, damit Sie nicht von Leuten belästigt würden, die mit Ihnen über Ihre Arbeit sprechen wollten. Er hat gesagt . . .« Sie brach ab, und sie wandten sich langsam einander zu und sahen sich verdutzt an.

»Na, das ist ja zum . . .«

»Augenblick mal«, sagte ich gereizt. »Wer ist es eigentlich gewesen, der Ihnen das erzählt hat?«

Sie starrten mich voll Verwunderung an. »Wollen Sie sagen, Sie haben keine Ahnung?«

»Natürlich nicht«, log ich.

Sie kicherten. »Dieser alte Franzose ist es gewesen – dieser Duclos.«

Ein paar Minuten später setzten wir uns vor unsern stehengebliebenen Kognak. Der Kellner erklärte sich bereit, uns noch etwas Kaffee zu holen.

»Also«, sagte Skelton und hob sein Glas an die Lippen, »auf Ihr Wohl, Mr. Vadassy! Morgen um diese Zeit sind Sie wieder auf dem Wege zu Ihrer Sprachschule, und wir warten hier noch ab, daß unsere Alten zu Hause sich ein bißchen beruhigen.«

»Hoffentlich.«

»Wie? Weshalb sollten sie sich denn nicht beruhigen?«

Ich sah sie an. Sie hatten braune Haut, sie hatten junge Augen. Sie waren glücklich. Ein Gefühl des Neides überkam mich.

Ich sagte etwas bitter: »Es tut mir leid, aber ich habe nicht Washington gemeint, sondern Frankreich. Es kann zwar sein, daß ich morgen um diese Zeit wieder auf dem Wege zu meiner Arbeit bin. Hoffentlich. Aber leider ist es viel wahrscheinlicher, daß ich dann im Gefängnis bin.«

Kaum hatte ich es gesagt, da schämte ich mich. Ich war unliebenswürdig, boshaft gewesen, nur weil sie so froh und glücklich aussahen . . .

Doch ich hätte mir keine Sorgen zu machen brauchen. Beide lachten höflich, aber leer.

Es war warm im Zimmer, und ich stand auf, um noch ein Fenster aufzumachen.

»Weißt du«, hörte ich ihn zu seiner Schwester tuscheln, »mit mir muß irgend was nicht in Ordnung sein. Bei diesen europäischen Witzen kriege ich wohl nie die Pointe mit.«

17

Abschied

Die Uhr schlug neun. Es war ein feiner, hoher, ganz zarter Ton.

Ich sehe die Szene noch deutlich vor mir. Nichts ist dabei verschwommen, alles ist gestochen scharf. Es ist, als betrachtete ich durch ein Stereoskop eine vollkommene Farbreproduktion von dem Zimmer und den Menschen darin.

Der Regen hat aufgehört, und der Wind ist wieder sanft und warm. Im Zimmer ist es schwül, und die Fenster stehen weit offen. Die nassen Blätter der Kletterpflanzen dicht davor schimmern im Lichte der elektrischen »Kerzen« in den Rokokohaltern an den Wänden. Über der Steinbalustrade auf der Terrasse kommt hinter den Kiefernbäumen der Mond hoch.

Skeltons und ich sitzen nahe dem Fenster, die Reste des Kaffees auf einem niedrigen Tisch vor uns. Auf der anderen Seite des Raumes spielen Roux und Odette Martin russisches Billard. Er steht dicht hinter ihr und führt das Queue, und ich beobachte, wie sie den Körper gegen den seinen drückt und sich schnell umblickt, ob es jemand bemerkt habe. In der anderen Ecke, bei der Tür zur Diele, sind zwei Gruppen. Duclos streicht sich mit dem Kneifer in der Hand den Bart und redet in französischer Sprache auf Frau Vogel ein, die eifrig zuhört. Ihr Mann sagt in stockendem Italienisch etwas zu Mrs. Clandon-Hartley, die in ungewöhnlich angeregter Stimmung ist, während der Major mit einem Anflug von Lächeln auf den Lippen zuhört. Nur Schimler und das Ehepaar Köche sind nicht da.

Ich weiß noch, daß Skelton zu mir eine Bemerkung darüber machte, daß Roux und Duclos sich stellten, als sähen sie einander nicht. Ich hörte kaum darauf. Ich blickte im Zimmer umher und betrachtete ihre Gesichter. Die Gesichter von neun Menschen. Ich hatte mich mit allen unterhalten, alle beobachtet, allen zugehört, und nun ... nun wußte ich von ihnen auch nicht mehr als an dem Tage – wie lange das her zu sein scheint! – an dem ich ins Hotel Réserve gekommen war.

Gar nicht mehr? Das stimmte nicht ganz. Ich hatte einiges aus dem Leben einiger Menschen erfahren. Zum Beispiel aus dem des Majors, der Geschwister Skelton, des alten Duclos und auch aus Schimlers. Doch was wußte ich von ihren Gedanken, von dem, was hinter diesen Masken vorging? Was ein Mensch von seinen eigenen Handlungen sagte, war – gleich der Miene, die er gewöhnlich zur Schau trug – nichts weiter als Erscheinungsbild und Ausdruck einer Seite seines Wesens. An den ganzen Menschen konnte man ebensowenig herankommen, wie man vier Seiten eines Würfels sehen konnte. Die geistige Existenz war eine Figur mit einer unendlichen Zahl von Dimensionen, ein Fluidum in unablässiger Bewegung, unergründlich, unerklärlich.

Der Major hatte noch immer das leise Lächeln auf den Lippen. Seine Frau, deren Hände leicht zuckten, während sie etwas zu Vogel sagte, wirkte zum erstenmal lebendig. Natürlich! Es hatte ihnen jemand Geld geborgt. Wer war es? Ich wußte so wenig, daß ich nicht einmal zu einer sinnvollen Vermutung in der Lage war.

Duclos hatte sich den Kneifer wieder auf die Nase gesetzt und hörte, den Kopf gönnerhaft geneigt, auf Frau Vogels kehliges Französisch. Roux, die Augen glasig auf die Billardbälle geheftet, führte einen Stoß vor. Ich beobachtete sie alle fasziniert. Es war, wie wenn man Tänzer durch ein Fenster sieht, das die Musik nicht durchläßt. Ihre Kapriolen hatten eine absurde Ernsthaftigkeit an sich ...

Die Geschwister lachten laut auf. Ich drehte mich um und kam mir ziemlich dumm vor.

»Seien Sie nicht böse«, sagte der junge Mann, »aber wir haben eben Ihr Gesicht beobachtet, Mr. Vadassy. Das wurde immer länger. Wir hatten schon Angst, Sie würden in Tränen ausbrechen.«

»Ich habe gerade über das nachgedacht, was Ihre Schwester mir erzählt hat«, log ich.

»Das würde ich aber nicht tun. Wir geben uns Mühe, es sein zu lassen.« Er wurde ernst. »Wissen Sie, wir sollten eigentlich auf der Heimreise sein; wirklich, das sollten wir. Aber – ich weiß nicht, woran's liegt – man bleibt an dem Nest hier hängen. Es liegt nicht bloß an der Sonne und an dem Meer und seiner Farbe und an dem Essen. Es liegt . . .«

»Er will sagen«, fiel das Mädchen ein, »er will schon seit fünf Minuten sagen, daß St. Gatien Atmosphäre hat.«

»Billig«, erklärte er, »ganz billig. Deshalb habe ich das Wort vermeiden wollen. Aber ungefähr stimmt es schon. Sehn Sie sich doch mal diesen Abend an! Es ist warm, und aus dem Garten kommt der Geruch von Blumen und Pinienharz; da sind Leute im Gespräch, und da ist ein heller Himmel mit Sternen und Mond. Hübsch und ansichtskartenhaft. Man kann dasselbe in Kalifornien haben. Aber hier ist es doch anders. Vielleicht liegt's daran, daß sich der Geruch der französischen Zigaretten mit den andern Gerüchen vermischt; vielleicht liegt's an der Art, wie die Leute hier angezogen sind, oder vielleicht nur daran, daß sich das Essen irgendwie komisch auf die Magensäfte auswirkt. Ich weiß es nicht. Aber ich weiß, daß ich mich hier so fühle wie früher, als kleiner Junge, in der Abenddämmerung. Es ist wie im Kino, wenn das Licht langsam ausgeht und man wartet, daß auf der Leinwand etwas aufblitzt.«

»Na, wenn's dich dermaßen hinreißt, dann schätze ich, es liegt an den Magensäften.«

»Er müßte mal mit Heinberger sprechen«, sagte ich.

»Mit wem?«

»Heinberger.«

»Sie meinen den Schweizer, der immer alleine rumläuft?«

»Ja. Der würde sagen, Ihr Bruder riecht die Fäulnis Europas.«

»Das klingt ja reizend.«

»Mir klingt das sehr vernünftig«, widersprach Skelton. »Ich wollte gerade sagen – wenn diese naseweise Kleine mich nicht unterbrochen hätte – daß ich dasselbe Gefühl beim Lesen von Proust bekommen habe.«

»Ach du liebes Bißchen!«

»Europa«, fuhr Skelton ungerührt fort, »ist wie ein sehr alter Mann, ein sehr schmutziger alter Mann, ein sehr nervöser alter Mann. Wenn ihm eine Fliege über die Hand kriecht, wird er fuchsteufelswild. Aber über die Fliege ärgert er sich eigentlich gar nicht. Er ärgert sich über das, was in ihm selber drinsteckt. Es will nicht mehr funktionieren. Er stirbt zentimeterweise ab, und während er abstirbt, wird er immer nervöser und schiebt es auf die Fliegen. Aber bevor er stirbt, wird er noch einen letzten Wutanfall haben und anfangen, alles zu zerhauen.«

»Und was hat das alles mit Proust zu tun, bitte?«

»Das ist der, der dem Alten ein paar schöne Erinnerungsalben gemacht hat, eh's zu schlimm mit ihm geworden ist.«

»Meine Güte!«

»Beherrsch dich, du dumme Gans!«

»Warum denn? Ich kann ebenso elegant überschnappen wie sonstwer, und wenn ich sage«, fuhr sie ernsthaft fort, »daß ich, wenn ich dich über Proust reden höre, ungefähr dasselbe Gefühl habe wie beim Lesen der farbigen Sonntagsbeilage, dann wirst du merken . . .«

»Ach, Blödsinn!«

»Frechling!«

Er machte eine dramatische Geste mit der Hand. »Mr. Vadassy, ich appelliere an Sie!«

»Das hat keinen Zweck. Der hält dich für verrückt.« Plötzlich ließ sie ihre Stimme zum Flüsterton sinken. »Achtung! Da kommt der andere Verrückte.«

Duclos, der von Frau Vogel verlassen worden war oder sie verlassen hatte, steuerte geradenwegs auf unsere Ecke zu.

»Dem hab ich was zu sagen«, brummte Skelton finster.

»Nun, meine Kinder«, verkündete Duclos gütig, »es hat aufgehört zu regnen.«

»Wenn der das sagt, muß wohl was faul dran sein«, flüsterte Skelton. Laut sagte er: »Sagen Sie mal, Monsieur – *qu' est-ce-que vous voulez dire en disant que ce monsieur ci soit journaliste?*«

»*S'il vous plaît?*«

»Donnerwetter! Warum spricht der nicht englisch?«

»*Spick Engliiish!*« Duclos lächelte wie jemand, der ein Kind aufheitern will. »Eine schöne Sprache, das Englische.« Er strich sich den Bart. »Ich liebe amerikanische Filme. Sie sind sehr interessant und gehaltvoll. Diese jungen Leute hier, die sehen so ähnlich aus wie die Menschen, die man in amerikanischen Filmen sieht. Sind Sie vielleicht Schauspieler?«

»Nein, sie sind keine Schauspieler – genausowenig«, setzte ich kalt hinzu, »wie ich ein bekannter internationaler Journalist bin.«

»*Pardon?*«

»Irgend jemand hat diesen Amerikanern erzählt, ich wäre Journalist. Die beiden waren der Meinung, Sie wären derjenige gewesen.«

»Ich? Ausgeschlossen! Weshalb sollte ich so etwas sagen?«

»Ich weiß nicht. Jedenfalls freut es mich, zu hören, daß Sie nicht der Schuldige sind.« Ich sah ihn beziehungsvoll an. »Wenn ich den wahren Schuldigen finde, kann er aber was erleben.«

Er nickte eifrig. »Ganz richtig. Ich habe schon aus geringfügigerem Grunde jemandem eine gelangt.«

»So?«

Er setzte sich bequem hin und sah uns strahlend an.

»Was sagt er?« fragte das Mädchen.

»Er sagt, er wäre nicht der, der Ihnen das erzählt hat.«

»Dann ist er entweder verrückt oder er lügt.«

»Sicher ist er verrückt.«

Duclos hörte aufmerksam zu. »Das sind ganz reizende Menschen, diese beiden Amerikaner.«

»Ja, ganz reizend.«

»Das hab ich auch gerade zu Madame Vogel gesagt. Eine sehr intelligente Frau ist das. Monsieur Vogel ist Direktor der staatlichen Elektrizitätsgesellschaften in der Schweiz, wissen Sie. Er ist ein sehr maßgeblicher Mann. Er war mir natürlich schon dem Namen nach bekannt.«

»Ich dachte, er wäre aus Basel?«

Er rückte sich mißtrauisch den Kneifer zurecht. »Er hat auch eine große Villa in Basel. Ein herrliches Haus. Er hat mich eingeladen, ihn dort ein paar Tage zu besuchen.«

»Das ist aber schön für Sie.«

»Ja. Ich denke natürlich, wir werden uns auch ausführlich über geschäftliche Dinge unterhalten.«

»Natürlich.«

»Wenn Geschäftsleute privat zusammenkommen, wird immer vom Geschäft geredet.«

»Ja, freilich.«

»Es ist ja auch möglich, daß wir uns gegenseitig gute Dienste leisten können. Zusammenarbeit, verstehen Sie? Das ist im Geschäftsleben äußerst wichtig. Das sage ich immer zu den Arbeitern in meinen Fabriken. Wenn sie mit mir zusammenarbeiten, arbeite ich auch mit ihnen zusammen. Aber zuerst müssen sie mit mir zusammenarbeiten. Zusammenarbeit kann nicht einseitig sein.«

»Natürlich nicht.«

»Was sagt der denn eigentlich?« erkundigte sich Skelton. »Ich hab ungefähr zehnmal das Wort ›Zusammenarbeit‹ gehört.«

»Er sagt, Zusammenarbeit ist wichtig.«

»Ach, sieh mal einer an!«

»Wußten Sie schon«, sprach Duclos weiter, »daß Major und Madame Clandon-Hartley morgen abfahren?«

»Ja.«

»Offenbar hat jemand ihnen Geld geborgt. Merkwürdig, nicht? Ich persönlich würde dem Major kein Geld borgen. Er hat 10000 Francs von mir haben wollen. Eine Summe, die nicht der Rede wert ist; ich würde sie gar nicht vermissen. Aber es geht ums Prinzip. Ich bin Geschäftsmann.«

»Ich dachte, er hätte nur 2000 Francs gewollt. So haben Sie mir's doch vorhin erzählt.«

»Er hat seine Forderung hochgeschraubt«, sagte er aalglatt. »Offensichtlich so etwas wie ein Verbrecher.«

»Das hätte ich persönlich nicht gedacht.«

»Als Geschäftsmann muß man ein Auge für Verbrecher haben. Glücklicherweise sind englische Verbrecher immer sehr primitiv.«

»So?«

»Das ist bekannt. Der französische Verbrecher ist eine Schlange, der amerikanische Verbrecher ein Wolf und der englische Verbrecher eine Ratte. Schlangen, Wölfe und Ratten. Die Ratte ist ein sehr primitives Tier. Sie kämpft nur, wenn sie in der Klemme ist. Sonst nagt sie bloß.«

»Und Sie glauben wirklich, Major Clandon-Hartley ist ein englischer Verbrecher?«

Langsam, bedächtig nahm Duclos den Kneifer von der Nase und tippte mir damit auf den Arm. »Sehen Sie sich mal sein Gesicht genau an«, sagte er, »und Sie werden die Ratte darin erkennen. Außerdem«, ergänzte er triumphierend, »hat er's mir selber gesagt.«

Das war unglaublich.

Die Geschwister Skelton, die es müde geworden waren, Duclos' schnellem Französisch folgen zu wollen, hatten eine Nummer von »*L'Illustration*« gefunden und zeichneten mit viel Gekicher in die darin abgebildeten Gesichter Schnurrbärte ein. Ich bemühte mich, die Aufmerksamkeit des Mädchens zu erregen, doch es gelang mir nicht. Ich mußte mich allein mit Duclos abgeben.

Er rückte seinen Sessel dicht an den meinen heran. »Ich spreche natürlich vertraulich«, sagte er effektvoll. »Dem englischen Major wäre es sehr unangenehm, wenn er wüßte, daß herausgekommen ist, wer er in Wirklichkeit ist.«

»Wer soll er denn sein?«

»Das wissen Sie nicht?«

»Nein.«

»Ah!« Er strich sich den Bart. »Dann sage ich lieber nichts mehr. Er verläßt sich auf meine Diskretion.« Er stand auf, warf mir einen vielsagenden Blick zu und entfernte sich.

Ich sah, daß Köche mit Schimler ins Zimmer getreten war. Duclos lief hin, um sie abzufangen. Ich hörte, wie er verkündete, es habe aufgehört zu regnen. Köche blieb höflich stehen, doch Schimler ging um sie herum und kam auf mich zu. Er sah erschreckend schlecht aus.

»Ich höre, Sie fahren morgen ab, Vadassy.«

»Ja. Sonst haben Sie nichts gehört?«

Er schüttelte den Kopf. »Nein. Ich glaube, ein paar aufklärende Worte täten gut. Köche hat das unheimliche Gefühl, daß in seinem Hotel etwas vorgeht, worüber er nicht im Bilde ist. Er macht sich Sorgen. Sie wären anscheinend in der Lage, die Sache aufzuklären.«

»Leider nicht. Wenn Köche sich vielleicht an die Polizeiwache wenden möchte . . .«

»Aha! Sie kommen von der Polizei.«

»Ich komme von der Polizei, aber ich bin nicht von der Polizei. Noch etwas, Herr Heinberger: Ich möchte Ihnen empfehlen, nicht allzu lange mit mir zu sprechen. Ich bin heute nachmittag gesehen worden, wie ich aus Ihrem Zimmer kam. Ich bin von einem gewissen Herrn darüber befragt worden.«

Sein Lächeln war gespenstisch. Er sah mir in die Augen. »Und haben Sie die Frage beantwortet?«

»Ich habe durchaus glaubhaft gelogen.«

»Das war sehr freundlich von Ihnen«, sagte er leise. Er nickte mir und den amerikanischen Geschwistern zu und ging, um sich wieder Köche anzuschließen.

»Also das«, sagte Mary Skelton, »ist der Prophet der Fäulnis. Er sieht selber nicht gerade toll aus, was?«

Irgendwie verstimmte mich die Bemerkung. »Ich hoffe«,

sagte ich unbesonnen, »daß ich Ihnen eines Tages etwas von diesem Mann erzählen kann.«

»Ich wittere ein Geheimnis. Wollen Sie's uns nicht jetzt schon erzählen, Mr. Vadassy?«

»Leider kann ich das nicht.«

»Sie haben sich was eingebrockt!« sagte ihr Bruder. »Jetzt werden Sie nicht mehr in Frieden gelassen. Sieh mal, Mary! Glotzauge und Puppi brauchen den Tisch nicht mehr. Wie wär's mit einer Partie? Sie haben doch nichts dagegen, Mr. Vadassy?«

»Natürlich nicht. Immer los!«

Sie standen auf und gingen an den Billardtisch. Ich blieb allein mit meinen Gedanken.

Das, sagte ich mir, war aller Wahrscheinlichkeit nach mein letzter Abend in Freiheit. Das waren die Menschen, die mir in der Erinnerung haften würden. Das war die Szene, die ich vor mir sehen würde: die Ehepaare Vogel und Clandon-Hartley im Gespräch, während Duclos zuhörte, sich den Bart strich und auf eine Gelegenheit wartete, sich in ihre Unterhaltung einzumischen; Köche im Gespräch mit Roux und Odette Martin; Schimler auf einem Sessel allein, müßig in einer Zeitung blätternd; die Geschwister Skelton über den Billardtisch gebeugt. Und dazu der warme, duftende Abend, das Wassertröpfeln auf der Terrasse, das leise Rauschen des Meeres an dem Felsvorsprung, die Sterne und das Mondlicht, das durch das Geäst brach. Es wirkte alles so friedlich. Und doch war kein Frieden. Draußen im Garten krochen die Scheusale aus dem Insektenreich auf den feuchten Ästen und Stämmen entlang und suchten nach Nahrung, aufmerksam, gierig, auf Beute lauernd und zugleich belauert. In der Dunkelheit spielten sich Dramen ab. Nichts ruhte, nichts war still. Die Nacht war voller Bewegung, voller Tragödien. Drinnen indessen . . .

In der entgegengesetzten Ecke des Raumes gab es Bewegung. Frau Vogel war aufgestanden und sah die anderen schüchtern lächelnd an. Ihr Mann bemühte sich anscheinend, sie zu irgend etwas zu überreden. Ich sah, wie Köche sein Gespräch mit Roux abbrach und auf sie zuging. »Wir wären alle sehr dankbar«, hörte ich ihn sagen.

Sie wiegte zweifelnd den Kopf. Dann sah ich zu meinem Erstaunen, wie Köche sie zu dem Klavier an der Wand führte und es ihr aufklappte. Sie setzte sich steif hin und fuhr mit ihren kurzen, dicken Fingern über die Tasten. Die amerikanischen Geschwister drehten sich überrascht um. Schimler blickte von seiner Zeitung auf. Roux ließ sich etwas unwillig in einen Sessel fallen und zog Odette Martin auf sein Knie herab. Vogel blickte triumphierend im Zimmer umher. Duclos nahm erwartungsvoll den Kneifer ab.

Frau Vogel begann, eine Ballade von Chopin zu spielen.

Ich sah, wie Schimler sich mit sonderbarer Miene vorbeugte und die steife, pummelige Gestalt beobachtete, deren lächerliche Chiffon-Streifchen bei den raschen Bewegungen ihrer Hände und Arme flatterten und zitterten.

Es war klar erkennbar, daß Frau Vogel einmal Talent gehabt hatte. Ihr Spiel hatte einen seltsam verblichenen Glanz, ähnlich wie eine Straßspange in einem Korb voll alter Ballkleider. Und dann vergaß ich Frau Vogel und hörte auf die Musik.

Als sie geendet hatte, war es einen Augenblick totenstill im Raum; dann setzte Klatschen ein. Sie drehte sich auf dem Stuhl halb um, errötete und zwinkerte Köche nervös zu. Sie wollte aufstehen, aber ihr Mann rief ihr zu, sie möge noch mehr spielen, und sie sank auf den Stuhl zurück. Einen Augenblick schien sie zu überlegen; dann hob sie die Hände wieder zur Klaviatur, und Bachs »Jesus, meine Zuversicht« klang leise in den Raum.

Ich bin manchmal nach einem Tag voll Arbeit in mein Zimmer zurückgekommen und, ohne erst Licht zu machen, in meinen Lehnstuhl gesunken und sitzen geblieben, reglos, gelöst, und habe den langsamen, wohligen Schmerz ausgekostet, der durch die Glieder schleicht, wenn sie sehr müde sind. So ging es mir an diesem Abend, als ich Frau Vogel spielen hörte. Nur war es diesmal nicht mein Körper, der sich so dankbar hinstreckte, sondern mein Hirn. Anstelle des langsamen, wohligen Schmerzes, der durch meine Glieder schlich, durchdrang die Melodie dieses Chorals mein Bewußtsein. Meine Augen schlossen sich. Wenn das doch weitergehen wollte! Wenn das doch weitergehen wollte! Wenn das doch ...

Als die Unterbrechung kam, merkte ich zuerst gar nichts davon. Von der Diele her kam Stimmengemurmel, jemand bat zischend um Ruhe, ein Stuhl schurrte auf dem Fußboden. Als ich die Augen öffnete, sah ich gerade noch, wie Köche eilig durch die Tür verschwand, die er leise hinter sich zumachte. Ein paar Augenblicke darauf hörte ich sie wieder geräuschvoll aufgehen.

Es war, als spielte sich alles im Bruchteil einer Sekunde ab; aber das erste Zeichen dafür, daß etwas nicht stimmte, war für mich, daß Frau Vogel plötzlich mitten in einem Takt abbrach. Instinktiv blickte ich zuerst auf sie. Sie saß da, die Hände über den Tasten in der Luft, und starrte über das Klavier hinweg, als sähe sie ein Gespenst vor sich. Dann sanken ihre Hände langsam auf die Klaviatur, so daß eine leise Dissonanz ertönte. Mein Blick wanderte zur Tür. Dort, auf der Schwelle, standen zwei uniformierte *agents de police*.

Sie sahen sich drohend im Zimmer um. Einer von ihnen trat einen Schritt vor.

»Wer von Ihnen ist Josef Vadassy?«

Ich stand langsam auf, zu benommen, um zu sprechen.

Sie kamen durch das Zimmer auf mich zugetrampelt.

»Sie sind verhaftet. Sie kommen mit zum Kommissariat!«

Frau Vogel stieß einen kleinen Schrei aus.

»Aber ...«

»Es gibt kein Aber. Los, kommen Sie!«

Sie packten meine Arme.

Duclos spritzte vor. »Worauf lautet die Anklage?«

»Das geht Sie nichts an«, erwiderte der Kommandoführer barsch. Er schubste mich auf die Tür zu.

Duclos' Kneifer bebte. »Ich bin Bürger der Republik«, stellte er empört fest. »Ich habe das Recht, es zu wissen.«

Der Polizist sah sich um. »Sind wohl neugierig, was?« Er grinste. »Na, meinetwegen – die Anklage lautet auf Spionage. Sie haben einen gefährlichen Burschen in Ihrer Mitte gehabt. Also los, Vadassy, marsch!«

Die Geschwister Skelton, die Ehepaare Vogel und Clandon-Hartley, Roux, Odette Martin, Schimler, Duclos, Köche – einen Augenblick lang sah ich ihre Gesichter, weiß und reglos, auf mich gerichtet. Dann war ich durch die Tür. Hinter mir schrie eine Frau – ich glaube, es war Frau Vogel – hysterisch auf.

Ich hatte meine Anweisungen bekommen.

18

Rechenschaft

Ich wurde in einem geschlossenen Wagen, den ein dritter Polizist steuerte, zum Kommissariat gebracht.

Eigentlich hätte ich mich wohl über diesen Umstand wundern müssen. Verhafteten läßt man in der Regel nicht den Luxus zuteil werden, sie in einem Auto auf eine nicht mehr als einen halben Kilometer entfernte Polizeiwache zu bringen. Doch ich wunderte mich nicht. Gewundert hätte ich mich höchstens, wenn Bürgermeister und Gemeinderat von St. Gatien mir einen feierlichen Empfang bereitet hätten.

Es war soweit. Das, wovon ich im Grunde meines Herzens immer gewußt hatte, daß es geschehen würde, war nun tatsächlich geschehen. Ich war wieder in Haft. Mein Urlaub auf Ehrenwort war aufgehoben. Das war also das Ende. Ich hatte zwar keinen ganz so dramatischen Abgang aus dem Hôtel de la Réserve erwartet; doch wenn ich's mir überlegte, war es wahrscheinlich besser so – wenigstens blieb mir eine weitere Nacht voller Ungewißheit erspart. Es war beinahe eine Erleichterung, zu wissen, daß ich nicht mehr selber zu denken brauchte, daß die sarkastischen Bemerkungen meines Monsieur Mathis in Paris mich nicht mehr berühren konnten, daß ich nichts weiter tun konnte als alles mit mir geschehen lassen.

Ich fragte mich, was Warren und Mary Skelton wohl von all dem denken mochten. Es mußte ein Schreck für sie gewesen sein. Duclos war gewiß außer sich vor Aufregung. Wahrscheinlich erzählte er den andern, er habe schon von vornherein über mich Bescheid gewußt. Schimler? Seinetwegen allerdings war ich ein wenig in Sorge. Es wäre mir lieb gewesen, wenn er die Wahrheit gewußt hätte. Und die übrigen? Köche wunderte sich wohl nicht. Der Major dagegen war vermutlich entsetzt. Er trat wahrscheinlich für Erschießung ein. Roux lachte sicherlich unangenehm. Vogel und seine Frau mochten mit den Zungen schnalzen und ernste Gesichter machen.

Einer von ihnen aber mußte tief in Gedanken sein, einer von ihnen mußte wissen, daß ich weder ein Spion noch gefährlich war. Dieser Mann – der Mann, der die Tür des Schreibzimmers zugeworfen, der mein Zimmer durchsucht und zwei Rollfilme an sich genommen, der mich niedergeschlagen hatte und dessen Finger in meinen Taschen herumgewühlt hatten – er ging nun frei aus, während ich im Gefängnis schmachtete. Was mochte er denken? Ob er triumphierte? Was machte das schon aus? Was machte es aus, was sie alle miteinander dachten? Gar nichts. Trotzdem wäre es interessant gewesen, zu wissen, wer nun tatsächlich der Spion war – sehr interessant. Nun, ich hatte gewiß reichlich Zeit, Vermutungen darüber anzustellen.

Die Reifen knirschten auf dem Kiesplatz vor dem Kommissariat. Ich wurde in den Warteraum mit den Holzbänken geführt. Wie beim erstenmal wartete ein Beamter mit mir zusammen. Diesmal jedoch machte ich nicht erst den Versuch, mich zu unterhalten. Wir warteten.

Die Zeiger der Uhr, die in dem Raum hing, schlichen bis auf halb 11, ehe die Tür aufging und Beghin hereinkam.

Soweit ich erkennen konnte, hatte er noch denselben seidenen Anzug an wie vor drei Tagen. In der Hand hatte er dasselbe lappige Taschentuch. Er schwitzte immer noch ausgiebig. Nur über eines wunderte ich mich: Er kam mir viel kleiner vor, als ich gedacht hatte. Zum erstenmal wurde mir klar, zu was für einem Unhold ich ihn in meinen Gedanken gemacht hatte. In meiner Phantasie hatte er sich zu einem widerlichen, abgefeimten Koloß der Bosheit ausgewachsen, einem Menschenfresser, der über die Unschuldigen herfiel, die ihm über den Weg liefen – einem Teufel. Nun sah ich einen Menschen vor mir, dick und fett und schwitzend, aber doch einen Menschen.

Ein paar Sekunden lang glotzten die kleinen Augen mit den

dicken Lidern auf mich nieder, als könne er sich nicht erinnern, wer ich sei. Dann nickte er dem Polizisten zu. Der Mann salutierte, ging aus dem Zimmer und machte die Tür hinter sich zu.

»Nun, Vadassy, haben Sie sich in Ihrem kleinen Urlaub gut amüsiert?« Wieder überraschte mich die hohe Stimme.

Ich sah ihn kalt an. »Ich soll also doch als Sündenbock herhalten, Monsieur, wie?«

Er bückte sich, rückte eine der Bänke von der Wand ab und setzte sich darauf, mir gegenüber. Das Holz knarrte unter seinem Körpergewicht. Er wischte sich an dem Taschentuch die Hände ab.

»Es ist heute sehr warm gewesen«, sagte er und sah dann zu mir auf. »Was haben sie gemacht, als Sie verhaftet worden sind?«

»Wer – die *agents?*«

»Nein, die anderen Gäste.«

»Gar nichts haben sie gemacht.« Ich hörte, daß meine eigene Stimme Schärfe annahm. Ich merkte irgendwie, mit der Hälfte meines Bewußtseins, daß ich die Beherrschung verlor und daß ich nichts dagegen tun konnte. »Gar nichts haben sie gemacht«, wiederholte ich. »Was hätten sie denn machen können? Duclos hat wissen wollen, worauf die Anklage lautete. Frau Vogel hat geschrien. Im übrigen haben sie nur geguckt. Wahrscheinlich sind die nicht an eine Verhaftung gewöhnt.« Meine Wut stieg plötzlich auf den Siedepunkt. »Aber ich nehme an, wenn sie noch lange genug in St. Gatien bleiben, würden sie sich schon gewöhnen. Wenn sich das nächste Mal ein Fischer besäuft und seine Frau verhaut – vielleicht versuchen Sie dann, Vogel zu verhaften. Oder wäre das zu gefährlich? Hätte der Schweizer Konsul ein Wort mitzusprechen? Vielleicht. Oder wäre etwa der Nachrichtendienst der Kriegsmarine so schlau, das vorauszusehen? Wissen Sie, Beghin, als Sie vor drei Tagen in der Zelle da mit mir gesprochen haben, da habe ich tatsächlich den Eindruck gehabt, Sie wären zwar wohl ein grober Polizeiknüppel, aber es könnte doch sein, daß Sie ein bißchen Verstand hätten. Ich habe das Gefühl gehabt, wenn Sie auch drohten und blödsinnige Fragen stellten, dächten Sie sich doch wenigstens was dabei. Inzwischen habe ich festgestellt, daß ich mich getäuscht habe. Sie haben keinen Verstand, und Sie denken sich nichts bei dem, was Sie machen. Sie sind ein Trottel. Sie haben so viele Schnitzer gemacht, daß ich sie schon nicht mehr zählen kann. Wenn ich nicht ein bißchen Verstand gehabt hätte und mir Ihre Anweisungen auf meine Weise ausgelegt hätte, dann hätte Ihr . . .«

Er hatte ruhig zugehört. Jetzt stand er auf und holte mit der Faust aus, als wollte er auf mich einschlagen. »Wenn Sie nicht *was*?« rief er empört.

Ich zuckte nicht mit der Wimper. Ich war in rücksichtsloser, rachsüchtiger Stimmung.

»Ich sehe, Sie wollen die Wahrheit nicht hören. Ich habe gesagt, wenn ich mir nicht Ihre Anweisungen auf meine Weise ausgelegt hätte, dann hätte Ihr verdammter Spion es mit der Angst gekriegt und sich schleunigst aus dem Staube gemacht. Sie haben mir gesagt, ich sollte die Gäste nach ihren Photoapparaten befragen. Ein Irrer hätte gemerkt, daß das ein verhängnisvoller Fehler sein mußte.«

Er setzte sich wieder hin. »Na, was haben Sie denn tatsächlich gemacht?« fragte er finster. »Haben Sie sich die Informationen für mich aus den Fingern gesaugt?«

»Nein, ich hab ein bißchen Verstand aufgewendet. Ich bin darauf ausgegangen, die Informationen, die Sie haben wollten, zu beschaffen, ohne dabei die Aussicht aufs Spiel zu setzen, den Spion zu schnappen, wenn er erst mal erkannt gewesen wäre. Wissen Sie«, – das brachte ich in bitterem Tonfall heraus – »in meiner naiven Unschuld habe ich gedacht, das würde mir eine gewisse Erkenntlichkeit von seiten der Polizei eintragen. Wenn ich gewußt hätte, wie gründlich Sie Ihrerseits die Angelegenheit verpatzen würden, hätte ich mir vielleicht gar nicht die Mühe gemacht. Jedenfalls, ich habe die Informationen über die Photoapparate einfach mit Hilfe meiner Augen zusammengebracht. Als natürlich prompt herauskam, daß der angebliche Diebstahl eben nur angeblich war, hab ich die Situation mit Mühe und Not ausgebügelt, indem ich die andern so konfus machte, daß sie – oder jedenfalls die meisten – mir abnahmen, daß die ganze Affäre ein Versehen gewesen wäre. Aber jetzt ist natürlich Polen offen. Diesmal kann ich Ihren Fehler nicht ausbügeln. Sie haben den Alarm ausgelöst. Major Clandon-Hartley und seine Frau fahren sowieso morgen ab. Ich glaube, nach dieser Szene wird wohl keiner Lust haben, noch dazubleiben. Ihre Spionageverdächtigen sind Ihnen durch die Lappen gegangen. Immerhin«, – ich zuckte die Achseln – »Ihnen ist das wohl gleich. Der Kommissar wird zufrieden sein. Sie haben jemanden zum Verurteilen. Weiter wollt ihr Polizisten doch nichts, nicht wahr?« Ich stand auf. »Na, das wär's. Das wollte ich bloß loswerden. Also wenn's Ihnen recht ist, wenn Sie genügend gefeixt haben, möchte ich jetzt in meine Zelle gesperrt werden. Erstens ist es hier drin so stickig, und zweitens bin ich gestern nacht nicht viel zum Schlafen gekommen. Ich habe Kopfschmerzen und bin müde.«

Er zog ein Päckchen Zigaretten heraus. »Zigarette, Vadassy?«

Ich lächelte höhnisch. »Als Sie das das vorige Mal sagten, haben Sie was Böses im Schilde geführt. Was wollen Sie denn diesmal – ein unterschriebenes Geständnis? Na, das kriegen Sie aber nicht. Da weigere ich mich entschieden. Haben Sie gehört – ich weigere mich entschieden.«

»Nehmen Sie doch eine Zigarette, Vadassy! Zum Schlafen kommen Sie noch nicht.«

»Ah, ich verstehe! Foltermethoden, wie?«

»*Sacré chien!*« piepste er. »Nehmen Sie eine Zigarette!«

Ich nahm mir eine. Er zündete sich die seine an und warf mir die Streichhölzer zu.

»Nun also!« Er blies eine Rauchwolke in die Luft. »Ich muß Sie um Entschuldigung bitten.«

»Ach?« Ich legte so viel in das Wort, wie ich nur konnte.

»Ja, um Entschuldigung. Ich habe einen Fehler gemacht. Ich

habe Ihre Intelligenz überschätzt. Und ich hab Sie auch unterschätzt. Beides.«

»Prächtig! Und was erwarten Sie jetzt von mir, Monsieur Beghin? Etwa daß ich anfange zu heulen und das Geständnis unterschreibe?«

Er runzelte die Stirn. »Hören Sie zu!«

»Ich höre ja zu – völlig hingerissen.«

Er fuhr sich mit dem Taschentuch unter dem Kragen herum. »Ihre spitze Zunge, Vadassy, wird Sie eines Tages noch in Schwierigkeiten bringen. Ist Ihnen nicht aufgefallen, daß es ein bißchen ungewöhnlich ist, wenn ein Häftling hier sitzt und nicht in einer Zelle?«

»Ja, allerdings. Ich habe mich schon gefragt, worin der Dreh dabei liegt.«

»Es ist gar kein Dreh, Sie Trottel«, piepste er ärgerlich. »Hören Sie zu! Zunächst mal sollen Sie wissen, daß die Anweisungen, die Sie bekommen haben, alle einen einzigen Zweck verfolgten – nämlich dem Spion Angst zu machen. Zu diesem Zweck haben Sie den Auftrag bekommen, diese Erkundigungen wegen der Photoapparate anzustellen. Dieses Manöver ist aber mißlungen – und jetzt verstehe ich, warum es mißlungen ist. Darauf haben wir Ihnen gesagt, Sie sollten den angeblichen Diebstahl melden. Der Mann hatte Ihr Zimmer durchsucht; er hatte Ihre Taschen durchsucht. Ich sage, wir wollten ihm Angst machen – aber nur bis zu einem gewissen Grade. Wir wollten ihn nicht in die Flucht schlagen, und deshalb haben wir selber uns vom Hotel ferngehalten; er sollte nur das Gefühl bekommen, daß sein Aufenthalt ein Risiko für ihn bedeutete. Auch das ist uns mißlungen. Beim erstenmal hatte ich nicht damit gerechnet, daß Sie aus den Tatsachen, die Sie wußten, die Folgerungen ziehen würden, die Sie gezogen haben. Das war mein Fehler. Ich hatte nicht bedacht, wie wenig Sie wußten. Beim zweitenmal hatte ich nicht mit Ihrer Unerfahrenheit gerechnet. Köche hat Sie zu schnell durchschaut.«

»Aber«, wandte ich ein, »wie konnten Sie denn bloß erwarten, daß Sie den Spion auf diese Weise schnappen würden? Was haben Sie denn im Sinne gehabt? Etwa den ersten zu verhaften, der seine Koffer packte und aus dem Hotel abreiste? In diesem Falle lassen Sie mal den Major Clandon-Hartley verhaften! Der reist morgen früh ganz zeitig ab. Wenn Sie meinen, so schnappt man einen Spion, dann gute Nacht, Frankreich!«

Zu meiner Überraschung sah ich den Ansatz eines Lächelns um seinen Mundwinkel. Er zog an seiner Zigarette, inhalierte tief und ließ den Rauch langsam durch die Nase ausströmen.

»Ja aber, mein lieber Vadassy«, sagte er katzenfreundlich, »Sie sind ja auch nicht über alle Tatsachen im Bilde. Insbesondere wissen Sie von einer sehr wichtigen nichts – nämlich, daß wir schon festgestellt hatten, wer der Spion ist, ehe Sie vor drei Tagen hier weggingen, und daß wir ihn jederzeit hätten verhaften können, wenn wir das gewollt hätten.«

Ich brauchte ein paar Augenblicke, um das in mich aufzunehmen. Dann wirbelten mir Hoffnung und Verzweiflung in wildem Wechsel durch den Kopf. Ich sah ihn an.

»Und wer ist der Spion?«

Er lehnte sich zurück und beobachtete mich mit offensichtlichem Interesse. Er machte eine wegwerfende Handbewegung. »Na, dazu kommen wir noch.«

Ich schluckte mühsam. »Ist das etwa wieder ein Dreh?«

»Nein, Vadassy, das ist keiner.«

Ich war wieder nahe daran, die Beherrschung zu verlieren, als ich sagte: »Dann erklären Sie mir gefälligst, was Sie eigentlich damit wollen, daß . . . daß Sie mich so foltern! Wenn Sie wüßten, was ich in den letzten drei Tagen durchgemacht habe, würden Sie nicht da hocken wie ein fettes, selbstgefälliges Faultier und grinsen, als sei das ein guter Witz. Wissen Sie eigentlich, was Sie mir angetan haben? Verdammt nochmal, ahnen Sie das überhaupt, Sie . . . Sie . . .«

Er tippte mir aufs Knie. »Na na, Vadassy! Dabei kommt doch nichts raus. Ich weiß, daß ich fett bin, aber selbstgefällig bin ich bestimmt nicht, und ein Faultier bin ich auch nicht. Was ich Ihnen angetan habe, mußte ich tun, und das werden Sie auch einsehen, wenn Sie mir Zeit geben, es zu erklären, statt die Beherrschung zu verlieren.«

»Warum haben Sie mich verhaftet? Warum halten Sie mich hier fest?«

Er schüttelte protestierend den Kopf. »Seien Sie doch mal still, bester Vadassy, und hören Sie zu! Sie haben vor lauter Aufregung Ihre Zigarette kaputtgemacht. Nehmen Sie sich eine neue!«

Ich beobachtete ihn mit kaltem Haß im Herzen, während er sich seine zweite Zigarette anzündete. Als er damit fertig war, saß er einen Augenblick da und starrte auf das abgebrannte Streichholz.

»Ich habe es ganz ehrlich gemeint, als ich Sie um Entschuldigung bat«, sagte er endlich. »Ich mußte meine Pflicht tun. Sie werden das gleich verstehen.«

Ich war im Begriff, etwas zu sagen, aber er hielt mich mit einer Handbewegung zurück.

»Vor ungefähr neun Monaten«, fuhr er fort, »hat einer von unsern Agenten in Italien in seinem Bericht etwas von einem Gerücht erwähnt, daß der italienische Geheimdienst einen neuen Stützpunkt in Toulon aufgemacht hätte. In meinem Beruf hören wir derartige Gerüchte natürlich oft, und ich habe es darum zuerst nicht weiter beachtet. Aber später sah ich mich gezwungen, es ernst zu nehmen. Informationen über unsere Verteidigungsanlagen an dieser Küste drangen mit beängstigender Regelmäßigkeit nach Italien durch. Unser Agent in La Spezia meldete zum Beispiel, daß sich drei Tage nach einer geheimen Änderung an den Befestigungen einer Insel bei Marseille italienische Marineoffiziere eifrig darüber unterhielten. Das Schlimmste war, wir hatten keine Ahnung, woher diese Informationen gekommen waren. Das machte uns ziemliche Sorgen. Als dieser Drogist mit den Negativen ankam, haben wir die Gelegenheit mit beiden Händen ergriffen.«

Seine dicken Babyhände schlossen sich theatralisch um einen gedachten Gegenstand.

»Natürlich fiel der Verdacht auf Sie. Aber als wir merkten, was passiert war, wie es zu der Verwechslung der beiden Photoapparate gekommen war, haben wir Sie als unwichtig abgestrichen. Offen gesagt, beinahe hätten wir Sie auf der Stelle freigelassen. Zum Glück«, setzte er ganz freundlich hinzu, »haben wir beschlossen, ein paar Stunden zu warten, bis der Bericht über den Photoapparat kam.«

»Bericht über den Photoapparat?«

»Ja. Das ist noch etwas, wovon Sie nichts wissen. Als wir von der Verwechslung erfahren hatten, haben wir sofort die Herstellerfirma des Apparats angerufen und uns erkundigt, wer den Apparat mit dieser Fabriknummer gekauft hätte. Die Antwort war, er wäre an einen Händler in Aix geliefert worden. Der Händler in Aix konnte sich an den Apparat gut erinnern. Das Glück wollte es, daß es ein kleines Geschäft war und daß es seit zwei Jahren der einzige Apparat in dieser Preislage war, den er verkauft hatte. Er hatte ihn eigens bestellen müssen und konnte uns den Namen von dem Mann angeben, der ihn gekauft hatte. Es war der Name von einem der Gäste im *Hôtel de la Réserve*. Inzwischen hatten wir die Aufnahmen von einem Sachverständigen untersuchen lassen. Auf Grund der Lage der Schatten konnte er uns sagen, daß die Bilder etwa morgens um halb sieben aufgenommen worden waren, und zwar mit einem Fernobjektivvorsatz aus einem bestimmten Winkel. Aus der Karte und der Tatsache, daß auf manchen Bildern etwas Blattwerk zu sehen war, ging hervor, daß der Photograph nur an einer einzigen Stelle gestanden haben konnte. Diese Stelle war ein kleiner, hoher Landvorsprung, der nur vom Meer her zugänglich ist.

Wir wandten uns an die Fischer im Hafen. Ja, der Betreffende war am Tage zuvor, um 5 Uhr morgens mit Köches Boot rausgefahren. Er hatte gesagt, er wollte draußen fischen. Einer von den Fischern konnte sich daran erinnern, weil er sonst, wenn Köche oder seine Gäste fischen wollen, immer mitfährt, um ihnen die Köder an die Angeln zu machen und sich um den Motor zu kümmern. Aber dieser Gast hatte lieber allein fahren wollen.

Bien, wir hatten den Mann. Wir hätten ihn verhaften können. Der Kommissar brannte darauf. Aber wir haben ihn nicht verhaftet. Warum nicht? Sie erinnern sich gewiß, daß ich neulich in der Zelle zu Ihnen gesagt habe, mir ginge es nicht um Spione, sondern um ihre Auftraggeber. Das stimmte. Um diesen einen Mann ging's mir nicht. Wir wußten schon von ihm, und aus unserm Aktenstück über ihn ging hervor, daß er immer nur Befehlsempfänger gewesen war. Mir lag an seiner Verbindungsstelle in Toulon. Ihn konnte ich ja verhaften, wann's mir paßte; aber ich wollte, daß er mir erst mal den Weg zu seinen Vorgesetzten zeigte. Um das zu erreichen, mußte ich ihn irgendwie dazu zwingen, das Hotel zu verlassen, aber zugleich mußte er denken, er selber wäre frei von jedem Verdacht.«

»Und da sind Sie wohl auf mich verfallen?«

»Ganz recht. Wenn Sie anfingen, Erkundigungen nach Photoapparaten anzustellen, mußte er merken, was mit seinen Bildern passiert war, mußte sich sagen, Sie hätten Verdacht geschöpft, und sich verziehen, ehe Sie sich etwa entschlössen, zur Polizei zu laufen. Dann, dachte ich, konnten wir ihm nachgehen. Die einzige Schwierigkeit war, Sie dazu zu bringen, daß Sie das machten, ohne etwas zu verraten. Wieder kam uns das Glück zu Hilfe. Ihr Paß war nicht in Ordnung. Sie hatten keine Staatsangehörigkeit. Das übrige war leicht.«

»Ja«, sagte ich mit Bitterkeit, »das war leicht. Aber Sie hätten mir wenigstens sagen können, daß Sie wußten, wer der Spion ist.«

»Ausgeschlossen. Zunächst mal hätte das den Eindruck gemacht, es wär mit unsern Verdachtsmomenten gegen Sie nicht weit her, und darum wäre es schwieriger gewesen, mit Ihnen zurechtzukommen. Zweitens konnten wir nicht riskieren, uns auf Ihre Diskretion zu verlassen. Es hätte ja sein können, daß

Sie sich jemandem anvertrauten. Ihr Benehmen zu dem Mann hätte unnatürlich wirken können. Das war schade; weil Sie glaubten, Sie handelten in Ihrem eigenen Interesse, haben Sie sich nicht an die Anweisungen gehalten. Das war natürlich eine Enttäuschung für uns. Aber noch mehr Sorge machte uns erstens die Durchsuchung Ihres Zimmers und zweitens der Überfall auf Sie gestern abend. Das bedeutete, dachten wir, der Mann ließe sich offenbar nicht so leicht ins Bockshorn jagen. Er mußte natürlich gemerkt haben, daß die Photoapparate verwechselt worden waren, und sicherlich wußte er, daß Sie derjenige waren, der seinen Apparat hatte. Er hatte doch wahrscheinlich einen vom selben Modell bei Ihnen gesehen. Das Dumme war, wie mir jetzt klar ist, daß er dachte, Sie wüßten nichts von den Bildern. Oder«, – er warf mir einen stechenden Blick zu – »haben Sie etwa was getan, worüber ich nicht informiert bin?«

Ich zögerte. In Gedanken sah ich mich im Schreibzimmer sitzen, auf das Ticken der Uhr horchen und in den Spiegel starren, bis plötzlich die Tür zufiel und ein Schlüssel sich im Schloß umdrehte.

Ich sah Beghin in die Augen. »Es gibt nichts Wesentliches, worüber Sie nicht informiert sind.«

Er seufzte. »Na, vielleicht spielt's keine Rolle. Das ist vorbei. Wir kommen jetzt zu der Diebstahlsmeldung. Offen gestanden, mein lieber Vadassy, ein bißchen haben Sie mir ja leid getan. Es war unangenehm für Sie, daß Sie das tun mußten. Aber es war notwendig. Der Mann, der Ihr Zimmer durchsucht und die beiden Filme mitgenommen hat, mußte selbstverständlich wissen, daß er sonst nichts weiter mitgenommen hatte. Daß Sie meldeten, es wären Wertsachen gestohlen worden, mußte ihn stutzig machen. Er mußte mißtrauisch werden. Aber die Lage hat sich zu schnell verschlechtert. Wir mußten zu drastischeren Maßnahmen greifen. Deshalb Ihre Verhaftung heute abend.«

»Sie meinen – ich bin eigentlich gar nicht in Haft?«

»Ich hab Sie doch vorhin schon darauf aufmerksam gemacht,

Vadassy, daß Sie nicht hier sitzen und sich mit mir unterhalten würden, wenn Sie in Haft wären. Verstehen Sie, lieber Freund, wir mußten ihn unter Druck setzen. Aber wir mußten das vorsichtig machen. Der *agent*, der Sie verhaftet hat, war beauftragt, klar und deutlich zu sagen, weshalb Sie verhaftet würden. Wenn Duclos nicht danach gefragt hätte, dann hätte der Beamte verkündet, daß die Anklage auf Spionage laute. Jetzt versetzen Sie sich mal in die Lage dieses Mannes! Sie wissen, daß die Aufnahmen, die Sie gemacht haben, durch Zufall jemand anderem in die Hände geraten sind. Was tun Sie? Sie versuchen, sie wiederzukriegen. Das geht schief, und Sie haben den Verdacht, daß dieser andere irgend was im Schilde führt. Sie beschließen also abzuwarten. Dann wird dieser andere wegen Spionage verhaftet. Was denken Sie sich da? Was geht Ihnen durch den Kopf? Erstens: daß die Polizei erfahren hat, daß diese Aufnahmen gemacht worden sind; zweitens: daß der andere sich verteidigen wird und dadurch möglicherweise die Polizei auf Ihre Spur bringt. Es ist also Zeit, daß Sie sich aufmachen. Mehr noch – Sie haben keine Zeit zu verlieren. Verstehen Sie?«

»Ja, ich verstehe. Aber wenn er sich nun nicht aufmacht, was dann?«

»Die Frage ist gegenstandslos. Er hat sich schon aufgemacht.«

»Was?«

Er sah auf die Uhr an der Wand. »Fünf Minuten vor halb 11. Vor zehn Minuten ist er mit einem Wagen, den er sich von der Garage im Dorf gemietet hat, vom Hotel abgefahren, und zwar in Richtung Toulon. Wir wollen noch ein paar Minuten abwarten. Ein Wagen von uns fährt hinter ihm her. Jetzt dürfte bald eine Meldung eintreffen.« Er zündete sich seine dritte Zigarette an und schnippte das Streichholz durchs Zimmer. »Unterdessen habe ich ein paar Anweisungen für Sie!«

»Ach, was Sie nicht sagen!«

»Ja. Aus naheliegenden Gründen wäre es nicht zweckmäßig, schon jetzt Anklage wegen Spionage zu erheben. Die Zeitungen dürfen nicht zu neugierig werden. Ich habe vor, als Grund der Verhaftung Diebstahl anzugeben – Diebstahl einer Contax im Werte von 4500 Francs. Verstehen Sie?«

»Sie meinen, ich soll die Kamera wiedererkennen?«

»Richtig.« Er sah mich fest an. »Das können Sie doch machen, nicht?«

Ich zögerte. Es half nichts mehr. Er mußte die Wahrheit erfahren.

»Nun?« fragte er ungeduldig.

»Ich hätte sie wiedererkennen können.« Ich merkte, daß ich rot wurde. »Es ist nur ein Haken dabei. Die Kamera, die jetzt in meinem Zimmer im Hotel liegt, ist meine eigene Kamera. Die beiden Kameras sind wieder ausgetauscht worden.«

Zu meiner Verwunderung nickte er ruhig. »Wann ist das passiert?«

Ich erzählte es ihm.

Wieder kräuselte das leise Lächeln seine Mundwinkel. »Das habe ich mir ungefähr so gedacht.«

»Sie haben was?«

»Mein lieber Freund Vadassy, ich bin nicht ganz auf den Kopf gefallen, und Sie sind geradezu peinlich leicht zu durchschauen. Es war zu auffällig, daß Sie die Frage der Photoapparate heute morgen am Telefon so sorgfältig umgangen haben.«

»Ich habe nicht gedacht . . .«

»Natürlich nicht. Aber – wie Sie schon festgestellt haben – die beiden Apparate sehen ganz ähnlich aus. Es wäre also wohl ein begreiflicher Irrtum Ihrerseits, wenn Sie den Apparat, den wir in Toulon zu finden hoffen, als Ihren eigenen wiedererkennen würden, nicht wahr?«

Ich bejahte schleunigst.

»Und später natürlich, wenn sich der Irrtum herausstellt, werden Sie gebührende Entschuldigungen stammeln?«

»Natürlich.«

»Gut, das ist also abgemacht.« Er stand auf. »Und«, fügte er jovial hinzu, »wenn alles gut geht, wüßte ich nicht, warum Sie nicht morgen nach Paris abfahren sollten, so daß Sie am Montag bei Ihrem gestrengen Monsieur Mathis sein können.«

Ich begriff nicht gleich, was er da sagte; dann, als die Bedeutung seines Satzes in mein Gehirn einzudringen begann, hörte ich mich wirre Dankesworte stammeln. Es war, als erwachte ich aus einem Alptraum. Ich hatte das gleiche, fast überwältigende Empfinden, in dem Erleichterung und Angst sich mischten: Erleichterung darüber, daß es doch nur ein Alptraum gewesen sei, und Angst, daß es vielleicht doch Wirklichkeit sei und das Erwachen der Traum. Rückstände des Alptraums geisterten mir noch im Kopf herum. Ich war verängstigt, traute mich nicht zu denken. Das war wohl wieder ein Dreh von Beghin, eine Falle, ein Mittel, mit dem er sich mein Vertrauen erschleichen wollte. Meine Dankesworte erstarben mir auf den Lippen. Er beobachtete mich gespannt.

»Wenn das wahr ist«, sagte ich scharf, »wenn Sie das ernst meinen, was Sie da sagen, warum lassen Sie mich da nicht jetzt gleich fahren? Warum kann ich erst morgen fahren? Wenn Sie keine Anklage gegen mich vorzubringen haben, können Sie mich hier nicht festhalten. Dazu haben Sie kein Recht.«

Er seufzte müde. »Nein, gar keins. Aber ich habe Ihnen doch schon gesagt, daß wir wegen der Wiedererkennung Ihre Hilfe brauchen.«

»Und wenn ich mich weigere?«

Er zuckte die Achseln. »Zwingen kann ich Sie nicht. Dann müßten wir eben ohne Sie fertig werden. Es sind natürlich noch andere Momente zu berücksichtigen«, fügte er bedächtig hinzu. »Sie haben, glaub ich, davon gesprochen, daß Sie die französische Staatsbürgerschaft beantragt haben. Ihr Verhalten in dieser Angelegenheit könnte für den Erfolg oder Mißerfolg Ihres Antrages ausschlaggebend sein. Von einem französischen Staatsbürger wird verlangt, daß er der Polizei behilflich ist, wenn er darum gebeten wird. Einer, der so wenig Verständnis für staatsbürgerliche Pflichten hat, daß er eine solche Bitte ablehnt . . .!«

»Ich verstehe! Sie wollen mich weiter erpressen.«

Eine seiner rundlichen Hände ruhte auf meiner Schulter. »Mein lieber, guter Vadassy, es ist mir noch nie jemand über den Weg gelaufen, der so auf Worten herumgeritten ist wie Sie.« Die Hand löste sich von meiner Schulter, verschwand in seiner Brusttasche und kam mit einem Briefumschlag wieder heraus. »Da bitte! Sie haben sich drei Tage in unserm Auftrag und unserm Interesse im Hotel Réserve aufgehalten. Wir wollen anständig sein. Hier sind 500 Francs.« Er drückte mir den Umschlag in die Hand. »Damit dürften Ihre zusätzlichen Ausgaben reichlich gedeckt sein. Nun also – wir bitten Sie, uns von der Zeit, die Sie noch hier sind, eine Stunde zu schenken und uns zu helfen, die Leute festzunehmen, die an allen Ihren Scherereien schuld sind. Ist das zuviel verlangt?«

Ich sah ihm in die Augen. »Sie sind der Frage vorhin ausgewichen. Ich stelle sie noch einmal. Wer ist der Spion?«

Er strich sich nachdenklich über sein schlaffes Kinn und sah mich aus dem Augenwinkel an. »Ich muß Ihnen leider gestehen«, sagte er langsam, »daß ich es mit Absicht unterlassen habe, Ihnen das zu sagen. Ich muß Ihnen leider auch gestehen, daß ich nicht die Absicht habe, es Ihnen jetzt zu sagen.«

»Aha. Sehr schlau. Ich muß mit Ihnen mitkommen und selber sehen. Und dann soll ich wohl diese Kamerawiedererkennungsszene vorspielen. War's so gedacht?«

Doch ehe er antworten konnte, klopfte es energisch an der Tür, und ein Polizeibeamter kam herein, nickte Beghin vielsagend zu und ging wieder hinaus.

»Das bedeutet«, sagte Beghin, »daß der Mann durch Sanary durchgekommen ist. Wir müssen gehen.« Er ging zur Tür und sah sich zu mir um. »Kommen Sie mit, Vadassy?«

Ich steckte mir den Briefumschlag in die Tasche und stand auf. »Natürlich«, sagte ich und folgte ihm hinaus.

19

Nachruf

Um 22.45 Uhr bog eine große Renault-Limousine aus der kurzen Seitenstraße, an der das Kommissariat lag, in die Hauptstraße längs der Küste ein und sauste in östlicher Richtung ab.

In dem Wagen saßen außer Beghin und mir zwei Polizeibeamte in Zivil. Einer von ihnen fuhr. Den anderen hatte ich wiedererkannt, als er neben mir auf dem Rücksitz Platz nahm. Es war mein Freund, der sich wegen der *limonade gazeuse* so aufgeregt hatte. Er tat hartnäckig so, als könne er sich nicht an mich erinnern.

Die Wolken hatten sich verzogen. Der Mond, der hoch am Himmel stand, verbreitete ein Licht, bei dem die Strahlen der Scheinwerfer trüb wirkten. Als wir über den Ortsrand von St. Gatien hinauskamen, klang das Motorengeräusch heller, und die Reifen rutschten auf der feuchten Straße, während wir die S-Kurven hinter dem Landvorsprung nahmen, auf dem das Hotel lag. Ich lehnte mich in die Polster zurück und versuchte, das Durcheinander in meinen Gedanken zu klären.

Ich, Josef Vadassy, der sich noch vor kaum zwei Stunden auf den Verlust seiner Arbeit, seiner Freiheit und seiner Hoffnungen eingestellt hatte, saß hier ruhig auf dem Rücksitz eines französischen Polizeiautos, das losgefahren war, um einen Spion zu fassen!

Ruhig? Nein, das stimmte nicht ganz. Ich war alles andere als ruhig. Ich hätte singen mögen. Und doch wußte ich nicht recht, weswegen ich singen wollte. Etwa weil ich morgen, in fast genau 24 Stunden, in einem Zug sitzen sollte, der auf Paris zurollte? Oder weil ich nun bald, noch heute abend, die

Antwort auf eine Frage erhalten sollte, weil mir meine Denksportaufgabe gelöst werden sollte, ohne Bleistift und Papier? Diese verschiedenen Möglichkeiten machten mir zu schaffen.

Ich glaube, das alles gehörte zu der Reaktion meines Körpers auf die Spannung der letzten drei Tage. Alle Symptome deuteten auf diesen Schluß hin. Mein Magen rumorte unaufhörlich. Ich hatte großen Durst. Ich zündete mir immer wieder Zigaretten an und warf sie dann, ehe ich sie aufgeraucht hatte, zum Fenster hinaus. Außerdem – und das war sehr wesentlich – hatte ich so ein merkwürdiges Gefühl, als hätte ich etwas vergessen, als hätte ich in St. Gatien etwas liegenlassen, etwas, das ich brauchen würde. Natürlich alles Unsinn. Ich hatte nichts in St. Gatien liegenlassen, was ich an diesem Abend in Toulon im geringsten hätte brauchen können.

Der Wagen summte zwischen mondbeschienenen Baumreihen weiter. Dann ließen wir die Bäume hinter uns, und die Landschaft wurde offener. Wir fuhren an Olivengärten vorbei, deren Laub im Licht der Scheinwerfer silbergrau schimmerte. Wir sausten durch Dörfer. Dann kamen wir in eine kleine Stadt. Auf dem Marktplatz rief uns ein Mann wütend etwas nach, als wir an ihm vorbeirasten. »Bald«, dachte ich, »sind wir in Toulon.«

Ich hatte plötzlich das Bedürfnis, mit jemandem zu sprechen. Ich wandte mich an den Mann neben mir. »Was war das für ein Ort?«

Er nahm die Pfeife aus dem Mund. »La Cadière.«

»Wissen Sie, wer das ist, den wir verhaften wollen?«

»Nein.« Er steckte sich die Pfeife wieder zwischen die Zähne und blickte starr geradeaus.

»Das mit der *limonade* tut mir leid«, sagte ich.

Er brummte. »Ich weiß nicht, wovon Sie reden.«

Ich gab es auf. Der Renault bog nach rechts ein und gewann auf gerader Straße an Tempo. Ich starrte auf Beghins Kopf und Schultern, deren Umrisse sich dunkel von dem Licht der Scheinwerfer abhoben. Ich sah, wie er sich eine Zigarette anzündete. Dann drehte er sich halb um.

»Es hat keinen Zweck, Henri auszuhorchen«, sagte er. »Der ist die Verschwiegenheit in Person.«

»Ja, das merke ich.«

Er warf das Streichholz zum Fenster hinaus. »Sie sind vier Tage im Hotel Réserve gewesen, Vadassy. Können Sie sich denn nicht denken, wen wir verhaften wollen?«

»Nein, gar nicht.«

Er lachte leise vor sich hin. »Können Sie's nicht wenigstens ahnen?«

»Auch das nicht.«

Henri machte ein Bewegung. »Sie würden einen schlechten Kriminalbeamten abgeben.«

»Das will ich auch hoffen«, erwiderte ich kalt.

Er brummte. Beghin lachte vor sich hin. »Nehmen Sie sich in acht, Henri! Monsieur hat eine gefährlich spitze Zunge, und er ist immer noch böse auf die Polizei.« Er wandte sich an den Fahrer: »Halten Sie an der Polizeiwache in Ollioules!«

Ein paar Minuten später kamen wir in den Ort hinein, den er genannt hatte, und fuhren vor einem kleinen Gebäude am Marktplatz vor. Ein *agent* in Uniform wartete an der Tür. Er kam heran, grüßte und beugte sich ins Wagenfenster hinein.

»Monsieur Beghin?«

»Ja.«

»Sie werden an der Kreuzung der Hauptstraße mit der Straße aus Sablettes erwartet, Monsieur. Der Wagen aus der Garage in St. Gatien ist vor fünf Minuten zurückgefahren.«

»Gut!«

Wir fuhren wieder weiter. Fünf Minuten später sah ich das Rücklicht eines Autos, das vor uns auf der Straße stand. Der Renault verlangsamte das Tempo und hielt dahinter an. Beghin stieg aus.

Ein langer, magerer Mann stand neben dem Auto, das vor uns parkte. Er kam auf Beghin zu, und sie gaben sich die Hand. Ein paar Augenblicke sprachen sie miteinander, dann ging der lange Mann wieder zu seinem Wagen, und Beghin kam zu dem Renault zurück.

»Das ist Inspektor Fournier von der Hafenpolizei«, sagte Beghin beim Einsteigen zu mir. »Wir fahren in sein Gebiet.« Er schlug die Tür zu und wandte sich an den Mann am Steuer: »Fahren Sie hinter dem Wagen des Inspektors her!«

Wir setzten uns wieder in Bewegung. Nun lichteten sich bald die Baumreihen, durch die wir seit Ollioules gefahren waren, und wir kamen hier und da an einer Fabrik vorbei. Endlich bogen wir auf eine hellerleuchtete Straße mit Straßenbahnschienen und Cafés auf den Bürgersteigen ein. Dann fuhren wir nach rechts, und ich sah an dem Eckgebäude den Namen *»Boulevard de Strasbourg«*. Wir waren in Toulon.

Die Cafés waren voll. Gruppen französischer Matrosen schlenderten auf den Bürgersteigen entlang. Es fehlte nicht an Mädchen. Eine stattliche junge Negerin mit blumengeschmücktem Hut und engem schwarzem Kleid spazierte vergnügt vor uns über die Straße, so daß unser Fahrer scharf bremsen mußte und einen Fluch ausstieß. Ein alter Mann, der auf einer Mandoline spielte, wanderte im Rinnstein entlang. Ich sah, wie ein dunkler, fetter Mann einen Matrosen anhielt, etwas zu ihm sagte und einen Stoß bekam, so daß er mit einer Frau, die ein Tablett voll Süßigkeiten trug, zusammenstieß. Ein Stück weiter kamen wir an einer Marinestreife vorbei, die in alle Cafés hineinging und die Matrosen darauf aufmerksam machte, daß es Zeit sei, hinunter zu den Booten zu kommen, die auf die Rückkehr zu den Kriegsschiffen warteten.

Dann kamen wir in einen weniger belebten Teil des Boulevards, und der Wagen vor uns fuhr langsamer und bog nach rechts ab. Bald darauf schlängelten wir uns vorsichtig durch ein Netz enger Straßen mit dunklen Häusern und Geschäften, deren stählerne Rolläden herabgelassen waren. Dann wurden die Häuser seltener, und es kamen ganze Straßen, die nur von den hohen, kahlen Mauern von Lagerhäusern eingefaßt waren. In einer solchen Straße hielten wir schließlich an.

»Hier steigen wir aus«, sagte Beghin.

Es war ein warmer Abend, doch als ich auf dem feuchten Kopfsteinpflaster stand, fröstelte ich. Es mag äußerliche Aufregung gewesen sein, aber ich glaube, es war ein tieferes Gefühl – Angst. Diese kahlen Mauern hatten etwas Unheimliches an sich, etwas . . .

Beghin tippte mir auf den Arm. »Kommen Sie, Vadassy, jetzt gehen wir ein Stück spazieren!«

Vor uns standen der Inspektor und drei andere Männer und warteten.

»Es ist sehr still«, sagte ich.

Er brummte. »Was erwarten Sie denn so spät am Abend mitten zwischen den Lagerhäusern? Kommen Sie mit Henri hinterher und verhalten Sie sich leise!«

Er schloß sich dem Inspektor an, und die drei anderen Männer setzten sich hinter die beiden. Henri und ich bildeten die Nachhut. Die Fahrer blieben auf ihren Plätzen.

Wo die Mauern aufhörten, bogen wir in eine Straße ein, die sich ein paar Meter weiter unten nach einer Kurve verlor. Rechts von uns war die Stirnwand des Lagerhauses, neben dem die Wagen standen. Links lag eine Reihe alter Häuser. Sie waren drei Stockwerke hoch, und ihre Fenster waren zum größten Teil dunkel; nur hier und da fiel ein Lichtschein durch geschlossene Läden. Auf die Mauern mit ihrem rissigen Putz legte der Mond verschwommene Schattenflecken. In einer der oberen Wohnungen spielte ein krächzendes Radio einen Tango.

»Was wird jetzt?« fragte ich.

»Wir machen bloß einen Besuch«, flüsterte Henri. »Es wird ganz manierlich zugehen. Halten Sie jetzt den Mund, sonst kriege ich Ärger. Wir sind bald da.«

Die Straße war noch enger geworden. Als wir um die Kurve kamen, merkte ich, wie das Kopfsteinpflaster abschüssig wurde. Undeutlich erkannte ich, daß wir zu beiden Seiten wieder hohe, kahle Mauern hatten, die mit langen Beton-Strebepfeilern abgestützt waren. Plötzlich sah ich, wie sich im Schatten eines Strebepfeilers etwas bewegte.

Mein Herz klopfte. Ich griff nach Henris Arm. »Da ist jemand!«

»Seien Sie still!« flüsterte er. »Das ist einer von unseren Leuten. Wir haben die Bude umstellt.«

Wir gingen ein paar Meter weiter. Der Boden wurde wieder eben. Dann entdeckte ich eine Lücke in der Mauer rechts von uns. Sie sah aus wie die Wageneinfahrt zu einem der Lagerhäuser. Die Gestalten vor uns verschwammen in der Dunkelheit. Während ich ihnen nachging, merkte ich, wie das Kopfsteinpflaster von Schlacke abgelöst wurde. Unsicher blieb ich stehen.

»Drücken Sie sich zur Seite«, zischte Henri, »nach links!«

Ich kam der Aufforderung vorsichtig nach, und meine ausgestreckte Hand traf auf eine Mauer. Vor uns bewegte sich nichts mehr. Ich blickte nach oben. Die Mauern stiegen wie die Wände einer tiefen Schlucht zu einem keilförmigen Stück Sternenhimmel empor.

Auf einmal zerschnitt der Strahl einer Taschenlampe die Dunkelheit vor mir, und ich sah, daß die andern vor einer Holztür in der linken Mauer standen. Ich schob mich weiter vor. Die Taschenlampe beleuchtete die Türfläche. Darauf stand in aufgemalten Lettern:

AGENCE MARITIME
F. P. MÉTRAUX

Beghin griff nach der Türklinke und drückte leicht darauf. Die Tür ging nach innen auf. Henri puffte mich in den Rücken, und ich rückte den andern nach.

Hinter der Tür kam ein kurzer Gang, der an einer steilen, hohen Holztreppe endete. Eine nackte Glühbirne auf dem Treppenabsatz oberhalb von uns warf ein kaltes Licht auf den abblätternden Wandputz. Die Agence Métraux schien nicht besonders gut zu gehen.

Die Treppe knarrte, als Beghin langsam hinaufzugehen begann. Ich folgte und bemerkte dabei, daß Henri, der gleich hinter mir kam, einen großen Revolver aus der Tasche gezogen hatte. Der Besuch sollte offenbar doch nicht ganz so »manierlich« werden, wie Henri vorausgesagt hatte.

Das Herz klopfte in meiner Brust. Irgendwo in diesem schmuddeligen, muffigen, düsteren Haus steckte ein Mensch, den ich kannte. Vor kaum einer halben Stunde war er diese Treppe hinaufgegangen, dieselbe Treppe, die jetzt unter meinen Füßen lag. Bald, vielleicht schon in wenigen Sekunden, sollte ich ihm wieder gegenüberstehen. Das war es, was mir dabei so angst machte. Er konnte mir nichts zuleide tun, und dennoch hatte ich Angst. Ich wünschte plötzlich, ich hätte eine Maske, um mein Gesicht zu verbergen. Albern, gewiß. Und dann fragte ich mich, wer von ihnen es wohl sein würde. Ich sah ihre Gesichter vor mir, wie sie dagestanden und mich angegafft hatten, als ich »verhaftet« wurde – erschrocken, verstört. Und doch – einer von ihnen, einer von ihnen . . .

Henri puffte mich in den Rücken und winkte mir, nicht hinter meinem Vordermann zurückzubleiben.

Auf dem ersten Treppenabsatz machte Beghin vor einer schweren Holztür halt und drückte die Klinke. Sie ging leicht auf, und das Licht zeigte einen leeren Raum, dessen Boden mit Putzsäcken von der Zimmerdecke besät war. Er blieb stehen, um sich den Schweiß abzuwischen, der an seiner Stirn und seinem Halse glänzte, und ging dann als erster weiter die Treppe hinauf.

Er hatte beinahe den zweiten Treppenabsatz ereicht, als er noch einmal halt machte und uns einen Wink gab, wir sollten warten. Dann traten er und der Inspektor auf den Treppenabsatz, so daß ich sie nicht mehr sehen konnte.

In der Stille konnte ich die Uhr am Arm meines Vordermannes ticken hören. Die Stille verdichtete sich noch mehr, und dann nahmen meine Ohren schwaches Stimmengeräusch wahr. Ich hielt den Atem an. Kurz darauf erschienen Kopf und Schultern des Inspektors über dem oberen Geländer, und er gab uns ein Zeichen, wir sollten heraufkommen.

Der Treppenabsatz war ein Duplikat des unteren, aber es war

kein Licht da. Ganz leise stellten die Männer sich vor der Tür auf. Ich wurde daneben gegen die Wand gedrückt. Die Stimmen waren jetzt lauter, und obwohl die Worte selbst noch nicht zu verstehen waren, konnte ich doch hören, daß der Mann, dem eine der Stimmen gehörte, italienisch sprach.

Ich sah, wie Beghins Hand sich nach der Klinke ausstreckte, zögerte, sie dann fest ergriff und herunterdrückte.

Die Tür war verschlossen; aber drinnen hatte man das leichte Knirschen der Klinke gehört. Plötzlich schwiegen die Stimmen. Beghin stieß einen gedämpften Fluch aus und klopfte laut an das Holz.

Drinnen herrschte Totenstille. Beghin wartete einen Augenblick. Dann drehte er sich rasch zu Henri um. Henri hielt ihm den Griff seines Revolvers hin. Beghin nickte und ergriff ihn. Während er sich wieder zur Tür wandte, zog er mit dem Daumen den Hahn der Waffe zurück und setzte die Mündung schräg an das Schlüsselloch. Dann drückte er auf den Abzug.

Der Knall war ohrenbetäubend. Die Tür hielt noch stand. Doch dann warfen sich zwei der Kriminalbeamten dagegen, und sie flog krachend auf. Mit sausenden Ohren stolperte ich hinter ihnen hinein.

Es war ein kleiner Raum, als Büro eingerichtet, aber mit einer eisernen Bettstelle in einer Ecke. Niemand war im Zimmer. An der gegenüberliegenden Seite jedoch war eine weitere Tür. Mit einem lauten Ruf lief der Inspektor darauf zu und stieß sie auf.

In dem zweiten Raum war es dunkel; aber als die Tür nach innen aufflog, drang das Licht von der Deckenlampe des Büroraumes bis zu einem Fenster am anderen Ende. Aus dem Dunkeln gellte der Schrei einer Frau. Gleich darauf rannte ein Mann an das Fenster, riß es auf und schwang ein Bein über das Fensterbrett.

Das alles spielte sich in Sekundenschnelle ab. Ehe der Inspektor sich wieder gefangen hatte, war der Mann schon am Fenster gewesen. Aus dem Augenwinkel sah ich, wie Beghin rasch den Revolver hob. Im selben Augenblick drehte der Mann am Fenster sich um und streckte den Arm aus. Ein Blitz zuckte, ein Knall dröhnte. Ich hörte die Kugel dumpf in die Schulter des Inspektors schlagen, und gleich darauf fiel Beghins Schuß. Glas klirrte, und die Frau in dem Zimmer schrie noch einmal auf. Dann klappte das Fenster zu. Der Mann war weg.

Aber in dem Augenblick, als er sich umgedreht hatte, um zu schießen, hatte ich sein Gesicht gesehen und ihn erkannt. Es war Roux.

Ich sah, wie sich der Inspektor gegen den Türrahmen lehnte und vor Schmerz das Gesicht verzog. Dann lief ich hinter den andern her in den zweiten Raum.

Kreidebleich und wimmernd hockte Odette Martin in der Ecke. Neben ihr stand mit hocherhobenen Händen ein untersetzter Mann mit Glatze, der in schnellem Italienisch empört beteuerte, er sei ein ehrlicher Geschäftsmann, ein Freund Frankreichs, er habe nichts Strafbares getan und die Polizei habe daher nicht das Recht, ihn zu behelligen.

Beghin war geradewegs an das Fenster gelaufen. Seine Kugel hatte eine der Scheiben zertrümmert, aber von Roux war nichts zu sehen. Über Henris Schulter sah ich etwa zwei Meter unterhalb ein Stück vom Dach eines angrenzenden Gebäudes.

Beghin drehte sich schnell um. »Er ist über die Dächer weg. Duprat, Maréchal, passen Sie auf diese beiden hier auf! Mortier, Sie gehen runter auf die Straße und sagen den Männern dort unten Bescheid, sie sollen auf die Dächer achten und sollen schießen, sobald sie was sehen. Dann kommen sie zurück und kümmern sich um den Inspektor Fournier. Der ist verwundet. Henri, Sie kommen mit! Sie auch, Vadassy, Sie können wir vielleicht gebrauchen.«

Schwitzend und fluchend stemmte er sich über das Fensterbrett und ließ sich auf das daruntergelegene Dach fallen. Während Henri und ich ihm folgten, hörte ich, wie der Inspektor den Kriminalbeamten Mortier mit schwacher Stimme aufforderte, nicht dazustehen und dumm zu gaffen, sondern auf die Straße hinunterzulaufen, wie Beghin ihm gesagt hatte.

Ich fand mich auf einer niedrigen Brüstung wieder, die rings um ein flaches Dach mit einem Oberlicht in der Mitte herumlief. Daneben stiegen die kahlen Mauern der angrenzenden Lagerhäuser empor. In dem Schatten, den der Mond warf, sah es aus, als führe keine Leiter oder Luke vom Dach herunter. Aber Roux war doch völlig verschwunden.

»Haben Sie eine Taschenlampe, Henri?« zischte Beghin.

»Ja, Monsieur.«

»Dann stehn Sie doch nicht so rum! Gehn Sie zu dem Oberlicht und sehn Sie nach, ob es von oben aus aufzumachen geht! Und ein bißchen schnell, Donnerwetter nochmal!«

Während Henri dem Befehl nachkam und auf die bleigefaßten Scheiben hinabsprang, ging Beghin auf der Brüstung entlang. Ich hörte ihn dabei seltsame Flüche murmeln. Dann sah ich, worauf er zusteuerte. In dem dunklen Teil an der entgegengesetzten Ecke des Daches war zwischen den nebeneinanderstehenden Mauern eine schmale Lücke. Während er seine Taschenlampe darauf richtete, rief Henri über das Dach, durch das Oberlicht könne unmöglich jemand entkommen. Eine Sekunde später kam aus der Finsternis vor mir ein Feuerstrahl und ein Knall, und eine Kugel klatschte tückisch in das Mauerwerk hinter mir.

Beghin kniete nieder und ließ sich auf die Bleifassungen hinab. Ich tat es ihm nach. Henri kam in gebückter Haltung aus dem Schatten zu uns herübergehuscht.

»Er ist hinter der Ecke dort, zwischen den beiden Mauern, Monsieur.«

»Das weiß ich, Sie Idiot. Kopf runter, Vadassy, und bleiben Sie, wo Sie sind! Henri, laufen Sie zu der Mauer rüber und schleichen Sie in Deckung auf die Lücke zu! Wenn Sie ihn sehen, leuchten Sie ihn mit der Taschenlampe an! Wir haben ihn in die Enge getrieben.«

Henri lief los, und Beghin ging mit erhobenem Revolver

langsam über die bleigefaßten Fenster auf die Lücke zu. Eine kleine Wolke verdeckte für ein paar Sekunden den Mond, und ich verlor Beghin aus dem Auge. Gleich darauf blitzte eine Taschenlampe auf, und kurz nacheinander krachten zwei Schüsse. Das Mündungsfeuer kam aus der Ecke bei der Lücke. Als das Echo der Schüsse verhallte, hörte ich, wie Beghin zu Henri hinüberrief, er solle nicht weiter vorgehen.

Ich konnte der Versuchung nicht mehr widerstehen und folgte. Als ich an die Ecke kam, hätte ich beinahe Beghin angerempelt, der vorsichtig in den pechschwarzen Schacht zwischen den Mauern hinablugte.

»Haben Sie ihn gesehen?« flüsterte ich.

»Nein. Aber er hat uns gesehen. Gehn Sie nur wieder zurück, Vadassy!«

»Ich möchte lieber hierbleiben, wenn ich darf.«

»Dann beklagen Sie sich aber nicht, wenn Sie einen Schuß abkriegen! Er ist auf einer eisernen Feuertreppe am Nebenhaus, ungefähr 20 Meter von der Ecke hier. Henri, gehen Sie runter und sagen Sie denen auf der Straße, sie sollen ein paar Leute auf das Lagerhaus da drüben schicken! Wenn der Nachtwächter noch schläft, sollen sie einbrechen. Sie sollen von hinten an ihn rankommen. Und schnell sollen sie machen, sagen Sie ihnen!«

Henri schlich davon. Wir warteten schweigend. Aus der Ferne kamen Geräusche von einem rangierenden Zug und von Autos auf dem Boulevard. In unserer nächsten Umgebung war es totenstill.

»Wenn er nun entwischt, ehe ...« begann ich endlich.

Er packte mich am Arm. »Seien Sie still und horchen Sie!«

Ich horchte. Zunächst konnte ich nichts hören. Dann drang ein ganz schwaches scharrendes Geräusch an meine Ohren, ein sonderbares, ein hohles, metallisches Geräusch, Beghin holte hörbar Luft. Ich sah, wie er sich zur Ecke des Mauerwerks vorschob. Ich duckte mich und schlich vor, bis ich gerade über die Brüstung sehen konnte. Plötzlich stach der Strahl seiner Taschenlampe in die Dunkelheit und strich über die Betonfläche, die jenseits des Schachtes über uns aufragte. Dann kam er zur Ruhe, und ich sah die Feuertreppe an der Hinterwand eines Lagerhauses in der Parallelstraße von der, auf der wir gekommen waren.

Roux näherte sich der obersten Stufe. Als der Lichtschein ihn erfaßte, sah er sich rasch um und hob den Revolver, den er in der Hand hatte, ein Stück empor. Sein Gesicht war weiß, und er blinzelte in dem grellen Licht.

Dann krachte Beghins Revolver. Die Kugel traf klirrend die Feuertreppe und sprang sausend ins Leere. Roux senkte seine Waffe und kletterte, so schnell er konnte, auf das obere Ende zu. Beghin schoß noch einmal und lief an der Regenrinne zwischen den Mauern zum unteren Ende der Feuertreppe. Ich zögerte eine Sekunde, ehe ich ihm folgte. Als ich bei der Feuertreppe ankam, war er schon halb oben. Ich sah seinen massigen Körper, der sich vom Himmel abhob – etwas Dunkles, das langsam an der Mauer emporkroch. Ich kletterte ihm nach.

Gleich darauf bereute ich es, denn ich sah, daß sich am oberen Ende der Mauersilhouette etwas bewegte.

Beghin machte halt und rief zu mir herunter, ich solle zurückgehen. Im selben Augenblick traf eine Kugel des Verfolgten das Geländer dicht bei meinen Füßen. Beghin schoß zurück, aber Roux war nicht mehr zu sehen. Der Dicke klapperte die letzten paar Stufen hinauf. Als ich ihn einholte, schob er den Kopf vorsichtig über die Mauerkante hinaus, die das Dach einfaßte. Er fluchte leise.

»Ist er entwischt?«

Ohne mir zu antworten, trat er über die Mauerkante auf das Dach. Es war lang, schmal und ganz flach. In unserer Nähe war ein großer Wasserspeicher. Am anderen Ende war ein dreieckförmiger Aufbau mit der Tür, die in das Gebäude hinabführte. Dazwischen lag ein Wald von viereckigen stählernen Entlüftungsschächten. Beghin zog mich in den Schatten des Wasserspeichers.

»Wir müssen auf Verstärkung warten. Zwischen diesen verdammten Luftschächten würden wir ihn bestimmt nicht finden, und wenn wir's versuchten, könnte er aus dem Hinterhalt auf uns schießen.«

»Aber er kann doch entwischen, während wir warten.«

»Nein. Wir haben ihn hier fest. Es gibt nur zwei Wege von dem Dach runter – die Feuertreppe und diese Tür da drüben. Wahrscheinlich wird er versuchen, sich einen Fluchtweg freizuschießen. Sie bleiben am besten hier stehen, wenn unsere Leute kommen.«

Doch es gab noch einen anderen Weg von dem Dach herunter – den Weg, den Roux schließlich wählen sollte.

Wir brauchten nicht lange zu warten. Beghin hatte kaum ausgeredet, da strömten *gardes mobiles* mit Gewehren durch die Tür auf das Dach. Beghin rief ihnen zu, sie sollten ausschwärmen und auf uns zukommen. Sie reagierten prompt. Die Front rückte vor. Ich wartete mit angehaltenem Atem.

Ich weiß nicht recht, was ich nun erwartete; aber das, was geschah, war jedenfalls unerwartet.

Die Front war beinahe bei der letzten Reihe von Luftschächten angekommen, und ich glaubte schon fast, Roux müsse uns am Ende doch entschlüpft sein – da sah ich plötzlich eine Gestalt hinter den Luftschächten vorspringen und auf die Mauerkante uns gegenüber zusausen. Einer von den *gardes mobiles* stieß einen Ruf aus und rannte hinterher. Beghin lief vor. Roux sprang auf die Mauerkante und fand schnell das Gleichgewicht.

Und dann verstand ich. Zwischen dem Dach, auf dem wir standen, und dem nächsten Lagerhaus war ein Abstand von ungefähr zwei Metern. Roux wollte hinüberspringen.

Ich sah, wie er sich zum Absprung duckte. Noch etwa zwanzig Meter lagen zwischen ihm und dem Uniformierten, der ihm am nächsten war und der im Laufen am Schloß seines Gewehrs herumfingerte. Beghin war noch weiter entfernt.

Da blieb Beghin stehen und hob seinen Revolver.

Er gab Feuer, als Roux gerade seinen Körper straffte. Die Kugel traf ihn in den rechten Arm, denn ich sah, wie seine linke Hand danach griff. Dann verlor er das Gleichgewicht.

Es war entsetzlich. Einen kurzen Augenblick lang rang er, um sich zu retten. Dann, als er merkte, daß er fiel, schrie er auf.

Der Schrei wurde zu einem Kreischen, als er verschwand, einem Kreischen, das jäh abbrach, als sein Körper mit einem schauerlichen Knall unten auf das Betonpflaster aufschlug.

Ich sah, wie Beghin an die Mauerkante trat und hinunterblickte. Dann mußte ich mich zum zweitenmal innerhalb von 24 Stunden heftig übergeben.

Als sie zu Roux hinkamen, war er tot.

»Er hieß eigentlich Verrue«, sagte Beghin. »Arsène Marie Verrue. Er war uns schon seit Jahren bekannt. Er ist – er war – Franzose, aber seine Mutter war Italienerin. Er war in Briançon geboren, nicht weit von der italienischen Grenze. 1924 ist er von der Armee desertiert. Bald darauf hörten wir, daß er als italienischer Agent in Zagreb arbeitete. Dann hat er eine Zeitlang für den Geheimdienst der rumänischen Armee gearbeitet. Danach ist er im Auftrag irgendeiner anderen Regierung – wahrscheinlich wieder der italienischen – nach Deutschland gegangen. Hierher ist er mit gefälschten Papieren gekommen. Wollen Sie sonst noch was wissen?«

Wir gingen in das Büro der Agence Métraux zurück. Inspektor Fournier war mit einem Krankenwagen abgeholt worden. Kriminalbeamte hatten damit zu tun, alle Papiere, Akten und Bücher aus dem Büro in ein Polizeiauto zu verladen, das zu diesem Zweck hinbeordert worden war. Einer war damit beschäftigt, die Polsterung der Sessel aufzureißen. Ein anderer hob die Fußbodenbretter ab.

»Was ist mit Mademoiselle Martin?«

Er zuckte gleichgültig die Achseln. »Ach, die war bloß seine Freundin. Natürlich hat sie gewußt, womit er sich abgab. Sie ist jetzt auf der Wache, tief in Ohnmacht. Wir verhören sie, wenn sie wieder zu sich kommt. Ich denke, wir werden sie laufen lassen müssen. Aber was mich wirklich freut, ist, daß wir Maletti haben – oder Métraux, wie er sich nennt. Der ist der leitende Kopf, der hinter der ganzen Sache gesteckt hat. Roux ist nie ein wichtiger Mann gewesen, bloß ein Befehlsempfänger. Die übrigen werden wir bald haben. Alle Unterlagen sind ja hier.«

Er trat zu dem Mann, der mit dem Fußboden beschäftigt war, und nahm sich ein Bündel Papiere vor, das unter den Brettern gefunden worden war. Ich war mir selbst überlassen.

Also Roux war es gewesen! Jetzt wußte ich auch, warum sein Akzent mir so bekannt vorgekommen war: Es war derselbe Akzent, den mein Kollege Rossi sprach, der Italiener an der Sprachschule Mathis. Jetzt wußte ich, was Roux gemeint hatte, als er mir 5000 Francs für eine bestimmte Information geboten hatte: Er hatte wissen wollen, wo seine Photos versteckt seien. Jetzt wußte ich, wer mich niedergeschlagen, wer mein Zimmer durchsucht, wer die Tür des Schreibzimmers zugeknallt und abgeschlossen hatte. Jetzt wußte ich es, und jetzt schien es unwichtig, daß ich es wußte. In meinen Ohren gellte immer noch dieser letzte Todesschrei. In Gedanken sah ich Odette Martin und den toten Spion vor dem Billardtisch stehen. Ich sah, wie sie sich an ihn drückte. Aber – Roux war nie ein wichtiger Mann gewesen ... bloß ein Befehlsempfänger ... und sie bloß seine Freundin. Ja, natürlich. So mußte man sich dazu stellen.

Ein Polizist trat mit einem Päckchen in der Hand ins Zimmer. Beghin ließ seine Papiere liegen und machte das Päckchen auf. Es enthielt eine Contax und ein großes Fernobjektiv. Beghin winkte mir.

»Das ist in seinen Taschen gefunden worden«, sagte er. »Wollen Sie die Nummer sehen?«

Ich blickte auf die Kamera in seiner Hand. Das Objektiv und der Verschlußmechanismus waren seitwärts zusammengeschlagen.

Ich schüttelte den Kopf. »Ich glaube es Ihnen aufs Wort, Monsieur Beghin.«

Er nickte. »Sie brauchen jetzt nicht mehr hierzubleiben. Henri ist unten. Er wird Sie im Auto nach St. Gatien zurückbringen.« Er wandte sich wieder seinen Papieren zu.

Ich zögerte. »Etwas möchte ich noch wissen, Monsieur Beghin. Können Sie sich erklären, warum er so lange im Hotel Réserve geblieben ist und sich immer noch um seinen verschwundenen Film bemüht hat?«

Er blickte ein wenig gereizt auf. Er zuckte die Achseln. »Ich weiß nicht. Wahrscheinlich hat er nur für abgelieferte Ware Geld bekommen. Ich nehme an, er hat das Geld gebraucht. Gute Nacht, Vadassy!«

Ich ging hinunter auf die Straße.

»Er hat das Geld gebraucht« – es klang wie eine Grabschrift.

20

Aufbruch

Es war beinahe halb 2, als ich wieder im *Hôtel de la Réserve* ankam. Während ich müde durch die Einfahrt trottete, bemerkte ich, daß im Büro Licht brannte. Mir sank der Mut. Beghin hatte gesagt, die Polizei von St. Gatien habe Köche ins Bild gesetzt und ihn auf meine Rückkehr vorbereitet; aber es war mir einfach zuviel, mit irgend jemand über den Fall zu sprechen, schon gar nicht mit Köche. Ich versuchte, an der Bürotür vorbeizuschlüpfen und zur Treppe zu gelangen, und hatte schon die Hand am Geländer, als sich im Büro etwas bewegte. Ich drehte mich um.

Köche stand an der Tür und lächelte mir verschlafen zu. »Ich bin aufgeblieben und habe auf Sie gewartet, Monsieur. Der Kommissar hat mich vorhin besucht. Er hat mir unter anderem gesagt, daß Sie wiederkommen würden.«

»Ja, davon hab ich gehört. Ich bin todmüde.«

»Ja, natürlich. Die Jagd auf Spione ist anscheinend ein anstrengender Sport.« Er lächelte wieder. »Ich dachte, Sie hätten vielleicht Appetit auf ein Sandwich und ein Glas Wein. Hier im Büro steht alles bereit.«

Ich spürte plötzlich, daß ich tatsächlich gerade auf ein Sandwich und einen Schluck Wein Appetit hatte. Ich bedankte mich, und wir gingen in das Büro.

»Der Kommisar«, sagte er, indem er die Flasche entkorkte, »hat sich nachdrücklich geäußert, aber ausweichend. Soviel ich verstanden habe, ist es sehr wichtig, daß nichts darüber durchsickert, was Roux wirklich gemacht hat. Anderseits muß natürlich irgendwie erklärt werden, wieso Monsieur Vadassy gestern wegen Spionage verhaftet wird und trotzdem heute wieder da ist, als wenn nichts geschehen wäre.«

Ich schluckte einen Bissen hinunter. »Darüber«, sagte ich ruhig, »soll sich der Kommissar den Kopf zerbrechen.«

»Natürlich.« Er schenkte Wein ein, für mich und für sich. »Immerhin«, fügte er hinzu, »Sie selber werden morgen früh auf ein paar peinliche Fragen Rede und Antwort stehen müssen.«

Doch ich ließ mich nicht darauf ein. »Sicher. Aber das ist erst morgen früh. Jetzt kann ich nur ans Schlafen denken.«

»Begreiflich. Sie müssen todmüde sein.« Er grinste mich plötzlich an. »Ich hoffe, Sie haben sich entschlossen, unsere ziemlich hitzige Unterredung heute nachmittag zu vergessen.«

»Ich habe sie schon vergessen. Es ist ja eigentlich nicht Ihre Schuld gewesen. Die Polizei hatte mir Anweisungen gegeben. Ich mußte mich danach richten. Sie werden sich vorstellen können, daß ich das nicht gern gemacht habe, aber es blieb mir nichts weiter übrig. Sie haben mir mit Deportation gedroht.«

»Aha, das war's! Das hat der Kommissar nicht dazugesagt.«

»Kann ich mir denken.«

Er nahm eines von meinen Sandwiches und kaute ein paar Minuten lang schweigend. Dann sagte er gedankenvoll: »Wissen Sie, die letzten paar Tage haben mir Kopfschmerzen bereitet.«

»So?«

»Ich habe mal als zweiter Geschäftsführer in einem großen Hotel in Paris gearbeitet. Der Geschäftsführer war ein gewisser Pilewski, ein Russe. Vielleicht haben Sie mal von ihm gehört. Er ist so was wie ein Genie auf seinem Gebiet. Es war ein Vergnügen, mit ihm zusammenzuarbeiten, und ich habe viel von ihm gelernt. Der erfolgreiche Gastronom, hat er immer gesagt, muß seine Gäste kennen. Er muß wissen, was sie tun, was sie denken und was sie verdienen. Und doch darf er nicht den Eindruck der Neugier erwecken. Das habe ich beherzigt. Ich habe einen Instinkt für diese Dinge entwickelt. Aber in den letzten paar Tagen habe ich gemerkt, daß hier etwas vorging, worüber ich nicht im Bilde war, und das hat mir zu schaffen gemacht. Es hat mein Berufsempfinden verletzt, wenn Sie mich verstehen. Ich hatte das Gefühl, irgendein bestimmter Gast stecke dahinter. Erst hab ich gedacht, es wäre vielleicht der Engländer. Da war zunächst diese Szene am Strand, und dann habe ich heute morgen erfahren, daß er sich von den andern Gästen Geld borgen wollte.«

»Und er hat's geschafft, glaube ich.«

»Ja, das hat er. Dieser junge Amerikaner hat ihm 2000 Francs geborgt.«

»Skelton?«

»Ja, Skelton. Hoffentlich kann er's entbehren. Ich glaube nicht, daß er's wiedersieht.« Er hielt inne und fuhr dann fort: »Dann war auch noch Monsieur Duclos da.«

Ich lachte. »Eine Weile habe ich tatsächlich den Verdacht gehabt, Monsieur Duclos wäre ein Spion. Wissen Sie, Köche, der alte Knabe ist gefährlich. Er ist ein fürchterlicher Lügner und eine abgebrühte Klatschbase. Vermutlich ist er deshalb so ein erfolgreicher Geschäftsmann.«

Er zog die Augenbrauen hoch. »Geschäftsmann? So so – hat er Ihnen das etwa erzählt?«

»Ja. Er hat anscheinend mehrere Fabriken.«

»Monsieur Duclos«, sagte Köche mit Bestimmtheit, »ist als Schreiber bei der Kanalisationsverwaltung einer kleinen Stadtgemeinde bei Nantes angestellt.«

»Als was?«

»Als Schreiber. Er verdient 2000 Francs im Monat und macht hier jedes Jahr zwei Wochen Urlaub. Ich hab mal gehört, vor ein paar Jahren wäre er sechs Monate in einer Anstalt gewesen. Ich habe das Gefühl, er wird bald wieder hinmüssen. Diesmal ist es viel schlimmer mit ihm als voriges Jahr. Es hat sich bei ihm ein neuer Hang herausgebildet. Er denkt sich die unerhörtesten Geschichten über irgendwelche Leute aus. Er hat mir jetzt tagelang zugesetzt, ich sollte dem englischen Major Handschellen anlegen. Er sagt, der wäre ein notorischer Verbrecher. Er fällt einem wirklich auf die Nerven.«

Aber ich war mittlerweise an Überraschungen gewöhnt. Ich aß das letzte Sandwich auf und erhob mich. »Also, Monsieur Köche, vielen Dank für Ihre Sandwiches, für Ihren Wein, für Ihre Freundlichkeit und – gute Nacht! Wenn ich jetzt noch sitzen bleibe, kann ich gleich die ganze Nacht hier zubringen.«

Er lächelte. »Und dann hätten Sie natürlich keine Möglichkeit, den Fragen der anderen Gäste auszuweichen.« Er beugte sich angelegentlich vor. »Hören Sie mal zu, Monsieur! Sie sind jetzt müde. Ich will Sie nicht beunruhigen. Aber haben Sie sich überlegt, was Sie den Leuten morgen früh sagen wollen?«

Ich schüttelte den Kopf. »Ich habe nicht die geringste Ahnung. Die Wahrheit vermutlich.«

»Der Kommissar . . .«

»Der Kommissar soll mir gestohlen bleiben!« sagte ich aufbrausend. »Die von der Polizei haben die Situation geschaffen. Sie müssen sich auch um die Folgen kümmern.«

Er stand auf. »Einen Moment, Monsieur! Etwas müssen Sie, glaub ich, noch wissen.«

»Doch wohl nicht noch eine Überraschung?«

»Monsieur, als der Kommissar heute abend ankam, waren die beiden Engländer, die beiden Amerikaner und Duclos noch im Salon und unterhielten sich über Ihre Verhaftung. Als er wieder gegangen war, habe ich mir erlaubt, eine Erklärung für Ihre Verhaftung zu erfinden, die Sie von jedem Verdacht, etwas Kriminelles begangen zu haben, befreien und gleichzeitig die Neugier der anderen befriedigen sollte. Ich habe ihnen unter dem Siegel tiefster Verschwiegenheit erzählt, Sie wären in Wirklichkeit Monsieur Vadassy von der Spionageabwehr-Abteilung des Deuxième Bureau und die Verhaftung wäre bloß eine Kriegslist gewesen und hätte zu einem besonderen Plan gehört, von dem nicht mal die Polizei etwas Bestimmtes gewußt hätte.«

Ich war erstaunt. Ich machte große Augen. »Und rechnen Sie damit, daß sie diesen Blödsinn schlucken?« fragte ich endlich.

Er lächelte. »Warum nicht? Sie haben ja auch Ihre Behauptungen über den Diebstahl des Zigarettenetuis und der Brillantnadel geglaubt.«

»Das war was anderes.«

»Zugegeben. Immerhin, sie haben's Ihnen geglaubt, und sie haben auch mir das geglaubt. Wissen Sie, im Grunde wollten sie's nämlich gerne glauben. Die beiden Amerikaner haben Sie gern gemocht und wollten nicht auf einmal einen Verbrecher oder Spion in Ihnen sehen. Nachdem die beiden die Geschichte ohne weiteres hingenommen hatten, waren auch die andern überzeugt.«

»Wie war's denn mit Duclos?«

»Der hat behauptet, er hätte es schon lange gewußt, Sie hätten's ihm erzählt.«

»Na ja, das sieht ihm ähnlich. Aber« – ich blickte ihm gerade ins Gesicht – »zu welchem Zweck haben Sie eigentlich dieses Märchen erzählt? Ich verstehe nicht, worauf Sie hinauswollen.«

»Meine Absicht war einfach die, Ihnen ärgerliche und peinliche Situationen zu ersparen«, sagte er glatt und fuhr dann in zuredendem Tone fort: »Monsieur: Wenn Sie heute nacht gut schlafen, wenn Sie morgen früh in Ihrem Zimmer bleiben, wenn Sie die ganze Geschichte mir überlassen, kann ich Ihnen versprechen, daß Sie niemandem Rede und Antwort zu stehen und nichts zu erklären brauchen. Sie brauchen überhaupt keinen von den Leuten zu sehen.«

»Na, hören Sie mal, Köche . . .«

»Ich weiß«, fiel er mir rasch ins Wort, »daß es sehr dreist von mir gewesen ist, ohne Ihr Einverständnis das zu erzählen, aber angesichts der Umstände . . .«

»Und diese Umstände sind nämlich«, unterbrach ich ihn bissig, »daß ein Diebstahl, eine Verhaftung und ein gewaltsamer Todesfall – und das alles an einem Tage – nicht gut fürs Geschäft gewesen wären. Darum haben Sie sich schleunigst mit dem Schauermärchen eingeschaltet, ich wäre ein Abwehragent. Roux ist diskret vergessen. Die Polizei ist zufrieden. Aber ich – ich sitze in der Zwickmühle. Ich muß entweder das Blaue vom Himmel runterlügen und schildern, was ein berühmter Abwehragent in so einem kleinen Hotel alles zu tun hat, oder ich muß mich verkrümeln, ohne daß mich jemand sieht. Sehr schlau gedeichselt, Köche!«

Er zuckte die Achseln. »Natürlich kann man sich auch so dazu stellen. Aber nur etwas möchte ich Sie fragen: Wäre es Ihnen lieber, sich selber eine Erklärung auszudenken?«

»Mir wär's lieber, die Wahrheit zu sagen.«

»Aber die Polizei . . .«

»Die Polizei soll der Teufel holen!«

»Ja, gewiß.« Er hustete ein wenig verlegen. »Ich muß Ihnen leider sagen, daß der Kommissar eine Nachricht für Sie hinterlassen hat.«

»Wo ist die?«

»Es ist eine mündliche Nachricht. Ich soll Sie daran erinnern, daß ein französischer Bürger bereit sein muß, der Polizei in jeder Weise behilflich zu sein. Er hat noch dazugesagt, er hoffe, daß er sich bald mit dem Einbürgerungsamt in Verbindung setzen könne.«

Ich holte tief Atem, ehe ich langsam sagte: » Sie haben wohl nicht zufällig Ihr hübsches Schauermärchen mit dem Kommissar durchgesprochen?«

Er wurde rot. »Ich hab's wohl nebenbei erwähnt, glaube ich, aber . . .«

»Aha! Sie haben das gemeinsam ausgeheckt. Sie . . .« Ich hielt inne. Ein plötzliches Gefühl der Hilflosigkeit kam über mich. Ich war müde, müde und hatte die ganze elende Geschichte satt bis oben hin. Meine Glieder taten weh, mein Kopf schmerzte zum Zerspringen. »Ich gehe schlafen«, sagte ich fest.

»Und was soll ich dem Personal sagen, Monsieur?«

»Dem Personal?«

»Wegen des Weckens, Monsieur. Jetzt ist das Personal so

instruiert, daß Sie offiziell nicht mehr hier sind, daß Ihnen das Frühstück unauffällig in Ihrem Zimmer serviert wird und daß keiner von den andern Gästen Sie sehen soll, wenn der Wagen kommt, der Sie nach Toulon bringt, zum Zug nach Paris. Soll ich diese Instruktionen abändern?«

Ich stand einen Augenblick schweigend da. Also alles war arrangiert. Offiziell war ich nicht mehr im Hotel. Na ja – was spielte es schon für eine Rolle? In Gedanken sah ich mich nächsten Morgen auf die Terrasse kommen, hörte das überraschte »Oh!« und »Ah!«, die Fragen, die erstaunten Ausrufe, meine Erklärungen, weitere Fragen, weitere Erklärungen, Lügen und weitere Lügen. Die andere Methode war leichter. Das wußte Köche natürlich. Er hatte recht und ich unrecht. Himmel, wie müde ich war!

Er beobachtete mein Gesicht. »Nun, Monsieur?« sagte er endlich.

»Meinetwegen. Bloß – lassen Sie mir das Frühstück nicht zu zeitig bringen!«

Er lächelte. »Darauf können Sie sich verlassen. Gute Nacht, Monsieur!«

»Gute Nacht! . . . Ach, übrigens . . .« Ich drehte mich an der Tür um und zog Beghins Umschlag aus der Tasche. »Das hat mir die Polizei gegeben. Da drin sind 500 Francs für meine Ausgaben in den letzten paar Tagen. So viel habe ich längst nicht ausgegeben. Ich wäre Ihnen dankbar, wenn Sie den Umschlag Herrn Heinberger gäben. Der kann's vielleicht gebrauchen, meinen Sie nicht?«

Er sah mich groß an. Einen Augenblick lang hatte ich den merkwürdigen Eindruck, ich hätte einen Schauspieler vor mir, der die Rolle eines Hotelgeschäftsführers gespielt und sich nun mit einer einzigen Bewegung die Schminke aus dem Gesicht gewischt hätte.

Er schüttelte langsam den Kopf. »Das ist sehr großzügig von Ihnen, Vadassy.« Er redete mich nicht mehr mit »Monsieur« an. »Emil hat mir erzählt, er hätte sich mit Ihnen unterhalten. Ich muß gestehen, daß mir das gar nicht recht gewesen ist. Jetzt sehe ich, daß ich mich getäuscht habe. Allerdings – er braucht das Geld nicht mehr.«

»Aber . . .«

»Noch vor ein paar Stunden wäre er darüber vielleicht froh gewesen. Aber die Lage hat sich geändert. Morgen früh fährt er nach Deutschland zurück. Heute gegen Abend ist abgemacht worden, daß sie mit dem 9-Uhr-Zug von Toulon abfahren.«

»Was heißt ›sie‹?«

»Vogel und seine Frau begleiten ihn.«

Ich schwieg. Ich wußte nicht, was ich sagen sollte. Ich nahm den Umschlag vom Tisch und steckte ihn mir wieder ein. Köche schwappte gedankenverloren noch etwas Wein in sein Glas, hielt es gegen das Licht und sah mich dann an.

»Emil hat immer gesagt, die beiden lachten zuviel«, sagte er. »Gestern ist mir klar geworden, daß sie es waren. Sie haben einen Brief bekommen. Sie haben gesagt, er wäre aus der Schweiz, aber er hat eine deutsche Marke gehabt. Als sie nicht in ihrem Zimmer waren, habe ich ihn mir angesehen. Er war ganz kurz. Es hieß darin, wenn sie wieder Geld brauchten, müßten sie sofort beweisen, daß sie es brauchten. Das haben sie getan. Emil hat recht. Sie lachten, sie sind komisch. Niemand kommt auf den Gedanken, daß sie auch niederträchtig sind. Das ist ihr Geheimnis.«

Er trank den Wein und setzte das Glas hart auf den Tisch.

»Vor Jahren«, sagte er, »habe ich in Berlin ein Konzert von Frau Vogel gehört. Sie hieß damals Hulda Kremer. Ich hab sie erst wiedererkannt, als sie heute abend spielte. Ich hatte mich schon oft gefragt, was wohl aus ihr geworden sein mochte. Jetzt weiß ich's. Sie hat Vogel geheiratet. Sehr merkwürdig, nicht?« Er streckte mir die Hand hin. »Gute Nacht, Vadassy!«

Wir gaben uns die Hand. »Und«, setzte ich hinzu, »ich hoffe, ich sehe das Hôtel de la Réserve noch mal wieder.«

Er neigte den Kopf. »Das Hôtel de la Réserve ist immer da.«

»Soll das heißen, Sie selber sind dann nicht mehr da?«

»Ganz im Vertrauen – ich mache mich nächsten Monat auf nach Prag.«

»Haben Sie das heute abend beschlossen?«

Er nickte. »So ist es.«

Während ich langsam hinauf in mein Zimmer ging, hörte ich die Uhr im Schreibzimmer zwei schlagen. Eine Viertelstunde später war ich eingeschlafen.

Um 12 Uhr mittags trank ich den Rest meines Kaffees, schnallte meinen Koffer zusammen und setzte mich ans Fenster, um zu warten.

Es war ein herrlicher Tag. Die Sonne brannte herab, die Luft über dem steinernen Fenstersims flimmerte, aber eine leichte Brise kräuselte die See. Die roten Felsen glühten. Im Garten summten die Zikaden. Unten am Strand sah ich zwei Paar braune Beine, die aus dem Schatten eines großen gestreiften Sonnenschirmes herausragten. Auf der unteren Terrasse hielt Duclos neueingetroffenen Gästen eine Rede – einem Ehepaar in den mittleren Jahren, noch in Reisekleidung. Er strich sich beim Sprechen den Bart und rückte seinen Kneifer zurecht. Das Ehepaar hörte aufmerksam zu.

Es klopfte an der Tür. Ein Kellner stand draußen. »Das Auto ist da, Monsieur. Sie müssen gehen!«

Ich ging. Später, vom Zuge aus, konnte ich kurz das Dach des Hotels Réserve sehen. Ich wunderte mich, wie klein es zwischen den Bäumen wirkte.

Eric Ambler im Diogenes Verlag

Ambler by Ambler
Eric Ambler's Autobiographie. Aus dem Englischen von Matthias Fienbork. detebe 21589

Der dunkle Grenzbezirk
Roman. Deutsch von Walter Hertenstein und Ute Haffmans. detebe 20602

Ungewöhnliche Gefahr
Roman. Deutsch von Walter Hertenstein und Werner Morlang. detebe 20603

Nachruf auf einen Spion
Roman. Deutsch von Peter Fischer
detebe 20605

Anlaß zur Unruhe
Roman. Deutsch von Franz Cavigelli
detebe 20604

Die Maske des Dimitrios
Roman. Deutsch von Mary Brand und Walter Hertenstein. detebe 20137

Die Angst reist mit
Roman. Deutsch von Walter Hertenstein
detebe 20181

Der Fall Deltschev
Roman. Deutsch von Mary Brand und Walter Hertenstein. detebe 20178

Schirmers Erbschaft
Roman. Deutsch von Harry Reuß-Löwenstein, Th. A. Knust und Rudolf Barmettler. detebe 20180

Besuch bei Nacht
Roman. Deutsch von Wulf Teichmann
detebe 20539

Waffenschmuggel
Roman. Deutsch von Tom Knoth
detebe 20364

Topkapi
Roman. Deutsch von Elsbeth Herlin
detebe 20536

Eine Art von Zorn
Roman. Deutsch von Susanne Feigl und Walter Hertenstein. detebe 20179

Schmutzige Geschichte
Roman. Deutsch von Günter Eichel
detebe 20537

Das Intercom-Komplott
Roman. Deutsch von Dietrich Stössel
detebe 20538

Der Levantiner
Roman. Deutsch von Tom Knoth
detebe 20223

Doktor Frigo
Roman. Deutsch von Tom Knoth und Judith Claassen
detebe 20606

Bitte keine Rosen mehr
Roman. Deutsch von Tom Knoth
detebe 20887

Mit der Zeit
Roman. Deutsch von Hans Hermann
detebe 21054

Die Begabung zu töten
Deutsch von Matthias Fienbork
detebe 21631

Als Ergänzungsband liegt vor:

Über Eric Ambler
Aufsätze von Alfred Hitchcock bis Helmut Heißenbüttel. Chronik und Bibliographie. Herausgegeben von Gerd Haffmans
detebe 20607

Ray Bradbury im Diogenes Verlag

Die Laurel & Hardy-Liebesgeschichte
und andere Erzählungen. Aus dem Amerikanischen von Otto Bayer. Leinen

Die Mars-Chroniken
Roman in Erzählungen. Deutsch von Thomas Schlück. detebe 20863

Der illustrierte Mann
Erzählungen. Deutsch von Peter Naujack detebe 20365

Fahrenheit 451
Roman. Deutsch von Fritz Güttinger detebe 20862

Die goldenen Äpfel der Sonne
Erzählungen. Deutsch von Margarete Bormann. detebe 20864

Medizin für Melancholie
Erzählungen. Deutsch von Margarete Bormann. detebe 20865

Das Böse kommt auf leisen Sohlen
Roman. Deutsch von Norbert Wölfl detebe 20866

Löwenzahnwein
Roman. Deutsch von Alexander Schmitz detebe 21045

Das Kind von morgen
Erzählungen. Deutsch von Hans-Joachim Hartstein. detebe 21205

Die Mechanismen der Freude
Erzählungen. Deutsch von Peter Naujack detebe 21242

Familientreffen
Erzählungen. Deutsch von Jürgen Bauer detebe 21415

Der Tod kommt schnell in Mexico
Erzählungen. Deutsch von Walle Bengs detebe 21641

Der Tod ist ein einsames Geschäft
Roman. Deutsch von Jürgen Bauer detebe 21774

Ross Macdonald im Diogenes Verlag

Dornröschen war ein schönes Kind
Roman. Aus dem Amerikanischen von Wulf Teichmann. detebe 20227

Unter Wasser stirbt man nicht
Roman. Deutsch von Hubert Deymann
detebe 20322

Ein Grinsen aus Elfenbein
Roman. Deutsch von Charlotte Hamberger
detebe 20323

Die Küste der Barbaren
Roman. Deutsch von Marianne Lipcowitz
detebe 20324

Der Fall Galton
Roman. Deutsch von Egon Lothar Wensk
detebe 20325

Gänsehaut
Roman. Deutsch von Gretel Friedmann
detebe 20326

Der blaue Hammer
Roman. Deutsch von Peter Naujack
detebe 20541

Durchgebrannt
Roman. Deutsch von Helmut Degner
detebe 20868

Geld kostet zuviel
Roman. Deutsch von Günter Eichel
detebe 20869

Die Kehrseite des Dollars
Roman. Deutsch von Günter Eichel
detebe 20877

Der Untergrundmann
Roman. Deutsch von Hubert Deymann
detebe 20878

Der Drahtzieher
Sämtliche Detektivstories um Lew Archer I. Mit einem Vorwort des Autors. Deutsch von Hubert Deymann und Peter Naujack
detebe 21018

Einer lügt immer
Sämtliche Detektivstories um Lew Archer II. Deutsch von Hubert Deymann und Peter Naujack. detebe 21019

Sanftes Unheil
Roman. detebe 21178

Blue City
Roman. Deutsch von Christina Sieg-Welti und Christa Hotz. detebe 21317

Der Mörder im Spiegel
Roman. Deutsch von Dietlind Bindheim
detebe 21303

Henry Slesar im Diogenes Verlag

Mord in der Schnulzenklinik
Roman. Aus dem Amerikanischen von Jobst-Christian Rojahn. Leinen

Coole Geschichten für clevere Leser
Deutsch von Thomas Schlück. detebe 21046

Fiese Geschichten für fixe Leser
Deutsch von Thomas Schlück. detebe 21125

Schlimme Geschichten für schlaue Leser
Deutsch von Thomas Schlück. detebe 21036

Das graue distinguierte Leichentuch
Roman. Deutsch von Paul Baudisch und Thomas Bodmer. detebe 20139

Vorhang auf, wir spielen Mord!
Roman. Deutsch von Thomas Schlück
detebe 20216

Erlesene Verbrechen und makellose Morde
Geschichten. Deutsch von Günter Eichel
Vorwort von Alfred Hitchcock. Zeichnungen von Tomi Ungerer. detebe 20225

Ein Bündel Geschichten für lüsterne Leser
Deutsch von Günter Eichel. Vorwort von Alfred Hitchcock. Zeichnungen von Tomi Ungerer. detebe 20275

Hinter der Tür
Roman. Deutsch von Thomas Schlück
detebe 20540

Aktion Löwenbrücke
Roman. Deutsch von Günter Eichel
detebe 20656

Ruby Martinson
Geschichten vom größten erfolglosen Verbrecher der Welt. Deutsch von Helmut Degner
detebe 20657

Böse Geschichten für brave Leser
Deutsch von Christa Hotz und Thomas Schlück. detebe 21248

Die siebte Maske
Roman. Deutsch von Gerhard und Alexandra Baumrucker. detebe 21518

Frisch gewagt ist halb gemordet
Geschichten. Deutsch von Barbara und Jobst-Christian Rojahn. detebe 21577

Das Morden ist des Mörders Lust
Sechzehn Kriminalgeschichten. Deutsch von Barbara Rojahn-Deyk und Jobst-Christian Rojahn. detebe 21602

Meistererzählungen
Deutsch von Thomas Schlück. detebe 21621

Rache ist süß
Geschichten. Deutsch von Ingrid Altrichter
detebe 21944

Patricia Highsmith im Diogenes Verlag

Carol
Roman einer ungewöhnlichen Liebe. Aus dem Amerikanischen von Kyra Stromberg
Leinen

Der Stümper
Roman. Deutsch von Barbara Bortfeldt
detebe 20136

Zwei Fremde im Zug
Roman. Deutsch von Anne Uhde
detebe 20173

Der Geschichtenerzähler
Roman. Deutsch von Anne Uhde
detebe 20174

Der süße Wahn
Roman. Deutsch von Christian Spiel
detebe 20175

Die zwei Gesichter des Januars
Roman. Deutsch von Anne Uhde
detebe 20176

Der Schrei der Eule
Roman. Deutsch von Gisela Stege
detebe 20341

Tiefe Wasser
Roman. Deutsch von Eva Gärtner und Anne Uhde. detebe 20342

Die gläserne Zelle
Roman. Deutsch von Gisela Stege und Anne Uhde. detebe 20343

Das Zittern des Fälschers
Roman. Deutsch von Anne Uhde
detebe 20344

Lösegeld für einen Hund
Roman. Deutsch von Anne Uhde
detebe 20345

Der talentierte Mr. Ripley
Roman. Deutsch von Barbara Bortfeldt
detebe 20481

Ripley Under Ground
Roman. Deutsch von Anne Uhde
detebe 20482

Ripley's Game
Roman. Deutsch von Anne Uhde
detebe 20346

Der Schneckenforscher
Gesammelte Geschichten. Vorwort von Graham Greene. Deutsch von Anne Uhde
detebe 20347

Ein Spiel für die Lebenden
Roman. Deutsch von Anne Uhde
detebe 20348

Kleine Geschichten für Weiberfeinde
Deutsch von W. E. Richartz. Mit Zeichnungen von Roland Topor. detebe 20349

Kleine Mordgeschichten für Tierfreunde
Deutsch von Anne Uhde. detebe 20483

Venedig kann sehr kalt sein
Roman. Deutsch von Anne Uhde
detebe 20484

Ediths Tagebuch
Roman. Deutsch von Anne Uhde
detebe 20485

Der Junge, der Ripley folgte
Roman. Deutsch von Anne Uhde
detebe 20649

Leise, leise im Wind
Erzählungen. Deutsch von Anne Uhde
detebe 21012

Keiner von uns
Erzählungen. Deutsch von Anne Uhde
detebe 21179

Leute, die an die Tür klopfen
Roman. Deutsch von Anne Uhde
detebe 21349

Nixen auf dem Golfplatz
Erzählungen. Deutsch von Anne Uhde
detebe 21517

Elsie's Lebenslust
Roman. Deutsch von Otto Bayer
detebe 21660

Meistererzählungen
Ausgewählt von Patricia Highsmith. Deutsch von Anne Uhde, Walter E. Richartz und Wulf Teichmann. detebe 21723

Geschichten von natürlichen und unnatürlichen Katastrophen
Deutsch von Otto Bayer. detebe 21868

Suspense
oder Wie man einen Thriller schreibt. Deutsch von Anne Uhde. detebe 21924

Als Ergänzungsband liegt vor:

Über Patricia Highsmith
Essays und Zeugnisse von Graham Greene bis Peter Handke. Mit Bibliographie, Filmographie und zahlreichen Fotos. Herausgegeben von Franz Cavigelli und Fritz Senn
detebe 20818

Asphalt-Dschungel. Roman. Deutsch von Walle Bengs. detebe 21417

● Anton Čechov

Das Drama auf der Jagd. Eine wahre Begebenheit. Aus dem Russischen von Peter Urban detebe 21379

● Raymond Chandler

Die besten Detektivstories. Neu aus dem Amerikanischen übersetzt von Hans Wollschläger. Diogenes Evergreens
Der große Schlaf. Roman. Neu übersetzt von Gunar Ortlepp. detebe 20132
Die kleine Schwester. Roman. Neu übersetzt von W. E. Richartz. detebe 20206
Das hohe Fenster. Roman. Neu übersetzt von Urs Widmer. detebe 20208
Der lange Abschied. Roman. Neu übersetzt von Hans Wollschläger. detebe 20207
Die simple Kunst des Mordes. Briefe, Essays, Fragmente. Herausgegeben von Dorothy Gardiner und Kathrine Sorley Walker. Neu übersetzt von Hans Wollschläger detebe 20209
Die Tote im See. Roman. Neu übersetzt von Hellmuth Karasek. detebe 20311
Lebwohl, mein Liebling. Roman. Neu übersetzt von Wulf Teichmann. detebe 20312
Playback. Roman. Neu übersetzt von Wulf Teichmann. detebe 20313
Mord im Regen. Frühe Stories. Vorwort von Prof. Philip Durham. Neu übersetzt von Hans Wollschläger. detebe 20314
Erpresser schießen nicht. Detektivstories I. Neu übersetzt von Hans Wollschläger detebe 20751
Der König in Gelb. Detektivstories II. Neu übersetzt von Hans Wollschläger detebe 20752
Gefahr ist mein Geschäft. Detektivstories III. Neu übersetzt von Hans Wollschläger detebe 20753
Englischer Sommer. Geschichten, Parodien, Aufsätze. Mit einer Erinnerung von John Houseman, einem Vorwort von Patricia Highsmith und Zeichnungen von Edward Gorey. Diverse Übersetzer. detebe 20754

● Agatha Christie

Die besten Geschichten von Agatha Christie Aus dem Englischen von Maria Meinert, Marfa Berger und Ingrid Jacob Diogenes Evergreens
Villa Nachtigall. Geschichten. Deutsch von Peter Naujack und Günter Eichel detebe 20825
Der Fall der enttäuschten Hausfrau Geschichten. Deutsch von Günter Eichel detebe 20826

● Friedrich Dürrenmatt

Das Versprechen / Aufenthalt in einer kleinen Stadt. Erzählungen. detebe 20852
Der Richter und sein Henker. Kriminalroman. Mit einer biographischen Skizze des Autors detebe 21435
Der Verdacht. Kriminalroman. Mit einer biographischen Skizze des Autors. detebe 21436
Justiz. Roman. detebe 21540

● William Faulkner

Die Spitzbuben. Roman. Aus dem Amerikanischen von Elisabeth Schnack. detebe 20989
Der Springer greift an. Kriminalgeschichten. Deutsch von Elisabeth Schnack. detebe 20152
Die Freistatt. Roman. Deutsch von Hans Wollschläger, Vorwort von André Malraux detebe 20802

● Celia Fremlin

Onkel Paul. Roman. Aus dem Englischen von Isabella Nadolny. Leinen
Klimax. Roman. Deutsch von Dietrich Stössel. detebe 20916
Wer hat Angst vorm schwarzen Mann? Roman. Deutsch von Otto Bayer detebe 21302
Die Stunden vor Morgengrauen Roman. Deutsch von Isabella Nadolny detebe 21515
Rendezvous mit Gestern. Roman. Deutsch von Karin Polz. detebe 21603
Die Spinnen-Orchidee. Roman. Deutsch von Isabella Nadolny. detebe 21727

● Der goldene Gelbe 87

Sonderausgabe. Enthält folgende Romane: Dashiell Hammett, Der dünne Mann/Margaret Millar, Liebe Mutter, es geht mir gut/Ross Macdonald, Unter Wasser stirbt man nicht detebe 21524

● Der Goldene Gelbe 88

Einmalige Sonderausgabe. Enthält folgende Romane von Georges Simenon: Maigret amüsiert sich / Mein Freund Maigret / Maigret und die junge Tote. detebe 21597

● Robert van Gulik

Mord im Labyrinth. Roman. Deutsch von Roland Schacht. detebe 21381
Tod im Roten Pavillon. Roman. Deutsch von Gretel und Kurt Kuhn. detebe 21383
Wunder in Pu-yang? Roman. Deutsch von Roland Schacht. detebe 21382

Halskette und Kalebasse. Roman. Deutsch von Klaus Schomburg. detebe 21519
Geisterspuk in Peng-lai. Roman. Deutsch von Irma Silzer. detebe 21622
Mord in Kanton. Roman. Deutsch von Klaus Schomburg. detebe 21623
Der Affe und der Tiger. Roman. Deutsch von Klaus Schomburg. detebe 21624
Poeten und Mörder. Roman. Deutsch von Ulrike Wasel und Klaus Timmermann detebe 21666
Die Perle des Kaisers. Roman. Deutsch von Hans Stumpfeldt. detebe 21766
Mord nach Muster. Roman. Deutsch von Otto P. Wilck. detebe 21767
Das Phantom im Tempel. Roman. Deutsch von Klaus Schomburg. detebe 21768

● Henry Rider Haggard

Sie. Abenteuerroman. Aus dem Englischen von Helmut Degner. detebe 20236
König Salomons Schatzkammer. Roman. Deutsch von V. H. Schmied. detebe 20920

● Dashiell Hammett

Der Malteser Falke. Roman. Neu aus dem Amerikanischen übersetzt von Peter Naujack detebe 20131
Rote Ernte. Roman. Neu übersetzt von Gunar Ortlepp. detebe 20292
Der Fluch des Hauses Dain. Roman. Neu übersetzt von Wulf Teichmann detebe 20293
Der gläserne Schlüssel. Roman. Neu übersetzt von Hans Wollschläger. detebe 20294
Der dünne Mann. Roman. Neu übersetzt von Tom Knoth. detebe 20295
Fliegenpapier. 5 Stories. Deutsch von Harry Rowohlt, Helmut Kossodo, Helmut Degner, Peter Naujack und Elizabeth Gilbert. Vorwort von Lillian Hellman. detebe 20911
Fracht für China. 3 Stories. Deutsch von Elizabeth Gilbert, Antje Friedrichs und Walter E. Richartz. detebe 20912
Das große Umlegen. 3 Stories. Deutsch von Walter E. Richartz, Hellmuth Karasek und Wulf Teichmann. detebe 20913
Das Haus in der Turk Street. 3 Stories. Deutsch von Wulf Teichmann detebe 20914
Das Dingsbums Küken. 3 Stories. Deutsch von Wulf Teichmann. Nachwort von Steven Marcus. detebe 20915

● E.W. Heine

Kille Kille. Makabre Geschichten detebe 21053
Hackepeter. Neue Kille Kille Geschichten detebe 21219
Wer ermordete Mozart? Wer enthauptete Haydn? Mordgeschichten für Musikfreunde detebe 21437
Wie starb Wagner? Was geschah mit Glenn Miller? Neue Geschichten für Musikfreunde detebe 21514
Kuck Kuck. Noch mehr Kille Kille Geschichten. detebe 21692

● Patricia Highsmith

Geschichten von natürlichen und unnatürlichen Katastrophen. Aus dem Amerikanischen von Otto Bayer. Leinen
Der Stümper. Roman. Deutsch von Barbara Bortfeldt. detebe 20136
Zwei Fremde im Zug. Roman. Deutsch von Anne Uhde. detebe 20173
Der Geschichtenerzähler. Roman. Deutsch von Anne Uhde. detebe 20174
Der süße Wahn. Roman. Deutsch von Christian Spiel. detebe 20175
Die zwei Gesichter des Januars. Roman Deutsch von Anne Uhde. detebe 20176
Der Schrei der Eule. Roman. Deutsch von Gisela Stege. detebe 20341
Tiefe Wasser. Roman. Deutsch von Eva Gärtner und Anne Uhde. detebe 20342
Die gläserne Zelle. Roman. Deutsch von Gisela Stege und Anne Uhde. detebe 20343
Das Zittern des Fälschers. Roman. Deutsch von Anne Uhde. detebe 20344
Lösegeld für einen Hund. Roman. Deutsch von Anne Uhde. detebe 20345
Der talentierte Mr. Ripley. Roman. Deutsch von Barbara Bortfeldt. detebe 20481
Ripley Under Ground. Roman. Deutsch von Anne Uhde. detebe 20482
Ripley's Game. Roman. Deutsch von Anne Uhde. detebe 20346
Der Schneckenforscher. Vorwort von Graham Greene. Deutsch von Anne Uhde detebe 20347
Ein Spiel für die Lebenden. Roman. Deutsch von Anne Uhde. detebe 20348
Kleine Geschichten für Weiberfeinde Deutsch von W. E. Richartz. Mit Zeichnungen von Roland Topor. detebe 20349
Kleine Mordgeschichten für Tierfreunde. Deutsch von Anne Uhde. detebe 20483
Venedig kann sehr kalt sein. Roman Deutsch von Anne Uhde. detebe 20484
Ediths Tagebuch. Roman. Deutsch von Anne Uhde. detebe 20485
Der Junge, der Ripley folgte. Roman Deutsch von Anne Uhde. detebe 20649

Leise, leise im Wind. Erzählungen. Deutsch von Anne Uhde. detebe 21012
Keiner von uns. Erzählungen. Deutsch von Anne Uhde. detebe 21179
Leute, die an die Tür klopfen. Roman. Deutsch von Anne Uhde. detebe 21349
Nixen auf dem Golfplatz. Erzählungen Deutsch von Anne Uhde. detebe 21517
Elsie's Lebenslust. Roman. Deutsch von Otto Bayer. detebe 21660
Meistererzählungen. Ausgewählt von Patricia Highsmith. Deutsch von Anne Uhde, Walter E. Richartz und Wulf Teichmann. detebe 21723

● Shirley Jackson

Wir haben schon immer im Schloß gelebt Roman. Aus dem Amerikanischen von Anna Leube und Anette Grube. Leinen

● Hans Werner Kettenbach

Minnie oder Ein Fall von Geringfügigkeit Roman. detebe 21218

● Maurice Leblanc

Arsène Lupin – Der Gentleman-Gauner Roman. Deutsch von Erika Gebühr detebe 20127
Die hohle Nadel oder Die Konkurrenten des Arsène Lupin. Deutsch von Erika Gebühr detebe 20239
813 – Das Doppelleben des Arsène Lupin Roman. Deutsch von Erika Gebühr detebe 20931
Der Kristallstöpsel oder Die Mißgeschicke des Arsène Lupin. Roman. Deutsch von Erika Gebühr. detebe 20932
Die Gräfin von Cagliostro oder Die Jugend des Arsène Lupin. Roman. Deutsch von Erika Gebühr. detebe 20933
Arsène Lupin kontra Herlock Sholmes Roman. Deutsch von Erika Gebühr detebe 21026
Die Insel der 30 Särge. Roman. Deutsch von Lothar Schmidt und Ulrike Simon detebe 21198
Die Uhr schlägt achtmal. Roman. Deutsch von Erika Gebühr. detebe 21254

● Gaston Leroux

Das Geheimnis des gelben Zimmers. Roman. Aus dem Französischen von Klaus Walther detebe 20924

● Marie Belloc Lowndes

Jack the Ripper oder der Untermieter Roman. Aus dem Englischen von Wulf Teichmann. detebe 20130

● Ross Macdonald

Dornröschen war ein schönes Kind. Roman. Aus dem Amerikanischen von Wulf Teichmann. detebe 20227
Unter Wasser stirbt man nicht. Roman Deutsch von Hubert Deymann. detebe 20322
Ein Grinsen aus Elfenbein. Roman. Deutsch von Charlotte Hamberger. detebe 20323
Die Küste der Barbaren. Roman. Deutsch von Marianne Lipcowitz. detebe 20324
Der Fall Galton. Roman. Deutsch von Egon Lothar Wensk. detebe 20325
Gänsehaut. Roman. Deutsch von Gretel Friedmann. detebe 20326
Der blaue Hammer. Roman. Deutsch von Peter Naujack. detebe 20541
Durchgebrannt. Roman. Deutsch von Helmut Degner. detebe 20868
Geld kostet zuviel. Roman. Deutsch von Günter Eichel. detebe 20869
Die Kehrseite des Dollars. Roman. Deutsch von Günter Eichel. detebe 20877
Der Untergrundmann. Roman. Deutsch von Hubert Deymann. detebe 20877
Der Drahtzieher. Sämtliche Detektivstories um Lew Archer I. Mit einem Vorwort des Autors. Deutsch von Hubert Deymann und Peter Naujack. detebe 21018
Einer lügt immer. Sämtliche Detektivstories um Lew Archer II. Deutsch von Hubert Deymann und Peter Naujack. detebe 21019
Sanftes Unheil. Roman. Deutsch von Monika Schoenenberger. detebe 21178
Blue City. Roman. Deutsch von Christina Sieg-Welti und Christa Hotz. detebe 21317
Der Mörder im Spiegel. Roman. Deutsch von Dietlind Bindheim. detebe 21303

● Ian McEwan

Der Trost von Fremden. Roman. Aus dem Englischen von Michael Walter. detebe 21266

● Margaret Millar

Gesetze sind wie Spinnennetze. Aus dem Amerikanischen von Barbara Rojahn-Deyk und Jobst-Christian Rojahn. Leinen
Liebe Mutter, es geht mir gut . . . Roman Deutsch von Elizabeth Gilbert. detebe 20226
Die Feindin. Roman. Deutsch von Elizabeth Gilbert. detebe 20276
Fragt morgen nach mir. Roman. Deutsch von Anne Uhde. detebe 20542
Ein Fremder liegt in meinem Grab. Roman. Deutsch von Elizabeth Gilbert. detebe 20646
Die Süßholzraspler. Roman. Deutsch von Georg Kahn-Ackermann und Susanne Feigl detebe 20926

Von hier an wird's gefährlich. Roman
Deutsch von Fritz Güttinger. detebe 20927
Der Mord von Miranda. Roman. Deutsch von Hans Hermann. detebe 21028
Das eiserne Tor. Roman. Deutsch von Karin Reese und Michel Bodmer. detebe 21063
Fast wie ein Engel. Roman. Deutsch von Luise Däbritz. detebe 21190
Die lauschenden Wände. Roman. Deutsch von Karin Polz. detebe 21421
Nymphen gehören ins Meer! Roman
Deutsch von Otto Bayer. detebe 21516
Kannibalen-Herz. Roman Deutsch von Michael K. Georgi. detebe 21685
Blinde Augen sehen mehr. Roman. Deutsch von Renate Orth-Guttmann. detebe 21827
Banshee die Todesfee. Roman. Deutsch von Renate Orth-Guttmann detebe 21836

● Patrick Quentin

Bächleins Rauschen tönt so bang. Kriminalgeschichten. Deutsch von Günter Eichel detebe 20195
Familienschande. Roman. Deutsch von Helmut Degner. detebe 20917
Puzzle für Spinner. Roman. Deutsch von Alfred Dunkel. detebe 21690

● Jack Ritchie

Der Mitternachtswürger. Geschichten. Aus dem Amerikanischen von Alfred Probst detebe 21293
Für alle ungezogenen Leute. Detektiv-Geschichten. Deutsch von Dorothee Asendorf detebe 21384
Gedächtnis ade. Kriminalgeschichten. Deutsch von Elfriede Riegler und Dorothee Asendorf. detebe 21565

● Georges Simenon

Brief an meinen Richter. Roman. Aus dem Französischen von Hansjürgen Wille und Barbara Klau. detebe 20371
Der Schnee war schmutzig. Roman. Deutsch von Willi A. Koch. detebe 20372
Die grünen Fensterläden. Roman. Deutsch von Alfred Günther. detebe 20373
Im Falle eines Unfalls. Roman. Deutsch von Hansjürgen Wille und Barbara Klau detebe 20374
Sonntag. Roman. Deutsch von Hansjürgen Wille und Barbara Klau. detebe 20375
Bellas Tod. Roman. Deutsch von Elisabeth Serelmann-Küchler. detebe 20376
Der Mann mit dem kleinen Hund. Roman. Deutsch von Stefanie Weiss. detebe 20377
Drei Zimmer in Manhattan. Roman. Deutsch von Linde Birk. detebe 20378
Die Großmutter. Roman. Deutsch von Linde Birk. detebe 20379
Der kleine Mann von Archangelsk. Roman. Deutsch von Alfred Kuoni. detebe 20584
Der große Bob. Roman. Deutsch von Linde Birk. detebe 20585
Die Wahrheit über Bébé Donge. Roman
Deutsch von Renate Nickel. detebe 20586
Tropenkoller. Roman. Deutsch von Annerose Melter. detebe 20673
Ankunft Allerheiligen. Roman. Deutsch von Eugen Helmlé. detebe 20674
Der Präsident. Roman. Deutsch von Renate Nickel. detebe 20675
Der kleine Heilige. Roman. Deutsch von Trude Fein. detebe 20676
Der Outlaw. Roman. Deutsch von Liselotte Julius. detebe 20677
Der Verdächtige. Roman. Deutsch von Eugen Helmlé. detebe 20679
Die Verlobung des Monsieur Hire. Roman
Deutsch von Linde Birk. detebe 20681
Der Mörder. Roman. Deutsch von Lothar Baier. detebe 20682
Die Zeugen. Roman. Deutsch von Anneliese Botond. detebe 20683
Die Komplizen. Roman. Deutsch von Stefanie Weiss. detebe 20684
Die Unbekannten im eigenen Haus. Roman. Deutsch von Gerda Scheffel. detebe 20685
Der Ausbrecher. Roman. Deutsch von Erika Tophoven. detebe 20686
Wellenschlag. Roman. Deutsch von Eugen Helmlé. detebe 20687
Der Mann aus London. Roman. Deutsch von Stefanie Weiss. detebe 20813
Die Überlebenden der Télémaque. Roman. Deutsch von Hainer Kober. detebe 20814
Der Mann, der den Zügen nachsah. Roman. Deutsch von Walter Schürenberg detebe 20815
Zum Weißen Roß. Roman. Deutsch von Trude Fein. detebe 20986
Der Tod des Auguste Mature. Roman
Deutsch von Anneliese Boton. detebe 20987
Die Fantome des Hutmachers. Roman
Deutsch von Eugen Helmlé. detebe 21001
Die Witwe Couderc. Roman. Deutsch von Hanns Grössel. detebe 21002
Schlußlichter. Roman. Deutsch von Stefanie Weiss. detebe 21010
Die schwarze Kugel. Roman. Deutsch von Renate Nickel. detebe 21011
Die Brüder Rico. Roman. Deutsch von Angela von Hagen. detebe 21020

Antoine und Julie. Roman. Deutsch von Eugen Helmlé. detebe 21047
Betty. Roman. Deutsch von Raymond Regh detebe 21057
Der Neger. Roman. Deutsch von Linde Birk detebe 21118
Die Tür. Roman. Deutsch von Linde Birk detebe 21114
Das blaue Zimmer. Roman. Deutsch von Angela von Hagen. detebe 21121
Der Bürgermeister von Furnes. Roman Deutsch von Hans Grössel. detebe 21209
Es gibt noch Haselnußsträucher. Roman Deutsch von Angela von Hagen detebe 21192
Die Glocken von Bicêtre. Roman. Neu übersetzt von Angela von Hagen. detebe 20678
Das Testament Donadieu. Roman Deutsch von Eugen Helmlé. detebe 21256
Der Untermieter. Roman. Deutsch von Ralph Eue. detebe 21255
Emil und sein Schiff. Erzählungen. Deutsch von Angela von Hagen. detebe 21318
Exotische Novellen. Deutsch von Annerose Melter. detebe 21285
Die schwanzlosen Schweinchen. Erzählungen Deutsch von Linde Birk. detebe 21284
Die Leute gegenüber. Roman. Deutsch von Hans-Joachim Hartstein. detebe 21273
Weder ein noch aus. Roman. Deutsch von Elfriede Riegler. detebe 21304
Auf großer Fahrt. Roman. Deutsch von Angela von Hagen. detebe 21327
Der Bericht des Polizisten. Roman. Deutsch von Markus Jakob. detebe 21328
Die Zeit mit Anaïs. Roman. Deutsch von Ursula Vogel detebe 21329
Die Katze. Roman. Deutsch von Angela von Hagen. detebe 21378
Der Passagier der Polarlys. Roman. Deutsch von Stephanie Weiss. detebe 21377
Die Schwarze von Panama. Roman. Deutsch von Ursula Vogel. detebe 21424
Das Gasthaus im Elsaß. Roman. Deutsch von Angela von Hagen. detebe 21425
Das Haus am Kanal. Roman. Deutsch von Ursula Vogel. detebe 21426
Der Zug. Roman. Deutsch von Trude Fein detebe 21480
Striptease. Roman. Deutsch von Angela von Hagen. detebe 21481
45° im Schatten. Roman. Deutsch von Angela von Hagen. detebe 21482
Die Eisentreppe. Roman. Deutsch von Angela von Hagen. detebe 21557
Das Fenster der Rouets. Roman. Deutsch von Stefanie Weiss. detebe 21558
Die bösen Schwestern von Concarneau Roman. Deutsch von Ingrid Altrichter detebe 21559
Der Sohn Cardinaud. Roman. Deutsch von Linde Birk. detebe 21598
Der Zug aus Venedig. Roman. Deutsch von Liselotte Julius. detebe 21617
Meistererzählungen. Deutsch von Wolfram Schäfer u.a. detebe 21620
Weißer Mann mit Brille. Roman. Deutsch von Ursula Vogel. detebe 21635
Der Bananentourist. Deutsch von Barbara Heller. detebe 21679
Monsieur La Souris. Roman. Deutsch von Renate Heimbucher-Bengs. detebe 21681
Der Teddybär. Roman. Deutsch von Ingrid Altrichter. detebe 21682
Die Marie vom Hafen. Roman. Deutsch von Ursula Vogel. detebe 21683
Der reiche Mann. Roman. Deutsch von Stefanie Weiss. detebe 21753
»... die da dürstet«. Roman. Deutsch von Irène Kuhn. detebe 21773
Vor Gericht. Roman. Deutsch von Linde Birk. detebe 21786
Der Umzug. Roman. Deutsch von Barbara Heller. detebe 21797
Der fremde Vetter. Roman. Deutsch von Stefanie Weiss. detebe 21798
Das Begräbnis des Monsieur Bouvet. Roman Deutsch von H.J. Solbrig. detebe 21799
Die schielende Marie. Roman. Deutsch von Eugen Helmlé. detebe 21800
Weihnachten mit Maigret. Zwei Romane und eine Erzählung. Leinen
Maigrets erste Untersuchung. Roman. Deutsch von Roswitha Plancherel. detebe 20501
Maigret und Pietr der Lette. Roman. Deutsch von Wolfram Schäfer. detebe 20502
Maigret und die alte Dame. Roman. Deutsch von Renate Nickel. detebe 20503
Maigret und der Mann auf der Bank Roman. Deutsch von Annerose Melter detebe 20504
Maigret und der Minister. Roman. Deutsch von Annerose Melter. detebe 20505
Mein Freund Maigret. Roman. Deutsch von Annerose Melter. detebe 20506
Maigrets Memoiren. Roman. Deutsch von Roswitha Plancherel. detebe 20507
Maigret und die junge Tote. Roman. Deutsch von Raymond Regh. detebe 20508
Maigret amüsiert sich. Roman. Deutsch von Renate Nickel. detebe 20509
Hier irrt Maigret. Roman. Deutsch von Renate Nickel. detebe 20690
Maigret und der gelbe Hund. Roman Deutsch von Raymond Regh. detebe 20691

Maigret vor dem Schwurgericht. Roman
Deutsch von Wolfram Schäfer. detebe 20692
Maigret als möblierter Herr. Roman
Deutsch von Wolfram Schäfer. detebe 20693
Madame Maigrets Freundin. Roman
Deutsch von Roswitha Plancherel
detebe 20713
Maigret kämpft um den Kopf eines Mannes
Roman. Deutsch von Roswitha Plancherel
detebe 20714
Maigret und die kopflose Leiche. Roman
Deutsch von Wolfram Schäfer. detebe 20715
Maigret und die widerspenstigen Zeugen
Roman. Deutsch von Wolfram Schäfer
detebe 20716
Maigret am Treffen der Neufundlandfahrer
Roman. Deutsch von Annerose Melter
detebe 20717
Maigret bei den Flamen. Roman. Deutsch von
Claus Sprick. detebe 20718
Maigret und die Bohnenstange. Roman
Deutsch von Guy Montag. detebe 20808
Maigret und das Verbrechen in Holland
Roman. Deutsch von Renate Nickel
detebe 20809
Maigret und sein Toter. Roman. Deutsch von
Elfriede Riegler. detebe 20810
Maigret beim Coroner. Roman. Deutsch von
Wolfram Schäfer. detebe 20811
Maigret, Lognon und die Gangster. Roman
Deutsch von Wolfram Schäfer. detebe 20812
Maigret und der Gehängte von Saint-Pholien
Roman. Deutsch von Sibylle Powell
detebe 20816
Maigret und der verstorbenen Monsieur Gallet
Roman. Deutsch von Roswitha Plancherel detebe 20817.
Maigret regt sich auf. Roman. Deutsch von
Wolfram Schäfer. detebe 20820
*Maigret und die Keller des Majestic. Roman.
Deutsch von Linde Birk. detebe 20735*
Maigret contra Picpus. Roman. Deutsch von
Hainer Kober. detebe 20736
Maigret läßt sich Zeit. Roman. Deutsch von
Sibylle Powell. detebe 20755
Maigrets Geständnis. Roman. Deutsch von
Roswitha Plancherel. detebe 20756
Maigret zögert. Roman. Deutsch von Annerose Melter. detebe 20757
Maigret und der Treidler der »Providence«
Roman. Deutsch von Claus Sprick
detebe 21029
Maigrets Nacht an der Kreuzung. Roman
Deutsch von Annerose Melter. detebe 21050
Maigret hat Angst. Roman. Deutsch von
Elfriede Riegler. detebe 21062
Maigret erlebt eine Niederlage. Roman
Deutsch von Elfriede Riegler. detebe 21120
Maigret gerät in Wut. Roman. Deutsch von
Wolfram Schäfer. detebe 21113
Maigret verteidigt sich. Roman. Deutsch von
Wolfram Schäfer. detebe 21117
Maigret und das Schattenspiel. Roman
Deutsch von Claus Sprick. detebe 20734
Maigret und der geheimnisvolle Kapitän
Roman. Deutsch von Annerose Melter
detebe 21180
Maigret und die alten Leute. Roman
Deutsch von Annerose Melter. detebe 21200
Maigret und das Dienstmädchen. Roman
Deutsch von Hainer Kober. detebe 21220
Maigret und der Fall Nahour. Roman
Deutsch von Sibylle Powell. detebe 21250
Maigret im Haus des Richters. Roman
Deutsch von Liselotte Julius. detebe 21238
Maigret und der Samstagsklient. Roman
Deutsch von Angelika Hildebrandt-Essig
detebe 21295
Maigret in New York. Roman. Deutsch von
Bernhard Jolles. detebe 21308
Maigret und die Affäre Saint-Fiacre. Roman
Deutsch von Werner De Haas. detebe 21373
Sechs neue Fälle für Maigret. Erzählungen
Deutsch von Elfriede Riegler. detebe 21375
Maigret stellt eine Falle. Roman. Deutsch
von Angela von Hagen. detebe 21374
Maigret in der Liberty Bar. Roman. Deutsch
von Angela von Hagen. detebe 21376
Maigret und der Spion. Roman. Deutsch von
Hainer Kober. detebe 21427
Maigret und die kleine Landkneipe. Roman
Deutsch von Bernhard Jolles und Heide
Bideau. detebe 21428
Maigret und der Verrückte von Bergerac
Roman. Deutsch von Hainer Kober
detebe 21429
Maigret, die Tänzerin und die Gräfin. Roman
Deutsch von Hainer Kober. detebe 21484
Maigret macht Ferien. Roman. Deutsch von
Markus Jakob. detebe 21485
Maigret und der hartnäckigste Gast der Welt
Erzählungen. Deutsch von Linde Birk und
Ingrid Altrichter. detebe 21486
Maigret verliert eine Verehrerin. Roman
Deutsch von Ingrid Altrichter. detebe 21521
Maigret in Nöten. Roman. Deutsch von
Markus Jakob. detebe 21522
Maigret und sein Rivale. Roman. Deutsch von
Ingrid Altrichter. detebe 21523
Maigret und die schrecklichen Kinder. Roman
Deutsch von Paul Celan. detebe 21574
Maigret und sein Jugendfreund. Roman
Deutsch von Markus Jakob. detebe 21575
Maigret und sein Revolver. Roman. Deutsch
von Ingrid Altrichter. detebe 21576
Maigret auf Reisen. Roman. Deutsch von
Ingrid Altrichter. detebe 21593

Maigret und die braven Leute. Roman
Deutsch von Ingrid Altrichter. detebe 21615
Maigret und der faule Dieb. Roman. Deutsch von Stefanie Weiss. detebe 21629
Maigret und die verrückte Witwe. Roman
Deutsch von Michael Mosblech. detebe 21680
Maigret und sein Neffe. Roman. Deutsch von Ingrid Altrichter. detebe 21684
Maigret und Stan der Killer. Vier Fälle für Maigret. Deutsch von Inge Giese und Eva Schönfeld. detebe 21741
Maigret und das Gespenst. Roman. Deutsch von Barbara Heller. detebe 21760
Maigret in Kur. Roman. Deutsch von Irène Kuhn. detebe 21770
Madame Maigrets Liebhaber. Vier Fälle für Maigret Deutsch von Ingrid Altrichter, Inge Giese und Josef Winiger. detebe 21791
Maigret und der Clochard. Roman. Deutsch von Josef Winiger. detebe 21801
Maigret und Monsieur Charles. Roman
Deutsch von Renate Heimbucher-Bengs
detebe 21802
Maigret und der Spitzel. Roman. Deutsch von Inge Giese. detebe 21803
Maigret und der einsamste Mann der Welt
Roman. Deutsch von Ursula Vogel
detebe 21804
Maigret und der Messerstecher. Roman. Deutsch von Josef Winiger. detebe 21805
Maigret hat Skrupel. Roman. Deutsch von Ingrid Altrichter. detebe 21806

● Henry Slesar

Fiese Geschichten für fixe Leser. Aus dem Amerikanischen von Thomas Schlück
Diogenes Evergreens. Auch als detebe 21125
Das graue distinguierte Leichentuch. Roman. Deutsch von Paul Baudisch und Thomas Bodmer. Ausgezeichnet mit dem Edgar-Allan-Poe-Preis. detebe 20139
Vorhang auf, wir spielen Mord! Roman
Deutsch von Thomas Schlück. detebe 20216
Erlesene Verbrechen und makellose Morde
Geschichten. Deutsch von Günter Eichel und Peter Naujack. Vorwort von Alfred Hitchcock. Zeichnungen von Tomi Ungerer
detebe 20225
Ein Bündel Geschichten für lüsterne Leser
Deutsch von Günter Eichel. Einleitung von Alfred Hitchcock. Zeichnungen von Tomi Ungerer. detebe 20275
Hinter der Tür. Roman. Deutsch von Thomas Schlück. detebe 20540
Aktion Löwenbrücke. Roman. Deutsch von Günter Eichel. detebe 20656
Ruby Martinson. Geschichten vom größten erfolglosen Verbrecher der Welt. Deutsch von Helmut Degner. detebe 20657
Schlimme Geschichten für schlaue Leser
Deutsch von Thomas Schlück. detebe 21036
Coole Geschichten für clevere Leser. Deutsch von Thomas Schlück. detebe 21046
Böse Geschichten für brave Leser. Deutsch von Christa Hotz und Thomas Schlück
detebe 21248
Die siebte Maske. Roman. Deutsch von Gerhard und Alexandra Baumrucker. detebe 21518
Frisch gewagt ist halb gemordet. Geschichten
Deutsch von Barbara und Jobst-Christian Rojahn. detebe 21577
Das Morden ist des Mörders Lust. Sechzehn Kriminalgeschichten. Deutsch von Barbara Rojahn-Deyk und Jobst-Christian Rojahn
detebe 21602
Meistererzählungen. Deutsch von Thomas Schlück. detebe 21621

● Julian Symons

Auf den Zahn gefühlt. Detektivgeschichten. Aus dem Englischen von Thomas Schlück
detebe 20601
Ein Pekinese aus Gips. Kriminalgeschichten. Deutsch von Günter Eichel. Zeichnungen von Josef Weihard. detebe 20740

● Barbara Vine

Die im Dunkeln sieht man doch. Roman. Aus dem Englischen von Renate Orth-Guttmann
detebe 21826

● Cornell Woolrich

Der schwarze Vorhang. Roman. Aus dem Amerikanischen von Signe Rüttgers
detebe 21625
Der schwarze Engel. Roman. Deutsch von Harald Beck und Claus Melchior
detebe 21626
Der schwarze Pfad. Roman. Deutsch von Daisy Remus. detebe 21627
Das Fenster zum Hof und vier weitere Kriminalstories. Deutsch von Jürgen Bauer und Edith Nerke. detebe 21718
Walzer in die Dunkelheit. Roman. Deutsch von Jobst-Christian Rojahn. detebe 21719
Die Nacht hat tausend Augen. Roman
Deutsch von Irene Holicki. detebe 21720
Ich heiratete einen Toten. Roman. Deutsch von Matthias Müller. detebe 21742
Im Dunkel der Nacht. Kriminalstories
Deutsch von Signe Rüttgers. detebe 21759